NIE WIEDER

M.A. ROTHMAN

Übersetzt von
MICHAEL KRUG

Primordial Press

Taschenbuch ISBN: 978-1-960244-05-5
Hardcover ISBN: 979-8-7775116-2-1

BESONDERER DANK ERGEHT AN:

Dr. John Spears, geprüfter Osteopath, Orthopäde und Wirbelsäulenchirurg, Medical Sergeant und Scharfschütze der Special Forces der US Army, Director bei Forge Tactical – danke für die Unterstützung bei Taktik und Waffen. Sie hat mir sehr weitergeholfen.

Lieutenant John Grimpel, NYPD – danke für die geduldigen Antworten zu meinen scheinbar endlosen Fragen zu Polizeiarbeit und Verfahrensweisen beim NYPD.

INHALT

»Auf Krisen muss man sich nicht nur politisch und wirtschaftlich vorbereiten, sondern auch psychologisch. Da hat die Propaganda ihren Platz. Sie [die Medien] müssen den Weg aktiv und pädagogisch ebnen. Ihre Aufgabe besteht darin, den Weg für praktische Maßnahmen zu bereiten. Diese Maßnahmen müssen Schritt für Schritt erfolgen und dürfen nie aus dem Auge verloren werden. Sie liefern sozusagen die Hintergrundmusik. Solche Propaganda macht am Ende auf wundersame Weise Unbeliebtes beliebt und sichert selbst den schwierigsten Entscheidungen einer Regierung die entschlossene Unterstützung des Volkes. Eine Regierung, die das richtig zu nutzen weiß, kann tun, was nötig ist, ohne den Verlust der Massen zu riskieren.«

— JOSEPH GOEBBELS, NÜRNBERG, 1934

KAPITEL EINS

»Wie soll ich dich zu Vernunft verführen, wenn du nie was anderes als Selters trinkst?«

Levi trank einen weiteren Schluck Wasser und starrte über den Tisch eine attraktive Asiatin Mitte 30 an. Sie saßen im *Gerard's*, seiner Lieblingskneipe im New Yorker Stadtteil Little Italy. An der Theke plauderten Gäste gesellig miteinander, aus der Küche wehte der Geruch von Knoblauch und Marinara.

»Nur weil du meinst, recht zu haben, bin ich noch lange nicht einverstanden«, gab er zurück. »Ich bin nicht der Engel, für den du mich hältst.«

Lucy Chen hatte einen Scotch mit Soda. Sie lehnte sich vor und schüttelte den Kopf. »Ich hab dich nie als Engel bezeichnet«, gab sie mit ihrem leicht russischen Akzent zurück. »Ich kenne dich einfach. Du bist bereit zu tun, was immer nötig ist, um eine Aufgabe zu erledigen. Du bist bloß wählerisch, wenn's darum geht, welche Aufträge du annimmst. Zu wählerisch.« Diskret deutete sie auf zwei kräftige Männer, die sich über riesige Portionen Pasta hermachten. »Du bist loyal zu deiner Familie, das versteh ich. Das bewundere ich. Aber ich will, dass du und ich bei der Sache zusammenarbeiten. Wenn wir kooperieren, können wir auf dieser beschissenen Welt so viel Gutes bewirken. Ich brauch dabei einen Partner.«

Diese Debatte zog sich seit mittlerweile über einen Monat hin. Lucy wollte, dass Levi in ihr »Unternehmen« einstieg, doch er hatte andere Verpflichtungen. Abgesehen davon wusste er immer noch nicht, was er von ihr halten sollte. Das Schwelen hinter diesen dunkelbraunen Augen war ... intensiv. Tatsächlich wirkte alles an ihr auf höchste Stufe geregelt. Als Witwe eines chinesischen Triaden-Bosses verkörperte sie den Inbegriff des Klischees einer Drachenlady. Und durch eine seltsame Wendung des Schicksals war Levi mit ihr verstrickt.

Er vertraute ihr. Zumindest bis zu einem gewissen Grad. Immerhin wusste sie mehr über ihn als die meisten Menschen. Abgesehen von seinem Bekanntenkreis bei der Mafia wusste kaum jemand, dass er ein Vollmitglied der Verbrecherfamilie Bianchi war.

Denny, der Besitzer der Kneipe, kam herüber und ging in die Hocke, damit er sich auf Augenhöhe mit ihnen befand. »Kann ich euch was zu essen bringen? Die Mädels in der Küche arbeiten mit Ginos Rezepten.« Er deutete mit dem Daumen auf die beiden schlingenden Vollstrecker der Mafia. »Ist ziemlich gut, wenn ich mir das Eigenlob gestatten darf.«

Levi lächelte wehmütig, als ihm klar wurde, wie sehr sich das *Gerard's* im vergangenen Jahr verändert hatte. Aus der einst kleinen, gemütlichen Kneipe an der Ecke, die nur Getränke ausgeschenkt hatte, war ein Mafia-Treffpunkt mit vollwertiger Speisekarte geworden. Ihm war das Lokal als ruhiger Ort lieber gewesen. Denny war nämlich nicht nur der Besitzer – der schlanke, in Brooklyn geborene und aufgewachsene Schwarze war zugleich Levis Hauptbeschaffungsquelle für vertrauliche Informationen. Außerdem ein Tüftler, ein Genie in Sachen Elektronik und jemand, der sich über so gut wie alles auf dem Laufenden hielt.

Lucy schüttelte den Kopf. »Levi und ich gehen noch aus, also sollten wir uns besser nicht den Appetit verderben.«

Levi hatte schwer zu tun, um sich eine skeptische Miene zu verkneifen.

Die Klingel an der Eingangstür bimmelte. Mit einem Lächeln wandte sich Denny ab, um seinen neuesten Gast zu begrüßen.

Lucy lächelte ebenfalls, als sie Levi anstarrte – und ihn beschlich das Gefühl, sie könnte seine Gedanken lesen. Sie beugte sich vor und flüsterte: »Du weißt verdammt gut, dass uns jeder, der weiß, dass ich bei dir wohne, für ein Paar hält. Und wenn rauskommt, dass wir das nicht sind, kommen unange-nehme Fragen auf, die ich mir lieber ersparen möchte.«

Levi lehnte sich zurück und nickte. Natürlich hatte sie recht, was ihn unheimlich ärgerte. Sie lebte seit sechs Wochen bei ihm – seit das FBI die örtliche Chinesenmafia hochgenommen hatte, mit der sie in Verbindung stand. Gleichzeitig war eine der großen Triaden Hongkongs zerschlagen worden – die Organisation, deren Oberhaupt Lucys verstorbener Ehemann gewesen war. Levi war nicht sicher, wie sehr sie an diesem Akt der Rache mitgewirkt hatte. Etwas jedoch wusste er zweifelsfrei: Sie stand auf der Abschussliste, und er hatte ihr an Schutz geboten, was er konnte, bis sich die Lage beruhigte.

Denny kam mit einem merkwürdigen Ausdruck im Gesicht zu ihnen zurück. Er beugte sich herab und deutete mit dem Daumen zur Tür. »Levi, die Frau sagt, sie sucht nach dir. Aber ich hab den deutlichen Eindruck, sie weiß nicht wirklich, wer du bist. Soll ich sie wegschicken?«

Levi drehte sich auf dem Stuhl um. An der Tür stand eine Frau über 50, ganz in Schwarz gekleidet. Sie rang die Hände und wirkte, als fühlte sie sich überhaupt nicht wohl. Er winkte ihr zu, erlangte ihre Aufmerksamkeit und lud sie mit einer Geste zum freien Platz an seinem Tisch ein.

Denny zuckte mit den Schultern und kehrte zur Theke zurück.

Das Unbehagen der Frau ließ sich nicht übersehen, als sie sich den Weg zwischen den Tischen und Gästen hindurch bahnte und dabei versuchte, nichts und niemanden zu berühren. Schließlich zog sie den ihr angebotenen Stuhl heraus, nahm Platz und erklärte: »Man hat mir gesagt, ich soll hierherkommen und Mr. Yoder würde mir bei meinem Problem helfen.« Sie sah Levi an. »Sind Sie das?«

Levi streckte die Hand aus. »Ich bin Levi Yoder. Und Sie sind?«

Die Frau betrachtete seine ausgestreckte Hand und schüttelte leicht den Kopf. »Ich bin Rivka Cohen.«

Lucy ergriff ihre Hand und fragte: *»At hassidi?«*

Als die Frau nickte und Lucy die Hand schüttelte, begriff Levi. Er sprach weder Hebräisch noch Jiddisch und war etwas überrascht, dass Lucy es konnte. Dennoch bekam er genug mit, um zu merken, dass sich diese Frau Cohen völlig fehl am Platz fühlte. Als Chassiden bezeichnete man Anhänger einer ultra-orthodoxen jüdischen Bewegung. Kein Menschenschlag, der Levis Weg oft kreuzte, doch es gab sie zuhauf in Crown Heights, nur 20 Minuten entfernt. Und es erklärte, warum sie ihm die Hand nicht schütteln wollte, nur die von Lucy.

Weil er ein Mann war.

Levi lächelte und bemühte sich, dafür zu sorgen, dass sich diese Frau, ein einziges Nervenbündel, ein wenig wohler fühlte. »Tut mir leid, ich würde Sie ja auf ein Getränk einladen, weiß aber, dass Sie ablehnen würden. Also, wie kann ich Ihnen helfen?«

Die Augen der Frau wurden glasig, als könnte sie jeden Moment zu weinen anfangen. »Mein Onkel Menachem, er ist Juwelier in einem Geschäft in der Franklin Avenue. Er hat gesagt, Sie haben einmal etwas bei ihm gekauft und ihm ein Versprechen hinterlassen. Erinnern Sie sich daran?«

Levi atmete tief durch, als seine Gedanken viele Jahre zurück in die Vergangenheit rasten – zu einer Zeit, in der er nach einem Verlobungsring für seine inzwischen verstorbene Frau gesucht hatte. »Menachem Shemtov?«, fragte er. »Der Menachem, der in einem Juweliergeschäft zwischen Franklin Avenue und Park Place gearbeitet hat?«

Die Frau nickte.

»Mein Gott, das war vor einer Ewigkeit. Ihr Onkel hat diesem *Goi* bei einem Kauf einen großen Gefallen getan. Über-rascht mich, dass er sich an mich erinnert. Ich hab ihm verspro-chen, den Gefallen eines Tages zu erwidern. Was kann ich für Sie tun?«

Rivka rang mit gequältem Gesichtsausdruck die Hände. »Mein Mann ist vor vier Monaten gestorben. Die Polizei behauptet, es war Selbstmord. Aber ich weiß, dass er sich nie selbst das Leben genommen hätte.« Sie nahm allen Mut zusammen, obwohl sich die ersten Tränen lösten und über ihre Wangen kullerten. »Die sagen, er hätte eine Affäre gehabt, aber ich weiß, auch das ist unmöglich. Ich habe Beweise dafür. Können Sie mir helfen, seinen Namen reinzuwaschen? Das ist sehr wichtig für mich, unsere Kinder, unsere Familie. Viel Geld habe ich zwar nicht, aber ich denke, ich kann helfen, die Spesen zu decken.«

Levi versuchte, sich nicht im Gesicht anmerken zu lassen, was ihm durch den Kopf ging. Das fiel nicht unter die Dinge, mit denen er sich in der Regel befasste. Und was sie beschrieb, klang nach einem logischen Szenario. Ein religiöser Mann, der Sex mit einer willkürlichen – oder vielleicht auch nicht so willkürlichen – Frau hatte, sich schuldig fühlte und sich deshalb umbrachte. Ein Fall, der nach Enttäuschung schrie.

»Was meinen Sie damit, dass Sie Beweise haben?«, hakte Lucy nach.

Rivka schaute zwischen ihr und Levi hin und her.

Lucy schwenkte wegwerfend die Hand in Levis Richtung und erklärte: »Ist schon gut, wir arbeiten zusammen.«

Levi wollte gerade protestieren, als sich Rivka ihm zudrehte und fragte: »Haben Sie etwas dagegen, wenn ich nur mit ihr rede? Das wäre viel einfacher für mich.«

Er öffnete den Mund, dann schloss er ihn wieder.

Lucy winkte ihn zu einem anderen Tisch. »Lass uns Frauen ein bisschen Freiraum.«

Etwas verärgert griff sich Levi sein Glas Selters und setzte sich an einen anderen Tisch. Während er an seinem Wasser nippte, spitzte er die überdurchschnittlich guten Ohren und konzentrierte sich darauf, was besprochen wurde. Leider herrschte im Lokal zu viel Hintergrundlärm, der überwiegend von einer lauten Gruppe an einem nahen Tisch ausging, wo ausgelassen gelacht wurde. Er verstand kein Wort.

Nach einigen Minuten einer leisen Unterhaltung zwischen den zwei Frauen ergriff Lucy die Hände dieser Rivka und bedachte sie mit einem mitfühlenden Blick. Die Jüdin holte einen Umschlag hervor und schob ihn der Asiatin zu.

Levi zog die Augenbrauen hoch, als Lucy hineinspähte, nickte und den Umschlag in ihrer Jackentasche verschwinden ließ.

In was zum Geier reitet sie uns gerade rein?

Rivka stand auf, küsste Lucy auf beide Wangen und verließ das *Gerard's* ohne einen weiteren Blick zu Levi.

Lucy trank ihren Scotch mit Soda aus, bevor sie herüberkam und Levi einen Kuss auf die Wange drückte. »Alles erledigt.«

Levi stand auf. »Was ist erledigt? Was hast du zugesagt?«

Lucy tat die Frage mit einer abfälligen Geste ab, dann winkte sie Denny zu und setzte sich in Richtung der Tür in Bewegung.

Levi folgte ihr. »Lucy. Ernsthaft. Was hast du der Frau zugesagt?«

Sie hielt die Tür für ihn auf und lächelte. »Ich glaub ihre Geschichte und hab ihr gesagt, dass wir ihr helfen.«

»Wir?«

Lucy hängte sich bei ihm ein, als sie die Kneipe verließen. »Zerbrich dir nicht den Kopf. Wir reden beim Essen darüber.«

Levi hatte auf der Arbeitsplatte in der Küche eine Panierstation eingerichtet. Dort bestäubte er die aufgeschnittenen, geschälten Auberginen mit Mehl, tunkte sie in Ei und wälzte sie anschließend in gewürzten Bröseln. Er schaute zu Lucy, die frische Roma-Tomaten für den Salat in Scheiben schnitt. Levi hatte versprochen, für ihre Sicherheit zu sorgen, aber die einzigen sicheren Orte waren sein Wohngebäude und Dennys Kneipe. Statt fein auszugehen, kochten der amische Problemlöser und die chinesische Drachenlady daher in einem von der Mafia geschützten Apartment – schon wieder.

»Erzählst du mir jetzt, was es mit dieser Cohen auf sich hat? Warum hast du ihr Geld genommen und zugestimmt, ihr zu helfen? Bei der Geschichte gibt's nichts zu gewinnen.«

Lucy sah ihm in die Augen, während sie die Tomaten auf einem Servierteller anordnete und begann, frischen Mozzarella aufzuschneiden. »Warum hältst du ihren Fall für eine so verlorene Sache?«

Levi schüttelte den Kopf, als er die panierten Auberginenscheiben vorsichtig ins heiße Öl legte. »Ist mir egal, ob der Mann religiös war – wenn sich die Lust einschleicht, kann er der Versuchung genauso erlegen sein wie jeder. Ich wette, er hat's mit einer Frau getrieben, mit der er zusammengearbeitet hat. Wahrscheinlich nicht mal eine Jüdin. Danach hatte er unheimliche Schuldgefühle und hat sich selbst um die Ecke gebracht. Passiert ständig. Ist mir schleierhaft, warum du das nicht so siehst. Männer können nun mal so sein. Ich muss es schließlich wissen.«

»Sag die Wahrheit«, konterte Lucy. Sie hatte den Käse auf die Tomaten gelegt und schnitt mittlerweile rote Zwiebeln in dünne Scheiben. »Ich wette, du hast im Leben noch nie jemanden betrogen.«

Levi ging in Gedanken die wenigen Male in seinem Leben durch, die er etwas mit einer Frau hatte, mit der er nicht verheiratet war. Er schürzte die Lippen und bedachte Lucy mit einem mürrischen Ausdruck.

»Siehst du?« Sie lachte. »Wusste ich's doch. Hast du nie, oder?«

Levi holte die goldbraunen Auberginenscheiben aus dem Öl und legte neue hinein. »Nein, aber um mich geht's hier auch nicht. Wenn die Cops glauben, er hatte eine Affäre, dann gibt's bestimmt einen Grund dafür.«

»Da hast du recht, aber um Sex kann's nicht gegangen sein.«

»Wieso nicht?«

»Rivka und ihr Mann haben sieben Kinder. Mehr sind es nur deshalb nicht, weil ihr Mann durch seinen Diabetes schließlich keinen mehr hochbekommen hat. Rivka hat gesagt, sie haben's sogar mit Viagra versucht. Hat nicht funktioniert.« Lucy verteilte die Zwiebeln auf die Tomaten und den Mozzarella. »Sie sagt, sie hat medizinische Unterlagen, die es beweisen.«

Levi runzelte die Stirn, als er die letzte Aubergine aus dem Öl fischte und die Herdplatte ausschaltete. »Und das hat die Polizei nicht berücksichtigt? Was ist mit der Frau, mit der er angeblich eine Affäre hatte? Hat man von ihr eine Aussage eingeholt?«

Lucy zuckte mit den Schultern, als sie gehacktes Basilikum über das frisch zubereitete Essen streute und sich eine Flasche

Balsamico-Essig griff. »Wie gesagt, es gibt noch viele offene Fragen. Sie hat uns für morgen zum Abendessen eingeladen. Rivka hat angekündigt, dass sie uns Kopien von allem gibt, was sie hat, uns sein Heimbüro ansehen lässt und jede unserer Fragen beantwortet.«

Mit einem Schnauben ergriff Levi den Teller mit gebratenen Auberginen und einen Topf frisch zubereiteter Marinara, dann trug er beides ins Esszimmer. »Dass es verdächtig klingt, heißt noch lange nicht, dass wir dabei helfen können. Hab ich dabei gar nichts mitzureden?«

Lucy stellte ihren Teller auf den Tisch und begann, Portionen des Caprese-Salats anzurichten. »Sicher doch. Nur hast du grade selbst festgestellt, dass bei der Sache eine Menge Fragen offen sind. Was damit zu tun haben könnte, dass ein Mord vertuscht werden soll. Außerdem hat es sich so angehört, als würdest du der Familie einen Gefallen schulden. Du bist nicht der Typ, der ein Versprechen bricht. Muss ich dich also wirklich fragen, ob du dabei bist?«

Levi lud zwei Stück perfekt gebratene Auberginen auf ihren Teller und löffelte etwas Marinara darauf. Als er sich selbst bediente, warf er Lucy einen finsteren Blick zu. Sie gehörte zu den frustrierendsten Menschen, die er je kennengelernt hatte. »Wäre schon nett«, meinte er.

Sie schenkte sich selbst ein Glas Mondavi White Zinfandel und ihm ein Glas Perrier ein. »Und? Bist du dabei? Oder soll ich allein hingehen?«

Sie stießen miteinander an. »Wann sollen *wir* denn dort sein?«, fragte er.

Lucy lächelte, und Levi vergaß für einen Moment, dass er es

mit einer ehemaligen Verbrecherin zu tun hatte, die ein neues Kapitel in ihrem Leben aufzuschlagen versuchte. Stattdessen sah er nur eine attraktive Frau, intelligent, selbstsicher und überaus eigensinnig. Er konnte nie erraten, was als Nächstes aus ihrem Mund kommen würde. Das war anstrengend.

»Vor Sonnenuntergang. Ich würde sagen, wir sollten gegen halb sechs dort sein.«

Levi probierte von dem Salat. Es fehlte eine Prise Salz.

Lucy kostete ihren eigenen Salat und schaute skeptisch drein. »Ich hab das Salz vergessen.« Sie stieß sich vom Tisch ab, holte aus der Küche den Salzstreuer und fügte sowohl seiner als auch ihrer Portion eine Prise hinzu. »Probier ihn jetzt, sollte besser sein. Ach ja, und du musst dich für den Besuch in Schale schmeißen.«

Kopfschüttelnd bemühte er sich, ein Lächeln zurückzudrängen. »Ja, Ma'am.« Er betrachtete das enganliegende, weiß geblümte Kleid, das sie trug. Es schmiegte sich an ihre schlanken Kurven und schien nicht unbedingt angemessen für ein Essen im Haus streng religiöser Menschen zu sein. »Und was wirst du anziehen?«

»Wir gehen morgen früh shoppen. Ich weiß genau das richtige Outfit. Hab es bei Bergdorf gesehen.«

Paulie öffnete die Hintertür auf der Beifahrerseite des Lincoln Town Car. Levi und Lucy stiegen aus.

Levi schüttelte dem Mafioso die Hand, einem riesigen, über zwei Meter großen Kerl mit der Statur eines Bodybuilders.

Neben ihm stand sein Kollege Tom, der auf dem Beifahrersitz gesessen hatte.

»Dauert wahrscheinlich ein paar Stunden«, sagte Levi. »Ihr könnt inzwischen essen gehen oder so. Ich ruf euch an, wenn wir fertig sind.«

Lächelnd schüttelte Paulie den Kopf. »Läuft nicht.« Er zeigte auf eine freie Parklücke am Lincoln Place. »Wir parken da drüben und behalten die Umgebung im Auge. Anordnung vom Don.«

»Okay, ich verstehe. Dann ruf ich an, kurz bevor wir fertig werden.« Levi wusste, dass es keinen Sinn hätte, zu widersprechen. Vinnie wusste als Oberhaupt der Familie Bianchi natürlich über Lucys Lage Bescheid und ergriff jede erdenkliche Vorsichtsmaßnahme.

Levi schaute zu Lucy und ließ zum ersten Mal die Einzelheiten ihrer Aufmachung auf sich wirken. Sie hatte ihm erklärt, dass es sich um ein Kay Unger Mikado-Kleid handelte, was ihm nichts sagte, aber das figurbetonte Kleid mutete für sein Empfinden asiatisch an. Es war ein dunkles, schimmerndes Modell mit bunter Paillettenstickerei, die ihn an ihre Drachentätowierung erinnerte. An der Seite wies es einen langen Schlitz auf, der ihren athletischen Körperbau erahnen ließ.

»Mit dem Outfit wirst du die Rabbis reihenweise umkippen lassen«, meinte er.

»Wenn sie wirklich gottesfürchtige Männer sind, werden sie nicht drauf achten. Außerdem hatte ich das gute Stück schon ewig im Blick, und es war endlich im Angebot. Bin froh, dass es dir gefällt.« Lucy hängte sich bei ihm ein und zwinkerte. »Gehen wir. Ich will Rivka bei den Vorbereitungen fürs Essen helfen, wenn sie mich lässt.«

Von Paulie und Tom beobachtet stiegen sie die Stufen zur Tür des Stadthauses hinauf.

Levi drückte den Klingelknopf. Kurz darauf vernahm er das Geräusch von Schritten. Als sich die Tür öffnete, begrüßte sie ein älterer Mann mit üppigem weißem Vollbart und neugierigem Gesichtsausdruck. »Du meine Güte, Mr. Yoder, Sie sind überhaupt nicht gealtert, obwohl es 20 Jahre her sein muss. Gott hat Sie wahrlich gesegnet. Erinnern Sie sich an mich?«

Levi lächelte, als er an die jüngere Version des Mannes vor ihm zurückdachte. »Menachem, bitte nennen Sie mich Levi. Und natürlich erinnere ich mich an Sie.«

Sie umarmten sich und küssten sich auf die Wangen. Levi deutete auf Lucy. »Das ist meine Geschäftspartnerin Lucy.«

Menachem lächelte sie an und verneigte sich vor ihr, bevor er beiseite ging, damit sie eintreten konnten. »Freut mich, Sie kennenzulernen.«

»Lucy! Mr. Yoder!« Rivkas Stimme hallte durch den Flur, als sie mit einem Lächeln im Gesicht zur Tür geeilt kam. »*Gut Shabbes* Ihnen beiden. Es freut mich sehr, dass Sie gekommen sind, noch dazu gerade rechtzeitig.«

Im Nu war Rivka mit Lucy in der Küche verschwunden. Menachem nahm Levi ins Wohnzimmer mit, wo sich um die zehn Männer versammelt hatten.

Menachem räusperte sich und wandte sich an sie. »Das ist Levi Yoder. Er ist der Gast, von dem ich vorhin gesprochen habe.«

Die Männer stellten sich vor, danach nahm Levi auf einem

der Holzstühle Platz.

Die Männer trugen traditionelle, schwarze jüdische Gewänder. Unter den förmlichen Jacken lugten Fransen ihrer Gebetsschals hervor. Alle trugen eine Kopfbedeckung, die man *Kippa* nannte, wie Levi wusste.

Er fasste sich ans Haupt und fragte: »Soll ich auch eine *Kippa* tragen?«

Die meisten Augen wurden groß, aber der Älteste der Gruppe schmunzelte und meinte: »Wenn es Sie nicht stört, eine *Jarmulke* zu tragen, wäre das eine sehr nette Geste.« Er zog aus der Tasche eine handgroße, runde Kopfbedeckung mit eingenähten hebräischen Buchstaben und reichte sie Levi.

»Ich bin vielleicht ein *Goi*, aber ich lebe schon lang genug in New York, um zu wissen, dass es einige Traditionen gibt, die man respektieren sollte.« Levi setzte die Gebetskappe auf. Die Stimmung wurde lockerer, und die Männer fingen an, sich über ihren Tag zu unterhalten.

Plötzlich rannte eine gefühlt endlose Kolonne von Kindern durch den Raum. Ein etwas älteres Kind hetzte hinterher und rief: »Putzt euch für den Schabbat heraus, wir haben nur noch 15 Minuten!«

Menachem zog den Stuhl neben den von Levi, klopfte ihm auf den Rücken und flüsterte: »Wir unterhalten uns nach dem Essen weiter.«

Das Esszimmer war nicht groß genug für alle, daher erstreckten sich die Tische auf der einen Seite in die Küche hinein, auf der anderen in ein weiteres Zimmer. Levi platzierte man neben Zalman, dem Ältesten der Familie Cohen, der ihm die *Kippa* gereicht hatte und den Vorsitz einnahm. Lucy saß am anderen Ende, aber noch im Esszimmer. Lächelnd plauderte sie mit den anderen Frauen, von denen viele dabei halfen, die fast zwei Dutzend versammelten Kinder zu bändigen.

Als sich Zalman erhob, wurde es in allen drei Räumen schnell still. »Wir haben heute Gäste, die vielleicht nicht um die Bedeutung dieses Tages wissen, daher ist es eine *Mitzwa*, ein Segen für uns alle, ihnen zumindest verstehen zu helfen, was wir warum tun.

Heute Abend beginnt der Schabbat, der siebte Tag der Woche. Die gleich folgenden Gebete schildern, wie der Allmächtige am siebten Tag ruhte und ihn heiligte. Danach haben wir eine Segnung beim Wein und eine Segnung als Dank an den Herrn, dass er uns diesen Tag der Ruhe geschenkt hat.«

Zalman erhob ein Glas, das beinah vor Wein überquoll, und richtete den Blick auf die Flammen der auf dem Tisch flackernden Sabbatkerzen. Rivka hatte sie zuvor angezündet. Mit tiefer Stimme begann er, Gebete aufzusagen.

»Yom Ha-shi-shi. Va-y'chu-lu Ha-sha-ma-yim v'ha-a-retz, v'chawl^ts'va-am.

Va-y'chal e-lo-him ba-yom ha-sh'vi-i, m'lach-to a-sher a-sa

Va-yish-bot ba-yom ha-sh'vi-i, mi-kawl^m'lach-to a-sher a-sa.

Va-y'va-rech e-lo-him et yom ha-sh'vi-i, va-y'ka-deish o-to ki vo sha-vat mi-kawl^m'lach-to a-sher ba-ra e-lo-him la-a-sot.«

.   .   .

Der sechste Tag. So wurden vollendet Himmel und Erde mit ihrem ganzen Heer. Und so vollendete Gott am siebenten Tage seine Werke, die er machte, und ruhte am siebenten Tage von allen seinen Werken, die er gemacht hatte. Und Gott segnete den siebenten Tag und heiligte ihn, weil er an ihm ruhte von allen seinen Werken, die Gott geschaffen und gemacht hatte.

Während Zalmans Gebet durch die Wohnung hallte, betrachtete Levi die um den Tisch Versammelten. Ihre Lippen murmelten die Worte mit, die Häupter leicht geneigt.

Danach wurde über dem Wein gebetet und schließlich über dem Brot. Und letztlich war es Zeit zum Essen.

Levi schaute zu Lucy. Ihre Blicke begegneten sich. Sie lächelte und zwinkerte ihm zu.

Das Beisammensein vermittelte eine erbauliche Atmosphäre. In mancherlei Hinsicht erinnerte es Levi an seine amische Erziehung. Er hatte seine Gemeinschaft zwar im Alter von 18 Jahren verlassen und es nie wirklich bereut, aber er hatte auch die formale Religion nie unverhohlen als Glaubensgrundlage abgelehnt. Diese Leute glaubten genau wie seine eigene Familie an das, was sie praktizierten. Das konnte er nachvollziehen, auch wenn er selbst nichts damit am Hut hatte.

Menachem reichte ihm ein Stück des geflochtenen Challa-Brots, das traditionell zum Sabbat gehörte. »Ich frage mich«, sagte er, »ob Sie gefillten Fisch mögen.«

Levi zuckte mit den Schultern. »Ich weiß nicht, was gefillt bedeutet, aber Fisch mag ich. Eigentlich probiere ich alles, was man mir vorsetzt.«

Zalman beugte sich mit einem amüsierten Gesichtsausdruck zu ihm. »Ist in Ordnung, wenn Sie ihn nicht mögen. Ich bin auch kein Fan davon.«

Damit entfachte er eine hitzige Debatte über gefillten Fisch, die zu anderen unterhaltsamen, fast zwei Stunden andauernden Diskussionen führte.

Nach dem Abendessen führte Rivka sowohl Levi als auch Lucy die schmale Treppe hinauf zu einer geschlossenen Tür. Menachem begleitete sie. Rivka holte einen Schlüssel aus einer versteckten Tasche ihres Kleids und schloss auf. »Das ist Mendels Arbeitszimmer. Seit dem Einbruch wurde nichts angerührt. Bitte, nur zu.«

Lichter gingen automatisch an, als sie den Raum betraten. Levi hatte im Verlauf seines Besuchs bereits erfahren, dass es sich dabei um eine Eigenart von manchen orthodox-jüdischen Haushalten handelte.

Er folgte Menachem und Lucy in ein beengtes Arbeitszimmer mit einem großen Schreibtisch. Hier wurde tatsächlich gearbeitet, das ließ sich nicht übersehen. An zwei der Wände quollen Regale vor Büchern über. Nichts Ausgefallenes, nur haufenweise Werke über verschiedene Themen, darunter eine Encyclopedia Britannica aus dem Jahr 1969, die ein ganzes Regal einnahm. Viele der Bücher hatten hebräische Buchstaben auf den Rücken.

Levi wandte sich an Rivka. »Können Sie ganz von vorn beginnen? Was genau hat Ihr Ehemann gemacht?«

Sie schloss die Tür des Arbeitszimmers. »Er war Verbraucherreporter. Das war seine Leidenschaft.« Sie lächelte und wirkte wesentlich ruhiger als zuletzt in der Kneipe. »So haben wir uns vor vielen Jahren kennengelernt.«

»Über welche Dinge hat er berichtet? Und wo? Für Fernsehsender, Zeitungen?«

»Größtenteils Zeitungen, aber manchmal wurde er auch vom Fernsehen interviewt. Am Anfang hatte er eine Kolumne in den Lokalzeitungen.« Sie errötete und schürzte die Lippen. »Wahrscheinlich finden Sie das albern, aber damals hat er koschere Restaurants untersucht und sämtliche Verstöße oder fragwürdigen Verhaltensweisen gemeldet, um andere zu warnen. Das hat ihn schließlich dazu geführt, über internationale Lebensmittelimporte und -exporte zu berichten, und dann hat ihn der *Intelligencer* engagiert.«

Der *Intelligencer* war eine riesige Zeitung mit Millionen Lesern täglich. »Hat er dort zuletzt gearbeitet?«, fragte Levi.

»Ja. Und er wurde aufgebracht über Dinge bei der Arbeit. Ich vermute, das ist für Sie interessant. Einen Teil davon hat er mir erzählt. In den letzten Jahren ist ihm aufgefallen, dass aus seiner Arbeit beispielsweise immer wieder Namen entfernt wurden, oder seine Artikel wurden überhaupt nicht gebracht, obwohl der örtliche Redakteur sie abgesegnet hatte.«

»Ist das nicht ziemlich normal?«, fragte Lucy. »Soweit ich weiß, werden immer mehr Artikel geschrieben, als aus Platzgründen gedruckt werden können, oder?«

Rivka nickte. »Stimmt. Aber Mendel hatte das schon seit über 20 Jahren gemacht. Ich meine ... so lange schon.« Sie seufzte. »Und obwohl es seine Aufgabe war, die Menschen vor Problemen zu warnen, hat er den Zielpersonen seiner Artikel immer einen Vertrauensvorschuss eingeräumt. Es hätte ihn beruflich ruiniert, wenn er etwas Unzutreffendes oder Irreführendes geschrieben hätte.

Aber er hat mir etwas anvertraut, das er noch nicht in Druck geben wollte. Tatsächlich war er sich nicht sicher, ob er es je würde drucken lassen. Er war überzeugt davon, dass die Zeitung, für die er gearbeitet hat, ihre Leser bewusst täuschen wollte. Um deren Meinung zu formen, wenn man so will.«

Levi runzelte die Stirn. »Das versteh ich nicht. Ist das nicht die Aufgabe einer Zeitung? Ich lese ständig Haarsträubendes in Zeitungen.«

»Im redaktionellen Teil, ja. Mein Ehemann hat in einem Bereich gearbeitet, der in der Branche als *Hard News* bezeichnet wird. Dabei haben Meinungen nichts verloren, nur Fakten. Aber Mendel war überzeugt davon, dass die Geschäftsleitung der Zeitung kein Interesse daran hatte, ihren Millionen Lesern die Wahrheit zu sagen.«

»Okay«, sagte Levi. »Ich kann verstehen, dass Ihr Mann darüber aufgebracht war. Aber glauben Sie wirklich, das ist ein ausreichender Grund dafür, dass er ermordet wurde?«

Menachem räusperte sich. »Mein Schwager war ein äußerst rechtschaffener Mann. Er hat es als seine Berufung angesehen, den Menschen die Wahrheit zu überbringen. Was die Zeitung getan hat, war in seinen Augen eine Sünde, das müssen Sie wissen. Auch ich habe im letzten Jahr von ihm viel zu dem Thema zu hören bekommen. Er hat deutlich zum Ausdruck gebracht, dass die Zeitung zwar nicht unverhohlen lügt, aber die öffentliche Meinung formt, indem bestimmte Dinge nie gedruckt werden. Eine Unterlassungssünde.«

Lucy nickte verständnisvoll. »Schätze, das ist ungefähr so, wie wenn man über 'nen Polizisten redet, der auf der Straße einen Teenager erschossen hat, und wenn man dabei die Tatsache verschweigt, dass der Teenager mit einer Waffe auf ihn gezielt hat.«

»Ganz genau«, bestätigte Rivka. »Jedenfalls war Mendel in den Tagen vor seinem Tod besonders aufgebracht. Er wollte nicht darüber reden, nicht mal mit mir. Und dann ... dann war er tot.«

»Und Sie glauben, er wurde ermordet, weil ...«

Rivka ergriff vom Schreibtisch einen Aktenordner und reichte ihn Levi. »Das ist der Bericht des Gerichtsmediziners. Darin heißt es, er wurde vergiftet, obwohl die Todesursache offiziell als unbekannt gilt.« Schaudernd holte sie tief Luft. »Aber später wurde die Todesart in Selbstmord geändert, und zwar aufgrund der Aussage von jemandem, der lügt.«

Levi dachte daran zurück, was ihm Lucy über eine angebliche Affäre erzählt hatte. Darauf wollte er vorerst nicht herumreiten. Er blätterte durch den Ordner, der unter anderem einen Polizeibericht mit einigen geschwärzten Namen enthielt.

»Sie haben einen Einbruch erwähnt«, sagte Levi. »Erzählen Sie mir davon.«

Rivka verbarg das Gesicht in den Händen und begann zu

schluchzen. Menachem tätschelte ihre Schulter, Lucy rückte näher zu ihr und reichte ihr ein Taschentuch aus einer nahen Box.

Ihr Onkel antwortete für sie. »Es ist während Mendels Beerdigung passiert. Jemand ist eingebrochen und hat dieses Büro durchwühlt, aber sonst nichts im Haus angefasst. Wer immer der Täter war, muss gewusst haben, dass wir bei der Beerdigung waren.«

Levi dachte an die silberne Menora und all die anderen Wertgegenstände, die er unten gesehen hatte. »Was war hier drin und so wertvoll, dass der Rest des Hauses ignoriert wurde?«

»Wissen wir nicht.« Rivka wischte sich das Gesicht ab, wirkte zugleich aufgelöst und verlegen. »Der Täter hatte sämtliche Bücher aus den Regalen geholt und seine Schubladen geleert. Das Einzige, was fehlt, ist seine Arbeit.«

»War sie auf seinem Laptop?«

»Nein, in einem spiralgebundenen Notizbuch. Mendel hat Dinge lieber handschriftlich festgehalten. Ich weiß, dass es wie immer auf seinem Schreibtisch gelegen hat. Danach war es weg.«

Levi betrachtete das Büro. Irgendetwas an der Sache stimmte eindeutig nicht. Was konnte in den Notizen eines Reporters so wichtig gewesen sein, dass jemand eigens eingebrochen war, um sie zu stehlen?

Levi trat zum Mahagonischreibtisch und zog eine der Schubladen auf. Sie enthielt leere Aktenordner. Das Notizbuch hatte also unübersehbar auf dem Schreibtisch gelegen, trotzdem schien sich der Eindringling die Mühe gemacht zu haben, auch die Schubladen und Regale zu durchwühlen.

»Wissen Sie, was er in diesen Schubladen aufbewahrt hat?«, fragte er.

»Nicht genau«, antwortete Rivka. »Beim Aufräumen haben wir alles zurückgelegt, wo wir dachten, dass es hingehört.«

Levi wechselte einen Blick mit Lucy. So gut wie sicher ging ihnen dasselbe durch den Kopf. Nicht nur ein Notizbuch fehlte.

Auf dem Schreibtisch lag ein Buch in hebräischer Schrift. Levi blätterte durch die Seiten voll für ihn unverständlichen Zeichen und hielt inne, als er eine gelbe Haftnotiz entdeckte. Mehrere Namen standen darauf, und ein Pfeil zeigte auf einen Abschnitt des hebräischen Texts im Buch.

Er drehte es zu Menachem und Rivka herum. »Was steht in dem Abschnitt, auf den der Pfeil zeigt?«

Menachem beugte sich vor und kniff die Augen hinter der dicken Brille zusammen. »Ah, dieses Kapitel der Bibel entspricht dem, was Sie die Sprüche nennen. Hier steht: ›Ein falscher Zeuge bleibt nicht ungestraft; und wer frech Lügen redet, wird umkommen.‹«

Rivka lächelte. »Das sieht Mendel ähnlich. Er hat gern Passagen herausgesucht, die eine Bedeutung für ihn hatten.«

Levi trommelte mit den Fingern auf die Tischplatte. Er war sich nicht sicher, was er von all dem halten sollte. Aber er könnte zumindest herausfinden, von wem die Zeugenaussage stammte, um der Wahrheit auf den Grund zu gehen.

Als er die Haftnotiz aus dem Buch entfernte, bemerkte er, dass auf der Rückseite noch mehr in hebräischer Schrift stand. Er zeigte es Rivka. »Und was steht hier?«

Sie lehnte sich näher und erbleichte. »Hier steht: ›Es sind die Nazis.‹«

KAPITEL ZWEI

Levi lehnte sich auf dem Rücksitz des Town Car nach vorn, als Paulie vom Haus der Cohens losfuhr. Er klopfte gegen die Rückseite des Vordersitzes und sagte: »Tut mir leid, dass es so lang gedauert hat. Ist hier draußen irgendwas Ungewöhnliches passiert, während ihr gewartet habt?«

Tom, einer der Einbruchsspezialisten der Familie Bianchi, antwortete ihm. »War ziemlich tote Hose, abgesehen davon, dass die Bullen auffallend oft durch die Straße patrouilliert sind.«

Levi wandte sich an den dünnen Burschen mit der Statur eines Jockeys. »Und mit oft meinst du ...«

»In den drei Stunden, die ihr da drin wart, hab ich vierzehn Runden gezählt. Und der Cop mit der Schrotflinte auf dem Beifahrersitz hat Paulie und mir jedes Mal 'nen finsteren Blick zugeworfen. Der Fahrer hingegen, ein fies aussehender Mistkerl, hatte das Haus der Cohens im Blick. Hat auf mich den Eindruck gemacht, als würde er kundschaften.«

»Ihr habt nicht zufällig ...«

»Für was für *Filisteos* hältst du uns eigentlich?« Paulie holte einen Zettel aus der Innentasche seines Jacketts und gab ihn nach hinten zu Levi, bevor er nach rechts auf die Rogers Avenue bog. »Kam mir nicht richtig vor, also hab ich mir das Kennzeichen notiert.«

»Immer am Mitdenken. Spitze.« Levi warf einen Blick auf das notierte Kennzeichen und klopfte Paulie auf die Schulter. »Hey, ich weiß, es ist schon spät, aber wie wär's, wenn wir nicht nach Hause, sondern rüber nach Little Italy fahren? Ich hätte im *Gerard's* was zu erledigen.«

»Oh, das wär sogar gut«, meinte Tom. »Ich bin am Verhungern.«

»Während ihr zwei esst, besprechen Lucy und ich ein paar Dinge mit Denny.«

»Geht klar.« Paulie bog in die Bedford Avenue.

Levi lehnte sich auf dem gepolsterten Rücksitz zurück. Lucy rutschte näher, hob seinen linken Arm, schlang ihn sich um die zierliche Taille und schmiegte sich an ihn. Sie spielte überzeugend die Rolle der Mafioso-Freundin, berührte ihn ständig oder schäkerte mit ihm in der Öffentlichkeit, vor allem in Gegenwart von Bianchi-Leuten. Dabei lief nicht das Geringste zwischen ihnen, wenn sie allein waren. Nun ja, sie hatte ihn schon mehrfach absichtlich auf die Lippen geküsst, allerdings entsprach das eher ihrer Art, sich seine Aufmerksamkeit zu sichern, als etwas Sexuellem. Die Frau hatte eigene Pläne und eigene Regeln, was Levi zugleich faszinierte und frustrierte.

»Was hältst du von Rivkas Geschichte?«, flüsterte Lucy und lehnte den Kopf an seine Halsbeuge.

Levi atmete den Duft ihres Jasmin-Duschgels ein und drückte sie leicht. Dann richtete er die Aufmerksamkeit nach vorn und wandte sich an die beiden Mafiosi. »Hey, mal angenommen, ein Reporter hat sich umgebracht, die Familie ist bei der Beerdigung, jemand bricht ein und verwüstet sein Arbeitszimmer, nimmt aber nur ein paar der Akten mit. Warum könnte jemand so was tun?«

Tom drehte sich auf dem Sitz herum. »Nur die Akten dieses Typs wurden geklaut? Kein Schmuck, keine Uhren oder sonst was?«

»Nur seine Arbeitsaufzeichnungen.«

Paulie bog nach rechts auf die Flatbush Avenue und meinte: »Wenn er Reporter war, hat er vielleicht an 'ner Story über jemanden gearbeitet, der nicht will, dass die Story je erscheint.«

Tom nickte. »Klingt einleuchtend. Oder es war sein Boss. Weil er die von ihm begonnene Story zu Ende bringen will.«

»Niemals«, widersprach Paulie. »Eine Zeitung oder ein Fernsehsender wird keine Straftat begehen, um eine alte Arbeit zurückzubekommen. Die würden bloß seine Frau fragen, ob sie seine alten Arbeitsunterlagen abholen können. Warum sollte sie das ablehnen?«

Levi blickte auf Lucy hinab. »Damit hat Paulie nicht unrecht. Wir sollten Rivka fragen, was die Zeitung zu ihr gesagt hat.«

Sie schürzte die Lippen und nickte knapp. »Ich hab ihre Telefonnummer. Während des Sabbats geht sie nicht ans Telefon, aber ich ruf sie morgen Abend oder am Sonntag an.«

Levi wollte bereits etwas hinzufügen, als Lucy seine rechte Hand ergriff und sanft küsste. Für jemanden, der es nicht mochte, von anderen angefasst zu werden, berührte sie selbst andere ziemlich oft. Es war angenehm, und Levi musste sich vor Augen halten, dass sie lediglich einem Publikum etwas vorspielten. Nur dass Lucy es nun tat, da ihr Publikum gar nicht zusah, ließ ihn überlegen, was in ihrem Kopf vor sich gehen mochte.

»Levi, wir werden verfolgt«, meldete Paulie.

Als Levi über die Schulter blickte, sichtete er über ein Dutzend Autos im dichten Verkehr, aber sein Blick heftete sich sofort auf den Wagen des NYPD drei Fahrzeuge hinter und eine Fahrspur neben ihnen. Es handelte sich um das von Paulie notierte Kennzeichen. »Ich rufe ein paar der Jungs dazu.«

Levi wählte eine Nummer und hielt sich das Handy ans Ohr.

»Hallo, Levi. Was gibt's?«

Levi schaltete das Gespräch auf Lautsprecher. »Lou, ein Streifenwagen ist uns auf den Fersen. Wir kreuzen gemächlich auf der Flatbush Avenue Richtung Norden. Wir haben gerade die Johnson Street passiert und fahren Richtung Midtown. Kannst du uns mit einem Blocker aushelfen?«

»Klar. Lass mich sehen, wen wir in der Gegend haben. Paulie ist mit euch in dem bronzefarbenen Town Car unterwegs, stimmt's?«

»Genau, die Karre hab ich genommen«, bestätigte Paulie.

Lou sprach einige Sekunden lang mit jemandem auf einer anderen Leitung im Hintergrund, bevor er sich wieder meldete. *»Ihr habt Glück. Direkt hinter euch ist Dreikinn Romano. Er sitzt in dem schwarzen Cadillac zwei Autos hinter euch und direkt vor dem Streifenwagen. Er meint, er macht das schon, keine Bange.«*

Levi drehte sich nach rechts und beobachtete, wie der Cadillac die Warnblinker einschaltete und sich scharf nach rechts querstellte, direkt vor das Fahrzeug der Freunde und Helfer, denen er effektiv den Weg versperrte.

Paulie ließ den Motor aufheulen, und der Wagen raste über die nächste Kreuzung, bevor er sofort nach rechts in die Bridge Street bog. Nach ein paar weiteren Richtungswechseln befanden sie sich endgültig außer Sichtweite des Streifenwagens und fuhren in Richtung Midtown.

»Lou, das hat wunderbar geklappt. Verbindlichsten Dank.«

»Gern doch. Gib Bescheid, falls du noch was brauchst.«

Levi steckte das Smartphone zurück in sein Jackett.

Lucy setzte sich auf und schaute durch die Heckscheibe. »Wird Gino dafür verhaftet?«

»Ne«, antwortete Tom zuversichtlich. »Wir haben alle 'nen kleinen Schalter im Auto, der den Motor abwürgt. Was will der Cop schon tun? Der arme Gino hatte Probleme mit dem Auto und wollte gerade ranfahren, als der Motor einfach ausgefallen ist.« Der Mann schenkte ihr ein teuflisches Grinsen. »Manchmal hat man eben Pech.«

Lucy deutete mit dem Kopf in Richtung der beiden Mafiosi vorn, als sie Levi zuflüsterte: »Hat der Polizeiwagen sie verfolgt oder uns?«

»Ich bin mir nicht sicher. Mal sehen, ob wir ein paar Antworten kriegen, wenn wir mit Denny reden.«

»Denny? Woher soll er wissen ...«

Levi legte ihr einen Finger an die Lippen. »Du wirst schon sehen.«

Es war fast zehn Uhr abends, als sie im *Gerard's* eintrafen. Das Lokal war berstend voll mit Leuten aus der Gegend und einer Handvoll Mitarbeiter der Familie Bianchi.

Levi erlangte Dennys Aufmerksamkeit und deutete in Richtung des Hinterzimmers. Der Kneipenbesitzer nickte und flüsterte Rosie etwas zu, einer hübschen, aber mürrischen Puertoricanerin, die sich um die Bar kümmerte. Rosie bedachte Levi mit einem finsteren Blick, wie sie es immer tat, wenn er Denny von seiner Hauptarbeit wegholte. Er erwiderte ihren Blick mit einem hoffentlich gewinnenden Lächeln. Verärgert wienerte sie mit einem Spültuch die Theke. Mit ziemlicher Sicherheit verwünschte sie Levi dabei.

Während Paulie und Tom an einem der wenigen freien Tische Platz nahmen, ging Levi mit Lucy nach hinten. Sie passierten die Toiletten und bogen nach links in einen schwach beleuchteten Gang, der zu einem kleinen Büro führte. Die rechte Seite des Flurs wies ein buntes Mosaik einer Strandszene auf.

Denny schloss im Gang zu ihnen auf und drückte den Finger gegen eine Stelle an der gefliesten Wand. Etwas klickte, und mit einem Zischen von Luft wurden die Umrisse einer Tür in der Wand sichtbar. Denny drückte dagegen, und sie schwang lautlos in sein geheimes Hinterzimmer auf – das den eigentlichen Zweck hinter dem *Gerard's* beherbergte.

Levi übergab Denny die Kopie des zensierten Polizeiberichts, den er von der Witwe Cohen hatte. »Siehst du 'ne Möglichkeit, eine Version davon ohne geschwärzte Namen aufzutreiben?«

Denny setzte sich an seinen Schreibtisch und warf einen Blick auf den kopierten Bericht. »Sollte eigentlich kein Problem sein.« Er legte den Bericht beiseite und meldete sich bei seinem Computer an. Die Finger des Computergurus verschwammen, als er tat, wobei Levi ihn schon unzählige Male beobachtet hatte.

»Okay, das ist jetzt nicht, was ich erwartet hab«, meinte Lucy, als ihr Blick über Regale wanderte, die an eine Lagerhalle erinnerten – vollgestopft mit elektronischen Überwachungsgeräten, Oszilloskopen, Teilen von zerlegten, hochmodernen Sicherheitssystemen und so ziemlich jedem sonstigen erdenklichen technischen Schnickschnack.

Levi lächelte über ihren verblüfften Gesichtsausdruck. Seine Augen hefteten sich auf die Kurven ihres Körpers, als sie auf einem Stuhl mit starrer Rückenlehne Platz nahm. Unwillkürlich bewunderte er, was er in dem enganliegenden Kleid sah. »Was genau *hast* du denn erwartet?«

Sie streckte die Hand aus und berührte Denny kurz an der Schulter. »Nichts für ungut, aber als Levi gesagt hat, du wärst ein Tüftler, da hab ich dich mir mit einem Lötkolben vorgestellt, wie du, was weiß ich, Abhörgeräte oder ähnlichen Kleinkram bastelst.« Sie deutete auf die Fülle von Ausrüstung und Geräten. »Mit all dem da hab ich nicht gerechnet.«

Ohne vom Computer aufzuschauen, zeigte Denny nach links und erwiderte: »Da drüben an der Wand ist eine Lötstation. Ich bastle auch Kleinkram. Ah, ich bin drin.«

Levi zog sich einen Stuhl heran, als eine unzensierte Kopie des Polizeiberichts auf Dennys Bildschirm erschien.

»Soll ich ihn dir ausdrucken?«, fragte Denny.

»Nein.« Levi schüttelte den Kopf. »Scroll ihn einfach durch, damit ich alle Namen lesen kann, die man nicht herausrücken wollte.«

Während Denny langsam durch den Bericht scrollte, schaute er zu Lucy. »Dieser Typ hat ein Gedächtnis wie ein Elefant. Willst *du* 'ne Kopie?«

Lucy lächelte. »Nein, aber danke der Nachfrage.«

Als Denny das Ende des Berichts erreichte, nickte Levi. »Mindy Cross ist die Frau, mit der die Polizei wegen der Affäre gesprochen hat. Haben wir irgendwelche Informationen über sie? Eine Adresse, für wen sie arbeitet, wie sie aussieht?«

»Moment.« Nach wenigen Augenblicken hatte Denny alles zusammengetragen, was man beim NYPD über sie hatte. »Sie ist Reporterin beim *Intelligencer*. 32 Jahre alt, Abschluss in Journalismus von der Cornell University. Und sie hat 'n Instagram-Konto.« Nach ein paar weiteren Eingaben wurde eine Reihe von Bildern einer Blondine mit schmaler Taille, großen Büsten und einem hübschen Gesicht eingeblendet.

Levi stieß einen anerkennenden Pfiff aus. »Dieser Cohen hatte Geschmack, das muss man ihm lassen.«

»Sie ist tatsächlich heiß«, merkte Lucy an. »Ihre Kleidung sieht professionell aus, aber diese Kurven könnte sie sogar unter Sackleinen kaum verbergen.«

Denny tippte auf den unteren Teil des Bildschirms. »Laut ihrem Profil ist sie alleinstehend und arbeitet als Reporterin für Lokalgeschehen.«

»Lokalgeschehen?« Levi schüttelte den Kopf und grinste sarkastisch. »Wer hätte das gedacht? Ich hätte eher auf Spezialistin für pikante Affären getippt.«

Lucy bedachte ihn mit einem missbilligenden Blick. »Vergiss

nicht, unser Mann hätte nicht viel mit ihr anfangen können, selbst wenn er gewollt hätte.«

»Apropos.« Levi zeigte auf den Monitor. »Kannst du alles aufrufen, was du über einen Mann namens Mendel Cohen findest?«

Innerhalb weniger Augenblicke hatte Denny das Leben des Mannes freigelegt. »Okay, die Bonitätsbewertung des Kerls liegt bei über 800, also hat er seine Rechnungen immer pünktlich bezahlt. Laut seinen Bankguthaben nicht unbedingt reich, aber ganz okay. Keine nennenswerten Schulden. Sieht so aus, als hätte ihm eine Immobilie am Lincoln Place gehört. Soweit ich das hier sehe, wurde die Hypothek dafür vor fast sieben Jahren abbezahlt.«

Levi nickte. »Ja, das ist die Adresse, an der seine Witwe und seine Kinder leben.«

Lucy lehnte sich nach vorn. Ihr Blick schnellte über den Monitor hin und her. »Irgendwelche offenen Haftbefehle oder allgemein Schwierigkeiten mit dem Gesetz?«

Nach ein paar Eingaben änderte sich der Bildschirm. »Sieh mal einer an, was haben wir denn da?«

Denny klickte auf einen Eintrag, und Lucy betrachtete mit gerunzelter Stirn die eingescannte Kopie eines unterschriebenen Strafzettels. »Was bedeutet das, Verursachen eines Sicherheitsrisikos durch unsicheres Überqueren einer Fahrbahn?«

»Das bedeutet, dass er bei Rot über die Straße gegangen ist«, erklärte Levi. »Hätte nicht gedacht, dass dafür tatsächlich Strafzettel ausgestellt werden.«

Denny sah Levi an. »Versuch das mal als Schwarzer um drei Uhr morgens in einer Gegend, in der du nicht sein solltest. Glaub mir, da kannst du gar nicht so schnell schauen, wie du ’nen Strafzettel in der Hand hast.«

Levi neigte den Stuhl zurück und legte die Stirn in Falten. »Okay, wir haben also einen untadeligen Mann ohne erwähnenswerte Konflikte mit dem Gesetz in seiner Vergangenheit. Ich sehe keinen Grund, warum die Cops ihm etwas anhängen wollen könnten.«

»Haben sie aber«, beharrte Lucy. »Es gibt auch keinen Grund, warum wir seiner Krankenakte nicht glauben sollten.«

»Und ebenso wenig einen Grund, der Aussage seiner mutmaßlichen Geliebten nicht zu glauben.«

Denny ignorierte den Wortwechsel. »Brauchst du sonst noch was?«

Levi schnippte mit den Fingern. »Ja, tatsächlich. Ein Wagen vom NYPD hat die Adresse beobachtet, an der wir waren. Kannst du rausfinden, wer sich für das Fahrzeug eingetragen hat?«

»Hast du das Kennzeichen?«

Levi ratterte die vierstellige Zahl herunter, die er sich gemerkt hatte, und Denny rief die Information in Sekundenschnelle auf. »Mit der Nummer gibt’s zwei Kennzeichen. Hast du auch die kleine Zahl auf dem Nummernschild mitbekommen? Die gibt das Modelljahr der Karre an.«

Paulie hatte die kleinere Zahl auf dem Nummernschild zwar nicht notiert, aber Levi schloss die Augen und rief sich die Szene in der Flatbush Avenue ins Gedächtnis. Die Polizisten, die ihnen gefolgt waren, hatten sich zwar ein paar Autolängen hinter ihnen befunden, doch das war nah genug für Levi gewesen. »19.«

Denny nickte. »Der Wagen ist dem 17. Revier zugewiesen.

Muss ein paar Anrufe erledigen, um rauszukriegen, wer gerade damit durch die Gegend rollt.«

»Wo ist das 17. Revier?«, fragte Lucy.

Levi trommelte mit den Fingern auf seinem Bein. »Die sind für den Osten von Midtown, Murray Hill, Kipps Bay und den Großteil der Gegend mit dem UNO-Sitz zuständig. Weit weg von Crown Heights, falls es das ist, was du dich fragst.«

»Ist das normal?«, fragte Lucy. »Ich meine, patrouillieren Polizisten normalerweise außerhalb ihres Gebiets?«

»Ich glaub nicht.« Levi wandte sich wieder an Denny. »Ich brauch diese Namen, sobald du sie hast. Ach – und eins noch.« Er ratterte die Liste der Namen herunter, die er auf dem Zettel in Mendels Büro gefunden hatte, und Denny notierte sie. »Diese Namen haben wir aus Mendels Notizen. Kannst du sie durch den Computer jagen und mir dann Bescheid geben, was du mir über sie sagen kannst? Zum Beispiel, was für eine Verbindung besteht zwischen diesen Leuten, falls überhaupt irgendeine.«

»Geht klar«, erwiderte Denny.

Levi stand auf und zog sein Handy hervor. »Bin gleich wieder da.« Während er wählte, ging er auf die andere Seite des lagerhausähnlichen Raums. Hinter sich hörte er, wie Lucy seinen Freund aufforderte, noch etwas anderes aufzurufen.

Eine Stimme meldete sich nach dem ersten Läuten. »*Ja?*«

»Frankie, haben wir Freunde beim *Intelligencer?*«

»*Der Zeitung?*«

»Genau.«

»*Ja, wir haben jemanden. Einen Kerl namens Dominic Maroni. Ist dort Redakteur. Warum? Willst du 'ne Anzeige aufgeben oder so?*«

Levi lächelte. »Nein, nichts dergleichen. Wir reden später darüber. Kannst du für mich ein Treffen mit ihm arrangieren?«

»Wie schnell? Noch heute Nacht?«

»Wie wär's morgen zu Mittag?«

»Ich sorge dafür, dass er auftaucht.«

»Danke, Frankie.«

»Hey, da ich dich schon dran habe: Vinnie und ich wollen mit dir über das Arrangement reden, das du mit deiner Freundin hast. Ihr Status hat sich geändert. Darüber müssen wir uns unterhalten.«

Ein kalter Schauder lief Levi über den Rücken. »Klingt ernst. Sollen wir noch heute Nacht darüber reden?«

»Ich ruf sicherheitshalber Vinnie an, aber grundsätzlich ja. Je eher, desto besser, denke ich.«

Als Levi auflegte, richtete er den Blick auf Lucy und spürte, wie sich sein Magen zusammenkrampfte. Vinnie, das Oberhaupt der Verbrecherfamilie Bianchi, hielt es für wichtig, über die Frau zu sprechen, die sich in Levis Wohnung versteckte. Das verhieß nichts Gutes.

Er kehrte durch den Raum zurück und legte die Hand auf Dennys Schulter. »Wir müssen los. Ruf mich an, sobald du mehr herausgefunden hast.«

»Wird gemacht.« Denny stand auf und gab Levi die Ghettofaust.

Lucy hängte sich bei Levi ein. »War schön, diese Seite von dir kennenzulernen, Denny. Ich bin beeindruckt. Du bist ein Mann mit vielen unerwarteten Talenten.«

Denny lächelte und führte sie zurück in den Gastraum vom *Gerard's*.

Sobald sie von hinten auftauchten, winkte Paulie ihnen zu und deutete fragend zur Eingangstür. Als Levi nickte, wischte sich Paulie schnell den Mund ab, schob sich vom Tisch zurück, dann wurden Levi und Lucy wortlos von ihm und Tom aus dem *Gerard's* begleitet.

Lucy schaute zu Levi auf und drückte leicht seinen Arm. »Ist alles in Ordnung?«

Levi gefiel nicht, wie er sich fühlte. Der Ton in Frankies Stimme hatte ihn beunruhigt. Auf dem Weg zurück zum Auto beschleunigte er die Schritte. »Alles gut. Wenn wir ankommen, gehst du schon mal in die Wohnung. Ich fahr kurz rauf in die oberste Etage.«

Lucy wusste bereits, dass Vinnie im obersten Stockwerk wohnte, und sie war schlau genug, keine Fragen zu stellen.

Tom öffnete die hintere Tür auf der Beifahrerseite, und Levi stieg unmittelbar nach Lucy ein.

Als Paulie losfuhr, tätschelte Lucy mit einer Hand Levis Oberschenkel und warf ihm einen Blick zu. Einen Blick, den jeder zu deuten vermocht hätte.

Sie wusste, dass irgendetwas nicht stimmte.

KAPITEL DREI

»Die Kopfgeldsumme wurde erhöht«, erklärte Frankie, während Levi und der Don vor dem Kamin in Vinnies Salon saßen. Frankie nippte an seinem Scotch mit Soda und fuhr fort. »Wir reden von einem sechsstelligen Betrag. Dafür wird 'ne Menge Abschaum aus der Versenkung hervorkriechen.«

»Levi.« Vinnies raue Stimme ertönte leise, fast im Flüsterton. »Jemand muss sie auf der Straße erkannt haben. Die hätten die Summe nicht erhöht, wenn sie nicht sicher wären, dass der Fisch im Teich ist.« Er schwenkte die bernsteinfarbene Flüssigkeit in seinem Kristallglas und trank einen Schluck des Amaretto. Dann lehnte er sich mit neugierigem Gesichtsausdruck nach vorn. »Du hast gewusst, dass es ein Risiko ist, sie hier wohnen zu lassen, aber jetzt ist der Einsatz höher. Was hat's mit euch beiden auf sich? Ich meine, klar, vor den Jungs macht sie dir gegenüber auf unheimlich verliebt – aber ich kaufe ihr das nicht ab. Das schmeckt mir nicht.«

Levi lächelte seinen langjährigen Freund an und zuckte mit den Schultern. »Sie hat mir bei etwas geholfen, und ich hab sie aus einer brenzligen Lage geholt ...«

»Hör auf, mich zu verscheißern, Levi. Stehst du auf die Schnecke, oder was? Ich muss wissen, wie ernst es dir damit ist, für sie den Hals zu riskieren. Nichts für ungut, aber wenn sie nur eine heiße Schnalle ist, die du zum Spaß knallst, würde ich vorschlagen, du setzt sie vor die Tür und streichst sie aus deinem Leben.« Vinnie zog einen Finger quer über seinen Hals.

Levi nippte an seinem Selters und dachte eingehend darüber nach, wie er darauf antworten sollte. Obwohl Vinnie sein Freund war – wahrscheinlich sein *bester* Freund –, hatte Vinnie auch ein Geschäft zu führen. Und Levi wusste durchaus, dass Lucy ein mögliches Sicherheitsrisiko darstellte.

»Unsere Beziehung ist kompliziert«, begann er, bevor er zögerte. Mittlerweile wusste er zwar viel über sie, aber was sie dachte und was sie motivierte, gab ihm immer noch Rätsel auf. »Manchmal glaub ich zu wissen, wie sie tickt, und hab den Eindruck, wir sind völlig einer Meinung. Andere Male ... werd ich einfach nicht schlau aus ihr.«

»Er steht auf sie«, warf Frankie grinsend ein. »Woraus man ihm keinen Vorwurf machen kann. Für 'ne Asiatin ist sie ein Augenschmaus.«

Vinnie sah Levi nur an und wartete.

Levi spürte den Druck des starren Blicks des Mafiabosses, und er zuckte erneut mit den Schultern. »Vinnie, ich weiß es nicht. Werd ich sie morgen heiraten? Nein. Mag ich sie? Ja.«

Vinnie lehnte sich auf dem Stuhl zurück und sah Frankie an. »Informier dich über den Auftrag. Mal sehen, ob wir herausfinden können, wer das Kopfgeld ausgesetzt hat.« Dann wandte er sich an Levi und sagte in ernstem Ton: »Wenn mein Gespür richtig ist – und das ist es meistens –, dann hat sie jemand auf der Straße gesichtet und ist ihr wahrscheinlich hierher gefolgt. Wenn jemand darauf aus ist, sie alle zu machen, will ich nicht, dass meine Leute da reingezogen werden. Das ist ihre Angelegenheit, ihr Problem. Wenn du willst, dass sie unter unserem Schutz bleibt, muss sie bis auf Weiteres hierbleiben. Kein Verlassen mehr des Gebäudes. Klar?«

»Verstanden. Sie hat Hausarrest.«

Vinnie sah auf die Armbanduhr, dann stand er auf und trank seinen Amaretto aus. »Es ist nach Mitternacht – ihr findet ja selbst hinaus. Ich hab Phyllis und den Kindern versprochen, morgen früh mit ihnen an den Strand zu gehen.«

Frankie und Levi erhoben sich, als der Don den Salon verließ. Frankie schlang Levi einen Arm um die Schultern, und sie gingen zusammen zur Doppeltür, die nach draußen führte.

»Momo, mach die verdammte Tür auf«, rief Frankie.

Die Türflügel schwangen auf, und zwei bullige Mafiosi nickten ihnen im Vorbeigehen zu.

An den Aufzügen drückte Levi die Abwärtstaste und wartete.

»Ich hab dir vor kurzem 'ne E-Mail geschickt«, ergriff Frankie das Wort. »Das Treffen morgen Mittag mit dem Kerl vom *Intelligencer* steht. Wieso interessierst du dich für die Zeitung?«

»Ich geh nur etwas nach, auf das ich aufmerksam geworden bin. Falls es 'ne gute Geschäftschance ist, lass ich es dich wissen.«

Frankie lächelte. »Du hast ein Händchen für Interessantes,

das Gewinn für uns abwirft. Und wenn es Gewinn abwirft, hast du meinen Segen, was immer es ist.«

Mit einem Bimmeln glitten die Fahrstuhltüren auf. Levi und Frankie traten ein, drückten die Knöpfe für ihre jeweiligen Stockwerke, und die Türen schlossen sich wieder.

Als der Aufzug nach unten fuhr, dachte Levi daran, was Vinnie über Lucys Hausarrest gesagt hatte. Levi freute sich nicht darauf, herauszufinden, wie sie die Nachricht aufnehmen würde. Sie aufzufordern, etwas zu tun, was sie nicht wollte, kam immer dem Baden einer Katze gleich: Sie fuhr sämtliche Krallen aus und wurde übellaunig.

Levi hatte geduscht, sich für das Treffen mit dem Redakteur angezogen und bürstete sich vor Spiegel gerade die Haare, als Lucy ins Schlafzimmer kam. Lächelnd fuhr sie mit den Händen über seine Schultern, wischte imaginäre Fussel weg.

»Bist du bereit für dein Date?«, fragte sie gespielt verschämt.

Er drehte sich zu ihr um. Ihr zufriedener Gesichtsausdruck erinnerte ihn an die Grinsekatze. Zugleich wirkte die Miene ein wenig unheimlich, da Lucy wenig davon hielt, zu lächeln – oder davon, überhaupt Emotionen zu zeigen.

»Zunächst mal«, stellte er klar, »ist es kein Date. Ich treffe mich mit einem Kerl. Wahrscheinlich schuldet er der Familie einen Gefallen, und wenn ich Glück habe, kann ich vielleicht diese Mindy fragen, woher sie Mendel Cohen gekannt hat.«

Lucy drückte Levis Kinn hoch, als sie seine Krawatte zurechtrückte. »Wir wissen nicht, wie sie Fragen über einen unlängst Verstorbenen aufnimmt. Vielleicht war sie in ihn verliebt, vielleicht hat sie irgendeine Masche mit ihm abgezogen. Oder wer weiß, vielleicht war dieser Cohen ihr Ritter in glänzender Rüstung. Worauf ich hinauswill: Sei ihr gegenüber nicht so unverblümt wie sonst immer. Pack die Finesse aus. Ich bin sicher, das hast du auch drauf. Du bist so ein hübscher Kerl – lass deinen Charme spielen.«

Levi runzelte die Stirn, als ihr Lächeln zunehmend breiter wurde. »Du hast doch irgendwas vor. Nur denk dran, bis wir wissen, was es mit diesem Kopfgeld auf sich hat, kannst du nicht raus. Wenn du irgendwas brauchst, rufst du einfach unten an, und man besorgt es für dich. Okay?«

Sie küsste ihren Finger und drückte ihn auf seine Lippen. »Keine Sorge. Ich warte hier, bis du zurückkommst und mir alles über dein *Date* erzählst.« Lucy deutete zur Tür. »Mach dich mal besser auf den Weg. Im Mittagsverkehr dauert es in der Stadt überallhin eine ganze Weile. Und du willst dich ja nicht verspäten.«

Levi ging zur Tür, dann drehte er sich noch einmal zu ihr um. Wieder beschlich ihn beim Anblick dieses unheimlichen Lächelns ein leichtes Unbehagen. Was führte sie wirklich im Schilde?

Als er gerade etwas sagen wollte, drängte sie sich an ihm vorbei, öffnete die Tür und forderte ihn auf: »Geh.« Ihr russischer Akzent kam deutlicher zur Geltung. »Ich schwöre, ich werd nur fernsehen und warten, um von dir zu hören, wie's gelaufen ist.«

Levi zwang sich, zur Tür hinauszugehen und den Weg zum Wagen anzutreten, der unten auf ihn wartete.

In all den Jahren, die Levi schon in New York City lebte, war er noch nie im Trump Tower gewesen. Während er auf das Eintreffen des Redakteurs vom *Intelligencer* wartete, schwenkte er den Blick am Eingang zum *Trump Grill* vorbei und heftete ihn auf die berüchtigte Rolltreppe, mit der Donald Trump herabgekommen war, bevor er seine unwahrscheinliche Präsidentschaftskandidatur bekanntgegeben hatte. Politik erfüllte in Levis Leben zwar keinen Zweck, trotzdem ignorierte er sie nicht völlig.

Ein asiatischer Tourist betrat den Turm, steuerte schnurstracks zur Rolltreppe und begann unterwegs zu fotografieren. Ja, diese Rolltreppe war wirklich berühmt. Und Trump war ein Mann mit vielen Fans und Feinden gleichermaßen.

Levi blickte erneut auf die Uhr. Er konnte es nicht leiden, warten zu müssen.

Plötzlich kam ein großer, schwarzhaariger Mann durch den Eingang von der Straße hereingestürmt. Der besorgte Blick im geröteten Gesicht verriet alles.

Das war der Mann.

Der Redakteur raste an Levi vorbei zum Pult der Tischdame. »Ich bin Dominic Maroni. Ich habe eine Reservierung für zwei Personen, den Eckplatz. Oh, und wissen Sie, ob jemand ...«

»Oh ja, Sir.« Die junge Frau am Empfangspult deutete auf Levi. »Mr. Yoder ist hier. Er wollte nicht ohne Sie zum Tisch geführt werden.«

Dominic drehte sich um. Das Gesicht des bulligen Italieners wurde blass, als er sah, dass Levi nur anderthalb Meter entfernt stand. Er faltete die Hände. »*Marone a mi.* Tut mir sehr leid, dass ich mich verspätet habe. Die verdammten Taxifahrer in dieser Stadt ...«

Levi lächelte und schüttelte dem aufgewühlten Redakteur die Hand. »Sie sind nur fünf Minuten zu spät. Es gibt Schlimmeres.«

Mit einem Ausdruck der Erleichterung nickte Dominic. »Wenn das für Sie in Ordnung ist, setzen wir uns und reden.« Er warf der Frau einen Blick zu: »Ist der Tisch bereit?«

»Ja, Sir. Bitte folgen Sie mir.«

Sie wurden zu einem Tisch in einer Ecke des gemütlichen Restaurants gebracht. Wenige Minuten später hatten sie bereits bestellt. Levi gefiel sowohl die Wärme, die von den Holzakzenten ausging, als auch der insgesamt aufgeräumte Eindruck des Restaurants. Es fühlte sich behaglich an, nicht annähernd so prahlerisch, wie er es von einem Lokal erwartet hatte, das mit dem Namen Trump in Verbindung stand. Und obwohl der Gastraum fast voll war, blieben die Tische unmittelbar neben ihrem frei, wodurch sie relativ ungestört waren.

»Also«, begann Dominic. »Mr. Minnelli hat gesagt, Sie hätten Fragen über den *Intelligencer*. Er hat sich etwas vage darüber ausgedrückt, was genau Sie wissen müssen. Aber ich arbeite seit 20 Jahren dort. Wenn ich die Antworten nicht habe, die Sie brauchen, weiß ich wahrscheinlich, wer sie hat.«

Levi trommelte mit den Fingern auf dem weißen Leinentischtuch, während er überlegte, wie er das Thema am besten ansprechen sollte. Er ließ das unbehagliche Schweigen zwischen ihnen anhalten und wusste, dass Dominic es nicht brechen würde. Obwohl Levi den Mann eben erst kennengelernt hatte, erkannte er bereits den Typ. Dominic Maroni war ein Aktivposten der Mafia. Als solcher musste der Mann wissen, dass der Sicherheitsleiter einer der prominentesten Familien der Stadt ihn nicht angerufen hätte, wenn es nicht wichtig für den Don wäre. Und wenn es für Don Bianchi wichtig war, würde sich der Bursche ein Bein ausreißen, wenn das nötig wäre, um sich die Gunst der Familie zu verdienen.

»Dominic, lassen Sie mich direkt auf den Punkt kommen. Ein Reporter, der für Ihre Zeitung gearbeitet hat, ist jetzt tot. Ich möchte mit Leuten reden, die er gekannt hat, und ein Gespür dafür bekommen, womit er sich beschäftigt hat.«

Dominic zog die Augenbrauen zusammen. »Darf ich fragen, wer das war?« Er holte sein Handy heraus und entsperrte das Display. »Wir haben über 3.000 Mitarbeiter. Aber ich kann ihn in unserer Verzeichnis-App aufrufen und nachsehen, welche Bereiche er abgedeckt hat, welche Redakteure für ihn zuständig waren, so ziemlich alles.«

»Der Name ist Mendel Cohen.«

Dominics Augen weiteten sich, und er ließ das Smartphone sinken. »Mendel? Nach ihm brauche ich nicht zu suchen – ich war einer seiner Redakteure. Im Lauf der Jahre hat er in verschiedenen Bereichen gearbeitet. Was wollen Sie wissen?«

»Fangen wir damit an, wie er war.«

Dominic tupfte sich die Stirn mit einer Stoffserviette ab und begann, an den Wassertropfen außen an seinem Trinkglas zu fingern. »Oh, er war recht nett ...«

»Hören Sie.« Levi zeigte mit einem Finger auf Dominic. »Ich hab keine Ahnung, wer der Kerl war. Ich will nur die Fakten. Kein Geschwafel. Klar? Sie müssen nichts beschönigen.«

»M-hm, ja. Verstanden. Na schön, die Wahrheit ist, dass er ein bisschen distanziert war. Kein übler Kerl, hat sich bloß in der

Regel an seinesgleichen gehalten, wenn Sie verstehen, was ich meine.«

»Sie meinen, an andere Juden.«

»Also ... ja. Denke schon. Ganz ehrlich, er hat seine Arbeit gemacht, Artikel pünktlich eingereicht und mir nie einen Grund geliefert, mich zu beschweren. Er war zuverlässig. Nur von Konversation hat er nicht viel gehalten.«

Levi nickte. »Als ich mit seiner Frau gesprochen habe, hat sie behauptet, er hätte sich in letzter Zeit über den Umgang mit seiner Arbeit geärgert. Angeblich wurden Namen herausgenommen und manchmal Artikel überhaupt nicht veröffentlicht. Irgendwelche Gedanken dazu?«

Dominic verschluckte sich an dem Wasser, das er trank, und hustete volle zehn Sekunden, bevor er sich in den Griff bekam. »Ich habe nie etwas von seinen Sachen zensiert – so was passiert über meiner Ebene durch Redaktionsleiter und Chefredakteure. Ich stelle nur sicher, dass alles ordnungsgemäß mit Quellen belegt ist und sich gut liest. Aber Sie haben recht, er hat sich darüber beschwert. So ziemlich das Einzige, worüber er sich je beschwert hat. So was hat er persönlich genommen.«

»Worüber hat Mendel geschrieben?«

»Meistens über lokale Belange – New Yorker Gesetze und dergleichen. Manchmal aber auch über Themen im Zusammenhang mit Israel oder dem Palästinenserkonflikt. Waren immer gute Artikel, und ich habe sie durchgewunken, weil ich sie interessant fand. Aber wenn die hohen Tiere bestimmten politischen Kram sehen, werden sie ein wenig nervös.«

Levi konzentrierte sich auf Dominic, achtete auf Hinweise für Unehrlichkeit. Hochgezogene Augenbrauen, Meiden von

Blickkontakt, nervöses Lächeln, sogar geringste Schwankungen im Sprachmuster. Aber er entdeckte keine Anzeichen für Lügen. »Mendels Frau sagt, er wäre überzeugt gewesen, die Zeitung wollte versuchen, mit den Nachrichten eine Meinung zu bilden, die seiner Ansicht nach nicht der Wahrheit entspricht.«

Dominic seufzte und nickte fast unmerklich. »Ich selbst mache das nicht – das heißt, ich versuche nie, Artikel an eine vorgefasste Meinung anzupassen. Aber es gilt in der Branche als gemeinhin bekannt, dass die Nachrichten nicht immer das sind, was die Leute denken. Ich bin lang genug dabei, um das zu wissen, und Mendel hat es auch gewusst.« Er beugte sich näher und senkte die Stimme. »Wir haben ein Publikum, das wir bedienen müssen, und meiner Geschäftsleitung geht es primär darum, mehr Exemplare zu verkaufen und mehr Klicks zu erzielen. Wenn die Berichterstattung dem entspricht, was die Leute hören wollen, sind die Einnahmen höher, das wissen die Leute, die das Sagen haben. Für das Fernsehen gilt dasselbe. Quoten sind Gold wert, und wer das meiste Gold hat, der gewinnt.«

Levi achtete auf einen neutralen Gesichtsausdruck, obwohl ihm überhaupt nicht gefiel, was er hörte. »Glauben Sie nicht, dass die Menschen die Wahrheit haben wollen?«

Dominics Augen weiteten sich, und seine Stimme nahm einen leicht entrüsteten Ton an. »Wir sagen immer die Wahrheit. Wir sagen nur nicht immer *die Gesamtheit* der Wahrheit.«

Levi presste die Lippen zusammen, als er sich ins Gedächtnis rief, was Menachem gesagt hatte, als Lucy und er in Mendels Arbeitszimmer waren. *Er hat deutlich zum Ausdruck gebracht, dass die Zeitung zwar nicht unverhohlen lügt, aber die öffent-*

liche Meinung formt, indem bestimmte Dinge nie gedruckt werden. Eine Unterlassungssünde.

Ihr Kellner traf mit einem Serviertablett ein und stellte einen Teller vor Levi. »Sir, für Sie die angebratenen Fisch-Tacos vom Rochenflügel mit Rotkrautsalat und Koriander-Limonen-Sauerrahm in der Maistortilla mit Avocado, Tomate und geröstetem Feldsalat.«

Er stellte einen weiteren Teller vor Dominic. »Und für Sie, Sir, der Caprese-Salat mit frischem Büffelmozzarella, Campari-Tomaten, Rucola, gereiftem Balsamico-Essig und nativem Olivenöl, dazu Shrimps aus dem Golf.«

Als er die Wassergläser auffüllte, fragte er: »Kann ich Ihnen sonst noch etwas bringen?«

Dominic sah Levi an, der den Kopf schüttelte. »Nein, alles bestens«, sagte Dominic. »Danke.«

Der Kellner ging so schnell, wie er gekommen war, und Levi bedeutete Dominic, mit dem Essen anzufangen.

»Was wissen Sie über Mendels Tod?«, fragte Levi.

»Praktisch nichts.« Der Redakteur spießte mit der Gabel ein Stück Tomate und Mozzarella auf, steckte es sich in den Mund und kaute schnell. »Ich hab gehört, er hätte Selbstmord begangen, aber ich hab keine Ahnung, wie oder warum.« Dominic hatte einen nachdenklichen Ausdruck im Gesicht, als er mit dem Finger an die Seite seines Glases tippte. »Na ja, das stimmt so nicht ganz. Nach seinem Tod habe ich in den Gängen das Gerücht gehört, er hätte eine Affäre oder so gehabt. Aber ich bin mir nicht sicher, wie viel ich davon glaube. Mendel hatte ein Foto seiner Familie auf dem Schreibtisch. Er hatte einen ganzen Haufen Kinder und eine ziemlich gutaussehende

Frau. Und er schien mir nicht der Typ dafür zu sein, fremdzugehen.«

»Okay«, sagte Levi. »Kleiner Themenwechsel. Ich suche außerdem Informationen über noch jemanden, der bei der Zeitung arbeitet. Mindy Cross. Kennen Sie die Frau?«

Mit dem Mund voller Tomaten und Mozzarella schluckte Dominic schwer und nickte. »Ach, die. Ja, sie arbeitet in unserer Etage. Was wollen Sie wissen?«

»Wie lautet ihre Geschichte? Wie ist sie so?«

»Oh Mann. Wo soll ich anfangen?«

Levis Augenbrauen hoben sich leicht.

»Also, man weiß immer, wann sie in der Nähe ist. Diese Frau verströmt einen Blumenduft, der einfach unverkennbar ist. Sie wissen schon. Man kann einen Aufzug betreten und merkt sofort, dass sie vor nicht allzu langer Zeit dort war. Normalerweise sind es die hässlichen Schnepfen, die denken, Parfüm würde Aufmerksamkeit erregen. Aber diese Frau hat das nicht nötig. Sie ist ein echter Augenschmaus. Nur über ihre Persönlichkeit kann ich nicht wirklich was sagen. Ich weiß, dass die Hälfte der männlichen Mitarbeiter in unserem Stockwerk gern bei ihr landen würde. Soweit ich weiß, ist das noch keinem gelungen.«

Levi nahm einen Bissen von seinem Fisch-Taco. Das Essen schmeckte ausgezeichnet. »Das bleibt unter uns, verstanden?«

Dominic nickte.

»Was würden Sie sagen, wenn ich Ihnen erzähle, dass die Polizei behauptet, Mendel hätte eine Affäre mit ihr gehabt?«

Dominic brach abrupt in Gelächter aus. Dann verstummte er genauso plötzlich, als ihm klar wurde, dass Levi nicht scherzte. »Auf keinen scheiß Fall. Entschuldigen Sie die Ausdrucksweise, aber das hätte ich mitbekommen. Ich hätte Gerüchte oder irgendetwas darüber gehört.« Er schüttelte den Kopf. »Ich meine, jeder unverheiratete Hornochse in unserer Etage würde gern bei ihr punkten, und ein paar der verheirateten auch. Wenn *irgendeiner* dieser Jungs die beiden auch nur unter vier Augen miteinander reden gesehen hätte, dann hätte ich garantiert davon erfahren. Mendel hat generell kaum mit jemandem gesprochen. Und ich bin mir ziemlich sicher, dass ich ihn nie mehr als ›Hallo‹ zu irgendeiner Frau sagen gesehen habe. Nicht mal zur Empfangsdame. Wissen Sie, er ist super-religiös. Oder war es.« Wieder schüttelte er den Kopf. »Mindy? Wirklich?«

»Wirklich«, bestätigte Levi. »Meinen Sie, dass Sie für mich ein Treffen mit ihr arrangieren können? Ich würde ihr gern ein paar Fragen stellen.«

»Mal sehen, was ich tun kann.« Dominic griff sich sein Handy vom Tisch und begann, eine Nachricht zu tippen. Wenig später nickte er. »Wie wär's gleich nach dem Mittagessen?«

»Wunderbar.«

Er tippte noch kurz auf seinem Telefon, dann legte er es wieder auf den Tisch. »Okay, alles klar. Sie wird an ihrem Schreibtisch sein.« Dominic musterte Levi mit einem anerkennenden Lächeln von oben bis unten. »Nicht falsch verstehen, aber Sie sind ein gutaussehender Bursche. Wenn *Sie* ihr nicht gefallen, dann wahrscheinlich niemand.«

Dominic führte Levi durch den vierten Stock der Zentrale des *Intelligencer*. Ein Meer von Arbeitsnischen erstreckte sich, so weit das Auge reichte, die meisten besetzt von Mitarbeitern, die tippten, telefonierten oder beides gleichzeitig taten.

Noch bevor sie Mindys Schreibtisch erreichten, nahm Levi Blumenduft in der Luft wahr. Und tatsächlich, wenig später hielt Dominic an einer der Arbeitsnischen und klopfte leicht an die Kabinenwand. »Mindy?«

Die Frau, die von ihrem Monitor aufblickte, war dieselbe, die Levi auf Bildern bei Denny gesehen hatte. Und in natura sah sie genauso gut aus, was schon etwas heißen wollte. Das Haar reichte bis über die Schultern, ein honigblonder Wasserfall, der sogar in der trüben Bürobeleuchtung strahlend schimmerte. Da die Augenbrauen und der Teint dazu passten, war Mindy Cross vielleicht einer der wenigen Menschen mit natürlich blondem Haar, die Levi bisher kennengelernt hatte.

»Hallo«, sagte sie. Ihr Blick wanderte von Dominic zu Levi. »Sind Sie Levi?«

»Bin ich«, bestätigte Levi und schüttelte ihr die Hand. Sie hatte einen überraschend festen Griff.

Dominic trat zurück. »Ich lasse Sie beide allein, dann können Sie ungestört reden.« Zu Levi fügte er hinzu: »Falls Sie mich brauchen, geben Sie einfach der Rezeptionistin Bescheid. Sie weiß, wo sie mich findet.«

Als er in das Meer der Arbeitsnischen davonschlenderte, stand Mindy auf. »Dominic hat mir eine Nachricht über Sie geschrieben, aber er war ziemlich vage, worum es geht. Er hat gemeint, Sie wären ein Ermittler, hat aber nicht erwähnt, worüber Sie ermitteln.«

Levi deutete zu den Fahrstühlen. »Ich habe unten ein Café

gesehen. Wenn Sie einen Moment Zeit haben, lade ich Sie ein. Unterwegs erkläre ich es Ihnen.«

Die Reporterin legte den Kopf schief und starrte Levi ein paar Sekunden an, bevor sie nickte. »Na schön. Wüsste nicht, was es schaden kann.«

Bald saßen sie in einem gemütlich eingerichteten Café im Erdgeschoss des *Intelligencer*-Gebäudes. Levi widerstand der Versuchung zu fragen, von wem der Duft stammte, den sie trug. Er war ungewöhnlich stark, was ihn aus irgendeinem Grund nicht störte – tatsächlich mochte er ihn. Sein Geruchssinn war wie seine übrigen Sinne überdurchschnittlich ausgeprägt. Als er hinter ihr gegangen war, hatte er erkannt, dass nicht nur ein bestimmter Körperteil der attraktiven Frau den Duft verströmte. Es war beinah, als zöge sie von Kopf bis Fuß einen Dunstschleier hinter sich her. Vermutlich irgendein Duschgel.

Mindy winkte der Kellnerin, einer älteren Asiatin, doch es gelang ihr nicht, die Aufmerksamkeit der Frau zu erlangen. Die Kellnerin lachte und plauderte auf Mandarin mit einem älteren asiatischen Ehepaar, das sie bereits bedient hatte.

Levi drehte sich der Kellnerin zu und sagte in geübtem Mandarin: »Entschuldigen Sie, könnten wir eine Speisekarte oder Hilfe beim Bestellen bekommen?«

Die Augen der Frau weiteten sich beim Anblick eines offensichtlich nicht asiatischen Mannes, der Mandarin beherrschte. Sie eilte zu ihrem Tisch herüber und zog einen Notizblock aus ihrem Hosenbund.

Bevor sie etwas sagen konnte, ergriff Levi das Wort – wieder im Dialekt der Frau. »Haben Sie schwarzen Tee?«

Die Kellnerin lächelte und nickte. »Wir haben Dien-Hong-

Tee«, sagte sie enthusiastisch auf Mandarin. »Er stammt aus meiner Heimatprovinz Yunnan. Ein sehr weicher Tee mit fruchtigen Aromen. Er ist ausgezeichnet.«

»Den nehme ich.« Levi wandte sich an Mindy, die ihn überrascht anstarrte. »Was hätten Sie gern?«

»Tee und ein Gebäck?«, fragte Mindy.

Die Kellnerin antwortete auf Englisch mit einem ausgeprägten New Yorker Akzent. »Bevorzugen Sie eine bestimmte Teesorte, oder darf ich Ihnen den Standard Orange Pekoe bringen?«

Mindy zuckte mit den Schultern. »Der Standard passt schon, denke ich.«

Die Kellnerin kritzelte etwas auf ihren Notizblock und eilte davon.

Mindy starrte Levi an. »Wie um alles in der Welt haben Sie gelernt, so Chinesisch zu sprechen?« Als sie sich vorbeugte, konnte Levi nicht umhin zu bemerken, wie ihr Busen leicht aus dem Dekolletee ihres enganliegenden Kleids quoll.

Levi begegnete dem steten Blick ihrer blauen Augen. »Im Lauf der Jahre hab ich das eine oder andere aufgeschnappt.«

»Sieht ganz so aus. Nun, was möchten Sie jetzt gern aufschnappen? Im Aufzug haben Sie gesagt, man hätte sie damit beauftragt, in ›persönlichen Angelegenheiten‹ zu ermitteln. Wären Sie so nett, das näher auszuführen?«

Levi wusste, dass er vorsichtig vorgehen musste. Aber er hatte ihre Aufmerksamkeit erregt, was gut war. »Ich kann nicht allzu sehr ins Detail gehen, aber ich würde gern Ihre Meinung über die Menschen erfahren, mit denen Sie zusammenarbeiten.«

Die Kellnerin kehrte mit zwei Teekannen aus Keramik und

Mindys Gebäck zurück. Sie stellte alles auf dem Tisch ab, dazu eine Schale mit einen großen Klecks Erdbeergelee. Schweigend schenkte sie den Tee ein, bevor sie verschwand.

»Ich bin nicht sicher, ob ich das verstehe«, antwortete Mindy schließlich. »Hat jemand eine Beschwerde gegen jemanden eingereicht?«

Levi schüttelte den Kopf. »Das kann ich wirklich nicht sagen. Was halten Sie davon, wenn Sie damit beginnen, mir etwas über Ihre Stelle zu erzählen?«

»Na ja, ich bin für das Stadtgeschehen zuständig – Sie wissen schon, lokale Storys. Und ehrlich gesagt habe ich abgesehen von unseren täglichen Arbeitsbesprechungen mit dem Redakteur nicht viel mit anderen Reportern zu tun.«

»Wirklich?«, Levi zog eine Augenbraue hoch und lächelte. »Ich hätte vermutet, dass etliche Reporterkollegen nur zu gern mit Ihnen zusammenarbeiten würden. Ich will nicht unhöflich sein, aber Sie sind eine attraktive Frau und tragen keinen Ehering ...«

»Mr. Yoder.« Sie bedachte Levi mit einem so frostigen Blick, dass er die Kälte beinah spüren konnte. »Ich arbeite lieber allein, als mir diese sabbernden Idioten vom Hals halten zu müssen, die so tun, als wüssten sie, was ein Mann ist.«

Levi bemerkte, dass sie schlagartig von »Levi« auf »Mr. Yoder« umgeschaltet hatte. Nicht gut.

»Entschuldigung. Ich wollte Sie nicht beleidigen. Ich mache nur meine Arbeit.«

Ihre Wangen röteten sich. »Nein. Mir tut's leid.« Sie streckte sich über den Tisch und legte die Hand auf seine. »Ich wollte Sie nicht so anherrschen. Und ich hätte niemanden als Idioten bezeichnen sollen. Es ist nur ...«

Sie blinzelte heftig, und ihr Kinn zitterte. Es dauerte nur für eine Sekunde an, doch das genügte, damit Levi es bemerkte. Irgendetwas machte ihr eindeutig zu schaffen.

Levi drückte leicht ihre Fingerspitzen. Er beugte sich vor und flüsterte: »Was ist los?«

Mindy schluckte schwer und schüttelte den Kopf. »Nichts. Es ist albern. Ich hab nur die Büropolitik satt. Und es tut mir wirklich leid, dass ich Sie angeschnauzt habe. Das haben Sie nicht verdient.«

»Erzählen Sie mir doch etwas über diese Politik.«

Sie tupfte sich die Augen mit einer Serviette ab und schenkte ihm ein aufrichtiges Lächeln. »Wahrscheinlich wissen Sie, was ich meine. Sie sind ein attraktiver Mann. Sie scheinen intelligent zu sein, und Sie kleiden sich gut. Vermutlich werfen sich Ihnen Frauen ständig an den Hals.«

Levi wusste nicht recht, wie es gekommen war, dass sich das Gespräch plötzlich um ihn drehte. Das musste er wieder umkehren. »Sie wären überrascht. Aber was hat das mit dem Büro zu tun?«

»Kann ich Ihnen etwas im Vertrauen sagen, das diesen Tisch nicht verlässt?«

Levi lehnte sich zurück und studierte Mindys Gesichtsausdruck. Manche Menschen zeigten ihre Emotionen offenkundig, andere sperrten sie so lange in sich ein, bis es unerträglich wurde und sie aus ihnen hervorbrachen. Ihre steife Haltung, die zusammengepressten Lippen und die ernste Miene ließen erkennen, dass Mindy zu Letzteren gehörte. Sie bemühte sich redlich, in sich zu verschließen, was herauszukommen drohte.

»Es bleibt unter uns«, versprach er und beugte sich vor. »Niemand sonst erfährt davon.«

Mindys Blick bohrten sich starr in ihn. »Ich bin lesbisch«, verriet sie mit leiser Stimme. »Ich weiß es, seit ich zwölf war, und ich bin *nicht* wirklich geoutet. Deshalb haben mir Ihre Worte so zugesetzt. Die Typen drängen sich mir ständig auf, und wenn ich nicht auf ihre Annäherungsversuche reagiere, bin ich die ›eiskalte Schlampe‹. Außerdem werde ich bei den Zuteilungen benachteiligt, weil man denkt, ich wäre keine Teamplayerin. Ich hab das alles einfach so satt. Bei diesen Leuten kann ich nicht wirklich ich selbst sein.«

Levi lehnte sich wieder auf dem Stuhl zurück, während sein Verstand diese neue Information rasend verarbeitete. Mindy war eindeutig aufrichtig. Sie hatte gerade ein tief in ihr verborgenes Geheimnis gelüftet, und er glaubte ihr jedes Wort. Aber wenn sie lesbisch war ...

»Ihre schwierige Lage tut mir leid, Mindy. Wirklich. Wenn Sie mir die unverschämte Frage erlauben ... gibt es nicht irgendeine Möglichkeit, sich zu outen? Oder glauben Sie, die Leute bei der Zeitung hätten dafür kein Verständnis?«

»Ob sie Verständnis dafür hätten oder nicht, ist nicht der springende Punkt. Es ist meine Sache, was ich über meine Frau oder mein Privatleben preisgeben will und was nicht. Und ehrlich gesagt hab ich keine Lust, mich diesen Schwachköpfen mitzuteilen.«

»Verstehe ich vollkommen. Und mir ist aufgefallen, dass Sie keine Fotos auf dem Schreibtisch haben. Ist das der Grund?«

»So ziemlich. Meine Frau – Karen – ist der Mittelpunkt meines Lebens. Zusammen mit Fuzzy, unserem Hund. Aber ich brauch keine Fotos auf dem Schreibtisch. Mein Leben ist meine Sache.«

Levi holte die Brieftasche hervor und zeigte Mindy ein Bild von zwölf Kindern. *Seinen* Kindern. »Diese Mädchen sind mein Stolz und meine Freude.«

Mindy nahm das Foto entgegen und lächelte warmherzig. »Sie sind bezaubernd. Aber die können nicht alle von Ihnen sein ... oder? Ich meine, sie sind alle mehr oder weniger im selben Alter. Ist Ihre Frau Asiatin?«

»Tja, das ist kompliziert. Sagen wir einfach, wir haben adoptiert.«

In Wirklichkeit hatte Levi diese Kinder von der Straße gerettet und ihnen ein neues Leben geschenkt. Sie wurden von seiner Mutter in Pennsylvania großgezogen, und er besuchte sie so oft wie möglich.

»Ich würde gerne Bilder von Karen sehen, und vor allem von Fuzzy. Falls Sie welche haben.«

»Wirklich?«, Mindy zögerte kurz, dann lächelte sie und öffnete ihre Handtasche. Nach kurzem Suchen holte sie ihr Handy hervor, entfernte die Displaysperre, scrollte durch einige Bilder und zeigte ihm ein Foto. »Das haben wir vergangenes Wochenende zu Hause aufgenommen. Karen und ich beim Abhängen mit Fuzzy. Solche Augenblicke mag ich am liebsten.«

Levi betrachtete das Foto – zwei Frauen, die sich küssten, während sie mit Champagnergläsern anstießen. Irgendetwas daran fühlte sich falsch an. »Sie beide sind ein schönes Paar«, sagte er, während ihm die widersprüchlichen Informationen durch den Kopf wirbelten, die ihm präsentiert wurden. »Und Sie haben recht. Pfeif auf die Typen bei der Zeitung. Sie sind denen nichts schuldig.«

Als sie das Handy wieder in der Handtasche verstaute, überlegte Levi, wie er das Gespräch wieder in die richtige Richtung lenken könnte, ohne zu viel preiszugeben. Er rief sich die Namen an den Arbeitsnischen auf dem Weg zu ihr ins Gedächtnis und beschloss, sie zu verwenden.

»Wissen Sie was? Da Sie ja nicht mit vielen Leuten zu tun haben, nenne ich Ihnen einfach ein paar Namen. Und wenn Ihnen nichts dazu einfällt, ist das völlig in Ordnung. Falls doch, sagen Sie mir einfach, was Sie können. Kurz und schmerzlos. Klingt das gut?«

Mindy trank einen ausgiebigen Schluck Tee. »Klingt gut.«

»Kennen Sie Josh Hayes?«

»Den Namen hab ich schon gehört, aber ich glaube, ich weiß nicht mal, wie er aussieht.«

»Was ist mit John Crawford?«

Mindy seufzte. »Ehrlich?«

Levi nickte.

»Er ist ein Arsch. Redakteur für landesweite Nachrichten, verheiratet, zwei Kinder. Trotzdem hat er mir zu Beginn meiner Karriere angeboten, mir zu zeigen, wie der Hase läuft, *wenn* ich bereit wäre, ihm an seinem Schreibtisch eine ›Nackenmassage‹ zu geben. Natürlich habe ich ihm gründlich Bescheid gestoßen. Seitdem hat er nur noch Verachtung für mich übrig.«

Levi spürte, wie ihm heiße Wut in den Hals kroch. »Okay, Crawford ist ein Oberarsch. Ist angekommen. Sonst noch etwas über ihn?«

»Nein. Wir haben seit dem Vorfall kaum miteinander gesprochen.«

Levi achtete auf jede Regung der Frau, als er fragte: »Was ist mit Mendel Cohen?«

»Kann sein, dass ich den Namen schon mal gehört hab, aber ich habe keine Ahnung, wer er ist.«

Levis Herz pochte heftig in der Brust, als er ihre Reaktion beobachtete. Sie hielt den Blickkontakt aufrecht, und ihre Körpersprache zeigte keine Anzeichen von Hinterlist. Kein Zappeln, kein Achselzucken, kein Herumspielen an den Haaren. Nichts, was er erwarten würde, wenn jemand log. Sie kannte den Mann wirklich nicht.

Er rasselte noch ein paar Namen herunter, damit es so aussah, als würde er seine Arbeit tun. Dann beendete er die Befragung mit den Worten: »Also, ich denke, ich hab alles, was ich brauche. Ich weiß Ihre Geduld mit mir wirklich zu schätzen, und es tut mir leid, dass ich Sie aufgeregt habe.«

Sie legte erneut die Hand auf seine und drückte sie. »Danke, dass Sie mir zugehört haben. Und für Ihre Aufgeschlossenheit. Ich kann ich Ihnen gar nicht sagen, wie selten so was ist.«

»Hey, Mindy!« Der Ruf kam von der anderen Seite des Cafés. Ein Mann Mitte 20 in einem speckigen Cornell-Sweatshirt und Jeans mit einem *Intelligencer*-Dienstausweis am Gürtel steuerte auf ihren Tisch zu, den Blick eindringlich auf ihre sich berührenden Hände gerichtet.

Levi wollte die Hand zurückziehen, aber Mindy hielt sie fest und schenkte dem Mann, der sie gerufen hatte, keinerlei Beachtung. Sie lehnte sich über den Tisch und flüsterte: »Tun Sie mir den Gefallen und spielen mit?«

»Sicher.«

Der Mann starrte mit einem Kaffee in der Hand immer noch zu ihrem Tisch. Irgendetwas an ihm weckte in Levi den Wunsch, hinüberzugehen und ihm ins Gesicht zu schlagen.

Mindy trank einen letzten Schluck Tee, wickelte ihr Gebäck in eine Papierserviette und stand auf. »Danke für die Pause, Schatz.« Sie sagte es laut genug, dass es der Typ vom *Intelligencer* hörte. Dann beugte sie sich vor, drückte Levi einen flüchtigen Kuss auf die Lippen und ging zu den Fahrstühlen davon.

Levi verstand, was sie vorhatte, und verlor keinen weiteren Gedanken darüber. Stattdessen konzentrierte er sich auf den Polizeibericht, die eidesstattliche Erklärung und den Beamten, der Mindy Cross über ihre angebliche »Affäre« mit Mendel befragt hatte.

Unmöglich.

Der junge Mann vom *Intelligencer* kam herüber, zog sich Mindys Stuhl heraus und setzte sich mit einem Lächeln im Gesicht. Er streckte die Hand aus. »Hallo, ich bin Greg Puckett. Und Sie sind ...«

Levis Blick feuerte Dolche in den jungen Burschen ab. »Ich bin der Typ, der dich zu deinen toten Verwandten schickt, wenn du je wieder mit Mindy oder mir redest.«

KAPITEL VIER

»Hi, Denny. Hast du schon was über die ... Typen, die uns verfolgt haben?«

Während sich Levi das Handy ans Ohr hielt, warf er einen Blick zu seinem Uber-Fahrer, der sich durch den New Yorker Verkehr schlängelte. Da es sich um niemanden von der Familie handelte, musste Levi vorsichtig damit sein, was er hören ließ.

»*Ja, Mann*«, antwortete Denny. »*Ich hab ein paar Infos über deine Cops. Die Jungs, die mit der Karre rumfahren, sind Sergeant Felix Mendoza und Officer Doug Jenkins. Mendoza ist seit acht Jahren beim NYPD. Jenkins ist ein Neuling und erst seit einem Jahr auf der Straße unterwegs. Meistens Verkehrsdienst, nichts Ungewöhnliches. Nur ... waren die zwei zu der Zeit außer Dienst, als sie dir gefolgt sind.*

Also hab ich 'n bisschen tiefer gegraben, und dabei ist was aufgetaucht. Jeder der beiden hat vor kurzem 'ne Einzahlung von 5.000 Dollar von einer Bank auf den Caymans auf sein Konto gekriegt. Der Betrag ist gering genug, um keine Aufmerksamkeit der Bundesbehörden auf sich zu ziehen – aber komm schon, beide dieselbe Summe? Am selben Tag? Das ist nie und nimmer ein Zufall.«

»Weißt du, von wem die Zahlungen sind?«

»Ja. Hab's zurückverfolgt, ist aber bisher 'ne Sackgasse. Das Konto ist zwar auf den Caymans, aber der Eigentümer ist 'ne Briefkastenfirma mit 'nem Postfach in Los Angeles. Aber ich grabe weiter.«

Levi runzelte die Stirn, als sein Uber vor sein Wohngebäude rollte. »Okay, Denny. Der Typ, der die heiße Braut laut dem Bericht befragt hat: Kannst du rausfinden, ob irgendwas an ihm ungewöhnlich ist? Ich hab inzwischen über sie ein paar Infos, denen ich nachgehen muss, aber allmählich fange ich an, alles in dem Bericht anzuzweifeln. Ich schaue heut Abend bei dir vorbei.«

»Verstanden. Ich werd sehen, was ich rausfinden kann.«

Levi legte auf, lehnte sich nach vorn und warf einen Zwanzig-Dollar-Schein als Trinkgeld auf den Vordersitz. »Danke, Mohammad. Ich werd wieder nach Ihrem Wagen fragen. War 'ne gute Fahrt.«

»Danke, Sir.«

Schwungvoll stieg Levi aus und atmete die Luft der Upper East Side ein, während er auf sein prunkvolles altes Wohngebäude zuging. Marmorsäulen säumten den Eingang, die Worte »The Helmsley Arms« prangten in Goldschrift über den drei Meter hohen Türen aus blickdichtem Glas.

Als Levi die makellose Eingangshalle betrat, öffnete sich einer der Aufzüge auf der gegenüberliegenden Seite, und Tony

Montelaro kam heraus. Tony war ein großer Bursche – deutlich über 100 Kilo und gut und gern zehn Zentimeter größer als Levi mit seinen 1,83 Metern. Und wie alle Vollmitglieder der Familie Bianchi war der Gangster gut gekleidet.

»Hallo, Levi. Wollte dir nur Bescheid geben, dass sich deine Freundin ein paar Sachen nach Hause hat liefern lassen.«

»Ach ja? Was zum Beispiel?«

»Ein paar große Pakete von Saks Fifth Avenue.«

Ein kaltes Gefühl der Beklommenheit beschlich Levi. »Du hast den Inhalt doch überprüft, bevor du die Lieferung hast raufbringen lassen, oder?«

»Seh ich wie ein Vollpfosten aus? Klar haben wir alles überprüft, bevor wir die Sachen nach oben gelassen haben. War bloß irgendwelches Gepäck.«

Levi drückte den Rufknopf für den Aufzug. »Gepäck? Bist du sicher?«

»Ja, sonst nichts. Mr. Minnelli hat ziemlich klar zum Ausdruck gebracht, dass nichts nach oben darf, ohne dass es mit dem Scanner geprüft wird, den wir von deinem Freund Denny haben. Funktioniert erstklassig, das Ding.«

Die Fahrstuhltüren öffneten sich, und Levi betrat die Kabine. »Danke, Tony. Bin euch echt dankbar, dass ihr so aufmerksam seid.«

Während der Aufzug in den dritten Stock fuhr, kehrten Levis Gedanken zu dem zurück, was Denny über die bestochenen Polizisten gesagt hatte. Er fragte sich, wofür sie bezahlt wurden. Dafür, den Haushalt der Cohens zu beobachten? Oder hatte man sie dafür bezahlt, Lucy zu folgen? So oder so, die Dinge wurden allmählich komplizierter, als er erwartet hatte.

Levi fuhr mit dem Finger über den biometrischen Scanner, und die Verriegelung öffnete sich mit einem Surren. Er betrat sein Apartment ... und blieb unvermittelt stehen.

Die Überreste eines Einkaufsbummels lagen über den Wohnzimmerboden verstreut, darunter ein halbes Dutzend leere Stofftaschen mit Monogramm, einige aufsehenerregende Louis-Vuitton-Preisschilder und mehrere große Versandkartons von Saks. Lucy lümmelte in einem Seidengewand auf der Lederliege und telefonierte auf Kantonesisch. »Also bringen wir das zu Ende, sobald ihr hier seid«, sagte sie.

Flüchtig nickte sie zur Begrüßung in Levis Richtung, bevor sie wieder die volle Aufmerksamkeit auf ihr Gespräch richtete.

Levi hatte eine Begabung für Sprachen. Im Verlauf der Jahre hatte er mehrere gelernt, darunter den verbreitetsten chinesischen Dialekt. Das wusste Lucy. Was sie nicht wusste, war, dass er vor kurzem dank eines Audiokurses aus der öffentlichen New Yorker Bibliothek begonnen hatte, seinem Repertoire Kantonesisch hinzuzufügen. Kantonesisch war der Dialekt, den man in Hongkong sprach, wo Lucy einen Großteil ihres Erwachsenenlebens verbracht hatte. Deshalb konnte er die Quintessenz ihrer Seite des Gesprächs verstehen. Die Einzelheiten blieben ihm zwar verborgen, aber eins stand fest: Lucy führte eindeutig etwas im Schilde.

Levi setzte sich ihr gegenüber auf den Ledersessel und wartete darauf, dass sie auflegte.

Sie richtete den Blick auf ihn und lächelte. »Ting, du wirst Charlie auf jeden Fall mögen.« Dann sagte Lucy etwas, das er nicht verstand, aber der Satz endete mit: »... und er ist sehr hübsch.«

Als sie das Gespräch beendete, fragte Levi: »Worum ging's denn da?«

Lucy ignorierte die Frage einfach. Sie nahm sitzende Haltung ein und erwiderte: »Wie war deine Verabredung?«

Ihr amüsierter Gesichtsausdruck verriet ihm, dass sie es bereits wusste.

»Ist gut gelaufen. Für mich ist dabei sogar ein Kuss herausgesprungen.«

»Wirklich?« Lucy zog eine Augenbraue hoch und grinste. »Ich bin sicher, ihre Frau, die zufällig Staatsanwältin ist, wäre nicht allzu begeistert, wenn sie davon wüsste.«

»Okay, woher zum Teufel weißt du das?«

Lucy sprang auf, ging zu ihm und setzte sich auf seinen Schoß.

»Was hast du vor?«, fragte Levi.

Sie lehnte sich an ihn und schlängelte den linken Arm um seinen Hals. »War es eine herbe Enttäuschung, als du erfahren hast, dass sie eine Frau hat?«

Levi schluckte den Köder nicht. Ihre Gesichter befanden sich nur Zentimeter voneinander entfernt, und sie atmeten die Luft des anderen ein. »Warum sollte ich ... egal. Du hast davon schon gewusst, bevor ich losgegangen bin. Du hast dich heute Morgen komisch verhalten. *Woher* hast du's gewusst?«

Lucy verlagerte leicht die Haltung. »Als wir gestern Abend bei Denny waren und du mit Frankie telefoniert hast, da hab ich ihn gefragt, ob diese Mindy Cross noch andere Konten bei sozialen Medien hat. Er hat mit einer Gesichtserkennungssoftware nach ihr gesucht und eine Facebook-Seite unter einem anderen Namen gefunden. Anscheinend ist Mindy Cross zugleich Mindy Weber. Verheiratet mit Karen Weber, der örtlichen Bezirksstaatsanwältin.«

Levi versuchte zu ignorieren, dass Lucy auf seinem Schoß saß. Sein Blick verlagerte sich zu den Sachen auf dem Boden. »Was hat's mit dieser Lieferung auf sich?«

Sie beugte sich näher, knabberte an seinem Ohrläppchen, schnippte mit der Zunge darüber und erwiderte schnurrend: »Du solltest die Aufmerksamkeit echt mehr auf Hetero-Frauen richten.«

Bei den Worten erstarrte Levi und versuchte, die Reaktionen seines Körpers auf ihre Handlungen zu kontrollieren. »Ist das ein Angebot?«

Lucy lachte und lehnte sich zurück. »Natürlich nicht.«

Levi verspürte den Drang, sie von seinem Schoß zu stoßen. Lauter als beabsichtigt sagte er: »Hör mal, irgendwie hab ich's satt, dass du mit mir herumspielst. Ich versteh die Nummer in der Öffentlichkeit – da spielst du etwas, und das ziemlich gut. Aber es verwirrt mich total, wenn du's auch dann tust, wenn wir allein sind. Was erwartest du eigentlich, wie ich darauf reagieren soll? Ich weiß ja, dass du's nicht leiden kannst, angefasst zu werden, was also *willst* du? Wenn du möchtest, dass aus uns mehr wird, als wir sind, dann lass uns darüber reden. Aber das hier ... Ich weiß noch nicht mal, wie ich es nennen soll ... das ist nicht cool.«

Lucy nahm sein Kinn in die Hand, und für den Bruchteil einer Sekunde vermeinte er, einen Anflug von Emotionen in ihren Zügen zu erkennen. »Entschuldige. Ich wollte dich nicht durcheinanderbringen.«

Normalerweise war Levi ziemlich gut darin, die Gedanken von Menschen zu erahnen. Aber diese Frau verkörperte für ihn ein totales Rätsel – und das trieb ihn in den Wahnsinn. Selbst in diesem Augenblick, nur Zentimeter voneinander entfernt, konnte er nicht abschätzen, was sich hinter ihrer ruhigen Fassade verbarg.

»Ich habe nicht vor, dass aus uns je ein Paar wird, falls dir das Kopfzerbrechen bereitet«, sagte Lucy. »Dadurch würde es nur unangenehm.« Sie fuhr mit einem Finger Levis Kieferpartie entlang und schenkte ihm ein verhaltenes, beinah verschämtes Lächeln. »Ich berühre dich bloß hin und wieder gern und beobachte, wie du reagierst. Ganz ohne Hintergedanken. Wenn es dich so stört, höre ich auf damit.«

Mit einem tiefen Seufzen schüttelte Levi den Kopf. »Ich kann nicht behaupten, dass es mich stört. Ich weiß nur gern, was los ist.« Er deutete mit dem Kopf auf das Handy, das sie auf den Couchtisch gelegt hatte. »Wer war das am Telefon?«

Lucy hopste von seinem Schoß, zog ihn auf die Beine, drückte ihm einen kurzen, festen Kuss auf die Lippen und drehte ihn in die Richtung seines Schlafzimmers. »Nimm eine kalte Dusche. Die brauchst du mit Sicherheit.« Damit schob sie ihn auf sein Schlafzimmer zu.

Levi wollte eigentlich wegen des Telefongesprächs nachhaken. Aber sie hatte sich bereits abgewandt und hob die Sachen vom Boden auf. Als sie über den Kaffeetisch nach einer der leeren Schachteln griff, wanderte ihr Seidengewand an der Rückseite ihrer Oberschenkel höher.

Rasch verschwand Levi in sein Schlafzimmer. Das reichte.

Als er begann, sich zum Duschen auszuziehen, hörte er, wie

Lucy mit jemandem sprach, diesmal auf Englisch. *»Schließen wir das Geschäft ab.«*

Levi ging zur angelehnten Tür.

»Ich stimme dem Kaufpreis unter einer Bedingung zu …«

Lucys Stimme wurde abgeschnitten, als er hörte, wie sie ihre Schlafzimmertür zuzog.

Er schloss die eigene Tür und fragte sich laut: »Was zum Teufel hat sie vor?«

***

Der Geruch von Knoblauch und frischem Basilikum wehte aus der Küche, als man sich im *Gerard's* auf das Abendgeschäft vorbereitete. Es war ein ruhiger Abend, noch etwas früh für das übliche Publikum aus der Gegend, dennoch waren bereits mehrere Stammgäste an der Bar, und Rosie, die Barkeeperin, unterhielt sich wie immer mit ihnen.

Levi nippte an seinem Selters, während er an einem Tisch im hinteren Bereich seines langjährigen Stammlokals auf Denny wartete. Sein Freund hatte sich zuletzt ungewöhnlich verhalten, was nur bedeuten konnte, dass seine Nachforschungen über den Polizeibericht über Cohen nicht wie erwartet verlaufen waren.

Die Glocke über dem Eingang bimmelte, und zwei Personen traten ein. Zum einen ein großer, gutaussehender Weißer Mitte 40 in Khakihosen und braunem Sportjackett. Zum anderen eine Frau, vielleicht Ende zwanzig oder Anfang dreißig. Sie trug einen schwarzen Hosenanzug und eine enganliegende Jacke mit tiefem Ausschnitt. Und sie besaß die dunkelste Haut, die Levi je gesehen hatte, sogar dunkler als bei Menschen in den Stammesgebieten Afrikas und Australiens.

»Bin gleich bei Ihnen«, rief Rosie von der Bar.

Die beiden Neuankömmlinge sahen sich suchend um, und Levi spürte, wie ihr Blick auf ihm landete, bevor sie sich näherten.

Als Levi von seinem Selters aufsah, stupste die Frau ihren Begleiter mit dem Ellenbogen. »Du schuldest mir fünf Mäuse.«

Der Mann zuckte mit den Schultern und drehte sich Levi zu. Mit überaus vornehmem Londoner Akzent sagte er: »Mr. Yoder, ein gemeinsamer Freund hat uns geschickt, um mit Ihnen zu reden.« Er deutete auf die beiden leeren Stühle an Levis Tisch. »Dürfen wir?«

Levi nickte knapp. Er war sich sicher, diese beiden Leute noch nie zuvor gesehen zu haben, nicht einmal flüchtig. Der Musterabgleich lief in seinem Verstand auf eine Weise ab, die er selbst nicht durchschaute. »Woher haben Sie gewusst, wo Sie mich finden?«

Der Mann nahm direkt gegenüber von Levi Platz. »Dank unserem gemeinsamen Bekannten.«

»Und wer ist diese geheimnisvolle Person?«

Die Frau lächelte, und Levi beeindruckte der unheimliche Kontrast zwischen ihrer so dunklen Haut und den perlweißen Zähnen. Fühlte sich beinah an, als säße eine lebende Karikatur neben ihm.

»Ich glaube, Sie kennen ihn als Doug Mason«, sagte sie.

»Ach, der.« Irgendwie überraschte Levi nicht, den Namen des Mannes wieder zu hören. Doug Mason war teilweise – nein, eigentlich total – dafür verantwortlich, dass sich Levi und Lucy kennengelernt hatten. Außerdem zeichnete er für ihre gegenwärtige Situation verantwortlich. »Ich dachte, was ich mit ihm zu tun hatte, wäre abgeschlossen.«

»Ist es«, antwortete der Brite. Seine Stimme besaß einen warmen Klang, der zweifellos beruhigend wirken sollte, Levi jedoch stattdessen ein ziemlich ungutes Gefühl vermittelte. »Aber wir haben einige Informationen für Sie und Ihre ... Freundin.«

»Welche Freundin soll das sein?« Levis Nackenhaare richteten sich auf.

Die Frau stupste ihrem Begleiter den Ellenbogen in die Rippen. »Er ist herrlich. Beschützt sie, obwohl sie nicht beschützt werden muss. Zumindest nicht vor uns.«

Levi verengte die Augen. »Ich fühle mich hier im Nachteil. Sie kennen meinen Namen, aber ich kenne Ihre nicht.«

»Sie können mich Winston nennen.« Der Mann setzte sich aufrechter hin und schüttelte Levi die Hand. Sein Blick schnellte zur Seite. »Und das ist ...«

»Mich können Sie Annie nennen – oder wie auch immer Sie wollen.« Die Frau leckte sich die Lippen. »Und das *jederzeit*.«

Winston sah sie mit gerunzelter Stirn an. »Hör auf, mit dem Mann zu flirten. Wir haben heute Abend anderes zu erledigen.«

»Eifersüchtig?«, fragte Annie geziert.

In dem Moment näherte sich Denny. Der Ausdruck der Verwirrung in seinem Gesicht war offensichtlich, als er die beiden Neuankömmlinge musterte.

Winston stand auf. »Mr. Brown, richtig?« Er streckte die Hand aus.

Denny schüttelte sie. »Kenn ich Sie?«

»Noch nicht«, antwortete Winston. »Aber wir wurden von unseren Vorgesetzten über Sie und über diesen Ort informiert.« Er sah sich um. Das Lokal wurde zunehmend voller. »Vielleicht wäre es am besten, dieses Gespräch hinten fortzusetzen.«

Denny warf Levi einen Blick zu, der an Panik grenzte, die Augen weit aufgerissen. Diese Leute konnten unmöglich von Dennys Betrieb im Hinterzimmer der Kneipe wissen ... oder?

Levi räusperte sich und stand auf. In einem Ton, der keinen Widerspruch duldete, erklärte er: »Tut mir leid, aber das wird nicht passieren. Das ist weder der richtige Zeitpunkt noch der richtige Ort.«

Stühle schrammten über den Boden, als zwei kräftige Mafiosi der Familie Bianchi aufstanden, ohne zu Ende gegessen zu haben. Beide waren kompetente Vollstrecker, deren Aufgaben zumeist darin bestanden, Schädel einzuschlagen. Sie schauten zu Levi, warteten nur auf ein Zeichen, genau das zu tun.

Winston bemerkte die beiden und lächelte. Er zog sein Handy aus der Tasche, wählte und hielt es sich ans Ohr. »Ja, wir sind hier. Er ist auch hier, aber sie nicht.« Er sah Levi an. »Haben Sie etwas dagegen, wenn Direktor Mason Sie direkt anruft?«

Levi legte Denny die Hand auf die Schulter, nickte seinem Freund zu und hoffte, ihn damit zu beruhigen. Dann nickte er dem Briten zu. »In Ordnung.«

Sekunden später klingelte Levis Telefon. Wortlos hielt er es sich ans Ohr.

»Levi, ich weiß, was Sie denken: Dass wir fertig waren, und das sind wir auch. Ich weiß, dass Lucy bei Ihnen wohnt – aber leider wissen das auch einige ehemalige Triaden-Mitglieder. Deshalb habe ich ein Team mit Informationen geschickt. Wir

können daraus nichts machen, aus Gründen, die noch offensichtlich werden. Aber jemandem in Ihrer Position könnten sie nützen. Außerdem möchte mein technischer Leiter sowohl mit Ihnen als auch mit Mr. Brown reden, und ich gehe davon aus, dass Sie dafür eine sichere Umgebung vorziehen.«

»Hören Sie, Denny gehört nicht zu unserem ...«

»Oh doch, und ob. Er arbeitet schon sehr lange für uns. Er hat es nur nicht gewusst. Können Sie ihn ans Telefon holen?«

Mit leicht erhöhter Herzfrequenz reichte Levi seinem Freund das Telefon. »Für dich.«

Verwirrt nahm Denny das Smartphone entgegen. »Hallo?«

Einige Sekunden vergingen, und obwohl Denny dunkelhäutig war, hätte Levi schwören können, dass er blass wurde.

»Okay, Marty, darüber können wir später reden ... ohne Scheiß.« Denny warf einen Blick auf die beiden Fremden. »Bist du sicher, dass die in Ordnung sind? Na schön. Ich ruf dich in ein paar Minuten an.« Er legte auf, gab Levi das Telefon zurück und rief dann zur Bar hinüber: »Rosie, ich bin ein Weilchen hinten.«

Die Frau schleuderte Levi einen finsteren Blick zu, wie immer, wenn er Denny entführte und es ihr allein überließ, den Laden zu schmeißen. Levi wollte ihr sagen, dass es diesmal nicht seine Schuld sei. Stattdessen jedoch gab er nur den beiden wartenden Mafiosi ein Zeichen, dass alles in Ordnung war.

»Okay, Leute«, sagte Denny. »Kommt mit.«

Als die beiden Neuankömmlinge Denny mit Levi im Schlepptau folgten, fragte sich Levi, welche Informationen Winston und Annie über Lucy haben mochten. Hatte es etwas mit dem Kopfgeld zu tun, das man auf sie ausgesetzt hatte? Und warum konnte Masons Gruppe nicht tätig werden?

Wobei Levi immer noch nicht mal wusste, um welche Gruppe es sich dabei handelte. Er hatte Doug Mason erstmals im CIA-Hauptquartier in Langley getroffen. Allerdings stand fest, dass der Mann für eine noch geheimere Organisation arbeitete – eine, die nicht einmal einen Namen besaß. Zumindest keinen, mit dem Mason herausrücken wollte. Eine Organisation, die Dinge wusste und Dinge tat, die Levi unmöglich erschienen.

Er wusste nur, dass sich gerade eine völlig unerwartete Wendung vollzog. Und das machte ihn ziemlich nervös.

KAPITEL FÜNF

»Wir sind gerade in San Francisco gelandet. In etwa einer halben Stunde sind wir durch den Zoll, und morgen früh treffen wir in New York ein.«

»Gut. Ihr habt kein Gepäck aufgegeben, oder?«

»Nein, genau wie du es wolltest. Wir haben alles zurückgelassen. Wir fangen neu an, richtig?«

»Genau. Ich habe veranlasst, dass am Flughafen LaGuardia ein Wagen auf euch wartet. Er bringt euch zu unserem neuen Ort. Bis morgen.«

Lucy legte auf und schwenkte den Blick durch ihr Zimmer. Ihre gesamte Kleidung war ordentlich gepackt. Sie war bereit für Phase zwei ihrer Befreiung von den chinesischen Gangstern, die fast ihr gesamtes Leben beherrscht hatten.

Ihr Blick wanderte durch die Schlafzimmertür hinaus ins Wohnzimmer. Sie war sich nicht sicher, wann Levi zurückkommen würde, jedenfalls würde dann ein angespanntes

Gespräch stattfinden. Sie hatte ihm viel an Informationen vorenthalten, und in dieser Nacht würde alles ans Licht kommen.

***

Levi, Winston und Annie saßen auf Metallklappstühlen um Dennys Schreibtisch im Hinterzimmer vom *Gerard's*. Denny selbst blieb stehen, als er den Lautsprecher seines Tischtelefons einschaltete.

Eine nasale Stimme drang über die Leitung. *»Sind alle da?«*

»Wir sind alle hier, Marty«, sagte Denny.

»Okay, ich schalte hier bei mir auf Lautsprecher. Nur mein Boss und ich sind da.«

Levi nahm die für die meisten Freisprechtelefone typischen, hohlen Hintergrundgeräusche wahr.

»Okay, da wir jetzt alle beisammen haben …«

»An der Stelle würde ich gern unterbrechen«, ergriff Levi das Wort. »Ich hab genug von dieser Geheimniskrämerei. Mason, wir alle wissen, dass Sie mir gleich irgendeinen Mist auf den Schoß laden und versuchen werden, mir Schuldgefühle einzureden, damit ich Ihnen helfe. Nur wird das nicht funktionieren, wenn Sie mir nicht sagen, welcher Teil der Regierung mir diesmal auf die Pelle rückt. Offenbar nicht die CIA. Wer also?«

Mason schmunzelte. *»Levi, Ihre Direktheit hat mir schon immer gefallen. Aber die Antwort auf diese Frage ist gewissermaßen kompliziert.«*

»Ich bin ganz Ohr.«

»Na schön. Ich will versuchen, so umfassend und direkt zu sein, wie ich kann. Am besten beginne ich mit einer Vorstellung.

Der britische Gentleman bei Ihnen ist Winston Bennett. Er ist einer unserer Außendienstagenten, spezialisiert auf Spionage, und er beherrscht neun Sprachen fließend. Er ist wirklich gut und wahrscheinlich das, was einem echten James Bond am nächsten kommt.

Die reizende Dame, die ihn begleitet, ist Anastasia Brown ...«
Annie räusperte sich laut.

»Entschuldigung, sie zieht es vor, Annie genannt zu werden. Sie ist unsere Spezialistin für schmutzige Operationen. Sie besitzt ... besondere Talente, die bei Arbeit dieser Art sehr nützlich sind.«

Levi kannte den Begriff »schmutzige Operation«. Eine ähnliche Bezeichnung benutzte der KGB – *mokroye delo*, was wörtlich übersetzt »nasse Angelegenheit« bedeutete. Gemeint war damit eine Operation, bei der Blut fließen würde. In der Regel verbunden mit einem Attentat.

Levi musterte Annie abwägend. »Wirklich?«

Sie lächelte ihn auf eine Weise an, die ihn an ein Raubtier erinnerte.

Levi hatte schon etliche Frauen gesehen, die bereit waren zu töten. Und obwohl Annie recht harmlos wirkte ... Ja, sie schien durchaus in der Lage zu sein, ihre Beute nah an sich heranzulocken und dann zum richtigen Zeitpunkt zu erledigen.

»Marty Brice ist bei mir im Besprechungsraum. Er ist unser Cheftechniker und fungiert oft als eine Art Quartiermeister für unsere Außeneinsätze. Und Levi, Sie kennen mich ja bereits, aber für Mr. Brown stelle ich mich selbst noch mal vor. Ich bin Doug Mason, Leiter einer Sondereinsatzgruppe beim Outfit. Ich konzentriere mich darauf, ausgewählte Mitglieder des organi-

sierten Verbrechens zu rekrutieren und mit ihnen zusammenzu-
arbeiten.«

»Das Outfit?«, fragte Levi. »Im Ernst? So heißt Ihre Organisation?«

»Ja, das ist mein voller Ernst. Und ich bringe Ihnen beiden
großes Vertrauen entgegen, indem ich Ihnen diesen Namen
nenne. Diese Organisation ist vollkommen inoffiziell. Wir agieren
außerhalb der Gemeinschaft der Nachrichtendienste, haben aber
unsere Finger tief drin.«

Denny warf Levi einen fragenden Blick zu.

»Levi, ich hoffe, Sie und Mr. Brown in einer offiziellen Funktion gewinnen zu können. Und bevor Sie ablehnen, lassen Sie
mich Ihnen sagen, dass der Job durchaus mit einigen Vergünstigungen verbunden ist.«

»Vergünstigungen?«, fragte Levi.

Er warf einen Blick auf die beiden Neuankömmlinge. Beide
sahen ihn an. Der Gesichtsausdruck des Briten war unergründlich, der von Annie wirkte wertend. Auf unangenehme Weise.
Als würde sie eine Rinderhälfte begutachten.

Levi empfand die Frau als beunruhigend.

»Ja. Aber dazu später mehr. Lassen Sie mich erst zum Kern
der Angelegenheit kommen, die uns alle zusammenbringt. Ich
kümmere mich um meine Leute, und obwohl sich Lucy von mir
losgesagt hat, fühle ich mich nach wie vor für sie verantwortlich.
Ich bin sicher, dass können Sie nachvollziehen. Ebenso bin ich
sicher, dass Sie angesichts Ihrer Mafia-Kontakte über das Kopfgeld Bescheid wissen, das auf sie ausgesetzt ist. Ich hatte die
Hoffnung, dieses Kopfgeld zu beseitigen, indem ich die gemein-
same Bedrohung sowohl für die Sicherheit unserer Nation als

auch für Miss Chen beseitige, aber ... wir sind in eine Zwickmühle geraten. Das Outfit hat bestimmte Grenzen, die wir nicht überschreiten, nicht einmal für einen von uns. Eine dieser Grenzen ist Brudermord.«

»Brudermord?«, hakte Levi nach. »Soll das heißen, jemand aus Ihren eigenen Reihen hat das Kopfgeld ausgeschrieben?«

Masons belustigtes Schnauben ertönte über den Lautsprecher. *»Nein. Sie werden es gleich besser verstehen. Annie, würden Sie Mr. Yoder die Fotos reichen? Ich denke, er und seine Leute werden sie gut gebrauchen können.«*

Annie holte einen Umschlag aus einer Tasche ihres Jacketts hervor und übergab ihn Levi. »Ist nicht meine beste Arbeit«, erklärte sie, »aber es wird reichen.«

Levi öffnete den Umschlag. Um die zehn Fotos ergossen sich auf Dennys Schreibtisch. Sie stellten Annie in Posen dar, die wohl die meisten Menschen als kompromittierend empfunden hätten. Auf etwa der Hälfte der Bilder sah man sie mit einem jungen Mann Mitte 20, auf der anderen Hälfte mit einem etwas älteren Mann, vielleicht Ende 30. Levi kannte keinen der beiden.

Er schaute zu Annie auf. »Was zum Teufel soll ich damit?«

Denny sah die Fotos durch und nickte. »Hey, das sind die Cops, die euch verfolgt haben.« Er tippte auf den Jüngeren. »Das ist Jenkins, der Neuling.« Dann zeigte er auf den älteren Mann. »Und das ist Sergeant Mendoza.«

»Levi, wie ich schon sagte, ich kümmere mich um meine Leute. Ich beobachtete, und Sie offensichtlich auch. Also habe ich Annie und Winston losgeschickt, um Informationen für uns zu sammeln.«

Plötzlich begriff Levi. Er sah Denny an, der immer noch

lächelnd auf die Fotos starrte. »He, Alter, hör auf, die Bilder der hübschen halbnackten Lady anzuglotzen.«

Verlegen schaute Denny auf. »Was denn? Ich ... kuck doch nur.« Nervös spähte er zu Annie, die den Blick gerade lang genug von Levi löste, um Denny ihr Raubtierlächeln zu schenken.

»Denny, sind diese Cops verheiratet?«

Denny nickte. »Ja. Mendoza ist seit etwa 15 Jahren verheiratet. Er hat drei Kinder. Jenkins ist erst seit etwas mehr als einem Jahr verheiratet. Er hat ein wenige Monate altes Baby.«

»Perfekt.« Levi nickte anerkennend und richtete den Blick auf Annie. »Sie haben also Erpressungsfotos beschafft, weil Sie erfahren haben, dass diese Polizisten Lucy im Auge behalten. Richtig?«

Annie lächelte und stützte das Kinn auf die Handfläche. »Finden Sie mich wirklich hübsch?«

Winston räusperte sich und reichte Levi ein gefaltetes Bündel Unterlagen. »Wir haben außerdem Bankaufzeichnungen, aus denen hervorgeht, dass beide unlängst je 5.000 Dollar von einem Mitglied eines chinesischen Verbrechersyndikats erhalten haben.«

Die Unterlagen dokumentierten Kontonummern, Namen und überwiesene Beträge. Er zeigte sie Denny, der nickte.

»Das passt zu den Informationen, die ich gefunden habe«, bestätigte Denny. Er lehnte sich näher zum Telefon. »Marty, warst du das, der die Leute hinter der Briefkastenfirma in Los Angeles ausgeforscht hat?«

»Ja.« Die Stimme von Marty Brice klang leicht nasal. »Ich hatte 'nen kleinen Vorteil, ich hab nämlich Zugriff auf das

Rechenzentrum in Utah. Ich konnte nicht nur die Geschichte der Briefkastenfirma zurückverfolgen, sondern sogar das Foto des Kerls auftreiben, der das Bankkonto eröffnet hat. Per Musterabgleich hat sich daraus das Gesicht eines bekannten ehemaligen Mitarbeiters von Miss Chens verstorbenem Ehemann ergeben.«

Während Levi dem Wortwechsel zwischen Denny und Brice lauschte, sprach sein sechster Sinn an. »Moment. Denny? Kennt ihr beide euch?«

Kurz mied Denny den Blickkontakt mit ihm, ein sicheres Anzeichen für Täuschung oder Verlegenheit. Levi konnte beinah beobachten, wie Denny sich aufraffen musste, ihm letztlich in die Augen zu sehen. »Ja, Marty und ich kennen uns schon sehr lang. Er und ich waren Kommilitonen am MIT, und er ist seit ewigen Zeiten einer meiner Kontakte. Aber ich hab bisher nur gewusst, dass er bei der Regierung arbeitet und Infos ausgraben konnte, auf die ich keinen direkten Zugriff hatte.«

»Und jetzt möchte ich, dass wir anfangen, als Team zu arbeiten«, warf Mason ein.

»Mason, Sie wissen, dass meine Loyalität jemand anders gilt«, gab Levi mit Nachdruck zu bedenken. »Ich werde niemandes Vertrauen missbrauchen – weder für Sie noch für sonst jemanden.«

»Das verlange ich auch nicht. Levi, die Leute, mit denen ich beim Outfit zu tun habe, sind Ihnen und Mr. Brown sehr ähnlich. Wir haben schon einmal darüber gesprochen: Sie beide bringen etwas mit, das man nicht durch Schulung vermitteln kann. Wir können uns gegenseitig helfen und beide etwas davon haben. Und wie bei jeder Freundschaft würden wir nichts von Ihnen verlangen, das gegen den von Ihnen geleisteten Eid verstößt.

Betrachten wir die aktuelle Lage. Wir haben zwei Polizeibeamte, die – vielleicht unwissentlich – den Überresten einer der chinesischen Triaden helfen. Die einzige Möglichkeit, die das Outfit hat, wäre, sie auffliegen zu lassen. Klar, dadurch wären sie weg von der Straße und aus dem Verkehr gezogen. Nur wären wir den Hintermännern keinen Schritt näher. Ich vermute jedoch, dass Sie und Ihre Kontakte bei der Familie noch andere Möglichkeiten hätten – darunter Möglichkeiten, Druck auf diese korrupten Polizisten auszuüben. Habe ich recht?«

Levi schmunzelte, als er sich vorstellte, mit Frankie über zwei Cops zu reden, denen sie die Daumenschrauben ansetzen könnten. Mit den Bildern und den Beweisen für Bestechlichkeit waren Mendoza und Jenkins eindeutig kompromittiert. Und die Familie Bianchi hatte in der Tat verschiedenste Möglichkeiten, von Menschen in solchen prekären Situationen zu profitieren.

»Ich verstehe schon, worauf Sie hinauswollen. Und ich weiß die Beweise und Informationen zu schätzen, aber ...«

»Levi, lassen Sie es mich ganz einfach ausdrücken. Ich verlange nichts anderes von Ihnen, als dass Sie unser Vertrauen nicht missbrauchen, wenn Mitglieder unserer Organisation mit Ihnen kommunizieren. Und wir tun dasselbe.«

»Damit habe ich kein Problem. Aber wenn Sie eine so supergeheime Organisation sind, woher weiß ich dann überhaupt, wer Mitglied bei Ihnen ist und wer nicht?«

»Tja, da liegt der Hase im Pfeffer, nicht wahr? Als wir uns das letzte Mal begegnet sind, habe ich Ihnen gesagt, dass wir keine Ausweise bei uns tragen. Aber das stimmt so nicht ganz. Winston, ich denke, es ist an der Zeit. Teilen Sie aus.«

Winston zog zwei kleine lackierte Kästchen aus der Innentasche seines Sportjacketts. Eines reichte er Levi, das andere Denny.

Levi drehte die schwarze Box in der Hand. Er vermochte nicht zu sagen, woraus sie bestand. Vielleicht aus Holz, allerdings fühlte sich der Gegenstand für seine Größe schwer an.

»Was ist das?«, fragte er.

»Marty, erklären Sie ihnen die Münzen. Ich denke, das wird helfen, das Bild aufzufüllen.«

Marty räusperte sich. *»Was Winston Ihnen ausgehändigt hat, ist nicht bloß eine schwarze Box. Diese Kästchen sind mit einer Lackierung beschichtet, bei der es sich in Wirklichkeit um eine Ansammlung von Mikroheizelementen auf Siliziumsubstrat handelt. Der elektrische Widerstand jedes Heizelements misst die Temperaturunterschiede zwischen den Berührungsstellen und Abständen der einzelnen Erhebungen eines Fingers.«*

Levi wandte sich an Denny. »Übersetzt du mir das?«

Denny grinste. »Was er damit sagen will, ist, dass diese Dinger große Fingerabdruckleser sind. Aber wesentlich genauer als die meisten.«

»Genau. Wie dem auch sei, diese Boxen warten darauf, programmiert zu werden. Dasselbe gilt für den Inhalt. Ich würde sowohl Denny als auch Mr. Yoder bitten, ihre Kästchen auf eine flache Oberfläche zu stellen, den rechten Daumen darauf zu legen und zehn Sekunden darauf zu belassen.«

Beide platzierten die geheimnisvollen Behältnisse auf Dennys Schreibtisch und berührten mit den Daumen die lackierte Oberfläche.

»Vielleicht bemerken Sie aufsteigenden Rauch – das ist normal. Ich habe einen Schaltkreis in die Box integriert, um die

Fingerabdruckdaten zusammen mit galvanischen Informationen und einigen anderen unverwechselbaren biometrischen Daten zu erfassen. Mit diesen Informationen wird die Münze im Inneren auf die jeweilige Körpersignatur programmiert.«

Levi sah tatsächlich eine dünne Rauchfahne von der Box aufsteigen, als eine Linie um das Kästchen herum entstand. Er zählte von zehn herunter, dann sagte er: »Okay, das waren zehn Sekunden. Und jetzt?«

»Hat sich die Box von selbst entriegelt?«

»Meinen Sie damit, ob in der Lackierung – oder was auch immer – eine umlaufende Linie entstanden ist? Dann ja.«

»Bestätige«, sagte Denny. »Meine sieht auch entriegelt aus.«

»Okay, dann Daumen runter und die Boxen aufmachen.«

Levi hielt das Behältnis in einer Hand und löste mit rüttelnden Bewegungen den Deckel davon. Im Inneren lag auf einer Samtunterlage eine Silbermünze. Sie zeigte eine Pyramide mit einem Auge darin, umgeben von einem lateinischen Schriftzug. Levi hob die Münze heraus und drehte sie um. Auf der Rückseite erwartete ihn der Anblick eines Wolfs.

Er schmunzelte, als er den über dem Wolf schwebenden Heiligenschein bemerkte. »Oh, ich verstehe. Mason, ist das eine Anspielung auf den ›Engel in Teufelsgestalt‹?«

»Wie bitte?«, hakte Mason nach.

»Sie haben mich mal als Engel in Teufelsgestalt bezeichnet. Ach, egal. Spielt keine Rolle.«

»Lassen Sie mich das ein wenig erklären«, sagte Mason. *»Auf einer Seite befindet sich das sogenannte Auge der Vorsehung. Unsere Organisation reicht Hunderte Jahre zurück, tatsächlich bis zur Gründung unserer großen Republik. Als das Outfit ins Leben gerufen wurde, hatten die Gründer das Gefühl, dieses Logo würde darstellen, wer und was wir sind. ›Novus Ordo Seclorum‹ bedeutet ›Neue Ordnung für das Zeitalter‹, und ›Annuit Coeptis‹ heißt ›Die Vorsehung begünstigt unser Vorhaben‹.*

Das Pyramidenlogo dürfte Ihnen bekannt vorkommen. Nachdem es das Outfit eingeführt hatte, wurde dasselbe Logo schließlich auch für das große Siegel der guten alten USA verwendet. Wenn Sie genau hinschauen, entdecken Sie es überall in Washington, D. C. Es ist sogar auf unseren Dollarscheinen.

Was sich auf der Rückseite befindet, dient zur Identifikation für andere in unserer Organisation. Es gibt mehrere Variationen des Bilds, das die jeweilige Rolle im Outfit symbolisiert. Levi, ich kenne Sie besser, als Sie denken, und hinter Ihrem Raubtierauftreten verbirgt sich ohne Zweifel ein Mensch, der immer das Richtige tun will. Mr. Brown, ich habe Martys Zusammenfassung über Sie gelesen. Demzufolge fallen Sie in dieselbe Kategorie.«

Levi warf die Münze in die Luft und fing sie auf. »Wozu also sind die gut?«

»Wie ich schon sagte, sie fungieren als eine Art Ausweis. Nur sind sie fälschungssicher und outen Sie zugleich lediglich als den Besitzer einer eigenartigen Münze. Wenn jemand an Sie herantritt und behauptet, er sei Mitglied beim Outfit, haben Sie jedes Recht, einen Beweis zu verlangen. Diese Münze ist ein solcher Beweis.«

Levi drehte die Münze um und betrachtete sie stirnrunzelnd. »So was ließe sich locker fälschen.«

»Nicht ganz, Mr. Yoder. Wenn zwei Outfit-Mitglieder eine Identifizierungsmünze berühren, wird schnell klar, ob sie wirklich ein Mitglied sind oder nicht. Nur zu, versuchen Sie es.«

Annie holte eine Münze aus der Tasche und hielt sie Levi hin. Er streckte die Hand aus und ergriff einen Teil davon. Einen Moment lang bemerkte er nichts. Dann jedoch, nach ein, zwei Sekunden, wurde die Münze wärmer, und das Auge in der Pyramide begann zu leuchten.

»Hol mich der Teufel. Das ist ja mal cool.«

»Ich nehme an, Sie sehen das Auge der Vorsehung leuchten. Das würde bei einer Fälschung nicht passieren. Die Münze leuchtet auch dann nicht, wenn nur eine Person, die sie hält, ein Mitglied ist und die andere nicht. Es sind zwei nötig, um die Verbindung herzustellen.«

Winston sah auf die Armbanduhr. »Es wird allmählich spät. Annie und ich haben morgen einen frühen Flug.«

»Winston, Sie melden sich wie immer nach der Ankunft bei Marty. Er übermittelt Ihnen dann den Standort des Versorgungsdepots. Levi, das ist ein wenig viel auf einmal zum Verarbeiten, das ist mir bewusst. Haben Sie oder Mr. Brown irgendwelche Fragen?«

Levi warf einen Blick zu Denny, der den Kopf schüttelte. »Vorerst nicht. Ich sorge dafür, dass Ihre Informationen sinnvoll genutzt werden.«

»Da bin ich mir sicher.«

Damit endete der Anruf. Winston und Annie gingen, und wenige Minuten später saß Levi wieder an seinem Tisch im *Gerard's*, nippte an einem frischen Selters und lauschte dem ihn umgebenden Lärm in der Kneipe. Er ließ gerade die merkwürdige Münze von Knöchel zu Knöchel wandern, als ihm plötzlich einfiel, warum er ursprünglich hergekommen war.

Prompt gab er Denny ein Zeichen, der einem Gast seinen Drink zu Ende einschenkte, bevor er herüberkam, sich die Hände an einem Geschirrtuch abwischte und Platz nahm.

»Was gibt's?«

»Bei allem, was gerade passiert ist, hätte ich fast vergessen, warum ich eigentlich hier bin. Was hat's mit der Abschrift der Befragung von Mindy Cross auf sich? Ich würde zu gern die Einzelheiten davon sehen, wie sie angeblich die Affäre gesteht, nicht nur die Zusammenfassung.«

Denny verzog das Gesicht. »Ich hab versucht, darauf zuzugreifen, aber die Datei fehlt.«

»Sollte es nicht Kopien von allem geben, was als Aussage genommen wird, mit Unterschriften und allem Drum und Dran?«

»Ja. Aber ich finde nichts. Scheiße, sogar der Polizeibericht, den ich dir ausgedruckt habe, ist weg. Ich hab erst heute Abend nachgesehen und kann keine Aufzeichnungen darüber finden. Scheint verschwunden zu sein. Gut, dass ich 'ne Kopie behalten habe. Ich weiß nur, dass die Frau von einem gewissen Detective Carter befragt wurde und er im 77. Revier arbeitet.«

Levi lehnte sich auf dem Stuhl zurück. »Verquerer und verquerer.«

»Wo hab ich das schon mal gehört?«

»*Alice im Wunderland.*« Levi schürzte die Lippen, als er über seine nächsten Schritte nachdachte. »Der Fall, an dem ich arbeite, fühlt sich an, als wär ich in ein Kaninchenloch gefallen. Ich stolpere über Dinge, die keinen Sinn ergeben.« Er verstummte kurz. »Irgendwelche Fortschritte bei den sieben Namen aus dem Arbeitszimmer des Toten?«

»Noch nicht. Ich arbeite daran.«

Levi nickte. »Gib Bescheid, sobald du irgendwas hast.«

Sie gaben sich die Ghettofaust, dann kehrte Denny zurück zur Bar, um Rosie und ihrer Schwester Carmen zu helfen.

Levi wusste, dass er bald mit Frankie über diese beiden korrupten Cops reden musste – und dass die beiden Polizisten danach einen Besuch erhalten würden, der die Dynamik der Dinge vielleicht verändern würde. Er trank sein Selters aus und stand auf. Unterwegs zur Tür klopfte er einem der Mitarbeiter der Familie Bianchi auf die Schulter.

Es war zu spät, um noch an diesem Abend mit Frankie zu reden, aber nicht zu spät für ein Gespräch mit Lucy. Es erschien ihm nur fair, sie darüber zu informieren, was er erfahren hatte. Und er musste zugeben, dass er neugierig auf ihre Reaktion war, wenn sie hörte, dass Mason sie nicht vergessen hatte.

Außerdem hatte sie sich ungewöhnlich verhalten, und es behagte ihm nicht, dass sie allein war. Er durfte nicht zulassen, dass sie seine Sicherheit oder die der Familie gefährdete, indem sie etwas Verrücktes anstellte. Und Levi wusste, dass sie irgendetwas vorhatte – nur hatte er keine Ahnung, was.

KAPITEL SECHS

»Du hast doch nicht ernsthaft erwartet, dass ich wie die Jungfrau in Not hier rumsitze und mich von dir beschützen lasse, oder?«, fragte Lucy mit skeptischem Blick, als sie ihren letzten Koffer zu Ende packte.

Levi lehnte an der Tür des Gästezimmers und war ein wenig ratlos. »Nein, natürlich nicht. Aber ich dachte, wir wären uns einig. Ich will dir helfen. Nur wenn du mir nicht sagst, was in deinem Kopf vorgeht, wie soll ich dann ...«

»Was? Mich beschützen?« Lucy wandte sich von dem Louis-Vuitton-Koffer auf ihrem Bett ab, stemmte die Hände in die Hüften und starrte ihn finster an.

»Nein, verdammt. Ich wollte fragen, wie ich dir dann *helfen* soll.« Durch Levis Frustration schlich sich Schärfe in seine Stimme. Sie brachte ihn regelrecht auf die Palme. »Ich meine, mir ist schon klar, was du damit sagen willst. Und ich gebe zu, ich habe zugestimmt, dich hier wohnen zu lassen, weil ich mir Sorgen gemacht hab, was dir bei all dem Chaos da draußen passieren könnte. Wir haben gewusst, dass sowohl die Bundesbehörden als auch die Gang nach dir suchen würden. Und nachdem Mason den Schlamassel mit dem FBI beseitigt hatte und nicht mehr nach dir gefahndet wurde, hatten wir nach wie vor die Gang am Hals. Immer noch. Aber hier ist es sicher. Deshalb ... kapier ich nicht, warum du wegwillst.«

Lucy kam einen Schritt näher, und ihre Züge wurden etwas milder. »Levi, das ist mein Problem. *Ich* muss mich damit auseinandersetzen, nicht *du*.«

»Freunde tun Dinge, weil sie es wollen, nicht weil sie müssen. Ich helfe dir, weil ich es will. Aber verdammt, du verheimlichst mir all das und wahrscheinlich noch viel mehr. So, wie du mich behandelst, liege ich vielleicht falsch. Ich hab uns nämlich als *Team* betrachtet. Wir haben zusammengearbeitet. Aber ...«

Lucy lächelte und drückte ihm einen Finger auf die Lippen. »Hast du mir echt gerade das ›Freunde‹-Zitat um die Ohren geworfen?«

»Was?«

»Ich bin vielleicht auf einer Farm in Guangzhou geboren, aber sogar ich hab die *Rocky*-Filme gesehen. Du hast gerade Rocky zitiert.«

»Keine Ahnung, wovon du redest.«

Lucys Lächeln wurde breiter, und sie zog ihn sanft an der Krawatte in Richtung Wohnzimmer. »Ich wollte vor morgen früh noch ein paar Stunden schlafen, aber ich schätze, ich muss dich erst über die Ladys aufklären, die ich in die Stadt kommen lasse.« Sie führte ihn zu einem der Ledersessel und setzte ihn hin.

»Ladys?«

»Ich habe drei Freundinnen, die kürzlich in den USA gelandet sind. Alles Witwen von Gangmitgliedern, ein wenig wie ich.« Lucy nahm ihm gegenüber auf dem anderen Sessel Platz. »Außerdem habe ich eine Immobilie in der Stadt gekauft. Tatsächlich ein gesamtes Stockwerk in einem Hochhaus, das offiziell noch gar nicht zum Beziehen freigegeben ist. Dort quartieren wir vier uns ein. Eine Art Zentrale.«

»Was ist mit dem Kopfgeld, das auf dich ausgesetzt ist? Und ich hab dir ja gesagt, dass auch ein paar Cops die Hand aufhalten. Wir wissen nicht, ob wir schon alle identifiziert haben.«

»Du musst dir nicht solche Sorgen um mich machen.« Lucy zog ein Bein unter sich und nahm leicht zurückgelehnte Haltung ein. »Levi, hab ich dir je erzählt, welche Rolle ich hatte, als mein Mann noch am Leben war?«

»Du hast gesagt, du hättest ihn beraten und ... ich weiß nicht, alles irgendwie im Blick behalten.«

Sie nickte. »Richtig. Aber vielleicht hab ich vergessen zu erwähnen, dass ich von Anfang an als seine persönliche Leibwächterin ausgebildet wurde. Ich kann mich meiner Haut sehr gut wehren, genau wie die drei Frauen, die sich mir anschließen. Wir verfolgen alle dasselbe Ziel.«

Levi überraschte nicht im Geringsten, dass sie Leibwächterin gewesen war. Er hatte ihren durchtrainierten Körper gesehen. Sie bewegte sich wie eine Katze, wie eine Kämpferin, und er hatte sie noch nie anders als furchtlos erlebt.

»Und was ist dieses Ziel, das ihr alle verfolgt?«, wollte er wissen.

»Den letzten Rest der Organisation meines Ehemanns vom Antlitz der Erde tilgen.«

Levi beugte sich auf dem Sessel vor und musterte die stolze Frau ihm gegenüber intensiv. Sie war willensstark und überaus selbstsicher. *Zu* selbstsicher für seinen Geschmack. »Ich will ehrlich zu dir sein«, sagte er. »Ich mache mir Sorgen, dass du dich ohne ausreichende Planung darauf einlässt. Warum willst du dich so schnell zur Zielscheibe machen? Gib mir ein paar Tage, um zu sehen, ob wir weitere Informationen aus diesen Cops herausholen können. Ich kann mit dem Don reden. Vielleicht können du und die anderen Frauen eine der leerstehenden Wohnungen hier bekommen oder so.«

»Du bist wirklich süß, aber nein.« Ihr Ton duldete keinen Widerspruch. Sie hatte ihre Entscheidung getroffen. »Ich will das hinter mich bringen, und ich hab schon ein paar Ideen, wie ich an die Leute herankomme, die hinter mir her sind. Wenn du mir wirklich helfen willst: Kennst du jemanden in der Gegend, mit dem ich über die Beschaffung von Ausrüstung reden kann?«

»Was für Ausrüstung?«

»Schusswaffen, Sprengstoff, Dinge, die ich vielleicht brauche, um mit einer Handvoll menschlicher Ziele fertig zu werden. Ich brauche einen zuverlässigen Waffenhändler, der gut vernetzt ist, keine Fragen stellt und Bargeld zu schätzen weiß. Die Leute, an die ich mich normalerweise wende, sind der FBI-Razzia zum Opfer gefallen.«

Levi lehnte sich auf dem Stuhl zurück. »Ich habe da jemanden, den ich dir morgen früh vorstellen kann. Aber zuerst müssen wir zu einer Bäckerei.«

Als Levi an Frankies Wohnungstür klopfte, hörte er, wie jemand gedämpft grummelte. Danach folgte: *»Carlita, wo zum Teufel ist die Kaffeedose?«*

Dann wurde die Tür geöffnete, und Frankie stand noch im Pyjama mit zerzaustem Haar auf der Schwelle. Er bedeutete Levi, hereinzukommen.

Levi folgte Frankie in die Küche und setzte sich an den Tisch, während Carlita, Frankies Frau, von irgendwo in der Wohnung zurückrief.

»Wir haben keinen normalen Kaffee mehr! Nur noch die neuen Nespresso-Kapseln!«

»Was für 'n kommunistischer Quatsch ist das jetzt wieder?«, brüllte Frankie, als er die Schränke nach der Kaffeemaschine absuchte. »Ich will nur 'nen verdammten Kaffee, und du erzählst mir Scheiß, den ich nicht verstehe!«

Levi beobachtete belustigt, wie sich das häusliche Drama entfaltete.

Carlita betrat die Küche in einen dicken Frottee-Bademantel gewickelt. Als sie Levi erblickte, gab sie einen missbilligenden Laut von sich. »Musst dich nicht zurückhalten. Kannst dich ruhig ausschütten vor Lachen über meinen dämlichen Ehemann. Ich wette, du weißt, was 'ne verdammte Nespresso ist und wie man sie benutzt.«

Levi lächelte und zuckte mit den Schultern. Wusste er, aber

er hatte nicht vor, sich in den Disput um den Morgenkaffee hineinziehen zu lassen. »Guten Morgen, Carlita.«

»Auch guten Morgen. Hoffen wir mal, dass die Kinder noch schlafen, wenn ich nach ihnen sehe, sonst ... sonst werd ich so was von sauer.« Sie schob Frankie beiseite, öffnete den Schrank unter der Nespresso, holte eine Kaffeekapsel heraus, steckte sie in die Maschine, klappte den Deckel zu und drückte den Startknopf. Innerhalb weniger Sekunden floss dampfender Kaffee aus dem Gerät.

Frankie nickte anerkennend. »Das geht ja verflucht schnell. Danke, Schatz.« Er beugte sich vor und drückt ihr einen flüchtigen Kuss auf die Lippen.

Carlita schniefte laut und stapfte davon.

»Willst du Kaffee, Levi?«, fragte Frankie.

»Ne, danke.«

Frankie fügte seiner Tasse ein wenig Sahne und Zucker hinzu, rührte um und setzte sich an den Küchentisch. »Okay, was ist so wichtig, dass es nicht bis zu einer zivilisierteren Zeit warten kann?«

Levi lehnte sich vor und sprach in gedämpftem Ton. »Bei der Lucy-Sache hat sich was ergeben.«

»Ach ja?« Frankie rückte mit dem Stuhl näher. »Was genau?«

Levi holte die Fotos und sonstigen Beweise hervor, die er von den Outfit-Leuten erhalten hatte, und schob sie über den Tisch. »Anscheinend haben wir hier Cops, die von asiatischen Gangstern geschmiert werden, um sie im Auge zu behalten.«

Ein Lächeln trat in Frankies Züge, als er die Ausdrucke mit den Einzelheiten über die verdächtigen Banktransaktionen überflog. »Das ist gutes Material.« Er schaute zu Levi auf. »Ich vermute, du willst dabei sein, wenn wir sie ausquetschten, richtig?«

»Klar. Lucy glaubt, sie könnte die Reste des Syndikats allein beseitigen.« Er tippte mit dem Finger auf den obersten Ausdruck. »Aber da wir hier so handfestes Material haben, will ich sicherstellen, dass diese Triaden-Arschlöcher definitiv erledigt werden.«

Frankie nickte. »Gefällt mir. Ich lasse die Jungs herausfinden, wo diese zwei *Momos* leben, dann arrangieren wir ein kleines Stelldichein mit unseren neuen Freunden. Ich bin sicher, wir können eine für beide Seiten vorteilhafte Einigung mit ihnen erzielen.« Er ergriff eines der Fotos. »Das ist wirklich gut. Du wärst überrascht, wie wirkungsvoll so was als Druckmittel sein kann, wenn diese Jungs verheiratet sind. Wir müssen ihnen nur Bescheid stoßen, dass solche Fotos den Weg in die Hände ihrer Schwiegereltern finden können ... oder vielleicht zum Scheidungsanwalt der Ehefrau. Ja, das haut hin. Gib mir ein, zwei Tage Zeit, um die Logistik auszuarbeiten. Ich melde mich bei dir.«

»Soll mir recht sein.« Levi gab dem Sicherheitschef der Familie Bianchi die Ghettofaust. »Bin dir echt dankbar. Je schneller ich eine Spur zu diesen Triaden-Typen finde, desto besser. Ach ja, und ich dachte, das solltest du wissen ... Lucy hat es sich in den Kopf gesetzt, dass sie sich nicht mehr von dem auf sie ausgesetzten Kopfgeld einsperren lassen will. Also zieht sie aus.«

»Oh Scheiße, Mann. Tut mir leid, das zu hören ...«

»Nein, ist schon gut.« Levi schwenkte wegwerfend eine Hand. »Sie war schon immer eigensinnig und glaubt zu wissen, was sie tut. Und ich muss gestehen, ich bewundere schon ein wenig, dass sie den Mut hat, sich dem Feind allein stellen zu wollen.«

Frankie schnaubte. »Ja. Aber wie ich dich kenne, wirst du die Gute ihr Ding nicht allein durchziehen lassen. Du wirst dich an ihre Fersen heften.«

Levi zuckte mit den Schultern. »Kann nicht behaupten, dass du falschliegst.« Er stand auf und klopfte Frankie auf die Schulter. »Tja, ich muss zurück, bevor sie anfängt, verrückt zu spielen. Gott weiß, was sie vorhat. Außerdem hab ich ihr versprochen, dass ich sie mit ein paar Leuten zusammenbringe, die ich kenne.«

»Gehst du rüber zu *Rosen's*?«

»Ja. Wie hast du's erraten?«

Frankie schmunzelte. »Ich dachte mir bloß, deine Freundin wird ihre ehemaligen Triaden-Freunde wohl kaum mit bloßen Händen fertig machen. Und wenn *Rosen's* etwas nicht beschaffen kann, dann ist es nie gebaut worden.« Er begleitete Levi zur Tür und tätschelte ihm die Wange. »Ich ruf dich an.«

»Danke noch mal, Frankie.«

Als Levi die Wohnung verließ, fragte er sich, was Lucy vorschwebte, dass sie dafür eine der bedeutendsten Schwarzmarkt-Waffenhändlerinnen an der Ostküste brauchte.

Levi öffnete die Tür zu *Rosen's Sporting Goods* am Rand von Little Italy und ließ Lucy den Vortritt. Ein pickeliger Teenager scannte an der Theke die Einkäufe einer Frau, während eine

Handvoll anderer Kunden die Regale mit neu eingetroffener Sommersportausrüstung durchstöberten.

Lucy schaute zweifelnd drein. »Bist du sicher, dass wir hier richtig sind?«

»Sind wir«, beteuerte Levi.

Der Kassierer schaute auf und erkannte Levi. »Meine Groß-mutter ist hinten«, sagte er. »Ich funke sie für Sie an.«

»Danke, Moishe.«

»Ich bin Ira«, korrigierte ihn der Junge an der Kasse zum gefühlt hundertsten Mal.

Levi und Lucy steuerten auf den hinteren Bereich des Ladens zu, vorbei an Regalen mit Fußbällen, Feldhockey-Ausrüstung, verschiedensten Schuhen und Bekleidung. Als sie hinten anka-men, öffnete sich eine Tür, und eine große, schwergewichtige Frau trat heraus. Die grauen Haare trug sie als Dutt.

»*Bubbale!*«, begrüßte sie Levi. »Ich hab heute nicht mit dir gerechnet.« Sie zog ihn in eine ihrer nach Rosen duftenden, innigen Umarmungen, bevor sie ihn auf Armeslänge vor sich hielt und den Kopf schüttelte. »Du bist so ein gutaussehender Bursche, aber du musst mehr Fleisch auf die Rippen kriegen.«

Levi erwiderte ihr Lächeln, doch bevor er etwas dazu sagen konnte, meldete sich Lucy zu Wort: »Aber Sie müssen zugeben, er hat einen knackigen *Toches*.«

Die Ladenbesitzerin drehte Levi zur Seite, warf einen Blick auf seinen Hintern, nickte zustimmend und zwinkerte Lucy zu.

Levi deutete auf die Asiatin. »Das ist Lucy, eine Freundin, für die ich mich verbürge. Sie braucht Ihre besonderen Dienste, Esther.« Er überreichte ihr eine Tüte aus Nonnas Bäckerei. »Und ich habe ein paar von Nonnas speziellen Keksen als Entschuldigung dabei, weil ich nicht vorher angerufen habe.«

»Sei nicht albern. Du bist *Mischpoke,* genau wie meine eigenen Verwandten – aber normalerweise bereitest du mir weniger Kopfschmerzen als sie.« Esther spähte in die Tüte, atmete tief durch die Nase ein und ließ ein leises Stöhnen vernehmen. »Ich rieche Butter, Mandelpaste und Zucker ... die wichtigsten Zutaten für ein glückliches Leben, und ich liebe sie alle. Aber brauchen kann ich das ungefähr so sehr wie ein Loch im Kopf, du ruchloser, ruchloser Bursche.«

Sie lächelte Levi an und deutete auf die Tür nach hinten. »Nur zu, du kennst ja den Weg. Lucy und ich folgen dir.« Sie beugte sich nah zu Lucy und meinte in lautem Flüsterton: »Wenn er vorausgeht, können wir beide auf seinen *Toches* glotzen.«

Esther und Lucy saßen einander zugewandt auf Ledersesseln. Levi hatte etwas abseits Platz genommen und sah belustigt zu, während die großmütterliche Besitzerin eines unscheinbaren Sportartikelgeschäfts demonstrierte, wie sie zu einer der größten Waffen- und Rüstungsartikelhändlerinnen an der Ostküste geworden war.

Die ältere Frau lehnte sich zu Lucy. »Sind Sie sicher, dass Sie eine Druckluftpistole wollen? Das kann nicht die beste Wahl sein, davon bin ich überzeugt. Sie würden darüber nörgeln, wie unzufrieden Sie damit sind, das kann ich Ihnen versichern. Wie wär's, wenn wir ganz von vorn anfangen? Wozu brauchen Sie das Zeug *wirklich?*« Sie deutete mit dem Daumen auf Levi. »Ich habe praktisch schon alles erlebt, besonders mit diesem *Meschuggener* und dem Zeug, das er sich ausdenkt.«

»Hey«, protestierte Levi gutmütig. »Ich bin kein Spinner, ich hab nur manchmal besondere Anforderungen.«

»Besondere Anforderungen kann man wohl laut sagen.« Esther schnaubte und wischte seinen Kommentar weg. »Wie auch immer, Sie könnten nichts sagen, was mich überraschen würde. Ich will zufriedene Kunden, und ich glaube nicht, dass eine bessere Luftpistole irgendjemanden zufriedenstellen kann.«

Lucy schaute zu Levi, der bestätigend nickte. »Sie ist die Beste«, beteuerte er. »Sag ihr einfach, was deine Ziele sind, und lass sie ein paar Ideen vorschlagen. Esther hat mich noch nie falsch beraten.«

»Okay.« Lucy beugte sich vor und senkte die Stimme auf knapp mehr als ein Flüstern. »Ich brauche etwas, das sich verstecken lässt, das auf eine Entfernung von mehr als 30 Metern tödlich ist und keine Aufmerksamkeit von Passanten in der Nähe auf sich zieht.«

»*Oy*, und deshalb denken Sie an eine Luftwaffe? Um den Lärm zu vermeiden?«

»Na ja, schon. Und abends auch das Mündungsfeuer.«

Esther schüttelte den Kopf. »Na schön, Folgendes kann ich Ihnen von ehemaligen Angehörigen der Special Forces sagen, deren Aufgabe es war, Ziele in städtischen Gebieten zu eliminieren. Die Armee hat verschiedene Druckluftwaffen getestet, und selbst solche, die .45er-Projektile abfeuern, sind ziemlich erbärmlich. Unpräzise, und die Tödlichkeit ist bestenfalls zweifelhaft. Auch Doppel- oder Dreifachschüsse mit diesen Dingern sind oft unmöglich oder zumindest äußerst ungewiss, weil die

Gaseinlässe unterkühlen und manchmal sogar einfrieren. Das Letzte, was Sie wollen, ist Ladehemmung, richtig?«

Lucy nickte verkniffen.

»Außerdem möchte man sicher sein, dass man genug Druckluft für doppelt so viele Schüsse hat, wie man voraussichtlich braucht, wenn nicht noch mehr. Das bedeutet, der Tank müsste ziemlich groß sein, ausgelegt auf 200 Bar oder mehr. Das wiederum bedeutet: sperrig und schwer. Und was den Transport angeht ...«

»Schon gut, schon gut, Sie haben mich überzeugt.« Lucy schüttelte den Kopf und seufzte. »War eine dumme Idee. Mir ist klar, dass ...«

»Nein, *Bubbale,* keine dumme Idee.« Esther streckte die Hand aus und tätschelte Lucy ein Knie.

Levi sah, wie Lucy leicht zusammenzuckte, aber es gelang ihr gut, es sich nicht so anmerken zu lassen wie manchmal, wenn Menschen sie berührten. Das war eine der Eigenarten der Asiatin. Aus irgendeinem Grund konnte sie es nicht ertragen, berührt zu werden – obwohl sie offensichtlich kein Problem damit hatte, wenn der Körperkontakt *von ihr* ausging, wie sie bei ihm regelmäßig bewies. Levi wusste nicht, woher das rührte. Anfangs dachte er, es müsste an einem verborgenen Trauma in ihrer Vergangenheit liegen. Allerdings hatte sie gesagt, dass sie schon als Kind nicht angefasst werden wollte.

Esther lehnte sich zurück und schnalzte mit der Zunge. »Eine dumme Idee wäre gewesen, nicht zu jemandem wie mir zu kommen, der Ihnen helfen kann, eine gute Entscheidung für Ihre spezielle Situation zu treffen.«

Lucy nickte. »Was würden Sie vorschlagen, Esther? Ich

brauche Tödlichkeit auf kurze Distanz, kein Mündungsfeuer, und es muss einigermaßen leise sein. Ach ja, und es geht um vielleicht drei bis vier Ziele.«

Levi setzte sich aufrechter hin. »Im Ernst? Auf einmal?«

»Ja«, antwortete Lucy, ohne ihn anzusehen.

Levi gefiel nicht, wie sich das anhörte.

»*Oy*, wie versteckbar muss die Waffe sein? Normale Straßenkleidung? Oder ginge auch eine Windjacke oder Ähnliches?«

»Ich werde so gekleidet sein, dass ich fast alles außer einem Gewehr mit voller Lauflänge verstecken kann«, antwortete Lucy selbstsicher.

»Draußen ist es warm«, gab Levi zu bedenken. »Eine Jacke wird ...«

»Ich hab alles im Griff, Levi«, fiel ihm Lucy ins Wort und klang verärgert. Sie schleuderte ihm einen mürrischen Blick zu.

Levi lehnte sich zurück und versuchte, sich herauszuhalten. Lucy hatte nicht nur einen kurzen Geduldsfaden, sie hatte auch äußerst ausgeprägt diese asiatische Eigenart, unter allen Umständen das Gesicht wahren zu wollen. Und dabei kam nicht gut an, dass er sie vor Esther infrage stellte.

Esther tippte sich ans Kinn und ließ den Blick über die Regale des Hinterzimmers wandern. Levi wusste, dass die meisten Schachteln gewöhnliche Sportartikel enthielten, aber Esther kannte natürlich die Kartons mit anderem Inhalt. Sie stand auf, ging zwischen den Regalen hindurch und kam mit einer Schachtel zurück, die an der Seite ein stilisiertes rotes Drachenlogo aufwies.

Levi erkannte das Symbol und nickte anerkennend.

Die Ladenbesitzerin öffnete den Karton, legte zwei Transportkoffer aus Kunststoff auf den Tisch und klappte die Verschlüsse auf. »Ich würde zwei Pistolen empfehlen. Sie wollen Zuverlässigkeit, und dafür ist die Ruger Mark IV eine ausgezeichnete Wahl. Einfach zu verbergen, und wie Sie sehen, kann man einen Schalldämpfer daran anbringen.«

»Was feuert man damit ab?«, fragte Lucy.

»Kaliber .22. Das Magazin fasst zehn Patronen.« Als Lucy den Mund für eine Anmerkung öffnete, hob Esther einen Finger. »Ich weiß schon, was Sie sagen wollen. Mannstoppwirkung. Ja, ein Kaliber .22 lässt sich ballistisch nicht mit .357, neun Millimeter, .45 ACP oder anderen größeren Patronen vergleichen. Aber egal, welchen Schalldämpfer man verwendet, wenn man ein solches größeres Kaliber auf der Straße abfeuert, wird es bemerkt.«

Sie ergriff einen langen Metallzylinder und schraubte ihn an das Ende der Pistole. »Früher hab ich spezialangefertigte 5.56er-Dämpfer empfohlen, locker das leiseste Zubehör für diesen Waffentyp. Aber vor kurzem hat der Hersteller seinen eigenen Schalldämpfer herausgebracht, und ich muss sagen, er ist qualitativ hochwertig. Die hintere Kappe besteht aus Aluminium 7075-T5 mit Titangehäuse, und sowohl die vordere Kappe als auch der Schallkörper sind aus wärmebehandeltem Edelstahl 1704 gefertigt. Und er funktioniert. Am besten zeige ich es Ihnen einfach.«

Levi beobachtete interessiert, wie Esther das Magazin der Ruger mit Munition lud. Er hatte noch nie gesehen, wie die alte Dame tatsächlich eine ihrer Waffen benutzte.

Die füllige Frau erhob sich und zeigte zum gegenüberliegenden, etwa 15 Meter entfernten Ende des Lagerraums. Ein beigefarbener Gel-Torso stand auf einem Tisch an der Wand. Hinter dem Dummy befanden sich mehrere Geschossfange. Esther legte das Magazin ein, lud durch und gab drei Schüsse in schneller Folge ab.

Ein Grinsen breitete sich auf Lucys Gesicht aus, als sie zwischen Esther und dem Ziel hin und her schaute.

Erst da wurde Levi bewusst, dass niemand von ihnen einen Gehörschutz trug – trotzdem hatte er nur die Geräusche der Mechanik der Waffe gehört. Auf einer Straße in der Stadt mit dem Lärm von Autos und sonstigen Umgebungsgeräuschen würde niemand auch nur annähernd so viel hören.

Esther drückte einen Knopf, und das Magazin fiel in ihre Hand. Die großmütterliche Frau lud den Schlitten durch, warf die Patrone im Lager aus und fing sie mit einer geschickten Handbewegung auf. Sie legte die Waffe zurück auf den Tisch und bedeutete Lucy, ihr zu folgen, um sich die Wirkung beim Ziel anzusehen. Levi schloss sich den beiden an.

Esther untersuchte den Dummy, legte einen Finger auf eine Eintrittswunde und nickte. »Sehen Sie hier?«

Im Inneren des nicht völlig blickdichten Gel-Torsos befand sich die Nachbildung eines menschlichen Skeletts.

Auch Lucy steckte einen Finger in eine der Eintrittswunden. »Eine Rippe ist gebrochen. Beeindruckend.«

Esther zog mit einer Spitzzange ein Geschoss heraus. Es war so weit eingedrungen, dass es fast auf der anderen Seite des Dummys ausgetreten wäre. »Um leise zu töten, werden Sie nichts Besseres finden.« Sie sah Lucy an. »Können Sie mit jeder Hand schießen?«

»Ich denke, das würde ich hinbekommen. Höchstwahrschein-lich werde ich ziemlich nah dran sein.«

»Gut.« Esther tätschelte die Schulter des wabernden Torsos. »Es braucht vielleicht ein wenig Übung, aber so sollten Sie in der Lage sein, eine Handvoll Leute auszuschalten, vor allem aus nächster Nähe und wenn Sie das Überraschungsmoment auf Ihrer Seite haben.« Ein warnender Unterton schlich sich in ihre Stimme. »Aber seien wir doch ehrlich: Wenn die Ziele kugelsi-chere Westen oder sonstige Körperpanzerung tragen, ist die Plat-zierung entscheidend.« Sie zeigte auf verschiedene Stellen des Dummys. »Sie werden ihnen die Lichter sofort ausblasen wollen. Das bedeutet Schüsse auf die Schädelbasis, entweder von hinten oder von vorn. Ein Schuss in die Augen reicht auch, ist aber schwieriger zu erzielen. Wenn sie keine Westen tragen, können auch Schüsse in die Brust tödlich sein, obwohl die .22er Schwie-rigkeiten haben dürfe, das Brustbein zu durchschlagen.« Esther tippte auf die Mitte der Brust des Dummys. »Also bräuchten Sie einen schrägen Winkel, um das Herz zu treffen.«

Lucy betrachtete den Kopf des Dummys und lächelte. »Ich denke, das wird funktionieren«, meinte sie.

Als Levi sah, was Lucys Aufmerksamkeit erregt hatte, lachte er. »Verdammt, Esther. Ich wusste gar nicht, dass Sie eine so gute Schützin sind.«

Einer von Esthers Schüssen hatte eine Rippe durchbohrt, ein anderer war fast direkt durch das nicht vorhandene Herz des Dummys gerast, ohne einen Knochen zu treffen, und der dritte hatte in die linke Augenhöhle eingeschlagen. Dieser Treffer hätte für den sofortigen Tod gesorgt, da Knochensplitter durch das gesamte Gehirn gespritzt wären.

Die ältere Frau drehte sich Levi mit verkniffener Miene zu. »Glaubst du, ich war immer bloß Händlerin?« Sie zwinkerte. »Ich hab im Leben schon so einiges gemacht. Und manche Dinge lernt man, wenn man jünger ist, und verlernt sie nie.«

Lucy legte die Hand auf Esthers Arm. »Ich brauche vier Paar davon, jeweils mit Schalldämpfern und ein paar Schachteln Munition.«

»Insgesamt also acht Pistolen und Schalldämpfer.« Esther warf einen Blick auf die Regale und nickte. »Ich glaube, ich habe noch jeweils zwei, aber lassen Sie mich einen Anruf machen. Wahrscheinlich kann ich den Rest bis zum Ende des Tags besorgen. Wenn Sie warten können, dann kann ich vielleicht alles im Paket zu einem besseren Preis zusammenstellen.«

Levis Telefon vibrierte. Er zog es heraus und sah auf das Display. Eine Nachricht von Denny.

Ich hab endlich Infos zu den sieben Namen. Waren ein paar verrückte Maßnahmen meinerseits nötig, damit ich sie aufspüren konnte – irgendjemand wollte nicht, dass etwas über diese Leute herausgefunden wird, so viel steht fest. Beunruhigt mich irgendwie. Komm vorbei, dann zeig ich dir, was ich habe.

Ein kalter Schauder lief Levi über den Rücken. Denny beunruhigte sonst nie etwas. Worauf konnte dieser Cohen gestoßen sein, dass es einem Computerguru wie Denny auch nur ansatzweise Sorgen bereiten konnte?

»Ich möchte die Lieferung so bald wie möglich«, sagte Lucy.

Sie zog einen dicken Umschlag aus der Handtasche und reichte ihn Esther. »Außerdem brauche ich noch ein paar Dinge. Das beste Scharfschützengewehr, das Sie mir auftreiben können, und ...«

»Meine Damen, ist es in Ordnung, wenn ich mich kurz entschuldige? Muss etwas erledigen. Ich bin in einer halben Stunde zurück.« Die Frauen würden eine Weile brauchen, und wenn er sich schon in der Gegend aufhielt, konnte er ruhig nachsehen, wie es bei anderen Dingen voranging.

Esther und Lucy gingen so in ihrer Transaktion auf, dass sie ihn ohne einen Blick wegwinkten.

Levi verließ das Geschäft und wählte Dennys Nummer. Der Barbesitzer hob fast sofort ab. *»Hi, Levi. Ich nehme an, du hast meine Nachricht gekriegt.«*

»So ist es. Bist du in der Kneipe?«

»Ja, wollte gerade nach Hause.«

»Ich weiß, für dich ist es spät, aber ich bin nur ein paar Blocks entfernt. Was dagegen, wenn ich vorbeikomme?«

»Nein, nur zu. Aber lass dir was gesagt sein, Alter. Wer immer die Namen, die du mir gegeben hast, verschwinden lassen wollte, hatte echt Ahnung davon, was er tut. Irgendwie gruselig, wie vollständig sie ausgelöscht wurden. Wo zum Geier bist du da wieder reingeraten?«

Levi zuckte mit den Schultern und beschleunigte die Schritte. »Keine Ahnung, Denny. Das versuche ich ja gerade, herauszufinden.«

KAPITEL SIEBEN

Levi saß im Hinterzimmer vom *Gerard's*, während Denny die Ergebnisse am Computer aufrief.

»Als du mir die sieben Namen gegeben und mich gebeten hast, herauszufinden, was sie miteinander zu tun haben könnten«, begann Denny, »hatte ich keinen Schimmer, dass es so schwierig werden würde. Normalerweise hätte mir 'ne schnelle Computersuche den Großteil der Arbeit abgenommen. Als Erstes hab ich versucht, ein Profil für jeden dieser Jungs zu erstellen, die Suche auf einen Umkreis von 30 Kilometer von hier einzugrenzen und anschließend auszuweiten. Zum Glück sind einige der Namen nicht besonders verbreitet. Ich meine, wie viele Leute heißen schon Redbone? Ich verrat's dir: im ganzen Land um die 30. Die meisten davon in Louisiana.

Wie auch immer, die Schwierigkeit war, dass ich keine sinnvollen Treffer erzielt hab. Ein paar Kinder, ein paar Tattergreise über 90, ein kaum bekannter Autor von harmlosen Krimis. Diese

Leute hatten nicht das Geringste miteinander zu tun, ganz egal, welche Kriterien ich angelegt hab. Tja. Dann hab ich mich an Marty gewandt ...«

»Den Burschen vom Outfit?« Levi achtete auf einen neutralen Ton, obwohl ihm widerstrebte, diese geheimnisvolle Truppe als Ressource zu nutzen.

Denny nickte. »Ja. Ich hab ihn gebeten, bei der Suche zu helfen und zu sehen, ob er auf etwas anderes stößt. Diese Jungs haben Zugang zu einer gewaltigen NSA-Datenbank, die Momentaufnahmen des gesamten weltweiten Datenverkehrs macht. Soweit ich weiß, gibt es ein vollständiges Archiv mit allem, was je irgendwo hochgeladen wurde.«

Levi verlagerte auf dem Stuhl das Gewicht und versuchte, das Unbehagen abzuschütteln, das ihm das Outfit verursachte. »Hat er was gefunden?«

»Tatsächlich einen ganzen Haufen. Es gab einen Cyrus Redbone, der vor etwa einem Jahrzehnt für den *Intelligencer* gearbeitet hat. Obwohl er in der Stadt gelebt hat, gibt's null elektronische Aufzeichnungen darüber.« Denny scrollte durch die Daten auf dem Bildschirm. »Tatsächlich gehören fast alle Namen, die du mir gegeben hast, zu Leuten, die in irgendeiner Eigenschaft für die Medien gearbeitet haben. Die einzige Ausnahme war ein Lobbyist in Washington, D. C. Redbone und ein anderer Kerl haben beim *Intelligencer* gearbeitet. Zwei der Namen waren investigative Reporter für große Sender, und die anderen beiden waren sehr populäre Nachrichtenblogger, die eines Tages einfach ... von der Bildfläche verschwunden sind.«

»Was meinst du mit ›verschwunden‹?«

Denny begegnete Levis Blick. »Na, verschwunden eben.

Spurlos. Macht mir offen gestanden ein bisschen Angst. Alle sieben Namen, die du mir gegeben hast, sind entweder tot oder gelten als vermisst.«

Levi sträubten sich die Nackenhaare. »Wie gestorben?«

»Keiner an einer natürlichen Ursache, falls du dich das fragst. Anscheinend hatten die Leute auf deiner Liste die ungesunde Angewohnheit, Selbstmord zu begehen oder Autounfälle zu haben. Und danach wurden sie aus allen offiziellen Aufzeichnungen beseitigt. Ich sag dir, es ist genau wie bei diesem Mendel Cohen, über den der Polizeibericht einfach verschwunden ist. Da gibt sich jemand *richtig* Mühe, etwas zu verbergen.« Denny schüttelte den Kopf. »Du hast mir eine Liste von Geistern gegeben, Levi. Aus der Sicht der Welt haben diese Typen nie existiert.«

Levi seufzte und lehnte sich auf dem Stuhl zurück. »Eigentlich hätte es bei dem Fall nur um jemanden gehen sollen, der herumvögelt und sich dann vor lauter Schuldgefühlen um die Ecke gebracht hat.« Sein Verstand raste. Irgendetwas an all dem passte überhaupt nicht zusammen.

»Keine Ahnung, was ich dazu sagen soll Levi. So was hab ich noch nie erlebt. Wer immer die Säuberung durchgeführt hat, wusste verdammt genau, was er tut.«

Levi fuhr sich mit den Fingern durchs Haar, während er sich die Fakten durch den Kopf gehen ließ. Was hatte Mendel Cohen aufgedeckt, das ihm dasselbe Schicksal wie diesen sieben Namen beschert hatte? Und wer steckte hinter all dem?

»Ich hasse es, mehr Fragen als Antworten zu haben«, sagte er und richtete den Blick wieder auf Denny. »Okay, ich gehe mal davon aus, inzwischen hast du ein Profil von diesen Typen, richtig? Irgendetwas Bemerkenswertes?«

Denny drehte sich wieder dem Computer zu. »Marty hat mir alles herübergehievt, was er hatte, und ich hab meinen Musterabgleich drüberlaufen lassen.« Seine Finger verschwammen, als sie über die Tastatur rasten. Auf dem Bildschirm erschienen neue Informationen. »Ich hab mehrere Kriterien angelegt. Da dein Mann religiöser Jude war, hab ich mir zuerst die Religionen der Leute angesehen. Hat sich als bunte Mischung herausgestellt. Drei Juden, zwei Muslime, zwei Christen. Dann hab ich mich damit befasst, womit sie die Brötchen verdient haben. Wie gesagt waren alle mit Ausnahme des Typs in Washington auf die eine oder andere Weise im Nachrichtengeschäft tätig, aber ich wollte sehen, was ihre Spezialgebiete waren. Zum Glück konnte Marty mir sämtliche Storys liefern, über die sie berichtet hatten. Und alle hatten eins gemeinsam: Interesse an Israel, insbesondere am Konflikt zwischen Palästina und Israel. Sogar der Lobbyist hatte die Aufgabe, Kongressabgeordnete und Senatoren gegen die BDS-Bewegung zu beeinflussen.«

»Verdammt, ich hasse Politik.« Levi runzelte die Stirn. »Was ist die BDS-Bewegung?«

»Musste ich auch recherchieren. Das ist eine gegen Israel gerichtete Bewegung, die von einer Randgruppe im Kongress unterstützt wird und sich in der Presse allmählich festsetzt. Es geht darum, Israel zu boykottieren, zu enteignen und zu sanktionieren. Offensichtlich halten diese Leute Israel für ein Monster und Juden für ...«

»Die Wurzel von allem, was je auf der Welt falsch gelaufen ist«, fiel Levi seinem Freund mürrisch ins Wort.

Denny nickte.

»Was für ein Haufen Müll. Das behauptet man über Minderheiten schon seit dem Anbeginn der Zeit.« Er schüttelte den Kopf. »Haben sie sonst noch was gemeinsam? Wie sieht's mit den Arbeitsorten aus? Irgendeine Beziehung zwischen den Reportern und dem Arbeitgeber dieses Lobbyisten?«

»Nein, das hab ich untersucht. Den *Intelligencer* gibt's schon seit den 1950ern, und er ist in Privatbesitz. Die beiden Sender gehören verschiedenen Dachgesellschaften, und der Lobbyist hat sein Geld von irgendeiner Denkfabrik in Washington bekommen, die sich angeblich aus öffentlichen Spenden finanziert. Keine Verbindungen zwischen den Organisationen. Ich schick dir per E-Mail 'ne Zusammenfassung.«

Levi stand auf und zückte sein Handy.

Denny schaute vom Bildschirm auf. »Hey, bevor du jemanden anrufst: Mr. Wu hat ein paar deiner Jacketts abgegeben. Bisher hab ich eines davon modifiziert. Falls du Zeit hast, würde ich mich freuen, wenn du's anprobierst. Um sicherzustellen, dass alles wie gewünscht funktioniert.«

Levi sah auf die Armbanduhr. »Okay. Ein paar Minuten hab ich noch.«

»Gut. Die E-Mail wartet in deinem Posteingang. Ich hol das Jackett.« Damit stand Denny auf und verschwand hinter den Regalen.

Levi wischte über das Display und wählte eine Nummer. Es klingelte zweimal, bevor abgehoben wurde.

»*Hallo?*«

»Dominic, hier Levi Yoder.«

»Oh, ja, Sir.« Der Zeitungsredakteur klang nervös. *»Ich meine, ja, Mr. Yoder. Was kann ich für Sie tun?«*

»Erstens mal bin ich Levi, nicht Mr. Yoder. Aber wie auch immer, ich wollte mich noch mal mit Ihnen zusammensetzen. Ich hätte ein paar weitere Fragen an Sie über das Zeitungsgeschäft allgemein und über einige ehemalige Mitarbeiter von Ihnen. Wann können wir uns treffen?«

»Im Moment bin ich in Newark, aber ich kann in ein paar Stunden wieder in der Stadt sein.«

»Keine Hektik. Wie wär's mit morgen früh um neun? Treffen wir uns in dem Café im Erdgeschoss beim *Intelligencer.«*

»Sind Sie sicher, dass Sie sich dort treffen wollen? Ich meine, ich kann auch ...«

»Sie müssen nicht extra irgendwohin kommen. Ich werd da sein.«

»Ach, das ist kein Problem ...« Dominic zögerte eine lange Sekunde, bevor er sagte: *»Okay, dann sehen wir uns morgen um neun unten im Gebäude.«*

»Bis dann.«

Als Levi auflegte, rollte Denny eine Schaufensterpuppe herüber, die eines von Levis Jacketts trug. Er reichte Levi etwas, das wie ein dicker, gummierter Gürtel aussah.

»Okay, Levi, das ist der Akku. Neues Design, sollte recht angenehm zu tragen sein. Einfach eng um die Brust anlegen und die Kabel verbinden. Damit schließt sich der Kreislauf, wodurch ein Magnetfeld für den Betrieb der Resonanzkreise entsteht.«

Levi schlüpfte aus dem Jackett, drapierte es behutsam über die Rückenlehne des Stuhls und schlang sich den Gurt um die Brust.

Denny legte den Kopf schief, während er Levi beim Einrichten des Akkugurts beobachtete. »Sieht so aus, als wär die Weste, die du über dem Hemd trägst, nicht mit Platten gepanzert. Für den Fall, dass es mal anders ist, hab ich den Riemen am Akkupack verstellbar gemacht.«

»Von Panzerplatten halte ich nichts. Zu sperrig. Außerdem taugen sie nur dann was, wenn ein Schuss die Platten trifft. Bei meinem Glück würde ich dazwischen angeschossen.« Levi zog den Gurt fest, dann überprüfte er mit einem Ruck nach links und rechts den festen Sitz. »Esther hat für mich ein Gewebe sonderanfertigen lassen, das wirkungsvoll ist wie Körperpanzerung Typ 4, und der Stoff des Anzugs ...«

»Ich weiß, deshalb ist dein blödes Jackett auch so schwer. Dein Mr. Wu hat mir damit in den Ohren gelegen, dass ich auf keinen Fall das Schutzfutter des Anzugs beschädigen darf. Lass mich raten, ist es irgendein scherverdickendes Fluid? Auf der Basis der neuen, flüssigen Körperpanzerung, mit der die Armee experimentiert?«

Levi nickte. »Ich glaube, Mr. Wu hat das Material irgendwie in den Anzug eingebaut, und Esther hat das Material zur Verfügung gestellt. Sie hat irgendwas von einer Nanofaser und einer Flüssigkeit gesagt, die sich beim Aufprall verdickt. Hat mir vor nicht allzu langer Zeit schon mal den Arsch gerettet.« Er zeigte auf das Jackett an der Schaufensterpuppe. »Zieh ich das jetzt einfach an?«

»Lass mich dir erst kurz erklären, was wir hier haben.«

Levi sah erneut auf die Armbanduhr. »Aber die Kurzfassung. Ich hab im Moment keine Zeit für Physikunterricht.«

»Na schön«, erwiderte Denny leicht pikiert. Er deutete auf

das Jackett. »Du hast dich ja beschwert, dass die Mütze, die ich für dich gebastelt hab, manchmal zu auffällig ist, um sie auf der Straße zu tragen, vor allem zu deinem üblichen Anzug. Also hab ich mit Mr. Wu zusammengearbeitet, um die Infrarotsender entlang der Nadelstreifen des Anzugs einzubetten.« Er fuhr mit der Hand über das Material. »Hier – fühl mal die kleinen Erhebungen, wo die Sender sind. Aber wer das Jackett nur ansieht, würde nie auch nur ahnen, dass irgendwas daran merkwürdig ist.«

Levi hielt den Anzug zehn Sekunden lang auf Armeslänge und betrachtete ihn eingehend, entdeckte jedoch keine optischen Hinweise auf die versteckten Infrarotsender. Als er leicht mit den Fingern über das Material strich, konnte er die winzigen Erhebungen entlang der dunkelgrauen Nadelstreifen sogar kaum spüren.

Levi lächelte. »Denny, du bist der Beste. Sieht toll aus.«

»Tja, probier das Jackett mal an.«

Levi hob es von der Schaufensterpuppe und schlüpfte hinein. Mittlerweile hatte er sich an das höhere Gewicht des einigermaßen kugelsicheren und stichfesten Anzugs so gewöhnt, dass er das Jackett als völlig natürlich empfand. Er wollte gerade fragen, wie man die Stromversorgung an die Lichtsender anschloss, als er ein Pochen wahrnahm, das vom Gurt um seine Brust ausging.

»Spürst du's?«, fragte Denny.

Levi konzentrierte sich auf das rhythmische Pulsieren. Er stellte fest, dass es sich auf einer Stelle am Akkupack konzentrierte. »Ja. Was ist das?«

Denny bewegte sich langsam um Levi herum und ließ dabei

ständig den Blick auf ihn gerichtet. Das Pochen bewegte sich mit ihm, folgte ihm in einem vollständigen Kreis.

Levi fehlten die Worte. Die Grundtechnologie war für Denny nicht neu – das Elektronikgenie hatte eine Mütze entwickelt, die Infrarotlicht für das menschliche Auge unsichtbar abstrahlte und zurückgeworfene Lichtreflexionen erkannte. Wenn also jemand Levi beobachtete, und sei es hinter seinem Rücken, verzeichnete der Empfänger die Reflexionen von den Augen des Beobachters und machte Levi darauf aufmerksam. Aber dieses Jackett ... war viel komplizierter als das. Auch erheblich eleganter.

»Wie kann das jetzt schon funktionieren?«, fragte Levi. »Wir haben die Batterie ja noch nicht mal angeschlossen.«

Denny grinste. »Ach, das ist nichts Neues. Die Emitter werden von einem Resonanzkreis betrieben, der auf etwas abgestimmt ist, das ich in die Stromversorgung eingebaut habe. Nennt sich resonante induktive Kopplung. Benutzt man heutzutage, um Handys drahtlos aufzuladen und dergleichen. Ach ja, und ein paar andere Aspekte hab ich auch ein bisschen aufgerüstet. Das müssen wir noch ausgiebiger testen, aber das System sollte in der Lage sein, mehr als eine mögliche Richtung gleichzeitig anzuzeigen.«

»Wenn mich also zwei Leute beobachten, nehme ich ein doppeltes Pochen wahr?«

Denny nickte. »Wenn du willst, sind das Jackett und der Akku sofort einsatzbereit. Was hältst du von einem Praxistest? Und danach gibst du mir Bescheid, wie's funktioniert hat. Ich arbeite gerade an einem zweiten Akkupack, aber der, den du trägst, sollte zwölf Stunden lang halten. Und du kannst dafür dasselbe Ladegerät verwenden wie für das andere Set, das du von mir hast.«

Levi zeigte auf das Jackett, das er zuvor getragen hatte. »Kannst du das damit nachrüsten?«

»Ich wüsste nicht, was dagegenspricht, aber das müsste Mr. Wu machen. Ich rede mit ihm.«

Levi sah erneut auf die Uhr und zuckte zusammen. »Jetzt muss ich aber wirklich los.« Lucy hatte angedeutet, dass sie sich nach dem Besuch bei Esther noch mit Leuten treffen müsste, und Levi wollte sich unbedingt selbst dazu einladen. Er wollte herausfinden, was die Frau im Schilde führte.

Levi konnte Lucy zwar nicht sehen, als er das Sportartikelgeschäft betrat, aber er hörte aus den Hintergrundgeräuschen der anderen Kundschaft ihren leichten russischen Akzent heraus. Als er in die Richtung steuerte, entdeckte er sie in der Nähe einer Präsentationswand mit Tennisschlägern. Lächelnd kam sie auf ihn zu.

»Hast du alles bekommen, was du brauchst?«, erkundigte sich Levi.

Lucy hängte sich bei ihm ein und lenkte ihn zurück hinaus auf die Straße. »Klar.« Vor dem Laden parkte ein dunkler SUV. Lucy winkte. »Der Uber kommt genau richtig. Hast du Lust, die Mädels kennenzulernen?«

»Schätze schon, wenn's dir nichts ausmacht, mich mitzunehmen.«

Die Mädels. Wer auch immer diese geheimnisvollen Witwen

sein mochten, Lucy hatte sie aus einem bestimmten Grund ins Land geholt.

Der Fahrer sprang aus dem Wagen, den er im Leerlauf ließ, und öffnete die hintere Tür auf der Beifahrerseite. Lucy und Levi stiegen in den luxuriösen Escalade, und wenige Minuten später befanden sie sich auf dem FDR in Richtung East Side.

Lucy legte sich Levis Arm um die Schultern und lehnte sich an seine Halsbeuge. »Was hat so lang gedauert?«, fragte sie auf Mandarin.

Levi warf einen Blick zum Fahrer, einem Rotschopf Mitte 30. So gut wie sicher beherrschte er kein Chinesisch, dennoch wählte Levi die Worte sorgfältig, bevor er auf Mandarin antwortete. »Denny hatte ein paar Informationen für mich.«

»Was für Informationen?«

»Über die sieben Namen aus dem Gebetsbuch. Dabei gab's einige Eigenartigkeiten.« Er senkte die Hand und deutete unscheinbar auf den Fahrer. »Lass uns später darüber reden.«

»Du bist wirklich vorsichtig. Gefällt mir.« Lucy lächelte und rieb seinen Oberschenkel. »Weißt du, da du so lang gebraucht hast, hatte ich Gelegenheit, mit Esther zu plaudern. Sie ist eine erstaunliche Frau. Hast du gewusst, dass sie es fast ins amerikanische Sportschützenteam der Damen für die Olympischen Spiele 1984 geschafft hätte?«

»Wirklich?« Levi schmunzelte. Er hatte Mühe, sich die großmütterliche Frau als Sportschützin vorzustellen. »Tja, das erklärt wohl ihre Treffer an dem Dummy. Verdammt.«

»Ja. Sie hat mir ein paar Tipps fürs Schießen gegeben. Und ich glaube, sie hat einiges an Erfahrung mit brenzligen Situationen in der realen Welt.«

»Glaubst du, sie war mal Profikillerin?« Levi blinzelte, als er versuchte, sich Esther als Auftragsmörderin vorzustellen.

»Weiß ich nicht genau, aber sie hat mir geraten, wegen Blutspritzern auf die Wahl der Kleidung zu achten. Kann mir nicht vorstellen, dass sie das in irgendeinem Kurs gelernt hat.«

»Wahrscheinlich nicht.« Levi schaute durch die Windschutzscheibe und stellte fest, dass sie in die East 61st Street gebogen waren. »Wir sind ziemlich nah an zu Hause.«

Lucy nickte. »Meine Wohnung ist in Lenox Hill.«

»Ist es das neue Haus, das in der Third Avenue gebaut wird?«

Sie lächelte und tätschelte sein Bein. »Du wirst schon sehen.«

Kurz, nachdem sie *Bloomingdale's* passiert hatten, wurde der Wagen vor der Baustelle eines Wohngebäudes langsamer.

Der Fahrer drehte sich um. »Wollten Sie hier abgesetzt werden?«

»Das ist perfekt«, sagte Lucy. »Danke.« Als sie und Levi ausstiegen, wischte sie über das Display ihres Handys, um dem Fahrer ein Trinkgeld zu geben.

Bevor Levi fragen konnte, warum sie sich an einem noch nicht bezugsfertigen Ort befanden, kam ein kräftiger Mann mit einem gelben Schutzhelm auf sie zu und verbeugte sich unbeholfen vor Lucy. »Miss Chen, ich bin hier der Vorarbeiter. Ich kann Sie sicher durch die Baustelle und zu Ihrer Wohnung bringen. Es ist alles bereit, und Ihre Gäste sind schon einquartiert.«

Lucy nickte, dann folgten sie und Levi dem großen Kerl in eine Eingangshalle, die alle Anzeichen erkennen ließ, in fertigem Zustand atemberaubend zu werden. Es herrschte bereits überall Marmor vor, und das freiliegende Metall wies einen Goldglanz auf, der an den protzigen Stil des Trump Tower erinnerte. Sie bahnten sich den Weg vorbei an Paletten mit noch nicht verlegten Marmorplatten, riesigen Farbeimern und Kabelrollen in Industriegröße, bevor sie schließlich einen vergoldeten Aufzug erreichten. Der Vorarbeiter führte einen Schlüssel ein und drückte dann den Knopf für den 17. Stock.

Levi fragte auf Mandarin: »Wie hast du die Erlaubnis zum Einziehen vor der offiziellen Fertigstellung bekommen?«

Lucy schaute mit belustigter Miene zu ihm auf. »Die Wahrheit?«

Levi runzelte die Stirn.

Lucy lächelte und tippte ihm mit der Spitze des Zeigefingers an die Lippen. »Ich habe eine Vereinbarung mit dem Bauherrn getroffen. Offiziell bin ich noch nicht eingezogen. Ich bin als Subunternehmerin gelistet und führe Qualitätskontrollen durch.«

Der Aufzug bimmelte, und die Türen öffneten sich. Der Vorarbeiter stieg als Erster aus und zeigte auf den unebenen Bodenbelag. »Folgen Sie mir, aber bitte vorsichtig – der Boden ist noch nicht fertig. Auch die schon verlegten Fliesen sind noch nicht zementiert.«

Etwa die Hälfte des Fußbodens war in einem Wellenmuster mit Marmorfliesen in einem Rosé-Ton ausgelegt. Hohe Stapel aus Fliesen in verschiedensten anderen Farben warteten noch darauf, verlegt zu werden. Man hatte die Farben bereits auf dem Boden gekennzeichnet, wodurch sich das Schlangenmuster erkennen ließ, das den Flur letztlich zieren würde.

Sie blieben vor einer hohen Tür stehen, wo der Vorarbeiter Lucy eine Schlüsselkarte überreichte, bevor er sich erneut linkisch verneigte. »Wenn Sie Begleitung zurück hinunter brauchen, wählen Sie einfach das Sternchen auf Ihrem Telefon.

Damit rufen Sie mich oder den an, der gerade Dienst hat.« Kurz nahm er den Schutzhelm ab, wischte sich ein paar Schweißperlen von der Stirn und setzte den Helm wieder auf. »Kann ich sonst noch was für Sie tun?«

Lucy schüttelte den Kopf. »Danke.«

Bevor der Vorarbeiter gehen konnte, steckte Levi ihm einen Zwanziger zu. Der Mann starrte überrascht auf das Geld. Levi zwinkerte ihm zu und klopfte ihm auf die Schulter. Schließlich lächelte der Vorarbeiter und nickte zum Dank.

Als Lucy mit der Schlüsselkarte über das Lesegerät fuhr, leuchtete eine grüne LED auf. Als sie den Türknauf drehte, sagte sie: »Kommst du?«

»Ja«, antwortete Levi. »Ich will deine neue Wohnung unbedingt sehen.«

KAPITEL ACHT

Als Levi das Foyer betrat, musste er innehalten, um alles auf sich wirken zu lassen. Marmor, so weit das Auge reichte, Seidentapeten an den Wänden, der unverkennbare Geruch von Neuem in der Luft. Bevor er ein Wort dazu sagen konnte, stürmten drei Frauen aus einem anderen Zimmer herein, alle mit einem breiten Lächeln im Gesicht. Lucy und die Frauen umarmten sich und begannen, auf Kantonesisch zu plappern.

Es dauerte fast eine Minute, bis Levi von Lucy den Wink erhielt, sich ihnen anzuschließen. Sie wechselte zu Mandarin und sagte: »Das ist der Mann, von dem ich gesprochen habe.«

Die drei Frauen sahen alle wie Mitte 30 aus, und alle waren auf ihre eigene Weise recht attraktiv. »Hallo, meine Damen«, begrüßte Levi sie auf Mandarin.

Alle drei schnappten nach Luft und warfen sich gegenseitig verdutzte Blicke zu. Eine von ihnen fragte auf Mandarin: »Sie sprechen Chinesisch?«

»Ja.« Levi lächelte über die verblüffte Reaktion, als er der Frau, die gesprochen hatte, die Hand entgegenstreckte. Sie war größer als die anderen und besaß einen stämmigeren, muskulöseren Körper als die meisten asiatischen Frauen, die er bisher kennengelernt hatte. Das Haar trug sie als langen, geflochtenen Pferdeschwanz. »Ich bin Levi. Und Sie sind ...«

»Feng Min.« Sie schüttelte ihm die Hand und errötete heftig.

»Ich bin Liu Ruxia«, stellte sich eine andere Frau vor. Sie wirkte selbstbewusster als die Erste, als sie vortrat, um Levi die Hand zu schütteln. »Aber bitte, nennen Sie mich Ruth.«

»Und ich bin Ye Ting«, kam von der Dritten, die ihm ebenfalls einen festen Händedruck gab.

»Wenn alle einverstanden sind, schlage ich vor, wir halten es informell und duzen uns. In Ordnung? Prima. Dann zeigen wir unserem Gast mal die neue Zentrale«, sagte Lucy.

»Zentrale?«, fragte Levi.

Lucy hängte sich bei ihm ein und führte ihn vorwärts. »Genau. Ich hab dir ja gesagt, dass wir ein neues Unternehmen aufziehen. Es wird etwas Besonderes.«

Sie ignorierte den Blick, den er ihr zuwarf, als sie ihn durch einen großen Raum mit einem riesigen U-förmigen Sofa führte, auf dem mühelos zehn Personen Platz finden könnten. Der Geruch von edlem Leder hing in der Luft. Die Einrichtung erinnerte stark an Lucys vorheriges Apartment – eine einzigartige Kombination aus asiatischem und europäischem Flair. Nicht unbedingt minimalistisch, aber auf Zweckmäßigkeit, Komfort und Stil ausgerichtet.

Der vollständige Rundgang durch alle Wohnzimmer, die Gourmetküche, die fünf Schlafzimmer, einen Raum mit Fitnessgeräten und einen großen offenen Bereich für Yoga dauerte fünf Minuten und endete schließlich auf einem Balkon mit Blick auf den Central Park.

»Wunderschön hier«, befand Levi. »Und ihr habt das gesamte Stockwerk für euch allein?«

»Danke und ja. Die gesamte Etage, rund 600 Quadratmeter.«

Als sie in den großen Raum zurückkehrten, setzten sich die vier Damen auf die Couch und begannen, sich auf Kantonesisch zu unterhalten. Levi verstand nur etwa 60 Prozent von dem, was sie sagten, aber er konnte daraus ableiten, dass Lucy die anderen über einige Gangmitglieder informierte, die der FBI-Razzia entgangen waren.

Er holte sein Handy heraus, gab Lucy einen Wink und bildete mit den Lippen: *Bin gleich wieder da.*

Sie nickte, und er ging ins Foyer, wo er eine Nummer aus seiner Kurzwahlliste wählte.

»Rosenberg & Rosenberg, Melanie am Apparat. Wie kann ich Ihnen helfen?«

»Hi, Melanie, hier Levi Yoder.«

»Oh, hallo, Levi. Wann sagen Sie endlich ja zu meinem Angebot, gemeinsam zu Abend zu essen und dann ins Kino zu gehen?«

Levi lachte. Melanie war die Schwester von Saul Rosenberg, sechsmal geschieden und etwa 20 Jahre älter als er. Sie flirtete bereits mit ihm, seit er Mitte 20 gewesen war.

»Melanie, Sie wissen, wenn ich dazu je ja sage, könnte ich mich nicht beherrschen, und ich muss dabei auch an Saul denken. Ihm würde nicht gefallen, wenn ich mit seiner Schwester rummache.«

Ein tiefes Seufzen drang über die Leitung. *»Ich bin irgendwie* *unwiderstehlich – ist wohl mein Fluch. Ich nehme an, Sie wollen mit Saul sprechen, richtig?«*

»Bitte.«

»Er ist gerade mit einem anderen Mandanten fertig geworden. Einen Moment.«

Einige Sekunden lang herrschte Stille, bevor Saul Rosenbergs nasale Stimme ertönte. *»Levi! Was kann ich für Sie tun?«*

»Ich brauche die Hilfe eines hochkarätigen Anwalts. Wie üblich.«

Saul ließ sein hyänenartiges Lachen vernehmen. *»Tja, ich hab mich gerade umgesehen und finde keine hochkarätigen Anwälte im Büro, also müssen Sie wohl mit mir vorliebnehmen. Was gibt's?«*

Levi warf einen Blick zu den Frauen, die sich immer noch in gedämpften Tönen unterhielten und ihm keine Beachtung schenkten. Nur gelegentlich verirrte sich ein Blick zu ihm, der ebenso schnell wieder abgewandt wurde.

»Eine Freundin von mir hat einen zensierten Polizeibericht erhalten, in dem ein paar wichtige Namen fehlen, zum Beispiel der des leitenden Ermittlers. Aber zufällig hab ich eine unbearbeitete Kopie des Berichts in die Hände gekriegt, und ich wollte bei diesem Ermittler einhaken. Also brauche ich ...«

»Ein Bericht vom NYPD?«

»Ja.«

»Ich will gar nicht wissen, wie Sie zu einem unbearbeiteten Bericht gekommen sind. Der einzige Grund, warum man einen Namen in einem Polizeibericht zensieren würde, wäre, wenn der Mann verdeckt arbeitet.«

»Das dachte ich mir. Deshalb brauche ich einen legitimen

Vorwand, um zum Revier zu gehen und mit dem Ermittler zu reden. Ich hatte gehofft, Sie hätten dazu vielleicht eine Idee.«

»Oh, sicher, laden Sie's ruhig auf mir ab.« Einige Sekunden lang herrschte Stille in der Leitung. Dann kam von Saul: *»Was halten Sie davon? Ich kann einen Gerichtsbeschluss für den Polizeibericht erwirken, und Sie können ihn selbst zustellen. Wenn der Kerl, den Sie suchen, verdeckt ermittelt, hilft das zwar nicht, aber man muss Ihnen zumindest geben, was man zur Verfügung hat, und jemand muss mit Ihnen über den Fall sprechen, wenn Sie namentlich in dem Bericht genannt sind.«*

»Na ja, das ist es ja gerade. Ich werde in dem Bericht nicht erwähnt. Aber eine Freundin von mir. Und sie hat mich um einen Gefallen gebeten.«

»Damit ich einen Beschluss erwirken kann, muss ich leider der Prozessbevollmächtigte einer beteiligten Partei sein – also müssen wir zuerst dafür sorgen. Ich kann Ihnen den Papierkram elektronisch schicken. Sobald Ihre Freundin unterschreibt, kann ich den Antrag am selben Tag einreichen.«

»Wunderbar. Ich denke, das kann ich Ihnen ziemlich schnell zukommen lassen.«

»Dabei fällt mir ein ... Sie haben doch eine gültige Lizenz als Privatermittler, oder?«

»Habe ich. Sie haben mir geholfen, sie zu bekommen, wissen Sie noch?«

»Okay, gut. Das ist der Ansatz, den wir benutzen. Ich brauche zwar trotzdem die unterzeichneten Unterlagen, die mich zum bevollmächtigten Anwalt machen, aber da Sie offiziell zugelassener Privatdetektiv sind, setze ich Sie als von mir beauf-

tragten Vertreter ein. Als Privatdetektiv können Sie in den meisten Angelegenheiten völlig legitim ermitteln, ohne Ärger mit der Polizei zu bekommen. Einverstanden?«

»Sicher.« Levi nickte.

»Warten Sie kurz.« Die Leitung verstummte eine volle Minute lang, bevor sich der Anwalt der Familie Bianchi wieder meldete. *»Ich hab einen Mandanten dran, der gerade etwas getan hat, das ... Na ja, sagen wir einfach, ich muss mich sofort um ihn kümmern. Besorgen Sie mir so schnell wie möglich die unterschriebenen Dokumente, dann lasse ich den Antrag per Kurier zustellen, um den Beschluss zu bekommen.«*

»Perfekt. Wahrscheinlich schaue ich heute Nachmittag in Ihrer Kanzlei vorbei.«

»Okay, bis dann.«

»Danke, Saul, Sie sind der Beste.«

Als Levi auflegte, ertappte er zwei der Frauen dabei, dass sie ihn anstarrten. Als er sich in Richtung des großen Zimmers in Bewegung setzte, wandten beide schnell den Blick ab.

Min sagte auf Kantonesisch: »Er ist sehr hübsch, findet ihr nicht auch?«

Die anderen Ladys kicherten.

Ruth fragte Lucy auf Mandarin: »Bleibt Charlie bei uns?«

»Charlie?«, fragte Levi.

Lucy hielt sich die Hand über den Mund, als sie lachte. Sie erklärte auf Englisch: »Sie nennen dich Charlie, weil *3 Engel für Charlie* früher in Hongkong im Fernsehen unheimlich beliebt war, und sie finden, du bist so mysteriös und gutaussehend wie Charlie.«

Die anderen Frauen verstanden offensichtlich kein Englisch, weil keine von ihnen darauf reagierte; sie sahen Lucy und Levi nur neugierig an.

Levi runzelte die Stirn. »Moment, ich kenne die Filmversion der Serie, und ich glaub nicht, dass ihr Charlie je gesehen habt ...«

Lucy setzte sich aufrechter hin. Ihre Augen wurden groß vor Überraschung, und sie sagte auf Mandarin: »Es gibt einen Film?«

Auch Levi wechselte nahtlos zu Mandarin. »Na ja, da sind die drei Engel mit Farrah Fawcett ...«

»Ja, das kennen wir aus Hongkong.«

»Das ist die alte Serie«, sagte Levi. Er versuchte, sein Lächeln zu verbergen, als ihn alle vier Frauen überrascht aussahen. »Und in der Filmversion, die wohl auf der alten Fernsehserie basiert, sieht einer der Engel dir sehr ähnlich.«

»Wirklich?« Lucys Augen drohten, ihr aus dem Kopf zu fallen.

Levi nickte. »Ja.« Er zeigte auf den über dem Kamin montierten Plasmafernseher. »Ich bin sicher, im On-Demand-Angebot lässt sich der Film finden. Aber wie dem auch sein mag, ich muss weg. Ich muss einer der Spuren im Fall Cohen nachgehen.«

Lucy sprang vom Sofa auf, legte die Hand auf seinen Oberarm und drückte ihn leicht. »Ich hoffe, du machst bei uns mit.« Sie sprach wieder Englisch.

»Wobei?« Levi warf einen Blick auf die anderen Frauen, die ihn alle anstarrten. Obwohl sie nicht verstehen konnten, was gesagt wurde, senkte er die Stimme. »Ich hab dir gesagt, dass ich dir auf jede erdenkliche Weise bei dem Kopfgeldproblem helfe. Ich kann's nicht leiden, wenn Frauen die Zielscheibe von ...«

»Du bist so amerikanisch.« Lucy berührte seine Wange und schüttelte den Kopf. »Das vergesse ich manchmal. Wir brauchen keine Hilfe dabei, uns darum zu kümmern. Und ich rede auch nicht vom Fall Cohen. Ich will, dass du dich meinem neuen Unternehmen anschließt.«

Levi sah eindringlich in Lucys dunkle Augen. Einen Moment lang vermeinte er, Verwundbarkeit darin zu entdecken. Ihn beschlich der deutliche Eindruck, dass ihr Angebot mehr war, als es zu sein schien.

»Du kannst auch eines der freien Schlafzimmer haben, wenn du willst«, fügte sie hinzu. »So wäre es einfacher, Pläne zu schmieden.«

»Lucy ... was willst du wirklich von mir? Du glaubst doch nicht etwa, dass ich die Familie verlasse, oder? Denn ich kann dir gleich sagen, das wird nicht passieren.«

Lucy spähte zu den Frauen, die immer noch herüberstarrten. »Ich weiß, dass du das nicht tun wirst. Aber das heißt nicht, dass du dich uns nicht anschließen kannst.«

»Ich weiß noch nicht mal, worum es bei diesem ›uns‹ geht. Was habt ihr Ladys vor?« Er sah auf die Armbanduhr. »Hör mal, wir müssen später darüber reden – ich muss jetzt los. Seid ihr hier wirklich sicher?«

Lucy lächelte. »Esther lässt uns in den nächsten Stunden ein kleines Arsenal liefern. Uns passiert nichts.«

Levi zog seine SIG Sauer P229 hinten vom Hosenbund und

streckte sie Lucy hin. »Nimm die, nur für alle Fälle. Ist eine Neun-Millimeter mit einer Patrone im Lager, 15 im Magazin, und sie hat 'nen sehr leichtgängigen Abzug.«

Lucys Mund klappte auf. Sie blickte erst auf die Waffe, dann auf ihn. »Aber du kannst nicht ...«

Er klopfte auf die andere Waffe, die er immer in einem Schulterholster bei sich trug. »Ich hab Reserve.«

»Okay.« Lucy nahm die Pistole entgegen und begleitete ihn zur Tür. »Tut mir leid, dass ich so ... so ... Ich weiß nicht, wie ich's ausdrücken soll.« Sie atmete tief durch und straffte die Schultern. »Tut mir leid, dass ich dich aufgehalten habe.«

»Schon gut. Ich ruf dich morgen an.«

Levi zwang sich zu gehen.

Als er auf den Aufzug wartete, beschlichen ihn unwillkürlich Sorgen um die Frauen. Lucy hatte gesagt, Esther würde ein »kleines Arsenal« liefern. Das klang nach wesentlich mehr als ein paar Pistolen und einem Gewehr. Was hatten diese Ladys vor? Und würden sie es an diesem Abend tun?

Als sich die Fahrstuhltüren öffneten, schoss Levi ein Gedanke durch den Kopf, der einen eisigen Schauder auslöste.

Was, wenn ich Lucy gerade zum letzten Mal lebend gesehen habe?

*

»Ecke Utica Avenue und Bergen Street«, sagte Levi, als er in das Taxi sprang.

»Utica und Bergen?« Der Taxifahrer war ein älterer Mann

mit ausgeprägtem New Yorker Akzent. Er begann, die Adresse einzutippen, dann hielt er inne. »Oh, ich weiß, wo das ist. Das 77. Polizeirevier in der Nähe von Crown Heights.«

»Genau.«

Nachdem er Lucy und die anderen Damen dem überlassen hatte, was sie unweigerlich tun würden, hatte Levi den Großteil des restlichen Tags damit verbracht, Rivka Cohens Unterschrift für Sauls Dokumente zu bekommen und sich dann durch den Pendlerverkehr zur Kanzlei des Anwalts zu kämpfen. Mittlerweile war er mit einem Gerichtsbeschluss gerüstet unterwegs zurück in Rivkas Gegend, um zu sehen, ob er aus der Spur im Fall Cohen etwas herausholen könnte.

Sein Handy vibrierte mit einer SMS von Doug Mason.

Levi, Ihr Name schwirrt in einigen Netzwerken herum. Sie haben irgendjemandes Aufmerksamkeit erregt, das wollte ich Sie nur wissen lassen. Wir versuchen, die Anfragen zurückzuverfolgen, hatten aber bisher kein Glück. Passen Sie auf sich auf.

Nachdem Levi eine Weile stumm überlegt hatte, rief er eine Kurzwahlnummer an und hielt sich das Telefon ans Ohr.

»Hi, Levi, was gibt's?«

Er senkte die Stimme und flüsterte: »Tu mir 'nen Gefallen. Könnte sein, dass ich im 77. Revier in ein Hornissennest steche, wenn ich einen gewissen Detective Carter wegen dem Fall Cohen zur Rede stelle. Das wird in etwa 20 Minuten passieren.

Kannst du irgendwie die ausgehende Kommunikation von dem Revier überwachen, während ich dort bin und kurz danach?«

»Scheiße, Mann, das krieg ich so kurzfristig nicht hin. Ich kann mich an Marty wenden, ob er irgendeine Möglichkeit dafür sieht, aber garantieren kann ich nichts.«

»Schon in Ordnung. Ich rechne nicht unbedingt damit, dass sich groß was tut, aber ich dachte mir, wenn's möglich ist, könnten zusätzliche Augen und Ohren nicht schaden.«

»Ich werd tun, was ich kann.«

»Danke, Kumpel. Wir hören uns.« Levi legte auf, lehnte sich auf dem Sitz zurück, während der spätnachmittägliche Verkehr zunahm, und schloss die Augen.

Er hatte keine Ahnung, wie der Polizist auf den Gerichtsbeschluss reagieren würde. Diese Sache konnte für Levi nach hinten losgehen. Trotzdem musste er es versuchen.

»Mr. Yoder, wie kann ich Ihnen helfen?«

Levi verblüffte, wie jung Detective Carter war. Er sah aus, als wäre er kaum alt genug, um sich einen Drink zu bestellen, geschweige denn, eine Morduntersuchung zu leiten.

Levi nahm zwei Exemplare des Gerichtsbeschlusses aus einem Umschlag. »Detective Carter, ich bin hier, um Ihnen einen Gerichtsbeschluss für die Herausgabe von Aufzeichnungen zuzustellen. Hier ist das Original des Beschlusses, hier Ihre Kopie.« Er übergab dem Detective das Duplikat und schob das Original zurück in den Umschlag.

Carter nahm die Kopie entgegen und betrachtete sie. »Hier

steht, dass Rechtsanwalt Saul Rosenberg im Namen von Mrs. Rivka Cohen eine Kopie eines Polizeiberichts anfordert. Das verstehe ich nicht. Mrs. Cohen hat bereits eine Kopie des Polizeiberichts erhalten.«

Levi lächelte. »Oh, also sind Sie mit dem Fall vertraut?«

Schlagartig verfinsterte sich der Gesichtsausdruck des Ermittlers. »Entschuldigen Sie, aber das geht Sie nichts an.«

Levi überreichte ihm eine Kopie seiner Lizenz als Privatdetektiv zusammen mit einem notariell beglaubigten Schreiben. »Tatsächlich hat Mrs. Cohen mich beauftragt, einigen Unregelmäßigkeiten im Zusammenhang mit dem Polizeibericht nachzugehen. Und ihr Anwalt, Mr. Rosenberg, hat mich gebeten, als Kurier für den oben genannten Polizeibericht zu fungieren, den er fordert.«

Der Blick des Beamten überflog die Unterlagen. Nach einigen Augenblicken zuckte er mit den Schultern. »Warten Sie einen Moment, ich sehe zu, was ich tun kann.«

Im Revier herrschte überraschend wenig Aufkommen an zivilen Personen. Levi trommelte mit den Fingern auf der Theke des Empfangsschalters, während er wartete. Gelegentlich warf er einen Blick auf die große Digitaluhr, die an der Wand hing.

Es dauerte volle zehn Minuten, bis der Detective zurückkam und entschuldigend wirkte. »Mr. Yoder, ich fürchte, ich kann Ihnen im Moment nicht geben, was Sie wollen. Normalerweise hätte ich Ihnen eine offizielle Kopie ausgedruckt, aber wir haben irgendeine technische Panne mit der Computeranlage. Ich hab in der Innenstadt angerufen, wo die physischen Aufzeichnungen aufbewahrt werden. Ich habe ersucht, Kopien anzufertigen und an Mr. Rosenbergs Kanzlei zu schicken. Sie sollten hoffentlich in wenigen Tagen dort eintreffen.«

Levi zeigte sich demonstrativ enttäuscht, obwohl er damit voll und ganz gerechnet hatte. Immerhin konnte auch Denny die Aufzeichnungen nicht abrufen. »Haben Sie was dagegen, wenn ich Ihnen ein paar Fragen zur Zeugenaussage stelle, die in Mrs. Cohens Kopie des Polizeiberichts erwähnt wird?«

Der Lieutenant schüttelte den Kopf. »Überhaupt nicht, aber um ehrlich zu sein, arbeite ich an vielen Fällen. Könnte sein, dass ich nicht alle Details im Kopf habe.«

Levi holte die zensierte Kopie des Polizeiberichts heraus und verwies auf den Vorwurf der Untreue. »Hier steht, Mrs. Cohens Ehemann hätte eine Affäre mit jemandem gehabt, dessen Name geschwärzt ist. Ich möchte die Zeugin eingehender untersuchen und ihr nach Möglichkeit ein paar Fragen stellen.«

Der Beamte lächelte und schüttelte erneut den Kopf. »Ehrlich gesagt überrascht mich, dass sich jemand damit befasst. Ich dachte, der Fall wäre glasklar: Ein Mann hatte eine Affäre, und vor lauter Schuldgefühlen darüber hat er sich umgebracht. Warum wollen Sie weiter darüber nachfragen?«

Levi zog die Augenbrauen hoch und lehnte sich ein wenig nach vorn. »Gibt's einen Grund, warum Sie mir den Namen der Zeugin nicht nennen?«

»Nein, gar nicht. Ich erinnere mich bloß nicht an den Namen«, erwiderte der Detective selbstgefällig.

»Warum wurde der Name der Zeugin dann in dem Bericht geschwärzt, den Mrs. Cohen erhalten hat?«

»Ich habe nur versucht, das Richtige zu tun, Mr. Yoder.« Der

Lieutenant seufzte. »Offen gestanden finde ich, dass Sie auf dem Holzweg sind. Es ist wirklich ganz einfach. Die Zeugin hat erfahren, dass ich für die Untersuchung des Tods von Mr. Cohen zuständig bin, und hat mich auf der Straße angesprochen. Sie hat sehr bestürzt über den Selbstmord von Mr. Cohen gewirkt und mir alles erzählt.

Aber am Ende hat sie darum gebeten, dass ihr Name nicht im Protokoll auftaucht. Sie wollte keinen Ärger mit der Familie von Mr. Cohen, was verständlich ist. Ich glaube, sie hat sich schuldig gefühlt. Natürlich konnte ich ihr nicht völlige Anonymität zusichern, und wenn Mr. Rosenberg ihren Namen per Gerichtsbeschluss in Erfahrung bringen will, bekommt er ihn wohl auch. Ich habe den Namen der Zeugin jedenfalls absichtlich aus Mrs. Cohens Kopie des Berichts weggelassen, und noch einmal, ich erinnere mich nicht an den Namen.«

Levi runzelte die Stirn. »Na schön. Danke für Ihre Zeit.« Damit wandte er sich ab und ging durch den Haupteingang hinaus. Wie vereinbart kam das Taxi zurück, das um den Block Runden gedreht hatte, wahrscheinlich etliche.

Als Levi hinten einstieg, reichte er dem Taxifahrer die andere Hälfte eines Hundert-Dollar-Scheins. »Park Avenue, Upper East Side.«

»Geht klar, Sir.«

Levi wählte Lucys Nummer. Es klingelte fünfmal, bevor er auf der Mailbox landete. Levi hinterließ keine Nachricht.

Er holte tief Luft und beschloss, nicht darüber nachzudenken, was sie vielleicht gerade tat. Sie war mehr als fähig, auf sich aufzupassen, auch ohne seine Einmischung.

Also konzentrierte er sich stattdessen auf die Worte des Polizisten. *Sie hat sehr bestürzt über den Selbstmord von Mr. Cohen gewirkt.*

Levi ließ seine Befragung von Mindy Cross in Gedanken Revue passieren. Als sie bei Mendel Cohens Erwähnung gesagt hatte, dass sie ihn nicht kannte, hatte sie weder den Blickkontakt abgebrochen noch sonstige äußere Anzeichen von Falschheit erkennen lassen. Er hatte sie dabei aufmerksam beobachtet.

Unsicherheit breitete sich in Levi aus, als er Denny anrief.

»Hi, Mann, was gibt's?«

»Erinnerst du dich an diese Mindy Cross aus dem Bericht?«

»Die scharfe Blondine? Was ist mit ihr?«

»Kannst du mir ihre Wohnadresse besorgen? Ich will was überprüfen.«

»Warte kurz.« Levi hörte, wie Denny jemandem auftrug, vorn für ihn zu übernehmen. Eine Minute später meldete er sich wieder. *»Hab sie. Soll ich sie dir schicken?«*

»Ja bitte. Ich denke, es ist an der Zeit, ihr einen Besuch abzustatten und ihre Geschichte zu überprüfen.« Levi beschlichen allmählich Zweifel.

»Okay, Mann. Ist unterwegs.«

Levis Telefon zeigte summend eine eingehende Nachricht an. »Danke.«

Er legte auf und stöhnte, als ihm klar wurde, dass es ein noch wesentlich längerer Tag werden würde. »Planänderung«, wandte sich Levi an den Taxifahrer. »Ich muss nach Queens.«

Der Taxifahrer nickte. »In Ordnung, geht klar. Wird mein letzter Halt für diese Schicht. Wo in Queens?«

»Drüben in der Bayside – Bell Avenue und 46th. Irgendeine Ahnung, wie lang es dorthin dauern wird?«

Der Taxifahrer bog scharf nach rechts auf den Eastern Parkway. »Bei dem Verkehr ungefähr eine halbe Stunde.«

»Das passt.«

Levi schloss die Augen und entspannte sich, während er sich zu erinnern versuchte, ob er schon je in der Gegend gewesen war. Er glaubte nicht. Wenn er dort ankäme, würden die Leute allmählich Feierabend machen.

Er würde auf Mindy warten, wenn sie zu Hause eintraf.

KAPITEL NEUN

Levi fühlte sich in dieser Gegend in seiner üblichen Aufmachung – dunkelgrauer Nadelstreifenanzug, italienische Slipper – etwas auffällig. Unter normalen Umständen hätte er sich bei einer Observierung für etwas anderes entschieden. Aber es würde reichen müssen.

Die Gegend erwies sich als bunte Mischung aller möglichen Typen. Juan, ein Junge aus Puerto Rico, spielte Kümmelblättchen. Mit geschickten Händen präsentierte er die Karten, die er auf dem großen Karton verschob, der ihm als Spieltisch diente. Er zeigte die Vorderseiten der Karten, drehte sie um und veränderte schnell ihre Anordnung. Einer seiner Komplizen tat so, als würde er spielen. In Wirklichkeit versuchte er, bereitwillige Opfer anzulocken, indem er absichtlich die falsche Karte riet, wenn Juan mit dem Verschieben der Karten auf dem Spieltisch fertig war. Und letztlich fand sich immer ein armer Tölpel, der vortrat und einen Einsatz locker machte. Nur wurden Juans Bewegungen schlagartig schneller, fast unmöglich zu verfolgen. Zusammen verdienten die beiden damit recht ordentlich.

Auch Levi wollten sie über den Tisch ziehen, doch Levi hatte sich schon auf den Straßen der Stadt herumgetrieben, bevor Juan überhaupt geboren war, und es drehte den Spieß kurzerhand um. Dann bot er den Jungs den Deal an, ihnen einen Fünfziger zu zahlen, wenn sie das Spiel weiter an dieser Straßenecke betrieben. Er glaubte nicht, dass zwei Sechzehnjährige ein solches Angebot ausschlagen würden, und er behielt recht. Levi wollte nämlich von einer Menschenmenge umgeben sein. Von dieser Ecke aus hatte er einen Friseurladen, ein Nagelstudio und vor allem die von außen zugänglichen Wohnungen im ersten Stock über den Geschäften im Blick. Mindys Wohnung hatte er bereits in Augenschein genommen, aber es war niemand zu Hause.

Also wartete er.

Erst um acht Uhr abends fuhr ein Auto auf einen der Parkplätze, die für die Bewohner der Apartments reserviert waren. Mittlerweile hatte sich das Spiel aufgelöst, und Levi stand in den Schatten einer kaputten Straßenlaterne.

Eine Frau stieg aus einem Subaru neueren Baujahrs. Allerdings handelte es sich nicht um die wohlgeformte Blondine, die er befragt hatte. Der Subaru gab einen Piepton von sich, als die Zentralverriegelung aktiviert wurde. Die Frau schloss die transparente Tür zur Treppe auf. Eine Minute später ging ein Licht in Mindy Cross' Wohnung an. Also wohl die Ehefrau.

Levi hatte keine Ahnung, wie lange eine Reporterin arbeitete. Vielleicht versah sie Dienst in Schichten. Er stöhnte, als ihm klar wurde, dass es nach Mitternacht sein könnte, wenn sie nach Hause käme.

Trotzdem wartete er weiter.

Bis er eine Stunde nach Mitternacht genug hatte.

Er trat aus den Schatten und näherte sich dem Gebäude. Das Licht in der Wohnung brannte noch.

Er drückte den Knopf für Apartment 2B.

Eine Stimme ertönte aus der Gegensprechanlage. *»Mindy?«*

»Nein, ich bin Levi Yoder. Tut mir leid, dass ich so spät noch störe. Ich bin Privatdetektiv und untersuche einen Fall, bei dem Miss Cross als Zeugin genannt wird. Wissen Sie, wo ich sie finden kann?«

Ein Schluchzen drang aus dem Lautsprecher, gefolgt von mehreren Sekunden Stille. *»Nein. Sie ist seit einem Tag verschwunden. Ich habe keine Ahnung, wo sie steckt.«*

Ein kalter Schauder lief Levi über den Rücken. »Können wir uns vielleicht irgendwo kurz unterhalten? Ich würde Ihnen gern ein paar Fragen stellen.«

Nach einer Sekunde verkündete ein Summen, dass die Tür entriegelt worden war. *»Kommen Sie herauf, aber seien Sie gewarnt: Ich habe eine Waffe und werde sie benutzen, wenn Sie mir einen Grund dazu geben.«*

Levi lief die Treppe zwei Stufen auf einmal nehmend hinauf. Das abgehärmte Gesicht einer Frau, die sichtlich geweint hatte, begrüßte ihn an der Tür zu Mindys Wohnung.

»Mindy ruft mich immer an, wenn sie von der Arbeit aufbricht. Das hat sie vorgestern getan, und sie ist nie zu Hause angekommen.« Die Schultern der Frau zitterten, und sie schlang die Arme um sich, als ihr Tränen übers Gesicht liefen. »Ich weiß genau, dass irgendwas passiert ist.«

Trotz des geröteten Gesichts der Frau, des von Tränen verschmierten Make-ups und der verquollenen Augen erkannte Levi sie. Es war die Frau von dem Foto, das Mindy ihm gezeigt hatte.

»Sie sind Karen, nicht wahr? Mindys Frau.«

Karen rieb sich die Tränen mit den Handballen weg. »Woher wissen Sie das?«

Mittlerweile war Levi sicherer denn je. Nicht Mindy Cross, die Reporterin vom *Intelligencer*, die geleugnet hatte, Mendel Cohen je gekannt zu haben, hatte gelogen.

Ein Alarm blinkte im Sicherheitsraum des *Intelligencer*-Gebäudes, und ein Mitarbeiter warf einen Blick auf die Kameraübertragung. »Antonio, die Gesichtserkennungssoftware hat gerade einen Neuankömmling markiert.«

Ein Mann in einem Anzug war durch das Drehkreuz am Eingang gekommen und steuerte auf das Café im Erdgeschoss zu. Der Computer zeigte über dem Bild des gut gekleideten Mannes den Namen *Levi Yoder* an.

Antonio rollte mit seinem Stuhl zur Reihe der Monitore, um einen Blick darauf zu werfen. »Oh Scheiße, Carl, an den Kerl erinnere ich mich. Er war vor ein paar Tagen hier und hat mit der heißen Braut im vierten Stock geredet.« Er zoomte näher und schaltete den Ton ein.

Yoder stand bei einem der Mitarbeiter des Unternehmens, einem vierschrötigen Mann. Der Computer zeigte dessen Namen als *Dominic Maroni* an.

»Hi«, grüßte Maroni gerade. *»Ich hab einen Tisch für uns reserviert, damit wir reden können.«*

Als sich die beiden Männer setzten, tippte Carl auf den Bildschirm. »Den kenne ich. Er ist Redakteur im Vierten.«

»Dominic, wann haben Sie Mindy zuletzt gesehen?«

»Bin mir nicht sicher. Als ich an ihrer Nische vorbei zu den Aufzügen gegangen bin, war sie nicht da.« Maroni runzelte die Stirn. *»Jetzt, wo ich darüber nachdenke ... Wissen Sie, Ihr Parfüm hat diese anhaltende Wirkung. Aber es ist mir schon eine ganze Weile nicht mehr aufgefallen. Ich glaube, ich hab sie zuletzt gesehen, als ich Sie beide miteinander bekannt gemacht habe.«*

Plötzlich drehte sich Levi um und schaute über die Schulter direkt in die Kamera.

Antonio schob den Kopf näher zum Monitor. »Was zum Teufel glotzt Yoder da an?«

Aus Levis stetem Blick sprach unübersehbar Verärgerung.

»Keine Ahnung«, sagte Carl, »aber es sieht verdammt danach aus, als würde er direkt uns anstarren.«

Levi stand auf. *»Gehen wir woandershin. Wir müssen unter vier Augen sprechen.«*

Antonio stupste Carl. »Gib Mr. M. Bescheid. Er hat genaue Anweisungen über diesen Kerl hinterlassen.«

Levi stöhnte, als das Telefon auf seinem Nachttisch klingelte. Es war kurz nach Mittag, und er war erst vor einer Stunde ins Bett gekrochen.

Ohne die Augen zu öffnen, griff er zum Telefon und hob linkisch ab. »Was ist?«

»Hi. Tut mir leid, Levi. Ich weiß, du hattest ʼne lange Nacht. Aber hier ist ʼne asiatische Lady, und ich versteh kein Wort, das sie sagt. Aber ich glaube, sie will zu dir.«

»Tony, ich bin nicht ...« Levi seufzte und warf die Decke von sich. »Kannst du sie ans Telefon holen?«

»Sicher. Hier ist sie.«

Die Stimme einer Frau drang über die Leitung. »Charlie? Hier Min. Können wir reden?«

Levi brauchte einen Moment, um den Verstand in Gang zu bringen und ihre auf Mandarin gesprochenen Worte zu übersetzen. Er war wirklich erschöpft. »Na gut. Gib Tony das Telefon zurück. Er sagt dir, wie du zu meiner Wohnung findest.«

»Nein, das wäre unpassend. Kannst du runterkommen, damit wir ein Stück spazieren und dabei reden können?«

Levi stöhnte erneut. »Im Ernst?«

»Ja. Ich denke, du solltest etwas über Lucy erfahren.«

Levi atmete tief durch und versuchte, sich zum Aufstehen zu überwinden. »Ich bin in zehn Minuten unten. Muss mich erst anziehen.«

»Ich warte hier auf dich.«

Levi hörte ein Rascheln, bevor er wieder Tonys raue Stimme im Ohr hatte. »Soll ich sie hochschicken?«

»Nein, sie wartet in der Lobby. Sorg einfach dafür, dass ... Ach, ich weiß auch nicht. Unterhalt sie irgendwie.«

»Und wie zum Geier soll ich das anstellen? Sie versteht kein Englisch.«

»Lass dir was einfallen.« Damit legte Levi auf, stöhnte und versuchte, seine Benommenheit abzuschütteln. Sein einziger Trost bestand darin, sich vorzustellen, wie der bullige Mafioso versuchte, die asiatische Lady zu unterhalten, ohne sich mit ihr verständigen zu können.

Als er ein sauberes T-Shirt anzog und sich seine Weste griff, fragte er sich, was ihm Min so Wichtiges über Lucy zu sagen haben könnte.

Levi schüttelte den Kopf und lächelte, als er aus dem Aufzug stieg und die surreale Szene verarbeitete, die ihn erwartete. Tony hatte einen Kartentisch aus dem Sicherheitsraum geholt und zwei Stühle aufgestellt. Er und Min spielten Schach, und nach der Anordnung auf dem Brett zu urteilen, wischte die Asiatin mit Tony den Boden auf.

Min erwiderte Levis Lächeln. »Er ist wirklich schlecht. Ich hätte schon zweimal gewinnen können.«

Tony schaute von Min zu Levi. »Was hat sie gesagt?«

»Dass du ziemlich gut bist.«

Tony warf sich in die Brust.

Min stand auf und schüttelte dem Mafioso die Hand. »Danke«, sagte sie auf Englisch mit starkem Akzent.

»Gern geschehen.«

Levi deutete zur Eingangstür. »Du hast gesagt, du willst ein Stück spazieren.«

Min nickte, und sie gingen auf den Bürgersteig hinaus. Ein schwarzer SUV parkte direkt vor dem Gebäude. Hinter dem Steuer saß ein asiatischer Mann, der den Blick auf Min heftete.

»Gehört der zu dir?«, fragte Levi.

»Ja. Er wartet, bis ich fertig bin.«

Levi zuckte mit den Schultern. »Na schön, drehen wir eine Runde um den Block.«

Sie ergriff seine Hand, und sie schlenderten zusammen die Park Avenue entlang.

Levi blickte neugierig auf ihre vereinten Hände. »Eigentlich hätte ich gedacht, dass auch in Asien Männer und Frauen nur dann so Händchen halten, wenn sie ein Paar sind. Irre ich mich da?«

Min lachte und stupste ihn mit der Hüfte. »Befreundete Frauen halten auch ständig Händchen. Ich behandle dich nur wie eines der Mädels.«

»Wow. Danke.«

Levi spürte das zarte Pulsieren des Gürtels um seine Brust – auf der linken Seite. Er spähte in die Richtung und sah ein Kind, das in seine Richtung schaute, während sich die Mutter mit einem anderen Erwachsenen unterhielt.

Dennys neue Vorrichtung funktionierte gut, nur konnte sie natürlich nicht zwischen einer Bedrohung und einem neugierigen Kind unterscheiden.

Als Levi und Min um die Ecke bogen, legte sie los. »Ich kenne Lucy seit fast 15 Jahren. Sie ist ein sehr verschlossener Mensch und würde dir nie sagen, was du meiner Meinung nach wissen solltest.«

»Wenn sie es mir nicht sagen will, warum sagst du es mir dann?«

Sie zuckte mit den Schultern. »Gute Frage. Ich verdanke Lucy mein Leben. Dasselbe gilt für Ting und Ruth. Wir alle verdanken ihr unser Leben. Es ist so viel Schlimmes passiert, als Lucys Mann zusammen mit unseren Ehemännern ermordet wurde. Aber Lucy hat dafür gesorgt, dass wir alle den Sturm überstanden haben. So heißt doch die Redewendung, oder?«

»Ja.«

»Also, ich bin ihre Freundin – nein, mehr als das. Sie ist für mich wie eine Schwester. Und ich denke, es wäre gut für sie, wenn du es weißt.«

»Wenn ich was weiß?«

Min drückte seine Hand und presste die Lippen zusammen. Fast eine Minute gingen sie schweigend weiter, bevor sie fortfuhr: »Jetzt, da ich hier bei dir bin ... beschleichen mich Zweifel. Sie wäre wütend auf mich, und das will ich nicht.«

Levi blieb still und ließ ihr Zeit. Bald bogen sie um eine weitere Ecke und wichen Fußgängern aus, die in die entgegengesetzte Richtung kamen. Schließlich meinte Levi: »Wenn du dich nicht wohl dabei fühlst, es mir zu sagen, ist das in Ordnung. Wenn es sehr wichtig ist, dass ich es erfahre, sagt sie es mir hoffentlich selbst.«

Min schaute zu ihm auf und schüttelte den Kopf. »Du kennst sie nicht wirklich, oder? Du bist sehr nett. Das merke ich. *Zu* nett.«

»Was ist los mit euch Frauen? Lucy hat dasselbe zu mir gesagt. Ich glaube, euch ist nicht klar, wie *nicht* nett ich sein kann.«

Min stupste ihn erneut mit der Hüfte. »Ich spreche nicht von deiner Arbeit. Ich meine dein Inneres. Du nimmst Anteil. Das spüre ich. Und du hast Gefühle für Lucy. Nicht wahr?«

»Ich weiß es nicht«, antwortete Levi ehrlich. Er sah Min in die Augen, als sie die Runde um den Block abschlossen und den Eingang seines Gebäudes passierten.

»Wenn sie dich ansieht, muss ich daran denken, wie sie ihren verstorbenen Mann angesehen hat.«

Poch-poch-poch.

Levi drehte sich in die Richtung des Pochens und erblickte Tony, der ihn vom Eingang des Wohngebäudes aus beobachtete.

Er konzentrierte sich wieder auf Min. »Ich bin mir nicht sicher, ob ich verstehe, worauf du hinauswillst.«

»Du verstehst mich sehr gut. Tatsächlich verstehst du *alles*, was ich sage.«

»Ja, schon, aber ...« Levi blieb auf dem Bürgersteig stehen, als ihm klar wurde, dass sie ihn gerade überlistet hatte. Min hatte bei den letzten beiden Sätze zu Kantonesisch gewechselt, trotzdem hatte er ihr geantwortet, ohne zu zögern.

Poch.

Levi schaute nach vorn, sichtete jedoch niemanden. Andererseits war es ein schwaches Signal, und bei Dennys Erfindung waren vereinzelte Fehlalarme nicht ungewöhnlich.

Min lächelte verschmitzt. »Ich hab dich in der Wohnung beobachtet. Ich hab gemerkt, dass du unser Gespräch mitverfolgt hast. Du hast verstanden, was wir gesagt haben. Lucy und du, ihr seid vom selben Schlag. Misstrauisch, aber treu. Hart, aber herzlich. Sie würde dir das nie sagen, aber ich glaube, ihr liegt sehr viel an dir.«

Poch.

Wieder kam es von vorn. Aber Levi sah immer noch nichts.

»Okay, aber ...«

Poch-poch.

Ohne nachzudenken, zog Levi die Asiatin hinter sich, kurz bevor die erste Kugel einschlug. Es war, als hätte ein Vorschlaghammer seine Brust getroffen und ihn aus dem Gleichgewicht gebracht. Er fiel nur deshalb nicht, weil Min direkt hinter ihm stand.

Dann traf ihn das zweite Geschoss seitlich an der Brust.

Die einzige Warnung, die er von sich geben konnte, war ein Grunzen. Er schmeckte Blut in der Kehle.

Min schrie auf und hievte ihn sich über die Schultern.

Die Welt verschwamm, als jemand in der Nähe einen Motor aufheulen ließ. Reifen quietschten, Menschen kreischten.

Bevor Levi wusste, was vor sich ging, hievte Min ihn auf den Rücksitz des schwarzen SUV.

Er hustete Blut.

Sie rief dem Fahrer etwas auf Kantonesisch zu. Sein chaotischer Verstand konnte die Worte nicht übersetzen. Irgendetwas über ein Krankenhaus.

Seine Sicht flackerte, sein Brustkorb fühlte sich schwer an, als lastete ein Gewicht darauf. Er hatte Mühe, zu atmen.

Sein Leben zog nicht vor seinen Augen vorüber. Sehr wohl jedoch die wichtigen Menschen in seinem Leben. Seine einzigen Gedanken galten seiner Mutter und den Kindern, um die sie sich kümmerte.

Seinen Kindern.

Sterben wäre gar nicht so schlimm. Er bedauerte nur, dass er keine Gelegenheit hatte, sich von ihnen zu verabschieden.

Die Welt wurde trüb. Er spürte eine Hand auf dem Gesicht und hörte den beruhigenden Klang freundlich ausgesprochener Worte. Ihre Bedeutung entzog sich ihm.

Dann wurde die Welt dunkel.

KAPITEL ZEHN

»Der Typ muss 'nen Schutzengel haben. Was hat der Techniker gesagt, dass sie aus seiner Weste geholt haben? Ein .338 Lapua-Projektil?«

Levi hörte die Stimmen sprechen, konnte jedoch nicht die Augen öffnen, um sich umzusehen. Es war, als schwebte er im Raum, ein Geist ohne Körper.

»Ja. So was hab ich noch nie gehört. Angeblich reicht eine davon, um ein Nashorn zur Strecke zu bringen. Und dieser Typ kriegt zwei davon in die Brust ab und hat nur 'ne gebrochene Rippe und eine Luxation des Sternoclaviculargelenks.«

»Doktor Campbell.« Diese Stimme gehörte zu einer Frau. *»Die Zehen unseres Patienten zucken. Er ist nicht vollständig betäubt.«*

»Scheiße, dabei hab ich ihm schon genug reingejagt, um ein Pferd umzuhauen.« Die Stimme des Mannes ertönte direkt neben

Levis Gesicht. *»Es ist, als würde er das Anästhetikum mit lächerlicher Geschwindigkeit verstoffwechseln. Ich kann's im Moment nicht verantworten, noch mehr in ihn zu pumpen – sein Blutdruck liegt bei 80 zu 40. John, wie sieht's mit dem Gelenk aus? Wie lange noch?«*

»Glauben Sie mir, ich versuche, diesen Burschen so schnell wie möglich vom Tisch zu bekommen. Ich sehe hier allmählich willkürliche Muskelkrämpfe. Sind Sie sicher, dass Sie ihm nichts geben können?«

»Ich bin mir sicher. Zu riskant.« Die Stimme in der Nähe seines Kopfs nahm einen beruhigenden Ton an. *»Levi, entspannen Sie sich einfach. Wir sind fast fertig. Sie sind ein zäher Mistkerl, das kann ich Ihnen sagen. Sie sind mit kollabierter Lunge und einer gebrochenen Rippe eingeliefert worden, außerdem war der Teil Ihres Schlüsselbeins ausgerenkt, der an Ihr Brustbein anschließt. Und trotz allem kämpfen Sie sogar unter Narkose immer noch. Sie werden wieder gesund. Ich bin hier und überwache Ihre Vitalfunktionen. Dr. Spears ist fast fertig. Bald haben wir Sie wieder auf den Beinen, damit Sie Kugeln ausweichen und über Hochhäuser springen können. Entspannen Sie sich einfach ...«*

Obwohl Levi seinen Körper nicht spüren konnte, zwang er sich mit einer Willensanstrengung zu Ruhe.

»Was auch immer Sie da tun, machen Sie damit weiter. Ich bin so gut wie fertig.« Die Stimme klang zufrieden.

Langsam geriet Levi das Piepen einer Maschine zu Bewusstsein. Die Töne folgten dem Rhythmus seines Herzschlags. Und sobald ihm dieser Gedanke kam, begriff er, dass er seinen Herzschlag fühlen konnte. Das erste Anzeichen, dass sein Körper zum Leben erwachte.

Als die Geräusche der Welt um ihn herum immer lauter und klarer wurden, kehrten Gefühle und Empfindungen wie Nadelstiche in seinen gesamten Körper zurück. Er schauderte vor Unbehagen, als er die Kälte des Operationssaals an der Haut bemerkte. Gleich darauf legte ihm jemand wärmende Decken über die Beine.

Nach einiger Zeit – Levi hatte keine Ahnung, wie lange – gelang es ihm schließlich, die Augen zu öffnen. Ein Mann in einem blauen Kittel und mit Chirurgenmaske stand über ihm.

»Mr. Yoder, sind Sie wach?«

Levi nickte schwach und bemühte sich, das Gesicht des Mannes scharf zu sehen. Er wollte gerade zu sprechen versuchen, als der Mann den Kopf schüttelte und ihm zu schweigen bedeutete.

Er streckte den Arm in Levis Richtung aus und sagte: »Wenn Sie können, dann greifen Sie ein Ende dieser Münze.«

Durch einen verschwommenen Schleier sah Levi die große Münze zwischen Daumen und Zeigefinger des Mannes. Irgendwie kamen ihm die Zeichen darauf bekannt vor, doch er konnte sie nicht ganz einordnen. Die Medikamente in seinem Kreislauf machten seine Gedanken träge. Ohne weiter darüber nachzudenken, hob er die Hand und griff nach dem Rand der Münze.

Plötzlich bemerkte er, dass die Münze leuchtete. Das hatte sie vorher nicht getan, oder? Sein Geist rotierte verwirrt.

Und dann, als der Mann die Münze wegsteckte, ereilte ihn die Erkenntnis. Dieser Kerl gehörte zum Outfit.

»Mr. Yoder, Sie müssen sich keine Sorgen machen. Sie sind an einem sicheren Ort, und wir passen auf Sie auf.«

Levi schloss die Augen für eine gefühlte Sekunde, aber als er sie wieder öffnete, war der Mann verschwunden.

***

Er lag in einem Krankenhausbett. Seine linke Schulter und seine Brust steckten in einer Vorrichtung, die ihn daran hinderte, den Arm zu bewegen – was wahrscheinlich gut so war. Der Nebel, der seine Sinne beeinträchtigte, lichtete sich allmählich. Er wusste, dass sein Körper gegen die Medikamente ankämpfte, die ihn eigentlich schlafen lassen sollten.

Er war nicht immer so gewesen. Aber seit er den Kampf gegen den Krebs gewonnen hatte, schien sein Körper ... alles schneller zu verarbeiten. Deshalb konnte er keinen Alkohol mehr trinken. Schon von einem einzigen Glas mit etwas Hochprozentigem wurde ihm fast sofort übel – der Alkohol stieg ihm rasant in den Kopf und ließ sein Gesicht heiß erröten. Aber bereits nach Sekunden verflüchtige sich die Wirkung, und er blieb mit Kopfschmerzen zurück.

Als seine Sinne zurückkehrten, spürte er zunehmende Schmerzen in der Brust. Schweißperlen erschienen auf seiner Stirn. Levi schloss die Augen und holte langsam und tief Luft. Er hatte Meditation als Mittel zur Erweiterung seiner Sinne praktiziert, aber sie half auch dabei, Schmerz zu isolieren. Beseitigen konnte er ihn nicht, aber lindern. Als er tiefer in sich sank, stellte er sich vor, wie sein Körper zu genesen versuchte.

Er war angeschossen worden. Noch nie zuvor hatte er eine

Schussverletzung erlitten. Stromschläge, ja. Eine Vergiftung, ja. Angriffe mit einem Baseballschläger, ja, sogar viele Male.

Angeschossen zu werden, ist scheiße.

Vor seinem Zimmer ertönten Schritte. Levi öffnete die Augen wieder. Er sah wesentlich klarer als zuvor.

Nach einem kurzen Klopfen schwang die Tür auf. Ein kahlköpfiger Mann trat ein und lächelte herzlich. Auf seinem weißen Laborkittel prangte der Name »Dr. John Spears«.

»Oh gut, Sie sind wach. Sie sehen schon viel besser aus als bei unserer ersten Begegnung. Wie fühlen Sie sich, Mr. Yoder?«

»Wie von 'nem Laster überfahren.« Levi zuckte zusammen, als er im Krankenhausbett das Gewicht verlagerte.

»Sachte, harter Kerl. Bitte nicht die Nähte aufbrechen lassen.« Der Arzt legte behutsam die Hand auf das Laken, das Levi bedeckte. »Ich will nur Ihren Verband überprüfen.«

Als der Arzt ihn untersuchte, fragte Levi: »Können Sie mir sagen, womit ich's zu tun habe? Ich meine, ich erinnere mich, dass ich getroffen wurde und Blut geschmeckt habe. Wie schlimm ist der Schaden?«

»Weit weniger schlimm, als er ohne Ihre Körperpanzerung ausgefallen wäre.« Er deutete mit einer Hand auf eine Stelle knapp links der Mitte von Levis Brust, mit der anderen an Levis linke Seite. »Die zwei Schüsse sind in fast rechtem Winkel zueinander eingeschlagen. Ich vermute, Sie wurden getroffen, haben sich gedreht und wurden noch mal getroffen. Müssen Distanzschüsse gewesen sein, sonst hätten Sie wohl nicht überlebt. Trotzdem sind Sie ein Wunder. Ich habe viele Menschen gesehen, die von schweren Scharfschützenkalibern getroffen wurden, und nur die wenigsten haben überlebt. Tatsächlich kenne ich niemanden, der zwei .338er-Treffer überstanden hat, ob mit Körperpanzerung oder ohne.«

Levi beobachtete den Gesichtsausdruck des Mannes, sein Auftreten, die Art, wie er sprach. »Sie klingen wie jemand, der sich auskennt. Lassen Sie mich raten: Sie sind kein gewöhnlicher Arzt. Ehemaliger SEAL? Special Forces?«

Der Arzt schmunzelte. »Letzteres. Ich war Medical Sergeant und Scharfschütze, und ja, ich hab das eine oder andere Mal selbst Geschosse dieser Art abgefeuert.«

Wie Levi vermutet hatte. Medical Sergeants der Special Forces galten als Experten für medizinische Trauma- und Notfallversorgung.

»Aha«, meinte Levi. »Das erklärt es. Bin froh, dass sich ein ehemaliger Medical Sergeant um mich kümmert. Wahrscheinlich bin ich harmlos im Vergleich zu dem, womit Sie sich in der Vergangenheit auseinandersetzen mussten.«

Der Arzt lächelte – ein echtes Lächeln, das die Augen erreichte. Levi spürte eine Gutmütigkeit, die von dem Mann ausging, und er fand ihn auf Anhieb sympathisch.

»Tja, das stimmt«, bestätigte der Arzt. »Tatsächlich haben Sie nur eine gebrochene Rippe, und das Gelenk, das Ihr Schlüsselbein mit dem Brustkorb verbindet, ist herausgesprungen.« Er zeigte auf eine Stelle links der Mitte der eigenen Brust. »Sie können es im Moment nicht sehen, aber ich habe eine Thoraxdrainage gelegt, die noch aus Ihnen herausragt. Zur Behandlung Ihrer kollabierten Lunge.«

»Kollabierte Lunge?«

»Nichts Ernstes. Durch den Schlauch wurde die Luft abgeleitet, die sich zwischen Ihrer Lunge und der Brustwand angesammelt hatte. Aber Ihre Sauerstoffwerte sind wieder normal, also brauchen Sie sich darüber wohl keine Sorgen mehr zu machen. Ich lasse die Pflegerin den Schlauch entfernen, bevor Sie entlassen werden.«

Levi erinnerte sich an den geheimnisvollen Mann im blauen Kittel zurück, der ihm versichert hatte, dass auf ihn aufgepasst wurde. Der Gedanke verursachte ein Gefühl von Beklommenheit. »Wann kann ich hier raus?«

Der Arzt kritzelte etwas auf das Whiteboard, das an der Wand hing. »Sie merken es vielleicht nicht, aber wir haben Sie mit einem Haufen Zeug vollgepumpt, um Sie zu betäuben, und wir wollen, dass Ihr Körper alles davon abbaut. Ich behalte Sie über Nacht hier, um sicherzustellen, dass Sie mit den Schmerzen klarkommen.«

Levi hatte ein sehr gutes Körperempfinden, und obwohl im Augenblick nur ein Tropf mit Kochsalzlösung am Infusionsständer hing, nahm er die Wirkung der schmerzstillenden Medikamente in seinem Kreislauf wahr. »Okay, Doc. Irgendeine Ahnung, wann ich wieder anfangen kann ...«

»Mindestens zwei Wochen lang keine Belastung der Schulter. Und danach nur Dehnen und leichte Nutzung. Sechs Wochen, bevor Sie wieder uneingeschränkt das tun können, was immer Sie sonst tun.« Er warf einen Blick auf die Uhr an der Wand. »Sonst noch Fragen?«

Levi schüttelte den Kopf. »Alles gut. Und danke, dass Sie mich zusammengeflickt haben. Das werd ich Ihnen nicht vergessen.«

Der Mann tätschelte Levis Knie. »Ein gutgemeinter Rat: Töten Sie nächstes Mal zuerst.«

***

Seit der Arztvisite war eine halbe Stunde verstrichen, und die von Levis Wunden ausgehenden Schmerzen waren heftig. Was immer man ihm eingeflößt hatte, war vollständig abgebaut, wodurch er die vollen Auswirkungen dessen zu spüren bekam, was man ihm angetan hatte.

Seine Haut war gerötet, und obwohl der Raum sehr kühl gehalten wurde, wischte er sich Schweiß von der Stirn, während er die Zähne zusammenbiss.

Eine Frau spähte durch die Tür und lächelte. »Oh, gut. Sie sind wach.«

Sie kam herein, setzte sich auf einen Hocker und rollte ihn an die Seite seines Betts. Sie hatte ein Klemmbrett dabei, das sie auf ihren Schoß legte. »Mr. Yoder, ich bin Karen, die Aufnahmeschwester. Dr. Spears möchte Sie über Nacht hierbehalten, also bleiben Sie bei uns, bis wir Sie morgen entlassen können. Ich war nicht hier, als Sie in die Notaufnahme gebracht wurden. Wer immer Sie abgeliefert hat, konnte anscheinend kein Englisch und ist verschwunden, bevor wir einen Übersetzer auftreiben konnten. Ihre Versicherungsdaten haben wir von der Karte in Ihrer Brieftasche, aber wie Sie sich denken können, haben wir noch mehr Papierkram auszufüllen.« Sie lächelte reumütig. »Darf ich fragen, wer Sie hergebracht hat?«

»Ich kann mich nicht erinnern. Ich glaube, ich war bewusstlos.« In Wirklichkeit erinnerte sich Levi sehr genau daran, wer ihn hergebracht hatte, nur hatte er nicht vor, der Pflegerin etwas von Min zu erzählen.

Die Frau schrieb etwas auf. »Und haben Sie irgendwelche Angehörigen, die ich für Sie anrufen soll?«

»Das ist nicht nötig, Schwester«, sagte eine vertraute, raue Stimme von der Tür.

Levi schaute auf und lächelte, als Vincenzo Bianchi und Frankie Minnelli eintraten. Die Krankenpflegerin wurde ruhig, aber bestimmt aus dem Zimmer geführt.

»Ich freu mich, dich zu sehen, Vinnie.« Levi schlug mit dem Don der Familie Bianchi ein.

Paulies über zwei Meter hoch aufragende Gestalt erschien an der Tür. »Don Bianchi, eine Lady ist unterwegs hierher. Ich glaube, sie wird hereinwollen. Soll ich ...«

»Gib mir nur ein, zwei Minuten mit Levi.«

»Geht klar.« Paulie drehte sich dem Flur zu und versperrte für jedermann den Eingang.

Vinnie betrachtete die Schläuche und Drähte an Levi. »Mann, als Tony mir gesagt hat, dass du angeschossen worden bist, dachte ich, das war's jetzt. Endstation.« Behutsam legte er Levi die Hand auf die unversehrte Schulter, beugte sich näher und flüsterte: »Wir recherchieren gerade, wer auf dich geschossen hat. Etwa einen Block entfernt steht eine Wohnung leer, von der man perfekte Sicht auf unser Gebäude hat. Wir glauben, dass der Drecksack, der dich erwischt hat, kein Profi war, weil er sich verdammt unvorsichtig angestellt hat. Paulie hat eine verbrauchte Hülse in den Büschen unter dem Fenster der Wohnung gefunden. Einem Profi wär das nicht passiert.«

Levi verlagerte den Kopf und zuckte prompt zusammen. »Hey, Paulie.«

Der hünenhafte Mafioso drehte den Kopf und schaute über die Schulter zurück. »Ja, Levi?«

»Bitte sag, dass du die Hülse noch hast und dass du sie nicht mit bloßen Händen angefasst hast.«

»Hältst du mich für einen Vollpfosten? Natürlich hab ich sie noch, und ich hab das Ende eines Stifts benutzt, um sie aufzuheben. Einer der Jungs hat mir 'ne Plastiktüte gebracht, in der ich sie verstaut hab. Frankie kennt jemanden, der Fingerabdrücke abnehmen kann und so.«

»Zerbrich dir darüber vorerst nicht den Kopf«, sagte Vinnie. »Wir haben dich bald hier raus. Ich treffe Vorkehrungen, besorg dir 'ne Pflegerin und was an medizinischer Ausrüstung nötig ist.«

»Nicht so schnell, Mr. Bianchi«, ertönte eine Stimme aus dem Flur. Lucy stand auf Paulies anderer Seite und versuchte, einen Blick in den Raum zu erhaschen, aber Paulie bewegte sich hin und her, um ihr die Sicht zu versperren.

»Ach, jetzt geh schon zur Seite, du riesiger Fleischberg. Ich will ihm doch nichts tun.«

Levi konnte nicht verhindern, dass er in Gelächter ausbrach – und gleich darauf durch die stechenden Schmerzen zusammenzuckte, die er damit auslöste.

»Oh, verdammt. Bring ... bring mich nicht zum Lachen.«

Vinnie deutete mit dem Daumen zur Tür. »Deine Freundin hat echt Mumm.« Er beugte sich vor und tätschelte Levi die Wange. »Wie du dich auch entscheidest, gib mir einfach

Bescheid. Für alle Fälle lasse ich zwei Jungs hier. Ich will nämlich kein Risiko eingehen, falls du verstehst, was ich meine.«

Levi schlug mit Vinnie ein. »Danke, Mann. Das weiß ich zu schätzen.«

»Vergiss es. Du bist wie ein Bruder für mich. Und eins kann ich dir versprechen: Der Arsch, der auf dich geschossen hat, kann demnächst seine Vorfahren persönlich begrüßen, wenn wir ihn in die Finger kriegen. Dafür *wird* es Rache geben.« Vinnie drehte sich der Tür zu. »In Ordnung, Paulie, lass die schöne Lady zu ihrem Mann.«

Paulie trat beiseite, und Lucy schob sich an ihm vorbei, trat den Weg zu Levi an. Levi vermeinte, echte Emotionen in ihren Augen zu entdecken.

Sobald Vinnie und Paulie gegangen waren und die Tür hinter sich geschlossen hatten, brachen die Emotionen aus ihr hervor. Lucys Kinn bebte, als sie seine Hand ergriff, sie küsste und sie sich an die Brust hielt. Ihre Stimme klang belegt, als sie sagte: »Min hat mir erzählt, dass sie jetzt tot wäre, wenn du sie nicht aus dem Weg gezogen hättest.«

Levi hatte die Schüsse in Gedanken nachgespielt, und er konnte nicht widersprechen. Aber warum in aller Welt sollte jemand auf Min schießen wollen?

Als könnte Lucy seine Gedanken lesen, fuhr sie fort: »Wer immer es war, hat gedacht, auf mich zu zielen, davon bin ich überzeugt. Diese Drecksäcke hatten es *auf mich* abgesehen.« Tränen kullerten ihr über die Wangen. »Und du hast dich in Gefahr gebracht.«

»Ist ja alles gut ausgegangen.« Levi schenkte ihr ein hämisches Grinsen. »Ich denke, du hast gewusst, dass ich dir bei deinem Problem helfen würde, auch wenn du es nicht wolltest. Aber jetzt, da der Don involviert ist ... Tja, wer immer dahintersteckt, die sind alle so gut wie erledigt.«

Ohne seine Hand loszulassen, zog Lucy mit dem Fuß den Hocker zu sich und ließ sich darauf nieder. Sie lehnte den Kopf an Levis heile Schulter und flüsterte: »Ich will nicht, dass du noch mal verletzt wirst.«

Levi küsste sie auf die Stirn. »Dann fang an, auf mich zu hören. Ich *werde* dir helfen. Es war schon vorher persönlich, aber jetzt schulde ich zusätzlich jemandem Rache.«

»Aber du bist verletzt. Du kannst nicht ...«

»Ich werde wieder gesund, und *dann* kümmern wir uns darum.«

Lucy hob den Kopf, um ihn anzusehen. Ihre Gesichter befanden sich nur Zentimeter voneinander entfernt. »Na schön, ich werde warten – aber nur, wenn du mit zu mir kommst und ich mich um dich kümmern kann. Ich verdanke dir mein Leben.«

»Nein, es war Min, die ich ...«

»Levi, halt die Klappe.« Lucy beugte sich zu ihm und drückte die Lippen auf seine.

Als sie die Luft des anderen atmeten, beschlich Levi der Eindruck, sie hätte einen Schleier gelichtet, der seine Fähigkeit beeinträchtigt hatte, ihre Gefühle zu spüren. Eine Verbindung, die vorher nicht vorhanden war, stellte sich ein. Etwas hatte sich geändert.

Als sie den Kuss beendete, glänzten unvergossene Tränen in ihren Augen. »Lässt du mich ausnahmsweise mal auf dich aufpassen?«

Levi legte den Kopf aufs Kissen zurück, als ihn Erschöpfung

überwältigte. Er schloss die Augen und drückte ihre Hand. »Nur, wenn du die Fragen der netten Krankenpflegerin beantwortest. Ich hasse Papierkram.«

Lucy lachte, dann fluchte sie auf Kantonesisch. »Genau wie mein Mann!«

Levi bemühte sich, Worte zu bilden. Er schaffte gerade noch auf Kantonesisch: »Soll das ein Antrag sein?«

Sie schnappte nach Luft. »Du verstehst Kantonesisch?«

Levi reagierte nur noch mit einem leisen Schnarchen.

KAPITEL ELF

Obwohl an Lucys Wohnhaus noch gebaut wurde, gab es mittlerweile bewaffnete Sicherheitsleute, die Ausweise kontrollierten, bevor jemand auch nur in die Nähe des Aufzugs gelangen konnte. Und als sich der Aufzug im 17. Stock öffnete, wurde Levi sofort von zwei weiteren bewaffneten Wachleuten begrüßt. Sie verbeugten sich, als Lucy rechts bei Levi eingehängt mit ihm durch den Flur ging, gefolgt von zwei Männern der Familie Bianchi.

Als sie Lucys Wohnung betraten, erwarteten sie drei strahlende asiatische Frauen, die Levi freudig begrüßten. Alle trugen ein rotes *Cheongsam*, ein traditionelles chinesisches, körperbetontes Kleid. In der Wohnung roch es nach hausgemachtem Essen, was dem Ort eine heimelige Atmosphäre verlieh, die ihm zuvor gefehlt hatte.

Lucy sagte auf Kantonesisch: »Ich bereite sein Bett vor. Min und Ting, bitte helft mit der Reissuppe. Ruth, ich brauche ...«

Während Lucy weiter Anweisungen erteilte, wandte sich Levi an die beiden Mafiosi, Tony und Gino. Er klopfte Tony freundschaftlich auf die Schulter. »Dank fürs Mitkommen.«

Levis erste Begegnung mit Tony war nicht besonders freundschaftlich ausgefallen. Damals war Levi gezwungen, dem großen Mann beinah das Handgelenk zu brechen. Seitdem jedoch hatten sie sich angefreundet. Der Hüne gehörte zu den Leuten, denen Levi vertraute.

Tony schüttelte den Kopf. »Levi, bei der Seele meiner Mutter, als ich gesehen hab, wie du zu Boden gegangen bist, dachte ich, du wärst mit Sicherheit erledigt. Ich kann nicht fassen, dass du kaum einen Tag später auf den Beinen bist und herumläufst.« Er nickte in Richtung der drei mit *Cheongsams* bekleideten Frauen, die alle losmarschierten, um die ihnen zugewiesenen Aufgaben zu erledigen, und zwinkerte. »Aber ich glaub zu wissen, warum du lieber hierher wolltest. Mir gefällt die Aussicht hier auch.«

Lucy wirkte amüsiert über die Äußerung. Zugleich jedoch zog sie die Augenbrauen hoch, als wollte sie Levi davor warnen, seinem Freund zuzustimmen.

»Mir wird's hier eine Weile gutgehen«, meinte Levi zu Tony. »Geh und sag Frankie, wo ich bin. Falls er was von mir braucht, hab ich mein Handy dabei. Ich will vor allem Bescheid bekommen, falls sich was über den Arsch ergibt, der auf mich geschossen hat.«

Tony nickte. »Ich gebe Mr. Minnelli Bescheid. Brauchst du sonst noch was?«

»Nein, danke, alles gut.«

Tony und Gino gingen, und Lucy schloss die Tür hinter sich, bevor sie sich Levi zuwandte.

»Ich will, dass du dich nicht mit mir streitest«, erklärte sie. »Zumindest eine Weile. Lass mich das auf meine Weise tun.«

»Was tun?«

Lucy hängte sich bei ihm ein, zog ihn ins Esszimmer und setzte ihn hin. »Bleib hier und rühr dich nicht. Ich seh nach deinem Zimmer und schaue die Tasche mit deinem persönlichen Kram aus dem Krankenhaus durch. Wahrscheinlich müssen wir ein paar deiner alten Sachen wegwerfen.«

»Nicht das Jackett und die Weste.«

»Aber die sind ruiniert.«

»Glaub mir, Esther bringt mich um, wenn sie keine Chance kriegt, einen Blick darauf zu werfen, wie gut die Sachen funktionieren.«

Lucy lachte. »Na schön, dann werfe ich nichts weg. Bleib einfach hier sitzen, ich bin gleich wieder da. Wir sehen zu, dass wir was Nahrhaftes in dich bekommen, und dann geht's ab ins Bett. Du brauchst Zeit zum Heilen.«

Levi wollte sich schon darüber beschweren, bevormundet zu werden, doch stattdessen nickte er nur.

»Bin gleich zurück.« Lucy lächelte – ein Ausdruck, an den er sich bei ihr erst gewöhnen musste.

Als Levi allein war, holte er sein Handy heraus. Zuerst schrieb er eine SMS an Lola Minnelli, Frankies Tante. Sie war praktisch die Hausmutter der Mafiafamilie und hatte als solche die Verantwortung für alle Hausangestellten, die bei der Familie unter Vertrag standen. Sie musste für ihn arrangieren, dass er Kleidung zum Wechseln für mindestens ein paar Tage bekam.

Dann wechselte er den Bildschirm und tippte auf eine Kurzwahl. Es klingelte zweimal, bevor sich Dennys Stimme meldete.

»Oh Scheiße. Levi, egal, in welchem Krankenhaus du bist, ich komme sofort ...«

»Ich bin nicht mehr im Krankenhaus.«

»Aber ich hab gehört, du wärst angeschossen worden ... zweimal!«

»Glaub mir, das ist mir nur allzu bewusst. Aber mir geht's gut. Der Anzug und die Weste haben das Ärgste abgefangen. Du müsstest mir 'nen Gefallen tun.«

»Was immer du willst.«

»Ich brauch eine vollständige forensische Aufstellung über diesen Detective aus dem verschwundenen Polizeibericht. John Carter.«

»Kann ich machen. Suchst du irgendwas Bestimmtes?«

»Bin mir nicht sicher. Aber er behauptet, er hätte die Aussage von Mindy Cross aufgenommen – und jetzt bin ich überzeugt davon, dass er darüber gelogen hat, denn Mindy ist inzwischen verschwunden. Ihre Frau hat sie als vermisst gemeldet und dreht vor Sorge fast durch. Das erscheint mir zu bequem, wenn du verstehst, was ich meine.«

»Verdammt, das läuft 'ne heftige Verschwörung. Bei dem Fall werd ich allmählich paranoid. Und ich wette mit dir, dass Mindy plötzlich auch aus allen elektronischen Aufzeichnungen verschwindet. Hey, macht dir doch nichts aus, wenn ich auf die Jungs vom Outfit zurückgreife, oder? Ich weiß, dass du denen gegenüber misstrauisch bist, aber im Gegensatz zu denen hab ich auf einige der Momentaufnahmen von Internet-Datenbanken keinen Zugriff.«

Plötzlich tauchte aus den vor Medikamenten verschwommenen Tiefen von Levis Gedächtnis eine Szene aus dem Krankenhaus auf. Eine Szene mit einer leuchtenden Münze. Und er erinnerte sich daran, was der Fremde im blauen Kittel gesagt hatte.

Wir passen auf Sie auf.

Min betrat das Esszimmer und stellte eine dampfende Schüssel mit weißem Reisbrei auf den Travertin-Drehtisch.

»Schon in Ordnung, Denny. Tu, was immer du tun musst. Ich bin mir zwar nicht sicher, was ich von diesem Verein halten soll, aber bisher haben sie mich noch nicht über den Tisch gezogen.«

»Okay, ich grabe mal über diesen Carter und sehe, wohin das führt. Und wenn ich schon dabei bin, schau ich auch nach, ob irgendwas über Mindy Cross auftaucht. Kann ich sonst noch was tun? Ich meine, ich geh mal davon aus, dass du im Moment nicht hundertprozentig fit bist.«

Ting erschien mit einem Tablett gegrillter ganzer Makrelen. Ruth folgte ihr mit einem Tablett voll aufgeschnittener Wasser- und Warzenmelone sowie einer Auswahl an Löffeln, Schalen und Stäbchen.

Levi lief das Wasser im Mund zusammen. »Nein, nicht hundertprozentig, aber es fehlt nicht mehr viel dorthin. Wenn's geht, könntest du Esther Rosen ...«

»Nicht nötig«, fiel Lucy ihm ins Wort, als sie eintrat. »Ich hab sie gerade angerufen. Sie kommt morgen vorbei, um den Schaden zu begutachten.«

»Vergiss es, Denny, die Sache mit Esther ist schon geregelt. Also nein, ich brauche sonst nichts. Besorg mir nur die Daten, sobald du kannst.«

»Geht klar. Pass auf dich auf.«

Nachdem Levi aufgelegt hatte, verschaffte er sich einen Überblick über das auf dem Tisch ausgebreitete Angebot. »Ihr werdet mich hoffnungslos verwöhnen«, sagte er auf Mandarin. Er sah Min, Ruth und Ting an, die alle auf der gegenüberliegenden Seite des Tisches Platz genommen hatten. »Das sieht fantastisch aus und duftet auch so.«

Die drei Frauen lächelten und sagten unisono: »Das ist doch gar nichts.« Eine typisch chinesische Erwiderung auf jedes Kompliment.

Levi griff nach einer Schüssel, aber Lucy trat neben ihn und klatschte ihm leicht auf die Hand. »Du hast nur einen funktionierenden Arm. Lass mich das machen.«

Levi lehnte sich zurück und bemühte sich, seine Belustigung zu verbergen. Es war sehr lange her, dass sich zuletzt jemand um ihn gekümmert hatte. Er war nicht mehr daran gewöhnt.

Lucy drehte den Tisch so, dass der Reisbrei in Reichweite gelangte, füllte damit eine Schüssel und stellte sie vor Levi. »Fang damit an. Das sollte schonend für den Magen sein.«

»Meinem Magen geht's bestens.«

Levi griff sich einen Löffel. Er spürte die starrenden Blicke aller vier Frauen, als er etwas von dem schlichten, heißen Reisbrei probierte. Kein Druck.

Er hatte die Konsistenz von wässrigem Haferbrei, ging aber sehr leicht runter, und Levi schmeckte einen Hauch von Ingwer und Sojasauce heraus. Einfach, aber gut.

Er aß mehrere weitere Löffel, bevor er die anderen ansah. »Isst sonst niemand?«

Lucy schöpfte etwas gedämpften weißen Reis in eine weitere

Schüssel, häufte einige Stücke der gegrillten Makrele darüber und fügte anschließend etwas Gemüse hinzu, das gedämpft oder eingelegt gewesen sein könnte. Erst, als sie die Schüssel neben die mit der Reissuppe gestellt hatte, begannen die übrigen Frauen, sich zu bedienen.

Ruth hielt ein Stück der Makrele mit ihren Essstäbchen und deutete damit auf Levi. »Davon musst du eine Menge essen. Enthält spezielle Öle, die für starke Knochen sorgen.«

Ting schlürfte die Reissuppe und nickte zustimmend. »Und in der Reissuppe ist viel Eiweiß. Das hilft bei der Heilung.«

Min fasste mit ihren Essstäbchen über den Tisch und häufte mehr Karotten und Kohl auf Levis Schüssel. »Du brauchst auch mehr eingelegtes Gemüse – für gesunde Muskeln.«

Lucy hielt sich die Hand über den Mund, als sie lachte. »Du armer Teufel«, bemitleidete sie Levi auf Englisch. »Der Ausdruck in deinem Gesicht sagt alles. Von vier chinesischen Glucken bemuttert zu werden, muss ganz schön stressig sein. Tut mir leid. Du wirst noch feststellen, dass sich jeder Chinese für einen Laienarzt hält und immer spezielles Essen auf der Liste der Heilmittel steht.«

Levi zuckte mit den Schultern – und bereute es sofort, als sich seine steife Schulter darüber beschwerte. Essen war für ihn kein Problem. Tatsächlich war er am Verhungern, und wenngleich nicht seine Lieblingsgerichte auf dem Tisch standen, war das Essen frisch und schmackhaft. Schon richtig, er war es nicht gewöhnt, von vier Glucken bemuttert zu werden. Aber er musste zugeben, dass es nicht der schlechteste Weg war, sich zu erholen.

Levi zwang sich zu essen, bis er keinen Bissen mehr hinunterbekam, aber es dauerte fast eine Stunde, bis er die Frauen davon überzeugen konnte, dass er wirklich satt war.

Während Ting, Ruth und Min das Geschirr abräumten, half Lucy ihm beim Aufstehen vom Tisch und führte ihn aus dem Esszimmer. »Wir haben dir Pyjamas und ein paar grundlegende Sachen zum Anziehen besorgt. Ich helfe dir beim Waschen, bevor du ins Bett gehst.«

Levi hielt inne. »Ich kann sehr gut allein baden.«

Lucy bedachte ihn mit einem strengen Blick. »Ich hab gehört, was der Arzt über den Drainageschlauch gesagt hat. Du sollst zwei Wochen nicht baden, bis die Haut verheilt ist. Und allein kann man sich nicht gut mit dem Schwamm waschen.«

Zum ersten Mal seit einer gefühlten Ewigkeit spürte Levi, wie er errötete. Sie hatte recht.

Lucy zog an seinem Arm und führte ihn zu einem Schlafzimmer mit angeschlossenem Badezimmer. Sie schüttelte den Kopf. »Also ehrlich, wer hätte gedacht, dass jemand wie du schamhaft sein könnte?«

Levi spürte ihre Belustigung. »Du genießt es, mich in Verlegenheit zu bringen, nicht wahr?«

Sie begann, sein Hemd aufzuknöpfen. »Und wie. Jetzt sei still und hör auf, mit mir zu diskutieren.«

<hr>

Levi lag gemütlich auf dem Bett, das Haar noch feucht vom Waschen. Lucy hatte ihre Aufgabe äußerst ernst genommen. Sie hatte erst aufgehört, nachdem jeder Quadratzentimeter zu ihrer

Zufriedenheit geschrubbt war. Nach einer verlegenen Minute seinerseits tat Levi einfach so, als wäre sie eine Krankenpflegerin.

Danach war ihm etwas warm gewesen, deshalb hatte er sich nur für Boxershorts und ein dünnes Laken entschieden, doch selbst das erwies sich als zu viel.

Allerdings fühlte sich die Wärme nicht wie ein Fieber an. Er hatte schon Fieber gehabt – zwar zuletzt, als er Krebs gehabt hatte, trotzdem wusste er, wie es sich anfühlte. Und diese Wärme war anders. Er spürte nicht diese Klebrigkeit der Augen, an die er sich erinnerte. Und er war nicht benommen, konnte glasklar denken.

Allerdings suchte ihn seit der Operation eine unterschwellige Beklommenheit heim. Als ob etwas mit ihm nicht ganz stimmte. Vielleicht manifestierte sich diese Anspannung in seinem Körper als Hitze.

Er schlug das Laken zurück, ließ die kühlen Ranken der klimatisierten Luft über sich hinwegtreiben, schloss die Augen und versuchte, sich zu entspannen. Er wandte eine Form der Meditation an, die er von einem Guru in Indien gelernt hatte. Je tiefer er in sich selbst sank, desto deutlicher nahm er alles um sich herum wahr.

Der Klang seines Herzschlags wurde in seinen Ohren lauter. Irgendwo hörte er das Flattern von Papier in der durch den Raum zirkulierenden Luft.

Dann ertönte ganz in der Nähe das Geräusch leiser Schritte.

Er atmete tief ein und schnappte den Duft von Jasmin auf, als sich seine Tür öffnete.

Lucy.

Sogar mit geschlossenen Augen spürte er ihre Anwesenheit, während sie an der Tür stand und ihn beobachtete.

Ohne die Augen zu öffnen, sagte er: »Danke.«

Sie betrat das Zimmer und näherte sich dem Bett. Levi fühlte, wie die Matratze leicht nachgab, als sie sich neben ihn legte.

Levi öffnete die Augen. Sie trug eine kurze Seidenhose und ein weites Pyjamaoberteil.

Die Asiatin legte einen Finger auf seine Lippen und murmelte: »Schhh.« Dann schmiegte sie das Gesicht an seine Halsbeuge und legte das rechte Bein über seines. »Ich muss dich in zwei Stunden für dein Antibiotikum wecken.«

»Ich hab den Wecker dafür eingestellt.«

»Gut.« Zart senkte sie eine Hand auf seinen Bauch. »Schlaf ein wenig.«

Er atmete tief durch. Die Schmerzen in seiner Brust waren immer noch beträchtlich, aber nicht mehr annähernd so schlimm wie früher. Als ihn Lucys Duft umfing, konzentrierte er sich wieder auf seine Atmung.

Und während er dalag und die verstreichenden Sekunden zählte, fragte er sich, warum sich Lucy ihm gegenüber plötzlich so anders verhielt. Weniger verrucht und aufreizend und mehr ... mehr von irgendetwas anderem.

Er kam nicht einmal auf 45 Sekunden, bevor er tief und fest schlief.

KAPITEL ZWÖLF

»Okay, Denny. Was hast du für mich?«

»Dieser Detective, den ich für dich überprüfen sollte: Er ist auf jeden Fall bestechlich. Im vergangenen Monat hat er vier Zahlungen in Höhe von 7.500 Dollar von einem Konto aus Argentinien erhalten.«

»Merkwürdiger Betrag.« Levi setzte sich im Bett auf und zuckte zusammen, als er die Muskeln um den Brustkorb dehnte.

»Eigentlich gar nicht so merkwürdig, wenn man das Einkommen verschleiern will. Geldüberweisungen unter zehn Riesen werden von niemandem automatisch markiert. Merkwürdig ist eher, dass sich nicht genau bestimmen lässt, wem das Konto gehört, von dem das Geld stammt. Im Bankensystem dort unten geht 'ne Menge verdächtiger Kram ab, vor allem, wenn man politische Macht hat und bei der Bankenaufsicht den einen oder anderen Gefallen einfordert. Aber egal, der Typ hat jedenfalls einige finanzielle Leichen im Keller, die ich ausgraben

konnte, nicht nur diese jüngsten Zahlungen. Wie es scheint, ist der Mann auch bei vielen früheren Einnahmen nicht so ganz ehrlich gegenüber dem Finanzamt gewesen. Könnte interessant für dich und die Familie sein.«

Levi nickte. »Das ist gut. Schick mir alles, was du hast. Mal sehen, wie weit wir das als Druckmittel verwenden können.«

»Geht klar.«

»Ich weiß, das ist beschissen, Levi, aber die Fingerabdrücke haben nirgendwohin geführt. Wir haben sogar Denny Kopien davon gegeben, damit er seine Magie wirken kann, und er hat auch nichts gefunden.«

Levi knirschte frustriert mit den Zähnen, als er verdaute, was Frankie ihm mitteilte.

Lucy betrat sein Zimmer mit einem Glas Wasser in der einen Hand und seiner Dosis Antibiotika in der anderen. Mit besorgter Miene blieb sie stehen.

»Frankie, ich weiß die Mühe zu schätzen. Und was das Auto angeht, ich brauch keinen Fahrer. Ich schaffe das allein. Bin fast schon wieder bei 100 Prozent.«

»Levi, ich weiß, du bist knallhart und so, aber Vinnie bringt mich glatt um, wenn dir was zustößt und er rausfindet, dass ich dich ohne Unterstützung habe gehen lassen.«

Lucys zerfurchte Stirn brachte Levi beinah zum Lachen. Sie bedachte ihn mit einem vernichtenden Blick.

»Na schön. Wer kommt und wann?«

»Paulie sollte jeden Moment da sein.«

»Alles klar, Frankie. Danke noch mal.«

»Gern. Und grüß die Ladys von mir.«

»Geht klar.«

Levi legte auf, und bevor er ein Wort sagen konnte, herrschte Lucy ihn an: »Wo zum Teufel willst du hin? Deine Operation ist noch nicht mal 'ne Woche her.«

Levi knöpfte sein Hemd über der neuen Weste zu, die Esther an diesem Morgen geliefert hatte. »Kann jetzt nicht reden. Paulie wird jeden Moment hier sein.«

Lucy bedachte ihn mit einem weiteren vernichtenden Blick. »Ohne mich gehst du nirgendwohin.«

Er zuckte mit den Schultern und nahm von ihr die Antibiotika und das Wasser entgegen. Nachdem er die Pillen geschluckt und das Wasser getrunken hatte, musterte er sie von oben bis unten. Sie trug eine Seidenrobe und vermutlich nichts darunter. »Na schön. Wenn du mitkommen willst, dann komm mit. Ich fahre in fünf Minuten.«

»Fünf Minuten?« Lucys Augen weiteten sich. »Geh bloß nicht ohne mich los.« Damit eilte sie aus seinem Zimmer.

Levi schmunzelte, als er nach seinen Schuhen griff. Die Schmerzen entlang der linken Brusthälfte waren zwar noch da, aber nicht mehr so schlimm, dass er sich nicht bewegen konnte. Er zog die Schuhe an und ging in Richtung der Eingangstür, als sein Telefon vibrierte.

»Hey, Paulie. Bist du unten?«

»Bin noch ungefähr eine Minute entfernt.«

Lucy kam in den Eingangsbereich gerannt. Min hastete mit einem Gürtel hinter ihr her und rief auf Kantonesisch: »Den hast du vergessen.«

»Du hast mir nicht gesagt, wohin wir fahren«, beschwerte sich Lucy bei Levi, als sie den Gürtel durch die Schlaufen ihres enganliegenden Rocks fädelte.

Levi stellte fest, dass sie sich etwas gehobener gekleidet hatte, als für sein Ziel angemessen war. Aber er öffnete nur die Tür und lächelte. »Ist 'ne Überraschung.«

Lucy klatschte Levi aufs Bein. »Warum hast du mir nicht gesagt, dass wir deine Mutter und die Kinder besuchen? Dann hätte ich mich nicht so angezogen.«

Levi lachte, aber Paulie warf vom Fahrersitz einen Blick zurück und meinte: »Wenn ich das so sagen darf, ich glaube nicht, dass irgendeine Mutter interessieren würde, was du trägst.«

»Pah.« Sie machte eine abweisende Geste in die Richtung des riesigen Mafioso. »Von euch Männern versteht das keiner. Ich sollte für einen Besuch bei seiner Mutter keinen so kurzen Rock tragen.«

Levi legte sanft die Hand auf ihr Bein. Der Rock reichte bis zur Kniekehle, was aus seiner Sicht völlig akzeptabel für jede Gelegenheit war. Er beugte sich zu ihr und flüsterte auf Mandarin: »Meine Mutter ist über Modetrends nicht wirklich auf dem Laufenden. Sie würde nicht wissen, was sich für eine Frau aus der Stadt schickt oder nicht. Wie gesagt, das passt schon.«

Lucy schürzte irritiert die Lippen. »*Passt schon.* Den Ausdruck kann ich nicht leiden.«

Levi lächelte.

Der SUV holperte über den unebenen Feldweg, der zum

Haus führte. Der ungewöhnliche Anblick eines Autos, das auf das ländliche Grundstück in Pennsylvania fuhr, erregte die Aufmerksamkeit einiger der Kinder, die prompt angerannt kamen. Als Paulie einparkte, hatte sich bereits eine Schar gebildet, und weitere Kinder strömten herbei.

Levi öffnete die Tür und wurde von Rufen begrüßt. »Papa Levi! Papa Levi!« Innerhalb von Sekunden umringten ihn Kinder im Alter von sechs bis elf Jahren. Alle trugen schlichte, dunkle Kleider und weiße Gebetskappen. Sie drängten sich darum, Levi zu umarmen.

Er ignorierte die Schmerzen in seiner Schulter und Brust und erwiderte die Gesten. Die Muskeln in seinen Wangen wurden allmählich müde vom vielen Lächeln.

Natürlich war keines dieser Kinder biologisch von ihm, aber für ihn spielte das keine Rolle. Er hätte sie nicht mehr lieben können, wenn sie sein Fleisch und Blut gewesen wären. Tatsächlich waren die Mädchen eine Wohltat für seine gequälte Seele – das einzige Heilsame und Reine in seinem Leben.

Er hatte sie von den Straßen der Stadt gerettet. Alle waren im Ausland geboren und Opfer des Sklavenhandels geworden. Viele hatten die eigenen Eltern in Ländern überall in Ostasien verkauft. Einige hatte man sogar in Kindersexringe gesteckt.

Damit war es vorbei.

Es hatte ihm fast das Herz gebrochen, sie in ihrem damaligen Zustand zu sehen. Beim Anblick ihrer nunmehr glücklichen, lächelnden Gesichter hoffte er, dass ihre verstörende Vergangenheit irgendwann nur noch eine dunkle Erinnerung sein würde, losgelöst von ihrem neuen Leben.

Er hatte bereits Vorkehrungen für ihr langfristiges Wohlergehen getroffen. Die College-Ausgaben hatte er im Voraus bezahlt, und er hatte einen Treuhandfonds eingerichtet, damit sie bescheidene monatliche Stipendien erhalten würden, sobald sie 22 wurden. Sie würden nie wieder von jemandem abhängig sein – egal, was aus Levi wurde.

»Miss Lucy?« Mei, eine seiner Neunjährigen, lief zu Lucy und zog sie in eine innige Umarmung. Sie begann, auf Pennsylvania-Deutsch zu plappern, und Alicia, Levis Älteste, übersetzte für Lucy ins Kantonesische.

Lucy kniete sich hin, damit sie sich auf Augenhöhe mit Mei befand. Sie fragte auf Kantonesisch: »Wie geht es dir?«

Mei bedachte Lucy mit einem verwirrten Gesichtsausdruck und schüttelte den Kopf. Sie wirkte unbehaglich.

Alicia sagte: »Mei hat ihre Worte verloren. Sie erinnert sich an nicht viel von früher.«

»Aber Mei, erinnerst du dich an mich?«, fragte Lucy auf Englisch.

Mei lächelte und nickte. In überraschend gutem Englisch erwiderte sie: »Du hast uns einmal besucht und warst sehr nett. Das weiß ich noch.«

Mit einem Kind in jedem Arm verspürte Levi Schuldgefühle, weil er nicht öfter herkam. Er hatte von Kindern gehört, die schmerzhafte Erinnerungen an Misshandlungen verdrängten, und es klang, als hätte Mei genau das getan.

»Levi!«

Er drehte sich in die Richtung der Stimme. Seine Mutter war sehr ähnlich gekleidet wie die Kinder und wischte sich die Hände an ihrer Schürze ab, als sie heraus auf die Veranda des Hauses trat, in dem Levi geboren worden war. Sie streckte die Arme aus, und er lief lächelnd auf sie zu.

Sie nahm sein Gesicht in die Hände und drückte seine Wangen. »Was ist es schön, dich zu sehen. Bleibst du länger hier?«

Levi hörte die Laute etlicher Füße. Als er zurückschaute, sah er, wie Lucy von Mei und einer Schar Kinder vorwärts gezogen wurde. Alle lächelten und wirkten aufgeregt.

Levi deutete auf Lucy. »Ma, das ist Lucy. Ich glaube ...«

»Oh ja. Ich erinnere mich. Sie war vor ein paar Monaten schon hier, aber damals ohne meinen Jungen.« Levis Mutter schüttelte Lucy die Hand, dann wandte sie sich ihrem Sohn zu und fragte auf Pennsylvania-Deutsch: »Ist sie eine *spezielle* Freundin?«

Levi lachte, dann flüsterte er Lucy laut zu: »Sie will wissen, ob wir zusammen sind.«

»Oh!« Lucy errötete.

Levi musste an sich halten, damit sein Mund nicht aufklappte. Schamesröte? Bei Lucy?

Offenbar reichte seiner Mutter diese Reaktion als Antwort, denn sie lächelte breit und klatschte freudig in die Hände. »Das ist schön. Ihr könnt doch beide zum Abendessen bleiben, oder?«

»Ma, ich bin mir zwar sicher, dass ich eigentlich nicht fragen muss, aber ist genug für eine Person mehr da? Im Auto ist noch jemand.«

»Natürlich ist genug da!«, erwiderte seine Mutter entrüstet.

Levi winkte in Richtung des Wagens und bedeutete Paulie, dass er zu ihnen kommen sollte. Der große Mafioso stieg aus und kam herübergelaufen. Mehrere der Kinder schnappten nach Luft, als er sich näherte.

»Das ist ja ein Riese«, entfuhr es einem Kind.

Levi lachte. »Kinder, sagt hallo zu Mr. Romano.«

»Hallo, Mr. Romano«, grüßten sie unisono.

Levis Mutter klatschte in die Hände, um die Aufmerksamkeit der Kinder zu erlangen, dann erteilte sie zackig wie ein Ausbilder beim Militär auf Pennsylvania-Deutsch Anweisungen. Die Kinder stoben auseinander, um die Hausarbeiten zu erledigen oder beim Abendessen zu helfen.

Dann schaute Levis Mutter hoch zu dem riesigen Mafioso auf. »Willkommen in unserem Haus. Bitte waschen Sie sich die Hände. Das Abendessen ist in einer Viertelstunde fertig.«

»Ja, Ma'am.«

Levi führte Paulie und Lucy durch das Haus der Familie Yoder. Dabei wich er Kindern aus und verspürte eine innere Wärme, die er nur als Glücksgefühl deuten konnte. Er brauchte das. Familie. Heimat. Obwohl er woanders lebte, würde ein kleiner Teil von ihm für immer hier zu Hause sein.

Zwei Wochen waren vergangen, seit Levi angeschossen worden war, und er hatte es restlos satt, ein Patient zu sein. Da die Schulterstütze schon lange weg war und seine Beweglichkeit bei fast 100 Prozent lag, war er bereit für die Diskussion mit Lucy darüber, wieder hinauszugehen.

Allerdings hatte er nicht damit gerechnet, dass sie ihm einen

Karate-Gi zuwerfen würde. Sie meinte: »Der Arzt hat sechs Wochen gesagt, und wir haben noch nicht mal die Hälfte davon. Du gehst erst alleine raus, wenn du mir bewiesen hast, dass du geheilt bist.«

Belustigt hielt Levi den Gi hoch. »Wie jetzt? Du willst gegen mich kämpfen?«

Lucy warf ihm einen strengen Blick zu, den er mittlerweile nur allzu gut kannte. »Wenn's sein muss, ja.«

Levi zog das Hemd und die Jeans aus und begann, in das Karate-Outfit zu schlüpfen. In der Zeit bei Lucy hatte er jegliches Schamgefühl abgelegt. Es gab nichts, was sie nicht schon gesehen hatte. Es war beinah, als wären sie verheiratet, obwohl sie noch nie wirklich intim miteinander gewesen waren. Sie beide verband mittlerweile eine völlig andere Art von Nähe ... es fiel ihm schwer, eine Bezeichnung dafür zu finden.

Als er sich angezogen hatte, folgte er Lucy in den Trainingsraum, wo Gymnastikmatten den Boden bedeckten. Sie waren wesentlich weicher als die Tatami-Matten, auf denen er in Japan trainiert hatte.

Plötzlich wurde ihm klar, dass Lucy und er noch nie zusammen trainiert hatten. Somit konnte sie nicht wissen, auf welchem Level er sich bewegte. Er musste davon ausgehen, dass sie bestens ausgebildet war, zumal sie früher als Leibwächterin ihren Ehemann beschützt hatte.

Lucy war barfuß und trug eine weite weiße Hose und ein langes rosa Shirt mit einem *Hello Kitty*-Logo. Nicht unbedingt Trainingskleidung, aber sie ermöglichte uneingeschränkte Bewegungsfreiheit. Die Asiatin nahm keine Bereitschaftshaltung ein, stand da wie ein gewöhnlicher Mensch auf der Straße, als sie sagte: »Beweis mir, dass es in Ordnung ist, dich gehen zu lassen.«

Levi fühlte sich unbehaglich, als er sich dehnte und sie ihn dabei beobachtete. Ihr Blick blieb auf seine Füße geheftet – klug, denn die Füße verrieten häufig den nächsten Zug des Gegners.

Er testete ihre Reaktionszeit, indem er mit einem schnellen Schlag auf ihr Gesicht zielte.

Sie wich mit dem Oberkörper aus, benutzte dabei nicht einmal die Hände. Aber ihre Haltung veränderte sich leicht.

Levi beobachtete sie weiter, als er einen Schnapptritt gegen ihre Mitte folgen ließ, um auszuloten, wie sie blockte.

Mit einer fließenden Armbewegung schob sie den Tritt zur Seite und entfesselte ihrerseits eine Salve von Angriffen. Tritt, Tritt, Schlag, Rückhandschlag, alles in rasanter Folge.

Und Levi wehrte alles ab, womit er ihr ein Lächeln entlockte.

Lucy stieß einen Schrei aus, als sie tief abtauchte und ihm die Beine unter dem Körper wegfegen wollte.

Levi sprang außer Reichweite, und bevor sie sich vollständig aufrichten konnte, stürmte er vor, rammte sich gegen sie und wich aus, als sie einen Ellbogen gegen seine Schulter schwang und ihn nur knapp verfehlte.

Sein Herz hämmerte laut, und er verspürte einen Adrenalinschub. Er war bereit für den richtigen Kampf.

Dann bemerkte er, dass Lucy eine Grimasse zog und sich die Brust dort hielt, wo er sie getroffen hatte.

Sie hatte Schmerzen.

Nichts anderes zählte, als er zu ihr rannte. »Bist du ...«

Blitzschnell fegte sie die Beine unter ihm weg und sprang auf ihn wie eine Tigerin. Schlag, Abwehr, Schlag, Abwehr – und bei ihrem dritten Schlag klemmte er ihren Arm unter seinen. Gleichzeitig schlang er den anderen Arm um sie und presste sie an sich.

Als sie sich über den Boden des Trainingsraums rollten, begann Lucy zu lachen. Es ließ sich nicht übersehen, dass Levi sie in einer kompromittierenden Position hatte. Sie konnte ihn nicht angreifen. Andererseits konnte auch er nicht viel tun, ohne den Griff zu wechseln. Dann lehnte sie die Stirn an seine, rückte näher und gab ihm einen verschwitzten Kuss.

»Du bist viel schneller, als ich dachte«, gestand sie.

Die beiden lösten sich voneinander, blieben auf dem Rücken liegen und starrten zur über drei Meter hohen Decke hinauf.

»Und? Überzeugt, dass es mir besser geht?«, fragte Levi.

Sie legte eine Hand auf seine und drückte sie. »Ganz auf dem Damm bist du noch nicht, aber ich denke, es reicht.«

»Wow. Danke.«

»Das war ein Kompliment.«

Levi lächelte. »Also, was hast du heute vor?«

»Wir spionieren zu dritt unsere Beute aus.« Bevor sich Levi dazu äußern konnte, legte sie ihm die Hand auf den Mund. »Ich hab nicht vor, mehr zu tun, als zu beobachten, zumindest nicht, bis du dabei bist. Das hab ich dir versprochen. Wie sieht dein Plan aus?«

»Ach, nichts allzu Ernstes. Erinnerst du dich an den Polizeibericht, den die Cohens erhalten haben?«

»Ja.«

Levi zog erst ein Knie an die Brust, dann das andere, um die Sehnen zu dehnen. »Wie sich herausgestellt hat, ist der Detective, von dem die Zeugenbefragung stammt, durch und durch korrupt. Er hat die Aussage gefälscht. Es gibt noch andere interessante Daten über ihn. Also werd ich mit einem kleinen Team sehen, was wir darüber herausfinden können, wer hinter diesem mysteriösen Cohen-Mord steckt.«

Lucy küsste seine Hand. »Sei vorsichtig.«

»Du auch.«

Levi streckte die Arme über den Kopf und fühlte nur ein leichtes Ziehen um die Brust. Er stand eindeutig noch nicht bei 100 Prozent, aber wie Lucy gesagt hatte, es reichte.

Es war an der Zeit für Levi, mit einigen der Bianchi-Jungs den geheimnisvollen toten Briefkasten zu nutzen, von dem sie soeben erfahren hatten.

In der West 54th Street in Hell's Kitchen benutzte Levi ein Stück Kreide, um eine Markierung an dem roten Backsteingebäude neben einem leeren Grundstück anzubringen. Dann überquerte er gemächlich die Straße und schloss sich Tony und Gino in einer Autoglaserei an. Der Besitzer des Ladens war kein Mafioso, aber mit Gino befreundet und gern bereit, seine Räumlichkeiten ohne Fragen zur Verfügung zu stellen.

»Jetzt warten wir«, meinte Gino mit einem ausgeprägten New Yorker Akzent. Er saß auf einem Hocker und schaute durchs Fenster hinaus. Es war kurz nach zehn Uhr vormittags. Auf der ruhigen, überwiegend von Wohnhäusern gesäumten Straße trieben sich nicht viele Fußgänger herum.

Gino war einer der Einbruchsspezialisten der Familie Bianchi – ein kleiner, muskulöser Kerl mit Bürstenhaarschnitt und einer Narbe entlang der Kieferpartie. Levi hatte bisher noch nicht mit ihm gearbeitet, kannte aber seinen Ruf. Er galt als Experte für Schlösser, Alarmanlagen und das Beschaffen von Informationen. Diese Fähigkeiten hatten ihm die Ehre eingebracht, Mitglied der *Cosa Nostra* zu werden, der Mafia. Und er hatte sich mehrfach bewährt.

»Gino, sag mir noch mal, was der Detective dir über die Abholung erzählt hat«, ergriff Levi das Wort.

Gino löste den Blick nicht vom Fenster. »Ist ein simpler toter Briefkasten. Wenn er 'ne Nachricht hinterlassen will, wirft er sie hinter die Schranke zu dem leeren Grundstück und markiert das Gebäude mit weißer Kreide.«

»Ist ja wie aus einem Spionageroman«, fand Tony.

»Wie stellen sie sicher, dass niemand anders mitnimmt, was er hinter die Schranke wirft?«, fragte Levi.

Gino schmunzelte. »Ob du's glaubst oder nicht, er nimmt 'ne tote Ratte, weidet sie aus, steckt die gewünschte Botschaft in den Kadaver und näht ihn wieder zu. Niemand würde 'ne versiffte tote Ratte mitnehmen, nicht mal jemand, der zufällig sieht, wie ein Cop sie fallen gelassen hat.«

Levi nickte anerkennend. »Das ist clever.«

»Clever mag ich nicht«, brummte Tony. »Bringt nur Ärger.«

Tony fungierte bei der Operation heute als Mann fürs Grobe. Mit dem Körperbau eines Gewichthebers und einer ungeduldigen Ader war er gefährlich – aber loyal. Und da Levi noch nicht vollständig geheilt war, hatte er kein Problem damit, Tony bei Handgreiflichkeiten den Vortritt zu überlassen.

Es war fast Mittag, als Gino schließlich zischte: »Hey, da tut sich was.«

Levi sprang von seinem Stuhl auf und ging zu ihm. Ein

großer Mann mit einem fadenscheinigen Hemd und einer abgetragenen, ausgebleichten Hose spähte über die Absperrung auf das leere Grundstück. Dann blickte der Mann die Straße auf und ab, als hielte er nach jemandem Ausschau.

»Kann er uns wirklich nicht sehen?«, fragte Tony.

»Nein.« Gino schüttelte den Kopf. »Wir sind hinter Einwegglas. Aber ist das der Kerl? Er sieht aus wie ein Penner.«

»Das ist kein Penner«, widersprach Levi. »Seht euch seine Wanderstiefel an. Die sind wahrscheinlich zehnmal mehr wert als die Lumpen, die er anhat. Dieser Kerl spielt den Penner nur. Ich wette einen Hunderter, dass er keiner ist.«

»Kannst du knicken«, erwiderte Gino. »Darauf lass ich mich nicht ein.«

Der Mann warf einen letzten Blick in ihre Richtung, bevor er auf das leere Grundstück huschte. Zehn Sekunden später tauchte er wieder auf. Sein hageres Gesicht wirkte wütend, als er zügig Richtung Westen davonstapfte.

Levi klopfte beiden Männern auf die Schulter. »Ohrstöpsel rein, es geht los.«

Alle drei Männer setzten etwas ein, das wie ein Im-Ohr-Hörgerät aussah.

»Test – eins, zwei, drei«, sagte Levi.

»Hör dich«, flüsterte Tony, aber es ertönte laut in Levis Ohr.

»Ich auch«, kam von Gino.

Die Geräte funktionierten einwandfrei. Eine weitere Spezialanpassung von Denny.

Die drei Männer gingen hinaus, und Gino kletterte über die Absperrung auf das leere Grundstück. *»Ich geh zur 55th Street,* *damit ich mich aus einem anderen Winkel nähern kann. Sagt mir, in welche Richtung der Typ latscht, und ich komme nach.«*

Levi fragte sich, wie Gino an den Gebäuden hinter dem Grundstück vorbeikommen wollte. Dann jedoch sah er ihn eine Feuerleiter erklimmen und auf dem Dach verschwinden.

Tony und er gingen auf gegenüberliegenden Seiten der Straße, als sie die Verfolgung ihrer Zielperson aufnahmen. Levi öffnete eine Karte, damit er wie ein Tourist wirkte.

Weiter vorn bog ihre Beute ab. »Gino, er geht nach rechts auf die 10th Avenue.«

»Alles klar, ich laufe gerade die 55th hoch.«

Levi überquerte die Straße und schloss zu Tony auf, der gerade in die 10th abgebogen war.

Ginos Stimme meldete sich. *»Ich seh ihn. Er ist auf der 55th nach Westen unterwegs. Bin an ihm dran. Wartet – er ist gerade ins GMC-Parkhaus gebogen.«*

Levi schnippte mit den Fingern und zeigte an die Stelle, an der Tony an der Ecke 10th Avenue und 56th West geparkt hatte. »Tony, hol den Wagen und komm mir nach.«

Tony nickte und rannte nach Norden los, während Levi dem Verkehr auswich, um die 10th Avenue zu überqueren.

Wieder meldete sich Gino. *»Hey, Kumpel. Ich kann dir die Delle echt günstig reparieren. Nein, nein … hey, ich rede mit dir. Mistkerl!«*

Levi eilte auf der 55th nach links. »Gino, was ist los?«

»Moment, ich schreib gerade sein Kennzeichen auf. Er fährt 'nen beigen Camry, älteres Modell. Und ich bin nah genug rangekommen, um ihm 'nen Peilsender aufs Dach zu klatschen.«

Reifen quietschten, als Tony scharf an der Kreuzung abbog und vor das Parkhaus fuhr. Levi und Gino sprangen hinein.

Der Einbrecherprofi zeigte nach Westen. »Er fährt Richtung Flussufer.«

Als Tony beschleunigte, startete Levi die Tracking-App auf seinem Handy. Ein Marker zeigte die Position ihrer Beute an. »Wir haben den Fisch an der Angel«, sagte er. »Jetzt holen wir ihn ein.«

KAPITEL DREIZEHN

Als Dominic den großen Konferenzraum beim *Intelligencer* betrat, in den das gesamte Redaktionspersonal beordert worden war, warf der Sicherheitsdienst des Gebäudes prüfende Blicke auf die Ausweise und forderte wiederholt auf: »Alle Mobiltelefone ausschalten.« Dominic schnappte sich schnell einen Platz am Besprechungstisch. Im Raum gab es nicht annähernd genügend Sitzplätze für alle, und er wollte nicht zu denen gehören, die stehen mussten.

Tatsächlich war es gerammelt voll, als fünf nach neun Raul Vicente eintrat, der Chefredakteur des *Intelligencer* und in Dominics Augen ein waschechtes Arschloch. Zum Glück hatte Dominic nur dann direkt mit ihm zu tun, wenn er gegen eine inhaltliche Entscheidung des Redaktionsleiters zu einem Artikel aus seinem Zuständigkeitsbereich berief. Obwohl er eigentlich gar nicht wusste, warum er es sich überhaupt antat – der Typ segnete *immer* die Entscheidung der Redaktionsleiter ab, und wenn sie noch so idiotisch war.

Vicente ging zur Vorderseite des Raums, wo er anfing, auf und ab zu laufen. »Ich denke, Sie wissen, warum ich das gesamte Redaktionspersonal zusammengerufen habe: wegen den ungeheuerlichen Fehlern, die in der Ausgabe vom vergangenen Mittwoch begangen wurden. Da bin ich mal für eine Woche auf Urlaub, und schon wird so viel Mist gebaut, dass es uns fast 100.000 Abonnenten gekostet hat! Falls Sie Schwachmaten noch nicht nachgerechnet haben: Das macht allein bei den Abonnementeinnahmen über 15 Millionen Dollar – ohne Berücksichtigung der Auswirkungen auf Werbekunden. Wir reden hier von *Ihren* Gehältern, die im Klo runtergespült werden. Wenn so was noch mal vorkommt, hab ich kein Problem damit, jede und jeden Einzelnen von Ihnen durch einen gottverdammten dressierten Affen zu ersetzen, der weiß, wie man Anweisungen befolgt. Ich hoffe, ich drücke mich verständlich aus.«

Dominic spürte, wie ihm unter dem Kragen heiß wurde. Jeder im Raum wusste genau, welcher Artikel die Abonnenten so aufgebracht hatte. Er selbst war verblüfft gewesen, als er gesehen hatte, dass die Zeitung tatsächlich etwas Positives über Israel gedruckt hatte. Obwohl der *Intelligencer* immer behauptete, fair und unparteiisch mit Nachrichten umzugehen, hatte das nie der Wahrheit entsprochen. Es gab immer Möglichkeiten, Dinge so darzustellen, dass sie der bevorzugten Perspektive des Zielpublikums entsprachen. Sogar ihre Faktenberichterstattung hatte Mittel und Wege, so zu berichten, dass die Gewinne optimiert wurden.

Vicente fuhr fort. »Ehrlich gesagt kann ich mir nicht erklären, wie Sie das überhaupt vermasseln *konnten*. Sieben unschuldige palästinensische Kinder wurden von der israelischen Armee ermordet – und wir stellen uns tatsächlich auf die Seite der verdammten Israelis? Wollen Sie mich verarschen?«

Eine der Frauen im Raum hob die Hand. »Sir?«

»Was ist, Cheryl?«, fragte Vicente barsch.

»Mr. Vicente, die israelische Regierung hat Videomaterial veröffentlicht, das zeigt, wie die Gruppe dieser Kids zwei israelische Soldaten an einem Kontrollpunkt angreift. Die Soldaten haben sich verteidigt, und es gibt auch erhärtendes Videomaterial von ...«

»Wir stellen Israel nicht als das Opfer dar. *Niemals!*« Vicentes Stimme hallte dröhnend im Raum wider, während sein Gesicht vor Wut rot anlief. »Und schon gar nicht *in der oberen Hälfte der Titelseite* – selbst wenn diese Kids eine Horde schreiender Selbstmordattentäter waren, angeführt von Jassir Arafats Geist. Das wollen unsere Leser nicht hören, und das wissen Sie! Was stimmt nicht mit Ihnen?«

Mit der Hand in der Tasche drückte Dominic einen Knopf an seinem altmodischen Diktiergerät und begann, aufzuzeichnen. Das war zu viel. Er war seit Jahren beim *Intelligencer* und hatte beobachtet, wie sich die Zeitung immer weiter von einer unparteiischen Berichterstattung entfernte. Aber jetzt hatte der Alte völlig den Verstand verloren – und es war an der Zeit, dass es an die Öffentlichkeit gelangte. Dominic war in den Journalismus eingestiegen, um den Menschen handfeste Informationen zu bieten – nicht, um ihnen sorgfältig konstruierte Berichte aufzutischen.

»Lassen Sie es mich wiederholen: Unsere Leser wollen

nichts von gerechtfertigten Tötungen von Kindern in der Nähe des Gazastreifens hören. Wir passen die Nachrichten an das Zielpublikum an ...«

»Wollen Sie damit sagen, wir sollen lügen?«, fragte einer der jüngeren Redakteure und klang dabei besorgt.

»Nein, Sie Schwachkopf. Wir lügen nie. Aber der Schwerpunkt, den wir auf Nachrichten legen, soll dem entsprechen, was unsere Leser hören wollen. Das sorgt dafür, dass sie ihre Abonnements verlängern. Wir widmen keinen Zentimeter Druckfläche der Aussage, dass die israelische Regierung die Guten sein könnten – niemals. Wir verkaufen hier ein Produkt, Leute.«

Der Chefredakteur blieb stehen und starrte mit finsterer Miene zehn Sekunden lang in den Raum, bevor er fortfuhr.

»Lassen Sie mich außerdem eine Erinnerung an unsere Politik hinsichtlich Transparenz aussprechen. Sie haben ein Problem mit unseren redaktionellen Entscheidungen? Sie haben ein Problem damit, wie Ihr Artikel behandelt wurde? Solcher Scheiß bleibt innerhalb dieser Mauern. Sie verwenden *niemals* Twitter oder sonstige soziale Medien, um Ihre eigene Sicht der Dinge zu berichten. Ihre Zeit gehört dem Unternehmen. Wenn Sie das nicht verstehen, können Sie sich verpissen. Ist das deutlich genug?«

Dominic nickte wie alle anderen, aber er blendete den Wahnsinnigen aus, während er über die große Verantwortung laberte, die sie alle dabei hatten, die Nachrichten für das Volk zu formen. Die Wahrheit zu verwalten. Offiziell zu protokollieren, was wirklich geschah.

Natürlich alles, ohne zu lügen.

Dominic wusste es besser. Die Menschen waren Schafe, die

nur die Schlagzeile lasen. Vielleicht noch die ersten paar Absätze. Damit hatte es sich. Kaum jemand las mehr als das, weil alle zu faul dafür waren. Sie verließen sich darauf, dass Leute wie er ihnen die Wahrheit in mundgerechten Happen lieferten.

Er sah sich im Raum um, ließ den Blick über die Redakteure wandern, die aufmerksam ihrem Boss und seiner Propaganda lauschten, und er begann sich zu fragen, ob es überhaupt noch möglich war, die Wahrheit zu verbreiten.

Obwohl die Besprechung noch weiterging, verkam der Wortschwall für Dominic zu einem bedeutungslosen Haufen Unsinn. Ein hohles Gefühl nistete sich in seiner Magengrube ein, und seine Gedanken wandten sich Mendel Cohen zu. Wie viele seiner Artikel waren dem Schwachsinn zum Opfer gefallen, den ihr Chefredakteur gerade laberte?

Vielleicht spielte es keine Rolle. Mendel war tot, und ...

Plötzlich musste er an diesen charismatischen Mafioso denken, mit dem er sich schon zweimal getroffen hatte. Dieser Typ hatte bei ihm Eindruck hinterlassen. Sicher, er bekam jedes Mal eine Gänsehaut, wenn er sich mit einem Mitglied der Mafia zusammensetzte, aber dieser Mann war anders. Bei diesem Levi fühlte es sich an, als würde er Blödsinn und aufgesetztes Getue geradewegs durchschauen und Gedanken lesen.

Levis Worte kamen ihm in den Sinn. *Was würden Sie sagen, wenn ich Ihnen erzähle, dass die Polizei behauptet, Mendel hätte eine Affäre mit ihr gehabt?*

Mindy Cross. Gott, war sie hübsch. Und nun war ihre Arbeitsnische verwaist, ohne dass irgendjemand ein Wort darüber verloren hatte, wohin sie verschwunden war oder warum. Hatte sie gekündigt? Niemand im Stockwerk schien es zu wissen.

Er fragte sich, ob die beiden Ereignisse in irgendeiner Weise zusammenhingen. Mendels Tod und Mindys Verschwinden. Levi hatte sich bei ihrem letzten Treffen nach der Frau erkundigt, aber zu dem Zeitpunkt war ihr Arbeitsplatz noch nicht geräumt gewesen. Wahrscheinlich sollte er den Mann darüber informieren. Konnte nicht schaden, bei einem von Don Bianchis Männern etwas gut zu haben.

Zehn Minuten später endete mit der Tirade des Chefredakteurs auch die Besprechung, und alle verließen den Raum. Aber als Dominic hinausgehen wollte, wurde er von einem Sicherheitsmitarbeiter aufgehalten.

»Mr. Maroni, kann ich bitte Ihr Telefon sehen?«

Dominic drehte sich dem Wachmann zu, der aussah, als wäre er von einer Casting-Agentur direkt für die Rolle des obersten Knochenbrechers engagiert worden. »Mein Telefon?«

Der Mann streckte die Hand aus. »Ja, Ihr Telefon, bitte.«

Dominic zog das Gerät aus der Tasche seines Jacketts und händigte es aus. Der Wachmann schaltete es ein, betrachtete es einen Moment lang und gab es dann zurück.

»Tut mir leid, nur eine Routineüberprüfung.«

Dominic runzelte die Stirn, als der Wachmann zum Sicherheitsbüro davonging.

Was zum Teufel sollte das? Routineüberprüfung? Der Mann hatte kein anderes Handy einer »Routineüberprüfung« unterzogen.

Mit einem mulmigen Gefühl nahm Dominic die Rolltreppe ins Erdgeschoss, ging nach draußen und wählte eine Nummer.

Nach viermaligem Klingeln meldete sich Levis aufgezeichnete Stimme in die Leitung. *»Hinterlassen Sie mir eine Nachricht.«*

»Mr. Yoder, ich denke, wir müssen reden. Miss Cross scheint entweder gekündigt zu haben oder entlassen worden zu sein – niemand weiß es genau, aber ihr Arbeitsplatz wurde geräumt. Außerdem habe ich eine Aufzeichnung, die ich ungern weitergeben möchte, aber ich denke, Sie sollten darüber Bescheid wissen. Es könnte mit den Dingen zu tun haben, die Sie wissen wollten.«

Dominic war gerade um die Ecke gebogen, um einen Spaziergang zu unternehmen, als ihn etwas Hartes am Hinterkopf traf. Seine Knie knickten ein, und er brach auf den Bürgersteig zusammen.

Plötzlich wurde ihm dermaßen übel, dass er kaum mitbekam, wie Hände seine Taschen durchwühlten. Dann wurde alles dunkel.

Lucy warf einen Blick auf die Uhr am Armaturenbrett des geparkten Town Car mit den dunkel getönten Scheiben. Noch 15 Minuten bis zum Beginn der Messe. »Bist du sicher, dass Xiang herkommen wird?«, fragte sie auf Kantonesisch.

»Ja.« Der Fahrer, seit Jahren einer ihrer bezahlten Informanten im Viertel, nickte bestimmt, als er durch die Windschutzscheibe die 41st Avenue beobachtete, eine belebte Straße mit gemischter Nutzung. »Er und seine beiden Neffen gehen jeden Tag zur Messe. Immer zur gleichen Zeit, außer am Sonntag. Da kommen sie zur Frühmesse, die auf Mandarin abgehalten wird. Dazu bringen sie manchmal andere mit.«

Neben Lucy runzelte Min die Stirn. »Wie viele?«

»Manchmal sind sie nur zu dritt. Andere Male haben sie ein, zwei Leute vom örtlichen *Tong* dabei.«

Wörtlich übersetzt bedeutete *Tong* so viel wie Versammlungsort oder Saal. Im übertragenen – kriminellen – Zusammenhang verstand man darunter auch eine Art Geheimbund. Eine verschworene Bruderschaft, die sich nicht groß von der italienischen Mafia unterschied. Xiang war der Typ, dem der Stil eines Mafioso wahrscheinlich gefallen würde.

Lucy studierte die Straße. Auf der einen Seite stand die katholische Kirche St. Michael an der Ecke 41st und Union, und auf der anderen Seite befanden sich Wohnhäuser und kleine Geschäfte. Ein ungünstiger Ort für eine Schießerei. Zu viele Fenster.

Zu viele Möglichkeiten, gesichtet zu werden.

Einige Menschen näherten sich zu Fuß von den Wohnungen. Sie trugen, was in dieser Gegend als Kleidung für den Besuch der Kirche durchging, und bewegten sich langsam auf das Gotteshaus zu. Es handelte sich um kleine Familien – Asiaten, Latinos und andere. Eine in dieser Ecke von Flushing, einem Teil des Bezirks Queens, durchaus zu erwartende Mischung.

»Wann trifft er normalerweise ein?«, fragte Lucy.

»Er kommt gern dann, wenn es gerade anfängt. Als Letzter rein, als Erster raus.«

Klang ganz nach Xiang. Immer vorsichtig. Niemand wusste, wo er wohnte. Allerdings hatte er eine Eigenart, die sein sonst so vorsichtiges Verhalten beeinträchtigte: Er war seit Jahren frommer Katholik.

Ruth, die vorne saß, drehte sich um und schaute finster drein. »Wie kann jemand, der so religiös ist, ein solcher Drecksack sein?«

»Keine Ahnung.« Lucy zuckte mit den Schultern. »Ich bin mir ziemlich sicher, dass die Beichte die Seele nicht vollständig reinigen kann.«

Lucy richtete die Aufmerksamkeit auf das chinesische Restaurant auf der anderen Straßenseite. Sie erinnerte sich daran, bei der Eröffnung dort gegessen zu haben. Mittlerweile waren die Besitzer umgezogen, und als Graffiti getarnte Schlagworte der örtlichen Straßenbande übersäten die Fassade. Codes, die für die jugendlichen Bandenmitglieder zweifellos eine Bedeutung hatten, von den echten Gangstern der Gegend jedoch weitgehend ignoriert wurden.

Gangstern wie Xiang.

Er war die rechte Hand ihres Mannes in China gewesen, bevor sie ihn geheiratet hatte und der Betrieb nach Hongkong verlegt wurde. Aber als ihr Mann erkannte, wie hilfreich Lucy beim Geschäft sein konnte, verlor Xiang an Einfluss – und zog sich gewissermaßen von der chinesischen Seite des Unterfangens zurück.

Seitdem hatte sich Lucy immer bestmöglich bemüht, den alten Mann im Auge zu behalten. Sie erinnerte sich an den Blick, den er ihr bei ihrer Hochzeit zugeworfen hatte. Hinter dem Lächeln und dem roten Umschlag mit einem dicken Scheck hatte sie brodelnden Hass gesehen. Das war vor über 20 Jahren. Mittlerweile befand er sich hier in Amerika und sann auf Rache.

Lucy hatte nicht lange gebraucht, um herauszufinden, wer ein Kopfgeld auf sie ausgesetzt hatte. Der alte Mann war ein Gewohnheitstier. Vom selben Bankkonto, das er vor so langer Zeit für ihr Hochzeitsgeschenk benutzt hatte, waren vor kurzem 100.000 Dollar auf ein Treuhandkonto überwiesen worden, um den Anschlag auf ihr Leben zu finanzieren.

Es bestand kein Zweifel: Xiang wollte ihren Tod.

Somit zeichnete in letzter Instanz er dafür verantwortlich, dass Levi angeschossen worden war. Schon allein dafür wollte sie den Mann – und alle, die ihm gegenüber loyal waren – das Leben aushauchen.

»Aber zuerst muss der Kopf der Schlange abgeschlagen werden«, murmelte sie bei sich.

Auf dem Vordersitz flüsterte Ruth aufgeregt: »Ist er das?«

Lucy folgte ihrem Blick. Weiter vorn auf der gegenüberliegenden Straßenseite bewegten sich drei Männer auf der 41st in östlicher Richtung. Der große Mann, der vorausging, trug eine dunkle, elegante Brille, einen braunen Filzhut, einen grün karierten Anzug, der lose an ihm hing, und eine knallig-violette Krawatte. Er musste inzwischen über 70 sein.

Aber es war derselbe Mann.

Seine Schritte wirkten zielstrebig, und Lucy lief ein Schauder über den Rücken, als sie die Gangart erkannte.

Weitere Einzelheiten kamen ihr ungebeten in den Sinn. Die Narbe an seinem Kinn. Das Muttermal auf seinem Bauch. Der Anblick von ihm über ihr. Lange vergrabene Erinnerungen strömten aus der mentalen Truhe zurück, in der Lucy sie weggesperrt hatte.

Ihre Hände zitterten vor Wut.

Mittlerweile befanden sich etliche Menschen auf der Straße. Kinder, Kirchgänger, unschuldige Passanten. Aber sie hatte Xiang direkt vor sich, und er schien sie zu verhöhnen ... schon wieder.

»Nein, Lucy. Nicht.« Min packte Lucys Handgelenk. »Nicht jetzt.«

Lucy blickte auf ihre Hand, als würde sie nicht zu ihr gehören. Sie umklammerte eine der Pistolen, die Esther geliefert hatte. Mühsam zwang sie die Finger, die Waffe loszulassen und auf dem Sitz neben ihr abzulegen.

Mit besorgter Miene nahm Min sie schnell an sich.

»Es geht mir gut«, beteuerte Lucy. Sie versuchte, beruhigend zu lächeln. »Wirklich, es geht mir gut. Das ist er eindeutig.«

Der Fahrer sah sie im Innenspiegel an. »Also sind wir hier fertig?«

Lucy blies einen stockenden Atemzug aus und nickte. »Fahren wir zurück zur Wohnung. Wir brauchen einen Plan.«

Als der Wagen anfuhr, kehrten die Erinnerungen zurück. Erinnerungen ... das Geheimnis ... ein Geheimnis, das sie vor allen verborgen hielt. Sogar vor sich selbst.

Plötzlich jedoch erinnerte sie sich an alles.

Daran, wie sie an dem Drink genippt hatte.

Daran, wie ihr schwindelig wurde.

Und daran, wie sie der vertraute Partner ihres künftigen Ehemanns von einer Party wegführte.

Vor allem aber erinnerte sie sich an das Gesicht – Xiangs Gesicht –, als er sie mit Gewalt nahm. Sie schändete. Sie vergewaltigte.

Lucy ballte die Hände zu Fäusten ... und lächelte.

Xiang würde auf unvorstellbar grauenhafte Weise sterben.

Levi seufzte frustriert, als Tony und Gino aus dem Cadillac stiegen.

Gino deutete auf einen alten Camry, der auf der anderen Seite der Allee parkte. »Tja, deine App zeigt an, dass er in der Morris Avenue in Elizabeth, New Jersey, angehalten hat – und tatsächlich, da ist die Karre.«

»Aber nicht der Mann dazu«, brummte Tony.

Levi fühlte sich ungeschützt und wollte gerade den Befehl geben, sich zu verteilen, als Gino mit einem Schnauben sagte: »Na, sieh mal einer an, wen die Strömung angespült hat.«

Levi folgte dem Blick des Mannes. Aus einer Tür zwischen einem Mobiltelefonladen und einem lateinamerikanischen Markt trat ein Mann Mitte 30. Er trug eine Jogginghose und ein schmuddeliges, von oben bis unten aufgeknöpftes Hemd, durch das sich ein Bauch und eine behaarte Brust abzeichneten. Er rauchte eine Zigarette und starrte sie direkt an.

»Kennst du den Kerl?«, fragte Levi.

»Ja.« Gino verdrehte die Augen. »Wir sind in derselben Gegend aufgewachsen. Das ist Johnny Guarino. Er ist der totale Loser, aber sein Cousin war ein Mobster.«

»Bei wem?«

»Bei der Familie DeCavalcante, glaub ich. Johnny hat immer von seinem Cousin Ralphie geredet.«

»Oh, *dieser* Abschaum«, sagte Tony. »Ralphie, das Stück

Scheiße, das mit der Staatsanwaltschaft zusammengearbeitet und im Wesentlichen 'nen Haufen Vollmitglieder und Mobster ans Messer geliefert hat? Ich sollte den Kerl schon aus Prinzip alle machen.«

Johnny warf seine Zigarette weg und setzte sich in ihre Richtung in Bewegung, trat achtlos auf die Straße und wurde dabei fast überfahren.

Levi legte Tony die Hand auf die Schulter und schüttelte warnend den Kopf. Tony stand im Ruf, ein Hitzkopf zu sein — was in ihrer Branche etwas heißen wollte. Und das Letzte, was sie im Augenblick brauchten, war Ärger.

»Hey, Gino!«, rief Johnny, als er sich näherte. »Was verschlägt dich denn hierher? Schön, dich zu sehen, Mann. Ist ja 'ne Ewigkeit her.«

Gino schüttelte dem Möchtegern-Mobster die Hand. »Zerbrich dir nicht den Kopf darüber, warum ich hier bin. Hat mit dir nichts zu tun.«

Johnny warf Tony und Levi einen flüchtigen Blick zu, bevor er den Blick senkte und sich ausschließlich auf Gino konzentrierte. Offensichtlich war er schlau genug, nicht zu fragen, wer sie waren. Bei der Mafia gab es einen Kodex, den sogar Möchtegern-Mobster verstanden. Nach diesem Kodex wurde Abschaum wie dieser Kerl einem Vollmitglied der *Cosa Nostra* nicht mal vorgestellt.

Johnny begann, sein Hemd zuzuknöpfen. »Kann ich bei irgendwas helfen? Ich bin seit fast zehn Jahren hier, kenne also praktisch jeden in der Gegend.«

Gino deutete mit dem Kinn auf die andere Straßenseite. »Dieser goldfarbene Camry. Wem gehört der?«

Johnny drehte sich um und zeigte auf das Auto. »Was, der da?«

Gino drückte Johnnys Arm sofort nach unten. »Hab ich verdammt noch mal gesagt, du sollst auf was zeigen? Ich hab dir nur 'ne Frage gestellt.«

Johnny wurde blass. »S-sicher, Gino, er gehört, äh ...« Seine Züge verkrampften sich, als er angestrengt nachdachte. Plötzlich hellte sich seine Miene auf. »Lonny. So heißt der Typ. Hat irgendeinen deutschen oder jüdischen Nachnamen, Manschitz oder Manischewitz oder so. Er redet nicht viel. Bleibt meist für sich.«

»Wo wohnt er?«, fragte Levi.

Johnny wollte gerade auf die andere Straßenseite zeigen, bevor er den Arm schnell an die Seite senkte. »In meinem Gebäude, gleich hier in der Morris Avenue über dem spanischen Markt. Wohnung drei, zwei Türen von meiner weg.«

Gino tätschelte Johnny die Wange. »Das ist alles, was wir wissen müssen. Und jetzt verschwinde und sag zu niemandem ein Wort, dass du uns gesehen hast.«

»Oh, das würd ich nie tun.« Johnnys Stimme klang erbärmlich matt und nasal. »Und das mit dem Zeigen tut mir echt leid, ist nur ...«

»Halt die Klappe, Johnny. Du redest zu viel.« Gino winkte ihn weg. »Verschwinde jetzt und vergiss, dass du uns gesehen hast.«

Johnny öffnete den Mund, schloss ihn wieder und eilte in Richtung seiner Wohnung davon.

»Was für ein verfluchtes Wiesel«, murmelte Tony.

Gino nickte. »Er war schon als Kind ein Trottel. Manche Dinge ändern sich nie.«

Levis Telefon vibrierte. Dominic. Levi ließ den Anruf auf die Mailbox wandern. Er würde den Mann später zurückrufen.

In dem Moment verließ ihre Zielperson – Lonny – das Wohngebäude und passierte den in die andere Richtung laufenden Johnny.

»Leute, rührt euch nicht«, sagte Levi. »Nicht die Köpfe drehen. Unser Mann hat gerade seine Wohnung verlassen.«

Tony schrammte mit den Schuhen über den Bürgersteig und achtete darauf, nicht einmal aufzuschauen. »Sollen wir hinter ihm her?«

»Nein. Ich habe 'ne Idee.«

Levi wartete, bis Lonny in seinen Camry gestiegen war und losfuhr, nach wie vor mit dem münzgroßen Peilsender auf dem Dach. Dann wandte er sich an Tony.

»Okay, er ist weg. Tony, du bleibst im Auto und hältst Wache. Gino, du ziehst dein Ding durch. Wir sehen uns die Wohnung an und verschaffen uns 'nen Eindruck davon, wer dieser Lonny ist. Ohrstöpsel rein.«

Als Tony zum Cadillac zurückkehrte, überquerten Gino und Levi die Straße und betraten das Wohnhaus. Es roch nach verdorbener Milch.

Johnny befand sich ein Stück den Flur hinunter an der Tür zu Apartment 1. Er öffnete den großen Mund, um etwas zu sagen, schloss ihn jedoch prompt, als Gino mit den Fingern schnippte. Seine Augen weiteten sich beim Anblick der Waffe in Ginos Hand, und er verschwand hastig in seiner Wohnung.

»Tony, hörst du mich?«, flüsterte Levi.

»Ja, laut und deutlich. Hier draußen tut sich nichts.«

»Gib Bescheid, falls sich das ändert.«

»Logisch.«

Gino zog einen Satz Dietriche aus der Innentasche seines Jacketts und begann mit der Arbeit an der Tür zu Apartment 3. Innerhalb von Sekunden hörte Levi das Klicken des sich lösenden Riegels und dann das Gleiten von Metall über Metall. Gino rüttelte den Dietrich im Schloss und drehte ihn gleichzeitig leicht. Der Türknauf ließ sich öffnen, und der kleine Mann drückte die Tür mit einem Lächeln auf.

»Beschissene Wohnungen wie die haben fast immer auch beschissene Schlösser.«

Levi klopfte dem Mann auf die Schulter.

Beide zogen beim Eintreten Latexhandschuhe an, bevor Gino das Licht einschaltete.

Das Apartment erwies sich als klein. Praktisch eine Einzimmerwohnung, höchstens 40 Quadratmeter. Das Schlafzimmer war ein besserer begehbarer Schrank. Auf einem Kartentisch stand eine Schüssel mit Potpourri, das mit Zimtduft gegen den Geruch von Schimmel ankämpfte. Und verlor.

Levis Aufmerksamkeit wurde sofort von einer militärischen Mütze erregt, gefertigt aus verblasstem grünem Stoff mit schwarzem Schirm und schwarzem Band. In der Mitte des schwarzen Bands prangte ein silberner Totenkopf, darüber der deutsche Reichsadler mit ausgebreiteten Flügeln über einem Hakenkreuz.

Levi erkannte die Symbole. Es handelte sich um eine SS-Mütze der Nazis.

Ein kalter Schauder lief ihm über den Rücken.

Auch Gino bemerkte die Mütze – und mehrere andere Nazi-Devotionalien. »Ist der Scheiß echt?«, fragte er. »Wie ist der Typ denn drauf?«

Levi knirschte mit den Zähnen. »Sieht für mich echt aus. Vielleicht ist er ein Sammler. Oder vielleicht war sein Opa ein Nazi, und er will sich an die guten alten Zeiten erinnern. So oder so, ist wohl an der Zeit, rauszufinden, wer der Kerl ist.«

KAPITEL VIERZEHN

Levi beobachtete, wie Denny die zwei Dutzend Fingerabdrücke scannte, die er in der Wohnung in New Jersey erfasst hatte. Er übertrug sie auf den Computer und jagte sie durch IAFIS, die zentrale Fingerabdruckdatenbank des FBI.

»Ich kann nicht fassen, dass du auf einen waschechten Nazi gestoßen bist«, sagte Denny. »Man hört zwar in den Nachrichten immer wieder von Neonazis und Rechtsextremisten, aber ich glaub, mir ist noch nie persönlich einer untergekommen. Was hatte er alles zu Hause?«

Levi sah einige der Fotos durch, die er mit dem Handy geschossen hatte. »Haufenweise alten Nazi-Krempel. Natürlich das obligatorische *Mein Kampf*. Frisch gedruckte Poster von Hitler und ein paar anderen Nazis, die ich nicht erkannt habe. Die Frage ist, wie er sich das Zeug leisten konnte. Er muss eine Verbindung zu jemandem mit Geld haben. Denn so, wie er haust, bezweifle ich, dass er mehr als Träume von Deutschlands ›ruhmreicher‹ Vergangenheit hatte.«

Levi hatte sowohl das Zimmer als auch das Festnetztelefon des Mannes verwanzt. Hoffentlich würden sie dadurch aufdecken, wer diese Verbindung war.

»Ich hab 'nen Treffer«, meldete Denny und tippte auf den Bildschirm. »Einer dieser Abdrücke gehört zu einem gewissen Lonny Manheim.«

Levi nickte. »Klingt richtig. Der Nachbar hat gesagt, dass er Lonny heißt. Was sagt das System über ihn?«

Denny rief einen Bildschirm mit Text auf. »Er ist 35, geboren in Coeur d'Alene, Idaho, und fanatischer Anhänger von Pastor Jerald O'Brien. Sieht so aus, als wäre er mal wegen Scheckbetrug verhaftet worden, aber seit fast einem Jahrzehnt ist er vom Radar verschwunden. Trotzdem unterhält das FBI eine Fallakte über ihn. Und er hat Verbindungen – wenig überraschend – zu Aryan Nations. Ich werd mal seine Finanzen durchgehen und mir ansehen, ob ihm was überwiesen wurde. Wird aber 'ne Weile dauern.«

Levi lehnte sich auf dem Stuhl zurück und schaute zur Decke. »Okay, wir haben also einen orthodoxen Juden, der tot ist und stinksauer auf seinen Arbeitgeber war. Wir haben eine Lady, die fälschlicherweise beschuldigt wurde, mit ihm geschlafen zu haben, und die inzwischen verschwunden ist. Wir haben korrupte Cops, die vermutlich im Auge behalten haben, wer die Familie des Juden besucht hat. Und jetzt haben wir einen Nazi-Sympathisanten, der irgendwie in all das verwickelt ist.«

»Oh Scheiße!« Abrupt sprang Denny auf.

Levi lehnte sich vor. »Noch ein Treffer?«

»Ja, aber nicht aus der FBI-Datenbank. Die Hülse, die mir Mr. Minnelli geschickt hat – die von dem Unbekannten, der auf dich geschossen hat ... Ich hab vom Messing der Hülse 'nen latenten Abdruck genommen, und der stimmt mit einem der Fingerabdrücke aus der Wohnung dieses Nazis überein.«

Levi spürte, wie ihm Hitze in den Hals kroch. »Unser Nazi kennt also den Schützen. Wie zum Teufel sind diese beiden miteinander verbunden?«

Sein Herz pochte laut in seinen Ohren, als er sein Handy hervorholte und eine Nummer wählte.

»Hey, Levi.«

»Frankie, ich hab 'ne Spur zu meinem Schützen. Kannst du mir helfen, ein Aufgreifteam zusammenzustellen? Die Befragung will ich selbst machen.«

Kurz herrschte Stille in der Leitung, dann: *»Gib mir einfach 'nen Namen, und ich erledige den Rest. Wann willst du's machen?«*

»Heute Abend. Die Adresse schicke ich dir. Ist derselbe Typ, dem Gino, Tony und ich heute Morgen gefolgt sind.«

»Okay. Ich rede mit den Jungs und melde mich bei dir mit 'nem Ort.«

»Perfekt. Bis dann.«

Damit legte Levi auf. Seine Fingerspitzen kribbelten, als Wut über ihm zusammenschwappte. Er wollte auf irgendetwas eindreschen.

Denny schaute fragend zu ihm.

Levi stand auf und legte seinem Freund die Hand auf die Schulter. »Setz alles ein, was du hast, um an die Verbindungen dieses Nazis ranzukommen. Ich will den Namen von jedem, mit dem er je geredet hat oder von dem er je einen Scheck gekriegt hat. Zieh alle Register. Ich will diesen Arsch kriegen.«

Zurück in seiner Wohnung lief Levi rastlos auf und ab. Bei diesem bizarren Fall gab es so viele lose Enden. Angefangen hatte alles mit einem religiösen Juden, der eine Affäre gehabt und sich umgebracht hatte. Und damit hätte es auch schon enden sollen. Aber mit jedem Stein, den er umdrehte, wurde die Angelegenheit komplizierter.

Denny hatte mittlerweile angerufen und bestätigt, dass Detective Carter, der Mindy Cross' angebliche Aussage aufgenommen hatte, bezahlt wurde – allerdings nicht vom selben Bankkonto, von dem das Geld für die beiden anderen Polizisten gekommen war. Außerdem ließ sich dieser Kerl schon seit Jahren schmieren, praktisch seit er die Akademie abgeschlossen hatte.

Korrupte Cops zu finden, war im Allgemeinen gut für die Mafia. Leute wie Frankie wussten, wie man solche Polizisten nutzen konnte, um Einfluss zu erlangen. Aber drei innerhalb eines Monats? Da lief etwas aus dem Ruder.

Plötzlich fiel ihm der Anruf von Dominic ein, den er nicht entgegengenommen hatte. Er überprüfte seine Mailbox, und tatsächlich erwartete ihn eine Nachricht.

»Mr. Yoder, ich denke, wir müssen reden. Miss Cross scheint entweder gekündigt zu haben oder entlassen worden zu sein – niemand weiß es genau, aber ihr Arbeitsplatz wurde geräumt. Außerdem habe ich eine Aufzeichnung, die ich ungern weitergeben möchte, aber ich denke, Sie sollten darüber Bescheid

wissen. Es könnte mit den Dingen zu tun haben, die Sie wissen wollten.«

Er tippte auf eine Schaltfläche, um zurückzurufen. Nach dreimaligem Klingeln landete er auf der Mailbox. Levi entschied, keine Nachricht zu hinterlassen.

Als er das Telefon wegstecken wollte, vibrierte es mit einem eingehenden Anruf.

»Hallo?«

»Hi, Levi.« Lucy.

»Hi. Wie ist dein Vormittag gelaufen? Hast du deine Beute gefunden?«

»Worauf du dich verlassen kannst.« Sie klang frostig und ernst. *»Hat ein bisschen gedauert, aber wir haben ihn gefunden.«*

»Hast du ...«

»Nein. Ich hab dir versprochen, dich dabei sein zu lassen, wenn ich ...«

»Vorsicht, Lucy.« Levi achtete immer darauf, was er sagte, trotz der speziellen Mobiltelefone von Denny, die er aufspürsicher und mit militärischer Datenverschlüsselung eingerichtet hatte. Er wusste, dass keine Technologie manipulationssicher war. »Weißt du schon, wann es über die Bühne geht?«

»Dieses Wochenende.« Er bemerkte einen merkwürdigen Unterton in ihrer Stimme. *»Wann kommst du zurück? Dann können wir ausführlicher darüber reden.«*

»Ist alles in Ordnung? Du klingst aufgebracht.«

»Alles gut. Ich ... ich musste nur gerade dran denken, dass der Typ dafür verantwortlich ist, dass du angeschossen worden bist.«

Levi schüttelte den Kopf. Er wusste ja mittlerweile, dass sein

Schütze irgendein Nazi-Kollaborateur sein musste. Damit stand so gut wie fest, dass er nichts mit Lucys Zielperson zu tun haben konnte. Die Mitglieder der Triaden waren vieles, aber keine Nazi-Sympathisanten.

»Sei dir da mal nicht so sicher«, sagte er.

»Ich bin mir bei diesem Typen über vieles sehr sicher«, gab Lucy scharf zurück. Levi hörte, wie sie tief ein- und langsam wieder ausatmete. Als sie weitersprach, klang ihre Stimme sanfter, kontrollierter. *»Wann kommst du vorbei?«*

Er schaute aus dem Fenster. Der Abend war bereits angebrochen. »Bin mir nicht sicher. Ich hab noch was zu erledigen, und es dürfte eine lange Nacht werden. Ich ruf dich morgen an.«

»Du bist gegangen, bevor ich daran denken konnte, dir eine Schlüsselkarte zu geben.« Ihre Stimme wurde noch leiser. Sie hörte sich fast verlegen an. *»Ich möchte, dass du die Wohnung hier als deine eigene betrachtest. Ich möchte, dass ...«*

Levis Telefon vibrierte, und er blickte aufs Display. Paulie rief an.

»Lucy, lass uns an der Stelle morgen weitermachen. Ich kriege gerade den Anruf, auf den ich gewartet habe.« Er wechselte zur anderen Leitung. »Paulie. Lass hören.«

»Die Jungs bringen den Fisch gerade zum Fleischer. Ich hol dich in fünf Minuten ab.«

Paulies riesige Silhouette stand vor der alten, rostigen Tür eines heruntergekommenen Gebäudes in Jersey City. Levi verlagerte das Gewicht von einem Bein aufs andere und wartete ungeduldig darauf, dass sein Begleiter mit dem Schloss der Tür fertig wurde. Nach einem metallischen Klicken brummte der Hüne triumphierend und drehte den Knauf. Zu Levis Überraschung öffnete sich die Tür geräuschlos – als wäre sie in Wirklichkeit neu und bewusst so gestaltet, dass sie wie ein uraltes Relikt aussah.

Die beiden Männer betraten einen höhlenartigen Raum, in dem der muffige Geruch von Alter vorherrschte. Über den weitläufigen Betonboden verteilten sich Dutzende viereinhalb Meter hohe Generatoren, die offensichtlich aus einer anderen Epoche stammten. In der Ferne stapelten sich Stahlträger – nein, Eisenbahnschienen. Daneben türmten sich wie bei Jenga Holzlatten beinah bis zur neun Meter hohen Decke.

»Was ist das hier?«, fragte Levi.

Paulie führte ihn durch ein Labyrinth von Generatoren. »Hat früher die U-Bahn zwischen Jersey und Manhattan mit Strom versorgt. Ist seit einer Ewigkeit geschlossen.«

Er trat den Weg zur gegenüberliegenden Wand an, öffnete eine Tür und führte Levi in einen Korridor, in dem trotz des lauen Abends draußen stickige Hitze vorherrschte. An dem Ort schien die Luft überhaupt nicht zu zirkulieren. Levi wappnete sich für eine brutale Nacht, als er die Tür hinter sich schloss.

Als Paulie die nächste Tür öffnete, wurden Levis Nase und Ohren vom Gestank menschlicher Ausscheidungen und von schluchzenden Geräuschen bestürmt. Levi trat ein und ließ die Szene auf sich wirken.

Lonny Manheim war mit Lederriemen an einen Metallstuhl gefesselt. Um die Handgelenke hatte er Handschellen, gestrafft von einem Seil, das an einem Metallring an der hinteren Wand befestigt war. Wäre er nicht am Stuhl festgebunden gewesen, hätte er gewirkt, als wäre er im Begriff, in ein Schwimmbecken zu springen. Der Stuhl selbst war an zwei Metallstreben auf dem Boden festgenietet – weitere der Eisenbahnsegmente, die sich im anderen Raum stapelten. Levi fragte sich, wie man sie hierher befördert hatte – vermutlich wog jedes Teil mehrere hundert Kilo.

Zwei Mafiosi, mit denen Levi in der Vergangenheit zusammengearbeitet hatte, standen in den hinteren Ecken des Raums und betrachteten den Nazi mit verhalten belustigten Mienen von hinten. Carlo, ein großer, dünner Bursche, und Angelo, ein kleiner, stämmiger Kerl mit buschigen Augenbrauen, dienten der Familie als Aufräumkommando. Sie würden die Leiche entsorgen und sämtliche Beweise vernichten. Wahrscheinlich hielten sie in der Nähe Eimer mit Chemikalien dafür bereit.

Paulie klopfte Levi auf die Schulter. »Du erinnerst dich an Laurel und Hardy, oder?«

Levi nickte. Bei der ersten Begegnung mit den beiden Aufräumspezialisten hatte er sie scherzhaft Laurel und Hardy genannt, und die Spitznamen hatten sich festgesetzt. Vor einem Gefangenen wollte niemand echte Namen verwenden. Höchstwahrscheinlich würde der Kerl am Ende tot sein, aber manchmal entwickelte es sich anders als erwartet.

»Ich dachte, ihr wartet auf mich, bevor ihr anfangt«, sagte Levi.

Laurel zuckte mit den Schultern. »Wir haben ihm kein Haar gekrümmt, ich schwör's. Der Penner hat sich angeschissen, als wir ihn an den Stuhl gefesselt haben.«

Lonny versuchte, hinter sich zu spähen, war jedoch zu eng angebunden. Also schaute er stattdessen mit bebendem Kinn zu

Levi auf. Seine Stimme klang überraschend tief. »Ich hab nichts gemacht, das schwör ich. Das muss ein Irrtum sein. Ich hab mit niemandem Streit. Ehrlich.«

Levi zog sich einen Metallklappstuhl herbei, nahm darauf Platz, schlug die Beine übereinander und lehnte sich entspannt zurück. »Wer bist du?«

Lonny blinzelte, als ob ihn die Frage überraschte. »Äh, ich bin Lonny Manheim.«

Levi deutete mit der Hand eine Kurbelbewegung an. »Erzähl mir mehr. Woher kommst du? Was machst du hier?«

»Äh, ich bin in Idaho geboren, aber vor ungefähr sechs Jahren hierhergezogen. Momentan mach ich nicht wirklich was anderes, als Arbeitslosengeld zu kassieren. Davor hab ich bei 'nem Supermarkt Lebensmittel eingetütet und Regale befüllt.«

Levi beugte sich vor und versuchte, den Gestank der Fäkalien in der Hose des Mannes zu ignorieren. »Erzähl mir von der Sammlung, die du in deiner Wohnung hast.«

»Sammlung?« Einen Moment lang wirkte Lonny verwirrt, dann zuckte er sichtlich zusammen. »Ach, das. Mein Großvater war im Zweiten Weltkriegs bei der SS. Der meiste Kram ist von ihm. Der Rest meiner Familie wollte damit nichts zu tun haben, aber ich hab das nicht so schlimm gefunden. Man sollte so was wohl nicht haben, aber es sind Sachen von meinem Großvater. Ich konnte sie nicht einfach wegwerfen.«

Levi lehnte sich wieder zurück und studierte den Mann. Er sah abgehärmt aus. Man hätte ihn ohne Weiteres für 45 statt 35 halten können. Der Kerl war zu dünn, ungepflegt und hatte buchstäblich eine Scheißangst.

»Nicht alles da drin stammt von deinem Großvater«, sagte

Levi. Er legte ein bedrohliches Knurren in seinen Tonfall. »Der Fairness halber warne ich dich. Sagst du die Wahrheit, kommst du hier wieder raus. Lügst du mich nur einmal an, wirst du dir wünschen, du wärst nie geboren worden.«

»Ich schwör's.« Lonnys Augen quollen vor Angst regelrecht aus den Höhlen, und seine Stimme ertönte als klägliches Wimmern. »Ich sage Ihnen alles, was Sie wissen wollen.«

Ein neuer Fleck erschien auf Lonnys Hose, dann sammelte sich Urin zu seinen Füßen.

»Sie haben recht«, fuhr er fort. »Ein Teil von dem Zeug, die Poster, ein paar Briefe und so, hab ich von Freunden aus Idaho. Die sind Sammler, und ich hab ein paar Sachen, die mir nicht wirklich viel bedeutet haben, gegen Zeug eingetauscht, das ich aufhängen konnte.«

Levi knurrte. »Also bist du ein Hitler-Fan.«

»Na ja ...« Aus Lonnys Zügen sprach eine Mischung aus Angst und Verwirrung. »Irgendwie wohl schon. Er hat Erstaunliches geschafft. Der Mann war ein großartiger General, und er hat sein Volk und sein Land wirklich geliebt. Das ist doch nicht so falsch, oder? Uns bringt man hier in der Schule dasselbe bei, richtig?«

Levi atmete tief ein, verdrängte die abstoßenden Gerüche und blies die Luft langsam wieder aus. Er durfte nicht wütend werden, bevor er bekommen hatte, was er brauchte. Körperlich war dieser Typ nicht robust. Wahrscheinlich würde er mit einem Herzinfarkt zusammenbrechen, sobald die »Zwangsphase« des Verhörs begann.

Levi trommelte mit den Fingern auf seinem Knie. »Über sechs Millionen tote Juden. Über 19 Millionen tote Zivilisten und

Kriegsgefangene. Über 28 Millionen weitere tote Soldaten und Zivilisten in ganz Europa. Das ist der Mann, den du bewunderst.«

Lonny schloss die Augen und schüttelte den Kopf. »Ich weiß. Das war alles schrecklich. Aber es war Krieg. Und mir wurde immer gesagt, dass die Zahlen nicht wahr sind. Dass die Zahlen …«

»Sie *sind* wahr.« Levi ballte die Hände zu Fäusten und atmete weiter langsam und ruhig. »Ich bin durch Auschwitz gegangen. Durch Bergen-Belsen. Durch Dachau. Ich habe die Knochen gesehen. Die Schuhe. Die Bilder. Ich habe mit alten Überlebenden dieser Lager gesprochen. Mit Menschen, die einen Alptraum durchgemacht haben, den niemand je erleben sollte. Man hat dich belogen. Aber deshalb sind wir nicht hier.«

Lonny sah Levi mit großen, verzweifelten Augen an. »Was wollen Sie?«

»Du warst vorhin in Hell's Kitchen. Warum?«

»Ist so 'ne Bruderschaftssache.«

»Bruderschaft?«

»Die Leute von Aryan Nations haben Freunde an vielen Stellen. Manchmal müssen diese Freunde mit ihnen Verbindung aufnehmen, ohne dass man sie dabei sieht, wenn Sie verstehen, was ich meine.«

»Wie machen sie das?«

»Ist eigentlich ganz einfach. Wenn an einer Wand an einer bestimmten Stelle ein Kreidezeichen ist, halt ich Ausschau nach einer toten Ratte und nehme sie mit. Da sind Informationen drin.«

»Und was machst du mit den Informationen, wenn du sie hast?«

»Ich ruf 'ne Nummer an und hinterlasse 'ne Nachricht auf der Mailbox. Keine Ahnung, wer der Nächste in der Kette ist, aber ich krieg 'n bisschen Geld dafür. Und 'ne Rückmeldung bekomme ich nie.«

»Was für Informationen sind das, die du holst?«

»Zeug, das nie 'nen Sinn für mich ergibt. Manchmal nur ein Name. Manchmal 'ne lange Zahl.«

Levi runzelte die Stirn. Dieser Kerl war bloß ein einzelnes Werkzeug in einer Werkzeugkiste. Eine Möglichkeit für lokale Ressourcen, Verbindung aufzunehmen. Aber mit wem? Als Levi zuletzt über Rechtsextremisten in den USA gelesen hatte, waren sie mehr wie ein Witz als wie eine echte Bedrohung dargestellt worden.

»Hattest du unlängst Besucher in deiner Wohnung?«, fragte er.

»Ja«, antwortete Lonny, ohne zu zögern. »Ich weiß nicht, wie er heißt, aber ein Bruder von mir ...«

»Ein Bruder von Aryan Nations?«

»Ja. Er hat mich angerufen und gesagt, es würde jemand vorbeikommen, der 'nen Platz zum Übernachten braucht. Am nächsten Tag hat jemand an meine Tür geklopft und ist einfach reinspaziert. Hat kaum gesprochen, kaum was gesagt. Er hat nach Wasser, Milch und Eiern verlangt. Sein Akzent ist mir aufgefallen.«

»Was für ein Akzent?«

»Na ja, sein Englisch war echt gut, auch wenn ich nicht viel davon gehört hab. Aber es hat wie ein spanischer Akzent geklungen. Glaub ich jedenfalls. Allerdings nicht wie bei den Latinos, die man in Jersey oder New York hört. Ein Haufen von denen aus Puerto Rico treibt sich in meiner Straße rum. Außerdem war er nicht wirklich dunkelhäutig, also kann ich's nicht genau sagen.«

Levi lehnte sich zurück und starrte Lonny an. Der Kerl war ein Stück Dreck. Und der wohl feigste Penner, den Levi je verhört hatte. Aber Levi glaubte nicht, dass er log.

»Wann war er bei dir zu Hause?«

Lonny bewegte den Kopf hin und her, als dächte er angestrengt nach. »Ach, verdammt. Ich bin mir nicht sicher. Vor zehn Tagen? Nein, es müssen mindestens zwei Wochen sein, weil Milch bekomme ich einmal die Woche, und er hat alles ausgetrunken, als sie angekommen ist. Mir ist nichts geblieben. Und das war vor knapp zwei Wochen. Vielleicht auch ein, zwei Tage mehr.«

Levi erhob sich vom Stuhl, die Stirn tief in Falten gelegt. Der Zeitpunkt fiel mit dem Anschlag auf ihn zusammen. »Wer war der Typ, der dich angerufen und dir gesagt hat, du sollst mit einem Besucher rechnen?«

Lonny schüttelte den Kopf. »Keine Ahnung. Wenn die Brüder mit jemandem Verbindung aufnehmen, benutzen sie 'ne Telefonkette. Könnte einer von Hunderten Kerlen gewesen sein. Die Stimme hab ich nicht erkannt.«

»Was weißt du noch über deinen Besucher? Wie hat er ausgesehen? Alter? Ich will alles wissen, woran du dich erinnerst.«

»Ich schätze, er war so ungefähr in meinem Alter, Mitte 30. Groß. Ein paar Zentimeter größer als Sie. Irgendwie durchschnittlich gebaut. Und er hat irgendwie reich ausgesehen –

ziemlich schicke Klamotten und so. Als er gegangen ist, hat er die Kleidung und die Schuhe zurückgelassen. Keinen Schimmer, warum. Ich dachte, er würde sie noch holen kommen. Aber Fehlanzeige.«

»Augenfarbe? Haarfarbe? Narben? Tätowierungen?«

»Er hatte dunkelbraunes Haar. Bei den Augen bin ich mir nicht sicher, aber sie waren irgendwie hell. Vielleicht blau? Braun? Könnte auch grün gewesen sein.« Lonny zuckte mit den Schultern. »Ich bin ein Kerl, ich hab's nicht so damit, Männern tief in die Augen zu sehen.«

Levi warf einen Blick zu Laurel und Hardy, die wie Statuen auf die unvermeidliche Säuberung und Entsorgung warteten. Er spürte Paulie hinter sich, schaute aber nicht zurück. Stattdessen trat er vor und zeigte auf die mit Handschellen gefesselten Hände des Nazis. »Streck die Finger aus.«

»Ich hab nicht ...«

»Streck die scheiß Finger aus!«, brüllte Levi.

Lonny streckte die Finger gespreizt aus, und er begann zu wimmern.

Ohne Vorwarnung packte Levi beide Mittelfinger des Mannes und verdrehte sie mit einem Ruck. Er spürte, wie die Knochen brachen.

Lonny heulte vor Schmerz und bäumte sich auf dem Stuhl auf, zerrte an den Handschellen. Seine Mittelfinger standen im Vergleich zu den anderen Fingern in einem Winkel von 45 Grad ab.

Levi ging zu den beiden Aufräumspezialisten hinüber. »Habt ihr Eisstiele und Klebeband?«

Angelo – oder Hardy, denn er war der kleine, kräftige der

beiden – musste die Stimme erheben, um Lonnys Geheul zu übertönen. »Eisstiele nicht. Aber wie wär's mit Farbrührstäbchen aus Holz?«

»Geht auch.«

***

Einige Minuten später lehnte sich Levi zurück und begutachtete seine Arbeit. Er hatte die Rührstäbchen in die richtige Größe für Fingerschienen geschnitzt und sie an Lonnys gebrochenen Fingern festgeklebt.

»Lonny«, sagte er, »du warst ehrlich zu mir, also biete ich dir einen Deal an.«

Lonnys Brust hob und senkte sich heftig. Offensichtlich war er den Umgang mit Schmerzen nicht gewohnt. »Ich mach alles«, presste er keuchend hervor.

»Du hast im Leben 'ne Menge schlechte Entscheidungen getroffen. Ich bin nicht derjenige, der dir hilft, künftig Bessere zu treffen. Das musst du schon selbst tun. Aber während du daran arbeitest, brauchen wir deinesgleichen nicht in unserer Stadt. Hast du verstanden?«

»Meinesgleichen?«, fragte Lonny. »Oh, Sie meinen die Bruderschaft?«

Levi nickte. »Meine Freunde bringen dich zurück in deine Wohnung. Du packst eine Tasche, und sie besorgen dir eine Busfahrkarte zurück nach Idaho.«

»Aber ...«

»Schnauze!«, herrschte Levi ihn an. »Stell mich nicht auf die Probe. Mir ist aufgefallen, dass du keine arischen Tätowierungen oder solchen Scheiß hast. Das ist gut. Vielleicht kannst du dein Leben noch umkrempeln. Aber das ist nicht meine Sorge. Ich hab dir die Finger gebrochen, damit du dich an dieses Gespräch erinnerst. Und wenn du an deine Freunde bei der Bruderschaft denkst, solltest du dir vor Augen halten, dass euch der Großteil der anständigen Gesellschaft den Mittelfinger zeigen würde. Krieg dein Leben auf die Reihe und ändere deine Weltanschauung, wenn du weißt, was gut für dich ist. Aber unabhängig davon hast du das Privileg verspielt, in dieser Stadt zu leben. Hab ich mich klar ausgedrückt?«

Lonny nickte vehement. »J-ja, Sir.«

Levi wandte sich an Laurel und Hardy. »Spritzt den Kerl ab und bringt ihn zurück in seine Wohnung. Was immer in eine Tasche passt, kann er mitnehmen, mehr nicht. Dann bringt ihr ihn zum Busbahnhof Port Authority und kauft ihm 'ne Fahrkarte nach Idaho. Mir egal, in welche Stadt, Hauptsache, ihr sorgt dafür, dass er einsteigt.«

Sie nickten.

Levi gab Paulie ein Zeichen, dass er bereit war, aufzubrechen. Dann wandte er sich ein letztes Mal an Lonny. »Wenn wir dich je wieder in dieser Stadt erwischen, dann bring ich dich eigenhändig um, das schwör ich dir. Verstanden?«

Lonny schluckte, und ein frischer Strom gelber Flüssigkeit tropfte vom Stuhl. »Ja, Sir.«

KAPITEL FÜNFZEHN

Levi nippte an seinem Selters und ließ den Hintergrundlärm der Stammgäste der Kneipe auf sich wirken. Es war spät am Abend, und im *Gerard's* herrschte Hochbetrieb. Denny stand hinter der Bar, Rosie nahm eine Essensbestellung von zwei Männern der Familie entgegen, und Carmen räumte leere Tische ab.

Levi lehnte sich auf dem Stuhl zurück und starrte ins Leere. Er hatte nicht damit gerechnet, dass sein Verhör so schnell beendet sein würde. Normalerweise brauchte so etwas seine Zeit, vor allem bei dem Menschenschlag, mit dem er normalerweise zu tun hatte. Solche Leute mussten zermürbt und von der Aussichtslosigkeit ihrer Situation überzeugt werden. Erst dann, oft am Ende eines blutigen, grausigen Marathons, wenn die Schmerzen schließlich den letzten Widerstand des Verhörten überwunden hatten, sprudelte die Wahrheit aus ihnen hervor.

Die Eingangstür öffnete sich. Als Levi hinüberschaute, sah er, wie zwei dunkel gekleidete Gestalten die Kneipe betraten.

Menachem Shemtov und Rivka Cohen. Sofort stellte er alle vier Stuhlbeine zurück auf den Boden und stand auf, als sie sich seinem Tisch näherten.

Der ältere Juwelier schüttelte ihm die Hand. »Gut zu wissen, dass Sie leicht zu finden sind.«

Levi bedachte den Mann mit einem schiefen Grinsen. »Tatsächlich ist Ihr Timing perfekt. Ich bin erst vor zehn Minuten angekommen.«

Der weißhaarige Mann hob den Blick, vermutlich zu Gott, und meinte: »Wie immer wacht er über uns alle. Dürfen wir uns setzen?«

»Bitte, nur zu.«

Er nickte Rivka zu, die seine Geste höflich erwiderte, und alle nahmen Platz.

»Ich bin überrascht, Sie hier zu sehen«, sagte Levi. »Brauchen Sie etwas?«

Durch Menachems buschigen weißen Bart zeichnete sich eine besorgte Miene ab. »Ich habe gehört, dass Sie im Krankenhaus waren, und wollte mich vergewissern, dass es Ihnen gutgeht. Wenn es Ihnen recht ist, würde ich gern ein kleines Gebet für Ihre Gesundheit sprechen.«

Levi schmunzelte beim Gedanken, dass jemand aufrichtig für ihn betete. »Es geht mir schon viel besser. Und nur ein Narr würde ein Gebet für sich ablehnen. Danke.«

Menachem streckte die Arme über den Tisch, legte die runzligen, leicht arthritischen Hände auf die von Levi, neigte das Haupt und sagte: *»Ha-makom yi-rachem ah-lecha be-toch cal cholei yisrael.«*

Rivka wiederholte dieselben Worte, bevor sie erklärte: »Grob übersetzt heißt das: ›Möge sich der Allmächtige deiner unter all den Kranken Israels erbarmen.‹«

»Danke«, sagte Levi. »Es ist sehr nett von Ihnen, dass Sie an mich denken. Aber ... ich nehme an, Sie haben noch andere Gründe, sich mit mir zu treffen, richtig?«

Rivka holte eine Schachtel aus der Handtasche und schob sie über den Tisch. »Als ich Mendels Büro aufgeräumt habe, bin ich auf ein verstecktes Fach hinter einem seiner Bücherregale gestoßen. Das war drinnen.«

Levi hob den Deckel von der Schachtel. Sie enthielt um die zehn Mikrokassetten.

»Ein paar davon habe ich mir angehört«, sagte Rivka. »Hauptsächlich die Stimmen von Leuten bei der Arbeit, glaube ich. Sie sagen zum Teil schreckliche Dinge. Ich dachte mir, das könnte nützlich für Sie sein.«

»*Bubbale.*« Menachem fuhr sich mit gespreizten Fingern durch den Bart, als er seine Nichte ansah. »Mendel hätte sie nicht versteckt, wenn sie nicht wichtig wären.«

Levi rüttelte die Schachtel und zählte insgesamt acht Bänder. »Was sind das für schreckliche Dinge, die auf den Bändern gesagt werden?«

Rivka runzelte die Stirn. »Einige der Worte kann ich nicht wiederholen. Aber ich habe viele sehr unfreundliche Dinge über Schwarze gehört. Und viele schreckliche Dinge über Israel.« Sie schüttelte den Kopf. »Ich weiß nicht, warum Mendel solche Aufnahmen hatte.«

Die Bänder waren unbeschriftet und wirkten unscheinbar, aber Levi verspürte einen Anflug von Neugier. »Danke dafür. Ich denke, das könnte hilfreich sein. Und ...« Kurz zögerte er und wog seine Worte sorgfältig ab. »Ich kann Ihnen mit Sicherheit sagen, dass Mendel nicht getan hat, was im Polizeibericht steht. Ich habe mit der Frau gesprochen.«

»Sie meinen die Frau, mit der er angeblich ...« Rivka konnte nicht weitersprechen und senkte den Blick.

»Sie wusste nicht mal, wer er war. Und ich habe auch mit der Frau der Frau geredet.«

Rivkas Augen weiteten sich, und ihr Mund klappte auf.

»Moment.« Menachem legte die Stirn in Falten. »Mit ihrer *Frau?*«

Rivka berührte den Arm ihres Onkels. »Sie ist homosexuell«, erklärte sie ihm. Sie sah Levi an. »Richtig?«

Levi nickte. »Ja.«

»*Oy Gevalt.* Na so was.« Der alte Mann schaute verwirrt drein. »Wirklich?«

Rivka traten Tränen in die Augen. Sie tätschelte erneut den Arm ihres Onkels. »So was kommt vor. Ich wünschte nur, man würde bei der Sozialversicherung auf so etwas hören.«

Menachem legte die Hand auf die von Rivka. »*Rivka-le,* ich hab dir doch gesagt, die Familie kommt zurecht.«

»Moment«, unterbrach ihn Levi. »Was hat das mit der Sozialversicherung zu tun?«

Rivka wischte sich die Augen ab. »Ich hätte nichts sagen sollen. Ich dachte ... Na ja, weil wir noch kleine Kinder haben, sollten wir eine Sozialversicherungsleistung für sie, für uns bekommen. Dafür ist so viele Jahre lang so viel von Mendels Einkommen abgezogen worden. Aber weil Mendels Tod angeblich Selbstmord war, wird unser Anspruch abgewiesen.«

»Das ist nicht Mr. Yoders Problem«, sagte Menachem. Er

drehte sich Levi zu. »Die Familie schafft das schon. Wir kümmern uns umeinander. Trotzdem wäre eine Berichtigung des Polizeiberichts mit der Aussage dieser Frau hilfreich. Das wird doch passieren, oder?«

»Tatsächlich ... ist es kompliziert.« Es gestaltete sich schwierig, eine Zeugenaussage zu bekommen, wenn die erforderliche Zeugin verschwunden war. »Ich werd sehen, was ich tun kann. Aber so oder so sollen Sie wissen, dass Mendel nicht fremdgegangen ist.« Zumindest nicht mit Mindy.

Rivka presste die Lippen zu einer schmalen Linie zusammen. »Ohne Schuldgefühle wegen einer solchen Tat hätte er keinen Grund gehabt, sich das Leben zu nehmen. Und im Bericht heißt es, er sei an einer Vergiftung gestorben. Das ist einfach nicht möglich. Ich meine, für eine Vergiftung müsste er etwas gegessen haben, das nicht *koscher* war. Mendel hat nie auswärts gegessen. *Nie.* Wenn er wirklich vergiftet wurde, bedeutet das, jemand hat meinen Mann ermordet.«

Levi nickte. Er war mit dem Brauchtum orthodoxer Juden vertraut genug, um zu wissen, dass sie niemals etwas essen würden, das aus einer unbekannten, möglicherweise nicht koscheren Quelle stammte. »Ich fürchte, das ist sehr wahrscheinlich. Ich bin noch dabei, dem nachzugehen.«

Menachem stand auf und schüttelte Levi die Hand. »Wir wollen Ihre Zeit nicht zu sehr in Anspruch nehmen. Danke für alles, was Sie schon getan haben und noch tun. Ich stehe auf ewig in Ihrer Schuld.«

»Ich auch«, fügte Rivka hinzu, als sie sich erhob. In ihrem durchgehend schwarzen Kleid und Mantel wirkte sie düster, aber einen Moment lang sah Levi die hübsche junge Frau, die in der trauernden Witwe mittleren Alters steckte.

Nachdem die beiden in der Kneipe völlig fehl am Platz wirkenden Personen gegangen waren, tauchte Denny neben Levi auf. »Hey, Levi, ich habe ein Update von Marty.«

Levi schüttelte gedankenverloren den Kopf. »Wir müssen diese Sache lösen, Denny. Das sind gute Menschen. Sie haben es nicht verdient, dass diese Geschichte ungeklärt über ihren Kopf hängt.«

Denny nickte. »Einverstanden, aber eins nach dem anderen. Ich glaub, Marty hat die Identität deines Schützen.«

Auf Dennys Computerbildschirm lief eine Teams-Sitzung. Der Computerguru hatte Levi erklärt, dass Teams eine neue, computergestützte Konferenzschaltung sei, die es ermöglichte, Bilder auszutauschen. Derzeit zeigte der Monitor nur ein Gesicht unten am Rand, gekennzeichnet mit den Initialen »MB«. Marty Brice.

Levi war dem Mann nie persönlich begegnet, aber er entsprach ganz dem, was Levi erwartet hatte. Mitte 30, zurückweichender Haaransatz, leicht pummeliges Gesicht, verhaltenes Lächeln. Aber als er sprach, schwang in seinem Ton jugendlicher Enthusiasmus mit.

»Mr. Yoder ...«

Levi fiel ihm ins Wort. »Ehrlich, für jemanden, von dem Denny behauptet, er sei besonders schlau, sind Sie ganz schön langsam von Begriff. Mr. Yoder war mein Vater, und der ist tot. Noch mal, bitte einfach Levi.«

»Tut mir leid.« Marty lachte nervös. *»Mit Namen tu ich mir schwer. Ist keine Absicht. Na jedenfalls, als Denny mir den Fingerabdruck übermittelt hat, konnten wir bei unseren gewöhnlichen Datenbankabfragen nichts finden. Aber sobald er erwähnt hat, dass der Kerl möglicherweise einen Akzent hat, kam mir eine Idee.«*

Denny klatschte sich mit der Handfläche auf die Stirn. »Ich bin so ein Idiot. Über den Akzent hab ich gar nicht nachgedacht. Die Reisepass-Scanner am Flughafen. Wenn der Typ Ausländer ist, sind wahrscheinlich seine Fingerabdrücke beim Zoll erfasst worden. Und diese Scans müssen in irgendeiner Datenbank sein.«

»Genau da hab ich angesetzt. Die Zoll- und Grenzschutzbehörde der USA hat eine eigene, separate Datenbank für biometrische Scans Ein- und Ausreisender. Also hab ich darin herumgeschnüffelt und eine Übereinstimmung mit dem Fingerabdruck von der Patronenhülse gefunden. Hier ist der Gesichtsscan von dem Mann, aufgenommen, als er das Land kurz nach dem Anschlag auf der Heimreise nach Argentinien verlassen hat.«

Auf dem Monitor erschien das Bild eines Mannes Mitte 30. Er hatte die scharf geschnittenen Züge von jemandem, den man sich früher einmal auf der Rückseite einer Zeitschrift vorstellen konnte, mit einer Zigarette im Mundwinkel und einem Cowboyhut. Die Augen waren hellblau, und man sah gerade genug von den Schultern, um zu erkennen, dass er einen gut geschneiderten Anzug und eine perfekt geknüpfte Krawatte trug.

»Wie heißt er?«, fragte Levi.

»Herman Gerhard.«

»Klingt nicht sehr spanisch«, meinte Levi, während er sich das Gesicht einprägte.

»Richtig. Tatsächlich ist er der Enkel von Wolfgang Gerhard, einem Wissenschaftler und ehemaligen SS-Offizier, der kurz nach dem Zweiten Weltkrieg über eine der Rattenlinien entkommen ist.«

»Rattenlinien?«, fragte Denny. »Was ist das?«

»Ich hab etwas über Rattenlinien gelesen.« Allein beim Gedanken daran wurde Levi übel. »Das waren geheime Fluchtwege für ehemalige Nazis. ›Rattenlinien‹ hat man sie genannt, weil die Faschisten aus Europa vor der Justiz geflohen sind wie Ratten von einem sinkenden Schiff. Ein Haufen richtiger Drecksäcke konnte entkommen, und viele haben sich danach in Südamerika niedergelassen.«

»Ganz genau«, bestätigte Marty. *»War damals ein kompliziertes Durcheinander. Es muss ein heilloses Chaos geherrscht haben. Die Sowjetunion hat sich alle ehemaligen deutschen Wissenschaftler gekrallt, die sie finden konnte, genau wie Amerika. Jeder hat versucht, diese Ressourcen dem anderen vorzuenthalten. Ich kann mir kaum vorstellen, wie schwer es für die Alliierten gewesen sein muss, gleichzeitig den Überblick darüber zu bewahren, wer sich wo herumgetrieben hat, und gleichzeitig zu verhindern, dass sich die Bösen vom Acker machen. Jedenfalls war dieser Wolfgang Gerhard sowohl Wissenschaftler als auch ein ergebener Kumpel des berüchtigten Josef Mengele.«*

Levi atmete zornig ein und hielt die Luft an. Mengele war der wahrscheinlich Übelste aller Üblen, die entkommen waren. Ein ausgebildeter Arzt, bekannt als *Todesengel*. Er führte in Auschwitz unaussprechliche Experimente an Menschen durch und traf die Entscheidung darüber, wer in der Gaskammer und wer in Arbeitslagern landete.

Marty fuhr fort. »*Als Mengele schließlich in Brasilien eines natürlichen Todes starb, wollte er unter dem Namen ›Wolfgang Gerhard‹ begraben werden. Vermutlich, um sich posthumer Aufmerksamkeit zu entziehen. Könnte aber auch eine kranke Hommage an einen ehemaligen Freund gewesen sein, der über 2.000 Kilometer entfernt gelebt hat.*

Aber zurück zu Gerhard. Er hat sich mit dem argentinischen Präsidenten Peron angefreundet und es geschafft, ziemlichen Reichtum anzuhäufen. Und er hat die Gerhard-Gruppe gegründet, einen Konzern in Privatbesitz mit Immobilien weltweit, darunter rund 400.000 Hektar Weideland in der argentinischen Pampa. Gerhard starb im Jahr 2000. Seither ist sein Sohn Juan Vorstandsvorsitzender der Gerhard-Gruppe. Und unser guter Herman ist Juans Sohn.

Allerdings hat Herman so gut wie kein öffentliches Profil. Ich kann sehen, dass er nach Europa gereist ist, hauptsächlich durch Deutschland und die skandinavischen Länder. Gelegentlich besucht er auch New York und Los Angeles. Immer erster Klasse. Nie für mehr als ein paar Tage am Stück. Aber darüber hinaus ist er ein Geist.«

Levi lehnte sich auf dem Stuhl zurück. »Haben wir eine Adresse von ihm?«

»*Warten Sie kurz, Mr. ... Levi, meine ich. Also, ich halte es nicht für klug, ihm jetzt schon einen Besuch abzustatten. Wissen Sie noch, dass ich gesagt habe, sein Vater ist wohlhabend? Damit meine ich nicht bloß ein bisschen. Forbes erkennt den*

Besitz der Familie Gerhard nicht an, weil alles privat und größtenteils unter Verschluss ist. Aber ich habe Satellitenbilder, die den Familiensitz zeigen, und der ist größer und besser geschützt als die meisten Armeestützpunkte. Lassen Sie uns erst sehen, was wir noch an Daten ausgraben können, bevor irgendjemand irgendwohin reist. Es muss eine handfeste Verbindung zwischen Ihnen beiden geben. Warum sollte er sonst auf Sie schießen?«

Levi fuhr sich mit der Hand grob durchs Haar. »Der Teufel soll mich holen, wenn ich's weiß. Ich bin an einer Untersuchung für die Witwe eines Reporters dran, der bei einer großen Zeitung gearbeitet hat. Er wurde vergiftet, aber es wurde als Selbstmord hingestellt – auf der Grundlage einer Zeugenaussage, die im Polizeibericht gefälscht war, wie ich später herausgefunden habe. Der Detective, von dem die Zeugin angeblich befragt wurde, hat Dreck am Stecken. Also haben meine Leute mit ihm geredet und ein paar verwertbare Informationen aus ihm herausgeholt.«

Während er sprach, wandte er sich vom Monitor ab. Er hatte es satt, Gerhards Visage zu sehen.

»Ich hab mich zu dem Zeitpunkt davon erholt, dass ich angeschossen wurde, deshalb hab ich das nicht aus erster Hand.« Levi rief sich das Bild des handgeschriebenen Berichts von Paulie ins Gedächtnis. »Denny hat rausgefunden, dass der Typ Schmiergeld bekommen hat ...« Levi drehte sich Denny zu. Seine Augen weiteten sich. »Oh Mist. Die Zahlungen waren von einem Bankkonto in Argentinien.«

»Richtig«, bestätigte Marty. *»Das wussten wir schon. Wir versuchen immer noch, das Konto mit den Gerhards in Verbindung zu bringen. Bisher ohne Erfolg.«*

Levis Herz klopfte etwas schneller als zuvor, und er spürte

ein Kribbeln in den Fingerspitzen. Er brauchte wirklich etwas Zeit am schweren Sandsack – oder besser noch mit diesem Herman Gerhard. »Wir haben außerdem erfahren, dass der Detective einen toten Briefkasten für die Kommunikation mit einigen Kontakten benutzt hat. Er wusste nicht, wer sie waren, und hat keine Fragen gestellt. Für ihn hat nur gezählt, dass er bezahlt wurde.«

»Was hat er denn kommuniziert?«, fragte Denny.

»Das ist das Merkwürdige.« Levi trommelte mit den Fingern auf die Tischplatte. »Er hat behauptet, er würde gelegentlich einen Anruf auf seinem Handy erhalten. Immer von einer digitalisierten Stimme, die ihm im Wesentlichen Anweisungen erteilt. Normalerweise will man Informationen über einen Fall von ihm. Er schreibt sie auf und benutzt den toten Briefkasten, um die Daten zu übermitteln. Anscheinend hat er keine andere Möglichkeit, um mit diesen Leuten Kontakt aufzunehmen.

Im Fall des toten Reporters, den ich untersuche, wurde dieser Detective Carter angewiesen, eine Befragung einer Frau zu fälschen und in den offiziellen Bericht aufzunehmen. Aber er hat meinen Jungs gegenüber zugegeben, dass er die Frau nie getroffen hat.«

»*Moment.*« Levi konnte hören, wie Marty tippte. »*Woher wusste dieser Detective, dass es eine legitime Mitteilung war? Könnte ihn nicht irgendein Schwachkopf mit einem Stimmenverzerrer anrufen und ihm irgendetwas erzählen?*«

»Es wurde ein Codewort verwendet«, antwortete Levi. Paulies Notizen waren ziemlich umfangreich. Sie mussten nicht nur drohen, das Kind des Cops zu entführen, sie mussten tatsächlich jemanden losschicken, um die Kleine zu holen, bevor Carter schließlich einknickte. »Wir haben erfahren, dass als erstes Wort nach ›Hallo‹ immer ›Everef‹ gesagt wird. Was in keiner Sprache, die ich nachgeschlagen habe, irgendetwas bedeutet.«

Gute fünf Sekunden lang herrschte Stille in der Leitung. Dann beugte sich Denny näher hin und fragte: »Marty, bist du noch da?«

»Ja. Ich warte nur auf … aha! Ich hab das gerade phonetisch durch unsere Rechner laufen lassen. Das ist kein Wort, sondern die Abkürzung für ›Ein Volk, ein Reich, ein Führer‹.« In seine Stimme schlich sich ein uncharakteristisches Knurren. *»Das war – und ist wohl immer noch – das Motto der Nazi-Partei.«*

Levi runzelte die Stirn. »Das stinkt alles zum Himmel. Und trotzdem habe ich dazu nur diese lose Verbindung mit dem toten Reporter.«

»Warte«, ergriff Denny das Wort. »Du warst doch mehrmals im *Intelligencer*-Gebäude und hast dort mit Leuten geredet, oder?«

Ein kalter Schauder lief Levi über den Rücken. »Da hast du recht. Ich hab eine Lady befragt, die dort gearbeitet hat, eine wunderschöne Frau, und sie ist inzwischen verschwunden. Außerdem hab ich mehrmals mit einem anderen Kontakt im Gebäude gesprochen.«

Sein natürlicher Instinkt riet ihm, so wenig wie möglich über Dominic preiszugeben. Jeder Kontakt der Familie galt als Familienangelegenheit, und er hatte nicht vor, mit Außenstehenden über Familienangelegenheiten zu sprechen. Also behielt er den Namen des Mannes und alle Einzelheiten für sich, die ihn identifizieren konnten.

»Das letzte Mal, als ich im Gebäude mit ihm gesprochen hab,

hatte ich ständig das Gefühl, beobachtet zu werden. Dann ist mir eine direkt auf mich gerichtete Überwachungskamera aufgefallen, und ich bin mit ihm raus aus dem Gebäude ... Und jetzt, wo ich darüber nachdenke, fällt mir auf, dass ich ihn mehrfach angerufen und keinen Rückruf erhalten habe.«

»Was zum Teufel ist da drüben los?«, fragte Denny, dem die Augen beinah aus dem Kopf quollen. »In dem Gebäude geht's ja zu wie im Bermudadreieck. Ein toter Kerl, eine verschwundene Frau und vielleicht noch eine vermisste Person?«

»Ich werd dem mal nachgehen«, kündigte Marty an. *»Vielleicht gibt's eine Verbindung, die ich herstellen kann.«*

Levi griff nach der Schachtel mit Kassetten, die ihm die Cohens übergeben hatten, und wandte sich an Denny. »Hast du irgendwas, um Mikrokassetten abzuspielen?«

»Sicher ... Oh, soll ich sofort nachsehen?«

Levi nickte.

Denny erhob sich vom Stuhl und verschwand zwischen den Regalreihen.

Levi lehnte sich näher zum Computer. »Die Frau des toten Reporters hat in einem Geheimfach im Arbeitszimmer ihres Mannes einen Haufen Bänder gefunden. Sie sagt, darauf sind ›schreckliche Dinge‹ zu hören, aber man darf nicht vergessen, dass wir hier von einer ultra-orthodoxen, ziemlich empfindlichen Jüdin reden. Ich hab keine Ahnung, was ...«

»Entschuldigen Sie die Unterbrechung, Levi. Ist Denny noch da?«

Martys Stimme war laut genug, dass Denny den Kopf hinter den Regalreihen hervorsteckte. »Ja, was gibt's?«

»Denny, hast du 'nen Graff Kassetten-Digitalisierer mit 8-facher oder 16-facher Geschwindigkeit?«

»Nein. Aber ich habe 'nen 32-fach-Digitalisierer als Sonderanfertigung für ... Na ja, sagen wir einfach, jemand hat sehr schnell einen Haufen Bänder kopiert gebraucht. Moment, ich glaub, ich hab das Teil hier hinten irgendwo.«

Nach weniger als einer Minute kam Denny mit etwas zurück, das wie eine Laptoptasche aussah. Er legte die Tasche auf den Schreibtisch und öffnete sie. Darin kam eine weitere, transparente Plastikhülle zum Vorschein, die einen Haufen blanker Leiterplatten und Drähte enthielt. Die Konstruktion verfügte außerdem über Einschübe sowohl für normal große Kassetten als auch für Mikrokassetten.

Er wickelte ein Kabel ab. »Marty, soll ich einspielen und zu dir übertragen, und du übernimmst die Signalverarbeitung auf deiner Seite?«

»Ja, das wär prima. Ich hab hier die nötige Rechenleistung. Benutz einfach die Standard-Mailbox, und ich öffne Port 23 für dich.«

Denny schloss ein Ende des Kabels an sein Kassettenlesegerät an, das andere an den Computer. Nach kurzem Tippen auf der Tastatur wurde ein neuer Bildschirm angezeigt. »Okay, ich hab 'ne SSH-Verbindung zu dir.«

Er drehte sich Levi zu. »Soll ich mit einer bestimmten Kassette anfangen?«

Levi zuckte mit den Schultern. »Ich hab bei keiner eine Ahnung, was drauf ist, also nein. Übrigens hab ich auch keinen Tau, was ihr da macht. Ihr habt gerade einen Haufen Wörter von euch gegeben, die Normalsterblichen nichts sagen.«

»Ich kann's erklären«, bot Marty an. *»Es klingt, als hätten Sie vielleicht etwas Interessantes auf diesen Bändern, und da der Zeitfaktor hier irgendwie wichtig ist, konvertieren Denny und ich die Aufnahmen in ein digitales Format. Ich leihe mir etwas Zeit von Tempora, um …«*

»Tempora?«, fragte Levi dazwischen. »Was ist das?«

Marty kicherte. *»Na ja, streng genommen sollte das ein geheimes Computersystem sein, mit dem die Briten den Internetverkehr verarbeiten und auswerten. Zumindest war es so, bis dieser Arsch Snowden es aufgedeckt hat. Wie auch immer, ich werde Tempora ein wenig Zeit stehlen, um das System Schlüsselwörter aus dem Audiomaterial von Denny markieren und auswerten zu lassen.«*

Levi runzelte die Stirn, als er darüber nachdachte, was das eigentlich bedeutete. »Die Computer verstehen auch Sprache so gut?«

»Nicht alle«, schränkte Denny lächelnd ein. Er schob eine Kassette in sein Gerät, und es begann, das Band rasant abzuspulen. »Aber manche auf jeden Fall.«

In den nächsten Minuten arbeitete Denny rasch sämtliche Bänder ab, wechselte dabei wiederholt die Kassetten. Jedes Mal surrte das Gerät und übertrug die Inhalte.

»Das sind alle«, sagte er schließlich. »Wie läuft's mit Tempora, Marty?«

»Faszinierend …«, kam von Marty.

Levi wartete auf mehr. Als nichts folgte, wurde er ungeduldig. »Äh, können wir mehr als nur das eine Wort kriegen?«

»Moment, ich teile das mal eben.«

Auf dem Computerbildschirm von Denny erschienen

mehrere Balken, die sich auf dem Monitor von links nach rechts bewegten, und verschiedene Schlagwörter blinkten eine Sekunde lang auf, bevor sie wieder verschwanden. Wörter wie *Nazi, Bombe, Demokrat, Intelligencer, Republikaner, Führer, Jude, Israel, Terrorismus* und sogar *Ausländer*. Dann erschien mehrmals hintereinander *Intelligencer*, gefolgt von *Schwarze* – und mit einem Piepton begann der Bildschirm, durch Textabschnitte zu scrollen.

»Okay, Tempora hat die Sprachsegmente mit der höchsten Trefferquote für die Schlagwörter isoliert, die ich eingegeben habe. Mal sehen, was wir da haben.«

Eine Männerstimme drang über die Leitung, während der Computer den Text wie bei Closed-Caption-Untertiteln im Fernsehen hervorhob.

»Raul, wir können diese abweichenden Meinungen des Redaktionspersonals nicht gebrauchen.« Der Mann hatte einen leichten Akzent – annähernd spanisch, aber irgendwie undeutlich. *»Sie müssen sie auf Spur bringen. Die Leute müssen verstehen, dass wir zum Wohl des Unternehmens handeln, dafür müssen Sie sorgen. Sie werden akzeptieren, Dinge für den* Intelligencer *zu tun – immerhin werden sie so bezahlt. Wir befinden uns in einem langen Kampf im Krieg gegen die* Untermenschen. *Bei der Polizei müssen wir die Zusammenstöße mit Minderheiten hervorheben. Die Schwarzen und Braunen müssen als Opfer dargestellt werden.«*

»Opfer?« Diese Stimme hatte einen amerikanischen Akzent. *»Aber ...«*

»Hören Sie mir zu. Wenn wir verdeutlichen, dass diese Afrikaner zu Opfern der brutalen Polizei werden, verschafft uns das,

was wir wollen. Sollen die Wilden ruhig die Opfer spielen. Sollen sie sich darin aalen. Das hilft uns bei der Meinungsbildung gegen die Behörden. Indem wir Zusammenstöße der Polizei mit Minderheiten hervorheben, schwächen wir die Unterstützung der Gesellschaft für ihre Polizei. Wir wenden die Öffentlichkeit gegen sie. Und wir machen die Schwarzen und Braunen abhängig von jenen, die nicht wirklich ihre Interessen vertreten. Wir schreiben Storys darüber, dass die Wohlfahrt gerecht und fair für diese armen Opfer ist. Abtreibungsrechte sind besonders wichtig – in einigen US-Städten werden jetzt schon mehr schwarze Babys abgetrieben als geboren. Das ist hervorragend. Davon wollen wir mehr. Und sie auch! Es ist ihr Recht.«

Beide Stimmen lachten, und Levi stieg die Galle hoch.

»Wir formen die Geschichten. Wir schwächen unsere wahren Feinde.«

»*Wie Israel?*«, fragte der Amerikaner.

»Israel ist der Feind. So viele der Untermenschen *sind der Endlösung entgangen und haben diesen Teil der Welt verseucht. Offensichtlich können wir nicht zulassen, dass sie in ein sympathisches Licht gerückt werden. Das ist nicht, was unsere Leser wollen.«*

Der Mann lachte erneut, und Levi und Denny wechselten einen angewiderten Blick.

»Aber wir haben eine große jüdische Leserschaft …«

»Raul, das wird keine Rolle spielen. Seien Sie subtil. Drucken Sie nichts, was unbestreitbar günstig für diese Zionisten ist. Wenn Sie Probleme mit dem Personal haben, tauschen Sie die Leute aus. Versetzen Sie sie. Geben Sie Bescheid, wenn es Probleme mit jemandem gibt. Denken Sie

einfach daran, dass es zum Wohl der Leserschaft, des Intelligencer *und der Arbeitsplätze ist. In den letzten 50 Jahren hat sich die Öffentlichkeit langsam zu unserer Denkweise gedreht und wird es weiterhin tun. Vertrauen Sie mir. Mein Großvater hat diesen Plan noch vor dem Verlassen des Vaterlands geschmiedet. Das Reich wird wiedergeboren werden. Es dauert nur seine Zeit.*

Und Raul, Sie sind ein wichtiger Teil davon. Unsere Zeitung wird von vielen anderen als eine Autorität betrachtet. Das bedeutet, Sie haben die Mittel in der Hand, um die Gedanken von Millionen Lesern zu kontrollieren. Unterschätzen Sie nicht die Macht, die uns zur Verfügung steht.

Und haben Sie Geduld. Das Vaterland ist gefallen, weil wir übereifrig waren. Unser Plan steht, aber er braucht Zeit, um zu gedeihen. Noch ist es nicht so weit.

Vergessen Sie nicht, falls Sie Probleme haben, sollte das von mir handverlesene Sicherheitsteam in der Lage sein, sich darum zu kümmern. Bei komplizierteren Fällen setzen Sie sich mit mir in Verbindung, und wir reden darüber.«

Auf das Geräusch von Stühlen, die über den Boden schrammten, folgten das Öffnen und Schließen einer Tür und dann Stille.

Levi räusperte sich. »So hätten die beiden auf keinen Fall geredet, wenn sie gewusst hätten, dass sie aufgenommen werden. Der Raum muss verwanzt gewesen sein.«

Denny lächelte. »Klingt, als hätte in deinem jüdischen Reporter ein kleiner Spion gesteckt. Er muss gewaltige Eier aus Stahl gehabt haben.«

»*Vor allem, wenn man bedenkt,* wen *er da abgehört hat«,*

ergänzte Marty. *»Ich gehe davon aus, dass es sich bei ›Raul‹ um Raul Vicente handelt, den Boss beim* Intelligencer.«

»Und wer war der andere Typ?«, dachte Levi laut nach. »Hat ja nach einem richtigen Sonnenschein geklungen. Obwohl er keinen deutschen Akzent hat, hört er sich eindeutig wie ein Nazi an. Übrigens, worauf bezieht sich der Begriff *Untermenschen?* Er hat von einem Krieg gegen sie gesprochen.«

»Untermenschen sind alle, die von den Nazis als minderwertige Menschen betrachtet wurden«, erklärte Marty. *»Sie wissen schon, Juden, Schwarze, Homosexuelle und dergleichen. Die Sache ist wesentlich ernster, als ich dachte. Ich werd Mason einbeziehen müssen, und wir werden weitere Leute darauf ansetzen. Ich spanne ein Team für den* Intelligencer *ein, außerdem ein paar Ressourcen für Herman Gerhard. Wir müssen sie miteinander in Verbindung bringen. Das fühlt sich nach einer Frage der nationalen Sicherheit an. Levi, was zum Teufel haben Sie da bloß aufgedeckt?«*

Levi schüttelte den Kopf. »Keine Ahnung. Angefangen hat ja alles bloß mit einer trauernden Witwe und ihrem angeblich untreuen Ehemann. Auf etwas bestehe ich allerdings.« Er senkte die Stimme zu einem tiefen Knurren. »Falls und wenn jemand gegen diesen Gerhard vorgeht, will ich dabei sein. Und ich will ein wenig Zeit mit ihm, wenn es so weit ist.«

»Das kann ich nicht versprechen.«

»Dann rede ich mit Mason. Ich akzeptiere kein Nein als Antwort.«

KAPITEL SECHZEHN

Eine Handvoll Mafia-Mitarbeiter trainierte im Keller des Helmsley Arms. Die topmoderne Ausstattung reichte von Ergometern über Laufbänder bis hin zu einer Reihe von Gewichtstationen, umgeben von deckenhohen Spiegeln an den Wänden. Die meisten Jungs wechselten sich an den Gewichtstationen ab. Levi hingegen befand sich in der Mitte des Fitnessraums, wo er sich an einem 60 Kilo schweren, an einer Kette von der Decke hängenden Sandsack verausgabte. Schweiß strömte ihm übers Gesicht, als er eine Reihe von Tritten ausführte. Das schwere Klatschen seines Schienbeins gegen das Segeltuchmaterial des Sandsacks hallte laut durch den Raum.

Jimmy »Der Truck« Gambino stand vom Bankdrücken auf und ließ die Arme kreisen, nachdem er knapp 200 Kilo gestemmt hatte. Er ging er auf Levi zu. Trotz seiner gerade mal 1,73 Meter Körpergröße brachte er locker 100 Kilo solide Muskelmasse auf die Waage.

»He, wenn du dich richtig austoben willst, halte ich den Sandsack für dich«, bot er an.

Levi nickte ihm zu.

Jimmy schnappte sich den Sack und stemmte sich dagegen.

Levi entfesselte einen Hagel von Tritten, Haken und Schwingern auf das nunmehr fixierte Ziel. Die Schmerzen in seiner Brust waren praktisch verschwunden, also steigerte er das Tempo und die Intensität, bis Jimmy gezwungen war, sich mit mehr Kraft vorzubeugen, um dagegenzuhalten.

Nach fast zwei Minuten Dauerangriffen beendete Levi die Abfolge mit einem Rückwärtstritt aus der Drehung, der Jimmy zwei Schritte zurückstieß. Schwer atmend verharrte Levi.

»Gefällt mir«, urteilte eine Frau von der anderen Seite der Sporthalle in der Nähe der Aufzüge.

Levis Muskeln schmerzten, als er nach einem Handtuch griff. Er wischte sich das Gesicht ab und lächelte, als Lucy auf ihn zukam.

Jimmy klopfte mit Levi mit der Ghettofaust ab. »Du bist 'n verdammtes Tier, mein Freund.«

Auch Tony war mit dem Aufzug heruntergefahren, aber statt herüberzukommen, rief er einfach quer durch den Raum. »Ich hab versucht, bei dir in der Wohnung anzurufen. Aber da du nicht rangegangen bist, dachte ich mir, du würdest hier unten sein. Ich muss zurück an die Front. War aber okay, dass ich sie zu dir gebracht hab, oder?«

Levi nickte, und Tony verschwand wieder nach oben.

»Wie kommt's, dass du das kannst?«, fragte Lucy.

»Was meinst du?« Levi bewegte die Arme vor und zurück

und spürte, wie die Hitze von der Anstrengung seine Verspannungen linderte. »Das mache ich schon seit Jahren.«

»Nein, ich meine, wie kannst du dich nach so wenigen Wochen schon wieder so gut bewegen? Die Ärzte ...«

»Ärzte sind nicht allwissend.« Levi schwenkte wegwerfend eine Hand.

Lucys skeptischer Gesichtsausdruck wurde von einem Lächeln abgelöst. »Du bist unmöglich.« Sie beugte sich vor, drückte ihm einen Kuss auf die Lippen und flüsterte auf Mandarin: »Ich wollte dir Bescheid geben, dass es morgen früh so weit ist.« Sie reichte ihm eine Schlüsselkarte aus Plastik. »Das ist für dich. Ich muss mich beeilen – es muss noch eine Menge vorbereitet werden. Kommst du heute Abend vorbei?«

Levi nickte. »Ich begleite dich raus.«

Als sie in Richtung der Fahrstühle gingen, fragte einer der stiernackigen Mafiosi: »Hey, Levi, fühlst du dich bereit, wieder mit dem Unterricht anzufangen?«

»Sicher. Bin gleich wieder da, dann gehen wir ein paar Entwaffnungstechniken durch.«

»Cool.« Der Gangster rief einem der Männer in der Nähe der Materialschränke zu. »Hey, hol die Gummimesser raus.«

»Du unterrichtest sie in Kampfkunst?«, fragte Lucy, als sie in den Aufzug stiegen.

»Nicht wirklich. Nur ein paar grundlegende Techniken, die ihnen im Berufsalltag helfen.«

Lucy hängte sich bei ihm ein. »Vielleicht können wir uns gegenseitig etwas beibringen.«

Levi zog eine Augenbraue hoch. »Das könnte interessant werden.«

Sie warf ihm einen Seitenblick zu und schüttelte den Kopf. »Ich bin mir nicht sicher, wie ich das interpretieren soll.«

Die Fahrstuhltüren öffneten sich, und sie betraten die Eingangshalle. »Tja, wir werden wohl abwarten müssen, *wie* interessant es wird.« Durch den verglasten Eingang der Lobby sah er ein vertrautes Fahrzeug vor dem Gebäude stehen. »Deins?«

»Ja.« Lucy gab ihm einen kurzen Kuss auf die Lippen. »Heute Abend?«

Levi nickte und beobachtete, wie sie hinausging und hinten in den wartenden SUV einstieg.

Neugier regte sich in ihm, als er überlegte, was Lucy für den morgigen Anschlag geplant hatte.

Nach der Trainingseinheit mit den anderen Mafiosi trat Levi den Weg zu Lucys Wohnung an. Als er in ihrem Stockwerk den Aufzug verließ, sah er sich einem bulligen asiatischen Wachmann gegenüber, der ohne Weiteres Sumoringer hätte sein können. Der Mann war ein Hüne, fast so groß wie Paulie, und vermutlich brachte er um die 200 Kilo auf die Waage.

Er nickte Levi höflich zu und sagte in stockendem Englisch: »Madam ist zu Hause, Mr. Yoder.«

»Danke. Wie heißen Sie?«

Einen Moment lang schaute der Wachmann verwirrt drein, dann antwortete er sichtlich zurückhaltend: »Zhang Wei.«

Levi antwortete auf Mandarin. »Freut mich, Sie kennenzulernen, Zhang Wei. Bitte nennen Sie mich einfach Levi.«

Der Wachmann schüttelte den Kopf und antwortete auf Englisch. »Nein, Mr. Yoder. Aber danke für das Angebot.«

Levi war sich nicht sicher, was er von dem humorlosen Sicherheitsmann halten sollte. Schmunzelnd wechselte er zurück zu Englisch. »In Ordnung, mein Bester. Ich hoffe, Sie haben noch einen schönen Tag.«

Levi fuhr mit der Schlüsselkarte von Lucy über das Lesegerät an der Wohnungstür, und das Schloss öffnete sich. Er trat ein und wurde von einer Szene begrüßt, die er nicht erwartet hatte.

Es wurde nicht an einem ausgeklügelten Plan für ein Attentat gefeilt. Keine Straßenkarten mit Pfeilen, kein Üben einstudierter Bewegungsabläufe. Kein Arsenal von Waffen, die gereinigt und vorbereitet wurden. Stattdessen saßen vier Frauen auf dem Sofa und sahen sich im Fernsehen einen Film an.

Natürlich *3 Engel für Charlie*.

Levi zog die Schuhe aus und nahm neben Lucy Platz. Sie lehnte sich an ihn.

Nach einer Minute dämmerte Levi, dass Ting, Ruth und Min den Film anscheinend verstanden, obwohl er auf Englisch und ohne Untertitel lief. Er beugte sich näher zu Lucy und flüsterte: »Er ist auf Englisch. Wie können sie der Handlung folgen?«

Sie tätschelte sein Knie. »Sie verstehen alle Englisch.«

Levi stockte, als er begriff, dass er zum Opfer seiner eigenen Annahmen geworden war. Kopfschüttelnd lächelte er. In der Nähe dieser Ladys musste er auf der Hut bleiben.

Lucy Lius Figur erschien auf dem Bildschirm, und seine Lucy stupste ihn. »Findest du, ich sehe ihr ähnlich?«

Levi legte den Kopf abwägend erst in die eine, dann in die

andere Richtung schief. »Irgendwie schon. Du strahlst dieselbe Intensität aus.«

»Ich finde sie hübscher.«

Levi sah Lucy an und schüttelte den Kopf. »Da bin ich anderer Meinung.«

Sie legte sich seinen Arm um die Schultern und lehnte den Kopf an seine Brust. »Gute Antwort.«

Levi lehnte sich zurück und versuchte, sich zu entspannen. Aber da Lucy und diese Frauen eine Operation planten, von der er nichts wusste, erwies es sich als praktisch unmöglich.

Als der Film 45 Minuten später endlich endete, klatschten die Frauen höflich und begannen, auf Kantonesisch darüber zu plaudern.

Levi wartete geduldig, bis die Nachbesprechung abgeschlossen war, bevor er fragte: »Könnt ihr mich in die Pläne für morgen einweihen?«

Lucy sprang vom Sofa auf und streckte die Hand aus. »Komm mit, wir zeigen sie dir. Wenn du willst, kannst du dich sogar einbringen.«

Er sah sie fragend an, als sie ihn vom Sofa hochzog. Früher hatte sie ihm unmissverständlich klargemacht, dass sie ihn nicht dabei helfen lassen wollte, ihre Angelegenheiten zu regeln. Das kam einem völligen Gesinnungswandel gleich.

Sie gingen alle ins Esszimmer, wo Levi auf Anhieb erkannte, dass es kein einfaches Attentat mit einem Schuss in den Hinterkopf werden würde. Auf dem Travertin-Tisch lagen acht Handfeuerwaffen, daneben jeweils ein geladenes Magazin und vier zusammengelegte Kleidungsstücke, die verdächtig nach Nonnengewändern aussahen. Besonders zu denken jedoch gaben Levi die roten Kanister mit schwarzer Beschriftung. Sie sahen nach militärischer Ausrüstung aus und hatten jeweils einen Zündring.

Was in aller Welt wollten diese Frauen mit Brandgranaten?

Es war noch deutlich vor Sonnenaufgang, als Levi aus seinem Zimmer in Lucys Wohnung trat. Er war vollständig angezogen und bewaffnet mit einer Pistole Kaliber .45 im Schulterholster, seiner SIG Sauer P229 9 mm, die er in einem Holster am Innenbund im Kreuz trug, sowie ein paar speziell angefertigten Wurfmessern, die er immer bei sich hatte.

Lächelnd ging er in die Küche, wo er Lucy in Nonnenkluft vorfand, allerdings noch ohne Kopfteil.

»Ist es schlimm, dass ich dich in dem Outfit sexy finde?«, fragte er.

Lucy lächelte untypisch mädchenhaft, als sie sich betrachtete und mit den Händen über den schwarzen Stoff fuhr. »Bietet viel Bewegungsfreiheit. Deshalb hab ich's ausgewählt.«

»Ich nehme an, die Aufmachung wird vor einer katholischen Kirche nicht auffallen.« Levi griff sich eine Tüte Milch aus dem Kühlschrank und schenkte sich ein Glas ein. »Keinen Tee oder Kaffee heute Morgen?«

Lucy schüttelte den Kopf. »Vor einem Einsatz nehme ich kein Koffein zu mir, schon gar nicht, wenn ich eine Schusswaffe benutze. Dafür brauch ich eine ruhige Hand.«

Während er seine Milch trank, warf er einen Blick auf den

Esstisch. Die Granaten und Handfeuerwaffen waren verschwunden.

Lucy bemerkte die Richtung seines Blicks. Lächelnd tätschelte sie die wallende Nonnenkluft. »Trage ich bei mir.«

»Tja, ich schätze, du musst dir keine Sorgen machen, dass sich unter dem Fummel etwas abzeichnet. Verrätst du mir, wofür du eine Brandgranate brauchst?«

»Nein. Sei dankbar, dass ich dich unseren Fahrer sein lasse. Dir muss klar werden, dass ich genauso fähig wie du bin, das zu tun, was getan werden muss.«

Levi trank die Milch aus und stellte das Glas in die Spüle. »Habe ich jemals daran gezweifelt, dass du ...«

»Egal, spielt keine Rolle.« Lucy packte ihn am Kinn und gab ihm einen schnellen Kuss. »Du bist ein guter Mensch, aber ich weiß, du hast unausgesprochene Zweifel. Bring uns einfach von dort weg, wenn's so weit ist.«

Levi streckte den Rücken und hörte ein mehrfaches, befreiendes Knacken. »Ich bin nur der Fluchtwagenfahrer.«

»Genau.«

Einen Großteil der 41st Street säumten Baustellenabsperrungen, aber als sich Levi näherte, entfernten zwei Asiaten, die aus einem Lieferwagen gestiegen waren, die Absperrungen direkt gegenüber einem chinesischen Restaurant.

»Keine Sorge, die arbeiten für mich«, sagte Lucy.

Die Männer winkten in Richtung der nunmehr freien Stelle, bevor sie wieder in den Lieferwagen sprangen und davonfuhren.

Levi parkte ein, und die drei Frauen stiegen vom Rücksitz des Cadillac Escalade aus. Zurück ließen sie nur transparente Plastikfolie, die alle Sitze außer dem des Fahrers bedeckte. Levi beobachtete, wie Ruth, Min und Ting, alle als Nonnen verkleidet, zu dem Müllcontainer rannten, den man vor dem Restaurant auf die Straße gestellt hatte. Eine der Ladys entriegelte einen am Container angebrachten Schaltkasten, und der Deckel des Containers öffnete sich durch irgendeine hydraulische Vorrichtung.

»Wofür ist der Müllcontainer?«, fragte er. »Hast du vor, die Leichen da reinzupacken?«

Auf dem Beifahrersitz neben ihm lächelte Lucy. »Du wirst schon sehen. Die Messe fängt in etwa zehn Minuten an.« Sie beugte sich zu ihm, küsste ihn, stieg schwungvoll aus und lief zu den anderen, die mittlerweile die Straße entlang in Richtung der Kirche gingen.

<hr>

Die Minuten vergingen, und Levi hatte nichts anderes zu tun, als die Menschen zu beobachten, die auf die Kirche zusteuerten. Bei fast allen handelte es sich vermutlich um Chinesen, denn Lucy hatte ihm gesagt, dass die Morgenmesse auf Mandarin abgehalten wurde.

Dann jedoch ging es los. Er sichtete eine Gruppe von fünf Männern, die auf die Kirche zuhielten. Gleichzeitig sah er die vier Nonnen, die sich mit geneigten Häuptern von der Kirche weg und in Richtung der Männer bewegten.

Was immer passieren würde, es würde sich in wenigen

Augenblicken abspielen.

Der ältere Mann, der die Gruppe anführte, trug eine dunkle Sonnenbrille, obwohl es noch früh und bewölkt war, dazu einen braunen Filzhut und einen teuer aussehenden, schlampig getragenen Anzug. Er marschierte in zügigem Tempo. Das musste die Zielperson sein.

Ohne nachzudenken, zog Levi seine Glock aus dem Schulterholster. Dann bremste er sich. »Levi, das ist nicht deine Aufgabe.« Er legte sich die Pistole auf den Schoss und umklammerte das Lenkrad, während sich die beiden Gruppen einander näherten.

Sein Herz raste, während er zusah.

Lucy zählte fünf Personen einschließlich Xiang, der die Gruppe anführte. Sie sah ihre Begleiterinnen an, die nickten, während sie in westlicher Richtung die 41st Street entlangmarschierten. Ohne sich vergewissern zu müssen, wusste sie, dass jede der Frauen beide Handfeuerwaffen bereithielt. Sie hatten bis zu acht Gegner eingeplant. Mit nur fünf würde erst recht möglich sein, was sie sich erhofft hatten.

Die vier »Nonnen« gingen mit steten Schritten. Alle hielten die Blicke auf den Boden unmittelbar vor sich gerichtet. Lucys Hände verbarg der dunkle Stoff ihres Kostüms.

Während das kalte Feuer der Rache in ihren Adern loderte, umklammerte Lucy mit einer Hand ihre Pistole, während sie mit der anderen einen Streifen Klebeband bereithielt.

Mit nur einem Blick erfasste sie verschwommen die Männer,

die sich auf dem Bürgersteig näherten. Das Klicken von Xiangs Schritten hallte laut in ihren Ohren wider. Sie befanden sich etwa 15 Meter voneinander entfernt.

Zwölf ...

Zehn ...

Lucys Herz raste, doch die Frauen gingen in unverändertem Tempo weiter, weder schneller noch langsamer.

Fünf ...

Drei ...

Lucy hielt den Atem an, als sich die beiden Gruppen auf dem Bürgersteig passierten.

Und kaum waren sie am letzten von Xiangs Männern vorbei, drehten sich alle vier Frauen um.

Für Lucy spielte sich alles wie in Zeitlupe ab.

Ruth, Ting und Min wählten ihre Ziele aus.

Ting feuerte als Erste praktisch geräuschlos ihre schallgedämpfte Waffe ab.

Dann drückte Ruth den Abzug, gefolgt von Min.

Lucy drängte sich vor, während die Frauen weiter auf ihre Ziele schossen. Die Männer brachen wie Marionetten zusammen, deren Fäden man gekappt hatte.

Der Gangster, der sich unmittelbar hinter Xiang befand, drehte sich um.

Ohne zu zögern, gab Lucy zwei Schüsse ab. Beide schlugen in das Gesicht des Mannes ein und bespritzten Xiang mit Blut.

Als Xiang tastend die Hand in den Nacken legte, stürmte Lucy vorwärts und achtete darauf, über den krampfhaft zuckenden Mann zu springen, den sie erschossen hatte.

Sie zielte tief, schoss dreimal und hastete zu Xiang, als seine Beine unter ihm nachgaben.

Als sie das Klebeband über den Mund ihres Feinds klatschte, war er noch bei Bewusstsein, obwohl ihre Schüsse seine Wirbelsäule durchtrennt hatten.

Lucy hörte, wie sich die Frauen mit den Leichen abmühten, aber ihr Augenmerk galt Xiang, dem sie ins Gesicht spuckte.

»Ich erinnere mich daran, was du mit mir gemacht hast.« Sie lächelte, als sich Xiangs Augen weiteten.

Er erkannte sie unter der Nonnenkutte und dem Blut, das ihr ins Gesicht gespritzt war. Xiang wusste, wen er vor sich hatte.

Gut.

Sie steckte die Waffe weg, packte ihn am Arm und sagte: »Ich habe dir den Tod durch eine Kugel erspart, damit du wach bist und das hier genießen kannst.«

Mit Hilfe der anderen hob Lucy ihren Feind hoch und hievte ihn in den offenen Müllcontainer.

Die Frauen rannten über die Straße zurück, während Lucy den Stift aus der Brandgranate zog und sie in den Container warf.

Dann schlug Lucy den Schaltkasten zu. Der Deckel des Müllcontainers begann, sich zu schließen, während aus dem inneren Rauch und Hitze aufstiegen.

»Brenn in der Hölle«, stieß Lucy knurrend hervor, als sie zurück zum SUV lief.

Levi hatte das Geschehen mit angehaltenem Atem mitverfolgt. Kaum hatte der letzte Mann der Gruppe die Nonnen passiert, wirbelten die schwarz gekleideten Frauen herum und mähten die Gangmitglieder rasant um.

In schneller Teamarbeit warfen die Frauen die Leichen in den Müllcontainer und rannten dann zurück zum SUV.

Lucy verließ den Schauplatz als Letzte. Sie holte die rote Brandgranate aus ihrer Kutte hervor, zog den Ring, warf den Sprengkörper in den Müllcontainer und klatschte mit der Handfläche auf den Schaltkasten. Der Deckel senkte sich, als von innen ein grelles Licht herausstrahlte.

Ruth riss die hintere Tür auf der Beifahrerseite auf und sprang auf den Rücksitz, dicht gefolgt von den anderen. Lucy stieg vorn ein und rief: »Abfahrt!«

Geschmolzenes Metall tropfte von den Rändern des Müllcontainers, und Levi hätten schwören können, dass er die vom Container abgestrahlte Hitze sogar in einer Entfernung von zehn Metern spürte. Als er das Lenkrad drehte und das Gaspedal durchtrat, fragte er: »Was zum Teufel war in dem Müllcontainer?«

»900 Kilo Thermit«, antwortete Lucy nüchtern.

»900 *Kilo?* Wie zum Teufel ... Nein, lass mich raten. Esther?«

Lucy lächelte, als sie sich mit Feuchttüchern die Blutspritzer aus dem Gesicht wischte. »Ich hab dir ja gesagt, dass sich Frauen sehr gut selbst um ihre Angelegenheiten kümmern können, oft besser als Männer.«

Als er in den Rückspiegel blickte, sah er nur einen grellen Lichtklecks, als der Müllcontainer von einer intensiven chemischen Reaktion verschlungen wurde, die kein Wasser zu löschen vermocht hätte. Er schmunzelte und schüttelte den Kopf. »Ich hab keine Sekunde an dir gezweifelt.«

Vor einem Hotel in der 39th Street stiegen die mittlerweile in gewöhnliche Kleidung umgezogenen Frauen aus dem Wagen und holten einen Seesack aus dem Kofferraum. Levi ließ das Fenster herunter. Lucy lehnte sich herein und sagte: »Keine Sorge. Ich habe arrangiert, dass wir abgeholt werden, nachdem wir geduscht haben.«

»Und du bist dir wegen dem Auto sicher?«

»Ja.« Sie blies einen Kuss durch das offene Fenster. »Betrachte es als Geschenk.«

Levi lächelte, als die Frauen das Hyatt betraten. Lucy hatte wirklich jeden Aspekt der Operation geplant.

Als er vom Hotel wegfuhr, holte er sein Handy heraus und wählte eine Nummer.

»Ja.«

»Es ist ein Cadillac Escalade, Baujahr 2019. Vollständige Säuberung und Ausschlachtung. Laurel und Hardy sollen aufräumen, der Rest ist zu zerlegen.«

»Wird gemacht, Boss. Die Cleaner sind schon hier, die Mannschaft für die Teile bereitet sich gerade vor. Eine Stunde nach deinem Eintreffen wird nichts mehr von der Karre übrig sein.«

»Gut. Ich bin in 30 Minuten da.«

Er legte auf und kämpfte sich durch den morgendlichen Verkehr. Er hatte sein Ziel fast erreicht, als das Telefon klingelte. »Ja?«

»*Levi.*« Doug Masons raue Stimme. »*Ich habe Neuigkeiten für Sie über einige Dinge. Können Sie reden?*«

Masons Stimme jagte ihm einen Schauder über den Rücken. »Schießen Sie los. Ich stehe gerade an einer roten Ampel.«

»*Ich wollte Sie in der Angelegenheit direkt anrufen. Auf der Grundlage der Verarbeitung der von Ihnen gesammelten Daten durch Marty und sein Team stellen wir ein Team für eine internationale Operation zusammen. Ich wollte mich vergewissern, dass Sie in einem Zustand sind, der es Ihnen ermöglicht ...*«

»Ich bin vollkommen gesund, falls Sie das meinen. Geht's um Argentinien?«

»*Möglicherweise. An den Einzelheiten arbeiten wir noch. Bevor wir dazu kommen, brauche ich Hilfe beim Einholen einiger Informationen. Wir konnten inzwischen bestätigen, dass es Kommunikation zwischen unseren Freunden in Argentinien und dem Sicherheitsbüro im Intelligencer-Gebäude gegeben hat. Marty und sein Team konnten Sprachaufzeichnungen dieser Anrufe sicherstellen, und die Stimmmuster haben eine Übereinstimmung mit jemandem ergeben, der uns bekannt ist. Ein ehemaliges Mitglied der Special Forces. Ich leite Ihnen die Aufzeichnungen und die neuesten Fotos weiter, die wir haben. Wir glauben, dass er uns helfen kann, ein paar Dinge zu bestätigen. Ich schicke Ihnen eine Liste der Punkte, die wir brauchen. Dabei gehe ich davon aus, dass Sie uns helfen können, die benötigten Informationen für uns zu erheben.*«

Levi lächelte, als er nach rechts in die Amsterdam Avenue bog. »Ich lasse mir was einfallen.«

»*Seien Sie nur vorsichtig. Ich weiß, dass Sie durchaus in der*

Lage sind, sich Ihrer Haut zu wehren, aber dieser Kerl ist kein Schlappschwanz. Er wird nicht leicht einknicken.«

»Verstanden.«

»Eine Sache noch. Ich habe ziemlich unerfreuliche Neuigkeiten über Mindy Cross.«

Levis Herz sackte zu Boden. »Sie ist tot, nicht wahr?«

»Ich fürchte ja. Ihre nackte Leiche wurde vor etwa vier Stunden von einer Einheit der New Yorker Autobahnpolizei in der Nähe von Utica gefunden. Aus dem ersten Polizeibericht geht hervor, dass sie gefoltert wurde. Unzählige Knochenbrüche. Sie wurde nur anhand der Fingerabdrücke identifiziert.«

Levi umklammerte das Lenkrad fester, als er den Wagen durch die offene Einfahrt einer Werkstatt lenkte. »Danke, dass Sie mir Bescheid gesagt haben. Schicken Sie mir, was Sie haben, und ich sehe es mir sofort an.«

»Ist unterwegs. Viel Glück.«

Das Rolltor senkte sich, als Levi aus dem Escalade stieg. Angelo kam auf ihn zu.

»Hi, Levi.« Er spähte in den schwarzen SUV, dann klopfte er mit einer behandschuhten Hand aufs Dach. »Ist ja 'ne total schicke Karre. Bist du sicher, dass du 'ne komplette Säuberung und Ausschlachtung willst?«

»Ich bin mir sicher.«

Angelo begann, der Mannschaft Anweisungen zuzurufen. Ein Mann rollte einen großen roten Wagen mit Mechanikerwerkzeug herüber, ein anderer zündete einen Schneidbrenner an.

Levi trat mit dem Handy zur Seite, um sich die Daten anzusehen, die Mason ihm geschickt hatte. Es stand fest, dass dieser Kerl, mit dem er reden musste, Schwierigkeiten machen würde.

Staff Sergeant Jerry Mixon war ein ehemaliges Mitglied der Special Forces in Fort Carson. Dreimal im Irak, eine Teilnahme an einer gemeinsamen Schulung im Rahmen eines Austauschprogramms in der Wüste Negev in Israel.

Unter den Informationen, die Mason geschickt hatte, befand sich der Scan handschriftlicher Notizen eines gewissen Captain Lassiter.

Bei einem Geländemanöver in der Wüste hatte Staff Sergeant Mixon das Kommando und steuerte einen Humvee, der vom Kurs abkam und in einen Trupp der Israelischen Verteidigungsstreitkräfte raste. Ein israelischer Soldat kam dabei ums Leben, zwei weitere wurden verletzt.

Er behauptete, er sei wegen einer im Rahmen der Übung platzierten Sprengfalle vom Kurs abgewichen. Ferner behauptete er, die Mannschaft nicht gesehen zu haben, in die er gefahren war.

Allerdings gab es keine Hindernisse, die als offizieller Teil der Übung auf der Strecke platziert wurden. Darüber hinaus haben die Staff Sergeants Ramirez und Baxter, die sich in nachfolgenden Fahrzeugen befanden, zu Protokoll gegeben, dass sie nichts gesehen haben, was Staff Sergeant Mixon zu seiner Handlung veranlasst haben könnte.

Anscheinend hatte der Vorfall Mixons Karriere beendet. Man hatte ihm die einvernehmliche Entlassung aus der Armee angeboten, wodurch er dem Kriegsgericht entgehen und sein ziviles

Leben ohne Verurteilung vor einem Bundesgericht beginnen konnte. Natürlich wurden ihm sämtliche militärischen Vergünstigungen gestrichen. Seit fünf Jahren arbeitete er als Sicherheitsleiter beim *Intelligencer*.

Levi tippte auf eine seiner Kurzwahlnummern. Nach dreimaligem Klingeln meldete sich Frankie. *»Hi, was gibt's?«*

»Ich muss jemanden aufgreifen, brauche dabei aber ein wenig Hilfe.«

»Wie viel Hilfe?«

»Ich denke da an einen Arztbesuch, eine übliche Abholmannschaft und einen Reservemann.«

»Einen Reservemann? Muss ja ein großer Fisch sein.«

Levi schaute zurück zum SUV und stellte überrascht fest, dass er schon fast bis auf die Karosserie ausgeweidet war. »Ja, dürfte kein Honiglecken werden. Die Sache läuft direkt vor dem *Intelligencer*-Gebäude.«

»Alles klar, Kumpel. Ich arrangiere alles. Einer der Capos ruft dich an, sobald alles bereit ist.«

»Danke.«

Levi legte auf und ging hinüber zu den Resten des SUV. »Kann mich einer von euch in Lenox Hill absetzen?«

Einer der Männer, die mit einer Winde den Motor ausbauten, meldete sich zu Wort: »Ich fahre ein Stück in die Richtung. Ich kann Sie mitnehmen.«

»Danke.«

Levi wandte sich wieder dem Handy zu und rief ein Bild des ehemaligen Staff Sergeant Mixon auf. Die versteinerten Züge des Mannes erinnerten Levi an einige der Schläger, denen er in seiner Zeit in Russland begegnet war. Der dicke, muskulöse

Hals, die breite Brust und der bedrohliche Blick des Kerls schreckten vermutlich die meisten Menschen von vornherein ab.

Levi lächelte, als er das Bild des ehemaligen Elitesoldaten auf sich wirken ließ. »Je größer sie sind, desto schwerer knicken sie ein.«

KAPITEL SIEBZEHN

Als Levi die Tür zu Lucys palastartiger Wohnung öffnete, begrüßten ihn die enthusiastischen Stimmen von vier Frauen, die riefen: »*Ganbei!*« Was so viel hieß wie »Prost!«. Er folgte den Geräuschen klirrender Gläser und lachender Laute ins Esszimmer, wo Lucy ein Champagnerglas erhob.

»Auf unseren attraktiven Engel in Teufelsgestalt«, sagte sie.

Min schenkte ein weiteres Glas ein und reichte es Levi.

Lucy kam mit einem dämonischen Lächeln im Gesicht auf ihn zu.

»Ich bin nur hier, um ...«, begann er. Dann wurde ihm das Wort abgeschnitten, weil Lucy eine Hand auf seinen Hinterkopf legte und die Lippen auf seine presste. Die anderen Frauen kicherten und johlen.

Levi wich zurück und lächelte. »Ich muss gleich wieder los. Wollte nur nachsehen, ob alles in Ordnung ist.«

»Alles bestens, ehrlich«, beteuerte Lucy. Sie zog eine

Schmollmiene. »Aber ich wollte mit dir feiern. Bitte?« Sie fuhr ihm mit einem Finger über die Brust, hakte ihn dann in seinen Gürtel und zog ihn näher zu sich.

Levi spürte, wie sein Herz in der Brust donnerte. Irgendetwas an Lucy wirkte völlig verändert. War sie betrunken?

»Ich muss mich wegen dem Fall Cohen mit ein paar Leuten treffen. Sonst ...«

Lucy strich mit den Händen über sein Jackett, als wischte sie Flusen weg. »Ein andermal?«

»Ja. Wenn ich die Sache abgeschlossen habe.« Damit wandte er sich ab und versuchte, die Wirkung zu ignorieren, die Lucy auf ihn hatte. Er brauchte für die bevorstehende Aufgabe einen klaren Verstand – eine Aufgabe, bei der ein korrupter Exsoldat der Special Forces gebrochen werden musste.

Levi zahlte dem Besitzer eines Hotdog-Stands 20 Dollar, damit er hinter ihm warten durfte, während er Kunden bediente. Der Mann stimmte bereitwillig zu – immerhin war es leicht verdientes Geld. Und Levi bot der Platz den perfekten Blick auf die Menschen, die durch den Eingang zur Zentrale des *Intelligencer* kamen und gingen.

Die Wartezeit fiel lang aus. Fast sechs Stunden vergingen, und der Abend war angebrochen, als Levi endlich den großen Brutalo von einem Mann sichtete, nach dem er suchte.

Sobald die Zielperson das Gebäude verließ, lief Levi über den Zebrastreifen und erreichte den Bürgersteig gerade rechtzeitig, als sich Jerry Mixon der Ecke näherte.

Bei Levis Anblick hielt der Leiter der Sicherheitsmannschaft des *Intelligencer* unvermittelt inne. »Mr. Yoder. Überrascht mich, dass ... Sie so gut aussehen.«

Eiskalte Finger legten sich um Levis Nacken. Im Grunde hatte der Mann gerade zugegeben, dass er auf ihn geschossen hatte.

Levi grinste. »Überrascht, dass die Kugeln nicht die gewünschte Wirkung erzielt haben, Jerry? Ich hab ein paar Fragen, und ich denke, Sie haben die Antworten.«

»Von mir kriegen Sie nichts.« Mixon setzte sich wieder in Richtung der Straßenecke in Bewegung, allerdings schaffte er nur zwei Schritte, bevor Levi dem ehemaligen Spezialisten für Sondereinsätze den Weg versperrte.

Mixon schnaubte, stemmte die Hände in die Hüften und schüttelte den Kopf. »Sie haben keine Ahnung, mit wem Sie's zu tun haben. Gehen Sie mir aus dem Weg.« Er blähte die Brust auf und ließ das Jackett leicht aufklaffen, wodurch sich das Ende des Kolbens einer Pistole in einem Schulterholster zeigte.

»Zwingen Sie mich doch«, gab Levi mit knurrendem Unterton zurück. Adrenalin wurde in seinen Kreislauf ausgeschüttet, und er spürte, wie sich seine Wut aufbaute.

»Kleiner, zwing du mich nicht, dir wehzutun. Dafür wäre nicht mehr nötig als ...«

Wie geplant tauchte in dem Moment Paulie hinter dem Mann auf. Der große Mafioso drosch dem Exsoldaten mit einem gummibeschichteten Schlagstock auf den Hinterkopf.

Aber trotz der Wucht hinter dem Schlag ging Mixon nicht zu Boden. Sein Blick wurde nur kurz verschwommen. Doch das genügte Paulie, um ihm auf Mund und Nase ein Tuch zu drücken, getränkt in Sevofluran, ein starkes Anästhetikum.

Ein weißer Lieferwagen kam mit quietschenden Reifen neben ihnen zum Stehen, und innerhalb von Sekunden waren Paulie, Levi und der Exsoldat verschwunden.

In einem schallisolierten Raum in einem leerstehenden Gebäude beobachtete Levi aus dem Hintergrund, wie ein kleiner Inder mit Brille namens Mohan an Jerry Mixon arbeitete. Mohan war kompetent – vor dem Ruhestand hatte er als Anästhesist praktiziert. Aber seit ihm Vinnies Vater einen Gefallen getan hatte, war der Mann der Familie Bianchi uneingeschränkt loyal. Tatsächlich wurde dieser Arzt bei solchen Situationen schon hinzugezogen, so lange Levi zurückdenken konnte.

»Er kommt doch zu vollem Bewusstsein, oder?«, fragte Levi.

»Oh, auf jeden Fall«, antwortete der Mediziner voll Überzeugung mit einem ausgeprägt indischen Akzent. Er schnitt Mixons Hemd auf und brachte damit einen muskulösen Oberkörper mit der Tätowierung eines Hakenkreuzes rechts auf der Brust zum Vorschein. »Er ist einer von denen, oder?«

»Offensichtlich.«

Mohan legte mehrere elektrische Leitungen an Mixons Brust, eine an jeden Arm und eine an jede Seite der Taille des Mannes. Er hatte den großen Kerl bereits intubiert, und im Wesentlichen atmete die Maschine für ihn.

Schließlich holte er eine Spritze hervor, reinigte den Injektionsanschluss der Infusionsleitung mit einem Alkoholtupfer und stach die Spritze hinein. Er lächelte Levi an. »Das ist Suxamethonium – das gute Zeug. Dauert nur etwa eine Minute, bis er völlig bewegungsunfähig ist. Ich bringe an seinem Tropf eine Infusionspumpe an, damit er während der gesamten Prozedur konstant vier Milligramm pro Minute erhält. Sie sagen mir, wann er sich wieder rühren können soll, und ich sorge dafür, dass es passiert.«

Levi wählte Doug Masons Nummer.

»Haben Sie die Hirnscan-App installiert?«

»Denny hat sie mir aufs Handy gepackt. Soweit ich das beurteilen kann, funktioniert sie ... Moment.« Levi wandte sich an den Arzt, der mittlerweile Drähte mit irgendeinem Klebstoff an Mixons Kopfhaut befestigte. »Wann kriegen wir einen Blick in seinen Schädel?«

»Jede Sekunde.« Mohan brachte eine letzte Leitung an und drückte einen Knopf an einer Maschine. »Jetzt sollte es gehen. Das EEG läuft.«

Levi blickte auf die App auf seinem Handy. Wellenlinien bewegten sich von links nach rechts über das Display. »Doug, bekommen Sie das auch?«

»Ja. Mal sehen, ob der Typ die Mühe wert ist, die wir uns für ihn gemacht haben.«

Levi schaltete sein Telefon auf Lautsprecher und legte es beiseite. »Wecken wir ihn auf, Doc.«

Sie alle wussten, dass es sinnlos wäre, Mixon zu verhören. Der Mann würde eher sterben, als bereitwillig irgendetwas zu verraten. Und ein herkömmlicher Lügendetektor würde auch nicht weiterhelfen – mit größter Wahrscheinlichkeit hatte man ihn darin ausgebildet, solche Geräte zu überlisten. Aber durch die direkte Überwachung der Gehirnströme könnte Levi eine solche Fähigkeit umgehen. Es handelte sich um eine völlig neue Methode, die besser funktionierte, als irgendjemand zugeben wollte.

Der Arzt reichte Levi eine Kapsel, die er aufbrach und unter die Nase des ehemaligen Soldaten hielt. Der Geruch von Ammoniak verbreitete sich in der Luft.

Der Arzt behielt das EEG im Auge. »Er ist bei Bewusstsein.«

Mixon hatte mit keiner Wimper gezuckt.

Levi beugte sich dicht zu ihm. »Muss die Hölle sein zu wissen, dass ich hier draußen bin und Sie in einem bewegungsunfähigen Körper festsitzen. Aber wie ich schon sagte, wir haben ein paar Fragen an Sie.«

Levi hielt einen Finger hoch, das vereinbarte Zeichen dafür, dass er etwas Wahres sagen würde. Wie bei einem Standard-Lügendetektortest brauchten sie einige Kontrollfragen, um die Antworten zu kalibrieren. »Staff Sergeant Jerry Mixon. Wie ich höre, haben Sie durch das Ausscheiden aus dem Dienst vermieden, wie ein Hühnchen gerupft zu werden.«

Der Arzt überprüfte den Monitor und kritzelte dann etwas auf einen Notizblock.

Levi hielt zwei Finger hoch. Eine Lüge stand bevor. »Staff Sergeant Jerry Mixon, Sie sind derzeit 52 Jahre alt.«

Weiteres Gekritzel des Arztes.

Die nächsten paar Minuten setzten sie die Kontrollfragen fort. Schließlich meldete sich Mason zu Wort. »*Unser Mann sagt, er hat die Gehirnwellenmuster des Kerls hinlänglich erfasst. Machen wir weiter.*«

Levi griff sich sein Handy, rief die Wiedergabe-App auf und spielte die erste Datei ab.

»Das Vaterland ist gefallen, weil wir übereifrig waren. Unser Plan steht, aber er braucht Zeit, um zu gedeihen. Noch ist es nicht so weit.«

»Staff Sergeant Jerry Mixon. Sie kennen diese Stimme.«

Der ehemalige Spezialist für Sondereinsätze rührte sich nicht, aber der Arzt überprüfte den Monitor und nickte, womit er anzeigte, dass Mixon die Aussage als wahr betrachtete.

Levi runzelte die Stirn. »Die Stimme am Telefon ist Herman Gerhard.«

Wieder ein Nicken des Arztes.

»Der Name Mendel Cohen ist Ihnen bekannt.«

Vom Arzt kam ein Ja.

»Sie haben Mendel Cohen irgendwie vergiftet.«

Ja.

»Ihnen wurde befohlen, es zu tun.«

Ja.

»Der Befehl kam von Herman Gerhard.«

Nein.

Levi ging in Gedanken die Szene aus Dennys Hinterzimmer durch, als er den Namen seines Attentäters zum ersten Mal gehört hatte. »Der Befehl kam von Juan Gerhard.«

Ja.

»Okay, das reicht«, sagte Mason.

Levi schaltete den Lautsprecher seines Handys aus. »Mehr brauchen Sie nicht?«

»Nein, wir haben andere Informationen, die dasselbe bestäti-

gen. Was Sie bei der Zeitung beobachtet haben, passiert auch an einem halben Dutzend anderer Stellen. Diese Leute sind ein Risiko für die nationale Sicherheit auf höchster Ebene. Ich habe bereits eine Liste von Namen zusammengestellt, die sie in der Tasche haben, darunter Richter und gewählte Amtsträger. Unsere Freunde im Süden sind für mehr verantwortlich, als Sie sich überhaupt vorstellen können. Ich habe genug, um ein Einsatzteam zu rechtfertigen. Wir haben versprochen, Sie zu berücksichtigen, wenn es dazu kommt – es ist so weit. Sind Sie bereit dafür?«

»Hat ein Huhn Federn? Verdammt, ja. Sagen Sie mir nur, wann.«

»Ich muss noch ein paar Anrufe erledigen, aber behalten Sie das Telefon in der Nähe. Wird nicht lange dauern. Und was unseren sedierten Freund angeht: Ich kann jemanden schicken, der sich um ihn kümmert, oder ich kann das Ihnen überlassen. Ihre Entscheidung.«

»Ich mache das«, erwiderte Levi.

Damit legte er auf, deaktivierte die Übertragungen von der Gehirnwellen-App und kehrte an Mixons Seite zurück.

»Staff Sergeant Jerry Mixon. Sie wissen, wer Mindy Cross ist.«

Der Arzt zeigte erneut ein Ja an.

Levis Finger kribbelten vor aufgestauter Wut. »Sie haben sie umgebracht.«

Der Arzt runzelte die Stirn, als er nickte.

Levi holte tief Luft. »Staff Sergeant Jerry Mixon. Der Befehl dazu kam von Herman Gerhard.«

Der Arzt schüttelte den Kopf.

Levi knirschte mit den Zähnen. »Juan Gerhard hat es angeordnet.«

Ja.

Levi schloss für eine Sekunde die Augen, dann drehte er sich dem Arzt zu. »Sie können jetzt gehen.«

Der Mediziner zeigte auf die Verkabelung und Ausrüstung. »Was ist mit dem ganzen Zeug?«

Levi lächelte so beruhigend, wie er konnte. »Ich sorge dafür, dass man sich darum kümmert. Vielen Dank für alles.«

Levi begleitete den Mann aus dem Raum und beobachtete, wie er den verwaisten Flur hinunterging und um die Ecke zum Ausgang bog. Als er sich davon überzeugt hatte, dass der Arzt verschwunden war, schickte er eine kurze SMS, griff sich medizinisches Klebeband und kehrte zu dem gelähmten ehemaligen Soldaten zurück.

Er riss zwei Streifen Klebeband ab, mit denen er Mixons Augen aufzwängte. Die Pupillen des Mannes zogen sich zusammen, reagierten auf das Licht. Er war definitiv bei Bewusstsein.

»Ich will sicher sein, dass Sie mich sehen können«, erklärte Levi, als er die Lider des Mannes mit den Klebebandstreifen fixierte.

Die Tür öffnete sich. Laurel und Hardy traten ein.

Levi nickte ihnen zu, bevor er sich wieder Mixon zuwandte. »Jerry, die Frau, die Sie wie einen Haufen Müll am Straßenrand entsorgt haben, war ein guter Mensch. Das hatte sie nicht verdient. Und deshalb sollen Sie in den letzten Momenten Ihres Lebens etwas Bestimmtes wissen. Ich hab ein wenig über Sie recherchiert und weiß, dass Ihre Frau bei der Geburt der Zwillinge Harry und Harriet gestorben ist.« Levis Herz hämmerte wild in der Brust. »Und wenn Sie in die Hölle fahren, Jerry, sollen Sie daran denken: Ich sorge dafür, dass Ihre Kinder die gleiche Behandlung erfahren wie Mindy.«

Levi trat zwei Schritte zurück, zog seine Glock .45 aus dem Schulterholster und schoss dem Mann zweimal in den Kopf. Hirnmasse und Blut spritzten über das Bett und die Elektronik in der Nähe.

»Nett«, meinte Laurel. Er begann, einen weißen Overall aus Plastik anzuziehen.

»Willst du echt die Kinder von dem Kerl ausknipsen?«, fragte Hardy.

Levi lächelte und schüttelte den Kopf. »Natürlich nicht. Ich wollte nur, dass der Arsch das als letzten Gedanken mit ins Jenseits nimmt.«

»Oha. Das ist heftig.« Hardy begann, die Geräte abzuschließen.

»Was er mit der Frau gemacht hat, war heftig. Das war das Mindeste, was ich für sie tun konnte.«

Als er zur Tür hinausging, vibrierte sein Handy mit einer Nachricht von Mason.

Ich habe Ihnen gerade eine Adresse geschickt. Seien Sie in zwei Stunden dort. Sie brauchen nichts zu packen, das Outfit übernimmt die gesamte Logistik. Bringen Sie nur Ihren Ausweis mit.

KAPITEL ACHTZEHN

»Ich kann wirklich nicht darüber reden«, sagte Levi. »Ich bin in einem Uber unterwegs zu einem Treffen.« Er fühlte sich schuldig, weil er aller Wahrscheinlichkeit nicht mehr an diesem Abend zurückkehren würde.

»Lass mich raten«, sagte Lucy. *»Es geht um das Outfit.«*

»Ja.«

»Levi, ich will ehrlich zu dir sein. Es gibt 'nen Grund, warum ich mich von Mason losgesagt habe. Die wollen immer mehr von einem, als man bereit ist zu geben. Ich war für die genau das, was du jetzt bist: ein Engel in Teufelsgestalt. Du bist einer ihrer Bösen, durch die sie arbeiten können. Aber letztendlich wird das nicht reichen. Und ich hab Angst um dich.«

»Das kapier ich nicht. Bei unserem ersten Treffen dachte ich, du verstehst dich ziemlich gut mit ihm.«

»War auch so. Ist noch so. Aber irgendwann werden sie dich

fragen, was sie mich gefragt haben. Sie wollten, dass ich meine Loyalität gegenüber dem Outfit über alles andere stelle. Und zu dem Zeitpunkt wollte ich noch den Betrieb meines Ehemanns wiederaufbauen. Du weißt schon, um sein Vermächtnis fortzuführen. Jetzt, da es vollständig ausgelöscht ist, habe ich keine Ausrede mehr, um nein zu denen zu sagen. Nun, mit einer Ausnahme.«

»Und die wäre?«

Levi hörte sie nur atmen.

»Lucy?«

»Fällt mir schwer, das am Telefon zu sagen. Ich wollte das auf die richtige Weise machen ...«

»Was meinst du?«

»Levi, ich kann mir ein Leben ohne dich nicht mehr vorstellen. Keine Ahnung, ob du genauso empfindest – und ich will dich damit nicht nötigen, etwas zu erwidern. Eigentlich ...«

Levi spürte, wie ihm Röte in den Hals stieg. Er konnte kaum glauben, dass er dieselbe stoische Drachenlady in der Leitung hatte, der er erst vor wenigen Monate zum ersten Mal begegnet war.

»Der springende Punkt ist: Ich kenne dich. Du bist hingebungsvoll gegenüber deiner Familie – sowohl deiner echten als auch der, für die du einen Eid geschworen hast. Du gibst nie auf, und das gehört zu den Dingen, die ich an dir liebe. Aber das ist auch der Grund, warum ich mit dem Outfit nichts mehr zu tun haben kann. Ich kann denen nicht mehr die Verbindungen bieten, die ich früher hatte. Die werden mich ganz oder gar nicht wollen. Und wenn ich ganz dabei bin, gehört mein Leben nicht

mehr mir. Ich müsste Dinge vor dir verheimlichen und dem Outfit höhere Priorität einräumen. Das will ich nicht. Ich will selbst über mein Leben bestimmen. Bei dir werden Sie auf mehr drängen, aber sich mit dem begnügen, was sie kriegen können. Verstehst du, worauf ich hinauswill?«

»Ja.« Levi empfand ein seltsames Bedauern. »Hör mal, wir müssen über uns reden. Aber nicht jetzt. Ich muss wirklich los. Wahrscheinlich bin ich ein, zwei Tage nicht in der Stadt. Ich rufe dich an, so bald ich kann. Okay?«

»Bitte sei vorsichtig.«

»Mach ich.«

Als Levi auflegte, näherte sich der Uber der Ecke Lenox Avenue und West 127th Street in Harlem. Levi dankte dem Fahrer und stieg aus. Aber als er auf sein Ziel zusteuerte, hatte er Mühe, das Gespräch mit Lucy in den Hintergrund zu drängen.

Er musste sich konzentrieren.

Die Gegend kam ihm nicht wie eine vor, die vor heißem Nachtleben strotzte, aber ein Stück vor ihm dröhnte Technomusik durch eine von lila Neonröhren umgebene Tür heraus. Zwei Türsteher davor forderten ein paar Teenager auf, weiterzugehen.

Als er die Adresse überprüfte, stellte Levi fest, dass dieser Nachtclub sein Ziel war.

Er näherte sich den beiden Türstehern. Es handelte sich um Berge von Männern, wahrscheinlich jeweils um die 150 Kilo schwer, aber gebaut wie Ochsen auf Steroiden. Levi hätte sie wohl mit Zwillingen von Fat Albert verglichen, wenngleich sie wesentlich besser trainiert waren.

»Ich soll mich hier mit jemandem treffen«, sagte Levi.

Einer der Türsteher erwiderte: »Ich muss einen Ausweis sehen, Mr. Yoder.«

Levi zögerte. *Woher zum Teufel kennt er meinen Namen?*

Aber er schwieg, als er seine Brieftasche hervorholte und dem halben Oger seinen Führerschein zeigte.

Der Mann schüttelte den Kopf. »Nicht die Art von Ausweis, Sir.«

Es dauerte ein paar Sekunden, bis sich Levi ins Gedächtnis rief, wer ihn hierher geschickt hatte. Er kramte die Münze aus der Tasche und streckte sie vor sich.

Der Türsteher ergriff den anderen Rand der Münze, und als das Auge darauf leuchtete, gingen beide Männer zur Seite und bedeuteten Levi, einzutreten.

Er öffnete die Tür und wappnete sich für einen akustischen Ansturm. Aber obwohl der Lärm von Technomusik durch die Tür zu dringen schien, herrschte im Inneren des Gebäudes völlige Stille. Und als er die Tür hinter sich schloss, hörte er die Musik nur noch gedämpft – von *draußen*.

Oder anscheinend aus der Tür selbst.

Die ganze Sache war ein Trick.

Er stand in einer holzgetäfelten Lobby, in der es frisch nach Holzpolitur und Pfeifentabak roch. Auf der anderen Seite eines Empfangsschalters befand sich ein großer, dünner, weißhaariger Mann.

»Mr. Yoder, man hat mir gesagt, dass ich Sie heute Abend erwarten soll.« Der Mann sprach mit einem überaus vornehmen britischen Akzent, der Levi an den Butler aus *Downton Abbey* erinnerte. »Ihren Ausweis bitte.«

Diesmal wusste Levi, was zu tun war. Er streckte die Münze

aus, und als der Mann den anderen Rand ergriff, begann das Auge zu leuchten.

»Sehr gut, Sir. Freut mich sehr, Sie kennenzulernen. Ich bin Mr. Watkins, der Besitzer dieser Einrichtung.«

Levi betrachtete seine Umgebung. »Entschuldigen Sie, Mr. Watkins, aber was ist das für ein Ort?«

»Ich würde sagen, das ist eine simple Frage mit einer komplizierten Antwort. Belassen wir es dabei, dass diese Einrichtung die Bedürfnisse von Leuten erfüllt, die ihre Hilfe benötigen. Und ich denke, Sie sind aus genau diesem Grund hier.«

»Um ehrlich zu sein, bin ich mir nicht sicher, warum ich hier bin.«

Watkins winkte Levi in einen Gang auf der linken Seite. »Dann lassen Sie uns sehen, ob wir es herausfinden können. Bitte folgen Sie mir.«

Den Flur erhellten altmodische Wandleuchter mit Glühbirnen, die wie Flammen flackerten. Am Ende des Gangs befand sich eine angelehnte Tür.

»Sir, das ist die Domäne unseres Quartiermeisters. Als Sie angekommen sind, wurde dieser Flügel entriegelt.« Mit einer ausladenden Geste deutete Watkins zur Tür. »Nach Ihnen.«

Als Levi die Tür aufstieß, überraschte ihn, wie langsam sie sich bewegte. Sie erwies sich als 15 Zentimeter dick und musste mehrere Hundert Kilo wiegen. Dennoch schwang sie geräuschlos auf.

Als er durch die Tür trat, gingen flackernd Lichter an und erhellten einen Raum mit Spinden ähnlich jenem, den Lucy ihm in Seattle gezeigt hatte. An jenem Ort hatte er verschiedene Waffen und Bargeld abgeholt. Dieser Raum jedoch war etwa hundertmal größer. Unwillkürlich fragte er sich, was um alles in der Welt er enthalten mochte.

Neugierig klopfte er an einige der Spinde. Er hörte kein hohles Pochen. Ebenso wenig sah er eine Möglichkeit, die Türen zu öffnen.

Watkins deutete auf eine Stange in der Mitte des Raums. Etwa in Augenhöhe befand sich ein Sichtfeld, das an das eines Periskops an Bord eines U-Boots erinnerte. »Wenn Sie so nett wären, Mr. Yoder, blicken Sie bitte in den biometrischen Scanner.«

Levi ging hinüber und hielt die Augen vor das Sichtfeld. Ein grünes Lämpchen leuchtete auf, gefolgt von einer Reihe klickender Laute. Dann Stille.

Levi trat zurück und sah sich um. Die Türen mehrerer Spinde hatten sich einen Spalt geöffnet.

»Sir«, sagte Watkins gestikulierend, »lassen Sie uns auf dieser Seite des Raums beginnen, ja?«

Levis Neugier ließ sich nicht verleugnen, als er in den ersten der offenen Spinde spähte. Er enthielt mehrere militärische Tarnanzüge.

»Es erscheint mir klar, dass man Sie auf eine Mission entsendet«, merkte Watkins an. »Es wäre klug, einen davon anzuziehen.«

Levi drehte sich dem Mann zu. Angesichts des fast weißen Haars und der Falten um die Augen musste er mindestens Ende sechzig sein – aber die Stimme klang kraftvoll, und durch seine perfekte Körperhaltung strahlte er eine jugendliche Energie aus. Insgesamt verlieh ihm das ein zeitloses Flair.

»Wie lange machen Sie das schon?«, fragte Levi.

»*Das*, Sir? Was meinen Sie?«

»Ich meine, Menschen durch das begleiten, was ich gerade tue.«

»Oh, Sie meinen die Vorbereitung auf eine Mission?«

»Machen wir das gerade?«

»Selbstverständlich. Und was die Frage angeht, wie lange ich das schon mache ...« Watkins presste die Lippen zusammen und brummte kurz. »Ich glaubte, dies ist mein viertes Jahrzehnt. Ja, um die 40 Jahre.«

Levis Augen wurden groß. »Dann bin ich wohl in guten Händen.«

»Auf jeden Fall, Sir.«

»Und Sie können mich ruhig Levi nennen.«

»Das ist sehr nett von Ihnen, Sir, aber ich denke, nach 40 Jahren würde ich lieber spontan in Flammen aufgehen, als gegen das Protokoll zu verstoßen.«

Lachend holte Levi einen Tarnanzug heraus. »Soll ich mich sofort umziehen?«

»Ich denke, das wäre am besten.« Watkins bewegte sich auf einen Tisch neben dem biometrischen Scanner zu. »Sie können Ihre Habseligkeiten auf dem Tisch liegen lassen. Ich verwahre sie bis zu Ihrer Rückkehr sicher.«

Levi zog den Tarnanzug an. Das Namensband am Hemd war mit *Yoder* bedruckt, am Ärmel prangte ein Aufnäher mit dem Logo eines Wolfs und eines Heiligenscheins.

»Die nehmen das mit dem Engel in Teufelsgestalt ziemlich ernst, was?«, meinte er.

»Ja, Sir. Wollen wir weitermachen?« Watkins ging in Richtung des nächsten Spinds.

Levi klapperte einen Spind nach dem anderen ab. Bald war er nahezu vollständig wie ein Soldat ausgerüstet, von Kampfstiefeln bis hin zu einer modernen Einsatzweste mit ballistischen Einsätzen, Lastverteilungssystem und etwas, das Watkins als SAPI und ESBI bezeichnete – im Wesentlichen Traumaplatten, die ein Durchschießen der Weste verhinderten. Bei der Schutzausrüstung sparte das Outfit nicht.

Dem nächsten Spind entnahm er eine Glock 19. Es handelte sich um eine Neun-Millimeter-Pistole mit einem Magazin für 15 Patronen und einer bereits im Lager. Außerdem bekam er eine Brieftasche mit einem militärischen Ausweis namens CAC für Common Access Card, einer einheitlichen Zugangskarte.

Auf einmal kam sich Levi wie ein Soldat der US-Armee vor.

Er wandte sich an Watkins. »Das war der letzte Spind. Was jetzt?«

Der weißhaarige Mann lächelte und bedeutete Levi, ihm zu folgen.

Sie kehrten durch den Gang zurück, durch den sie gekommen waren, aber statt zum Eingangsbereich führte er sie zu einer nach unten verlaufenden Treppe.

»Warten Sie. Wo ist der Eingangsbereich?«, fragte Levi.

Watkins warf ihm einen geradezu mitleidigen Blick zu und deutete zur Treppe. »Sir, der Zug wartet auf Sie.«

»Zug?«

Levi blickte die Treppe hinunter. Irgendwie schien ihm jemand Streiche zu spielen. Er war überzeugt davon, dass sich an der Stelle der Eingangsbereich befinden sollte. Es war ein gerader Gang – er konnte sich auf keinen Fall verlaufen haben.

Irgendwo im Gebäude hörte er ein Klicken. Er drehte sich um – und starrte an eine kahle, holzgetäfelte Wand.

»Jetzt aber mal halblang. Wo ist der Gang? Und wo ist Watkins?«

Der weißhaarige Mann war verschwunden.

»Was zum Teufel geht hier ab?«

Levis Gedanken überschlugen sich, als er sich fragte, wie er in eine andere Richtung gedreht worden sein konnte. Oder waren die Gänge vielleicht irgendwie auf Rollen gelagert und bewegten sich?

Plötzlich vermittelte der Ort eine Spukhausatmosphäre, die ihn nicht unbedingt begeisterte.

Da er sonst nirgendwohin konnte, stieg Levi die Stufen hinunter. Unten erwartete ihn ein schnittiger Eisenbahnwaggon mit geöffneten Türen. Levi stieg ein.

Von einer körperlosen Stimme wurde verkündet: *»Der Zug fährt in zehn Sekunden ab. Bitte halten Sie sich an einer Stange fest, sonst werden Sie wahrscheinlich rückwärts geschleudert. Dies ist die einzige Warnung.«*

»Reizend.« Levi nahm Platz und griff nach einer der Stangen.

»Fünf Sekunden. Vier. Drei. Zwei. Eins.«

Levi rutschte rückwärts, als der Zug mit einer Geschwindigkeit beschleunigte, die mit der eines Rennwagens mithalten konnte. Innerhalb von Sekunden wurde der Fahrtwind heftiger, als der Zug durch die Dunkelheit raste.

Der Tunnel, in dem sich Levi befand, musste unheimlich lang sein, denn trotz der Geschwindigkeit fuhr Levi fast 40 Minuten, bevor der Zug die Fahrt verlangsamte.

Die körperlose Stimme ertönte wieder. *»Wir treffen in etwa fünf Minuten auf der Joint Base Andrews ein. Bitte steigen Sie erst aus, wenn der Zug vollständig zum Stehen gekommen ist.«*

Levi schüttelte den Kopf über die Überflüssigkeit des letzten Zusatzes. »Als ob ich abspringen würde.«

Dann erst kam es ihm: Joint Base Andrews? Der Stützpunkt lag in Maryland, über 300 Kilometer von New York City entfernt. Wie zum Teufel war er so schnell hierher gelangt? Er rechnete im Kopf nach und kam zu dem Schluss, dass es wohl möglich wäre – wenn dem Outfit zur persönlichen Nutzung ein Shinkansen Hochgeschwindigkeitszug zur Verfügung stand.

Was offensichtlich der Fall war.

Die Türen öffneten sich, und Levi stieg aus. Eine junge Offizierin, laut Abzeichen Lieutenant Humphries, nahm ihn in Empfang. »Mr. Yoder, kann ich bitte Ihre CAC sehen?«

»CAC?«

Die zierliche Frau schaute von ihrem Klemmbrett auf. »Ihre Common Access Card. CAC.«

»Oh, sicher.« Levi kramte die laminierte Smartcard aus einer der schier endlosen Taschen seiner neuen Aufmachung.

Lieutenant Humphries führte die Karte in ein Lesegerät ein, und eine LED blinkte mehrmals gelb, bevor sie konstant grün leuchtete. Die Offizierin gab ihm die Karte zurück und deutete mit dem Daumen in Richtung der Treppe zu ihrer Linken. »Stiefeln Sie die Treppe rauf. Die Besatzung der Mission hat sich bereits versammelt. Aufbruch ist um 0300.«

»Ja, Ma'am.«

Levi schmunzelte, als er die Treppe hinaufeilte. Damit hatte er mit Sicherheit nicht gerechnet, als er an diesem Morgen aufgewacht war.

Die Treppe führte auf das Rollfeld eines Flugplatzes. In dem Moment, als Levi den Asphalt betrat, spürte er eine Erschütterung, als die Treppe langsam von einer sich schließenden, ebenfalls asphaltierten Platte verdeckt wurde. 30 Sekunden nach dem Ausstieg aus dem geheimen, unterirdischen Zug ließ sich kein Anzeichen mehr auf dessen Existenz erkennen.

Levi blinzelte erstaunt, bevor er den Blick auf die wenigen Lichter entlang der Piste schwenkte. In der Nähe durchdrangen die weißen Leuchten am Fahrwerk eines Jets die Dunkelheit.

»Yoder, hier rüber.«

Levi folgte der Stimme zu einer Besatzung von etwa 20 Personen in Uniform, die sich am Einstieg des Jets versammelt hatten. Als er sich näherte, hörte er eine Stimme, die ihm eigenartig bekannt vorkam.

»Hallo, Levi. Wie geht's den Rippen?«

Als Levi den Sprecher entdeckte, klappte ihm der Mund beinah bis zu den Knien auf. »Doktor Spears?«

Die zusammengekniffenen Augen des Mannes und sein belustigter Gesichtsausdruck waren unverwechselbar. Es handelte sich um den Arzt, der Levi zusammengeflickt hatte. »In Fleisch und Blut. Freut mich, Sie wiederzusehen. Ich hoffe, Sie sind bereit dafür.«

»Um ehrlich zu sein, weiß ich nicht mal genau, *wofür*.«

»Keine Sorge, das klären wir alles unterwegs. Wir haben etwa neun Stunden, bevor wir in Buenos Aires landen. Außerdem glaube ich, dass Brice noch dabei ist, die neuesten

Satellitenfotos zu erfassen und den Bodentransport zu organisie-ren. Ich vermute, wir schlagen erst morgen früh zu.«

Levis Aufmerksamkeit richtete sich auf den Aufnäher an Spears' Schulter. Im Gegensatz zu seinem Wolf mit Heiligen-schein zeigte der des Arztes einen Adler beim Packen einer Schlange.

John bemerkte Levis Blick und klopfte auf das Bild. »Ich weiß, was Sie denken, und ja. Wir gehören alle zur gleichen Einheit, die gar nicht wirklich existiert.«

Levi ließ den Blick über die anderen wandern, und tatsäch-lich, sie trugen alle denselben Aufnäher. Levi selbst war der Einzige mit dem Wolf. Er fragte sich, was das bedeuten mochte.

»Oh, hallo, Hübscher«, begrüßte ihn die sinnliche Stimme einer Frau. »Schön, Sie hier zu treffen.«

Levi drehte sich um und blickte in ein Gesicht, das ihm entschiedenes Unbehagen bereitete. »Hi, Annie.«

Die zum Outfit gehörende, dunkelhäutige Attentäterin kam herüber und umarmte ihn. »Sie sehen in Uniform süß aus.« Sie nickte Spears zu. »Hi, Johnny.«

Spears verdrehte die Augen und klopfte Levi auf die Schul-ter. »Wie bei einer Spinne empfiehlt es sich, sie nicht in Ihr Bett krabbeln zu lassen.« Und damit ging er zurück zum Rest der Mannschaft.

»Hören Sie nicht auf ihn«, sagte Annie. »Er ist bloß noch wund vom letzten Mal, als er und ich zusammen gespielt haben. Und ich spiele gern, wenn Sie verstehen, was ich meine.« Schamlos schlang sie den Arm um seine Taille und stieß mit der Hüfte gegen seine. »Aber ich kann auch ernst sein, wenn ich muss, und ich will Sie vor der Mission nicht auslaugen. Sie und ich übernehmen die Spitze.«

»Apropos Mission. Wissen Sie ...«

»Okay, alle mal herhören«, brüllte eine Männerstimme in die Nacht. »Wir haben neue Informationen aus der Zentrale, und wir haben Starterlaubnis. Schwingt euch an Bord und sucht euch einen Platz. Die Einsatzparameter besprechen wir in der Luft. Operation *Kristallnacht* ist angelaufen.«

KAPITEL NEUNZEHN

Es war zwei Uhr morgens in Argentinien, ungefähr 120 Kilometer südlich der Hauptstadt Buenos Aires. Knapp einen halben Kilometer von Levis Position entfernt befand sich die Mitte des Anwesens der Gerhards. An der Zufahrt stand ein Wachhäuschen, eine etwa 100 Meter lange, gepflasterte Fahrbahn führte von dort zu einer Villa mit Ost-, West- und Nordflügel. Das gesamte Gelände war von einer dreieinhalb Meter hohen Betonmauer umgeben, gekrönt von messerscharfem Stacheldraht.

Da vom Mond jede Spur fehlte, lag die Graslandschaft um das Gelände im Stockdunklen. Allerdings besaß Levi ein besseres Sehvermögen als die meisten Menschen. Ihm genügte das Licht der Sterne, um zu beobachten, wie etwa zehn Mann der taktischen Einsatzeinheit des Outfit lautlos Ausrüstung auf einen leichten Hügel rollten, der ihr Ziel überblickte.

Levi spürte, wie sich um ihn herum Spannung aufbaute, als

sich das Team für den Sturmangriff auf das Gelände wappnete. Das Team hatte die Zuständigkeiten aufgeteilt, und die andere Truppe war nirgendwo zu sehen. Deren Aufgabe bestand darin, für genügend Ablenkung zu sorgen, dass während des Angriffs keine militärische Aufmerksamkeit auf sie gelenkt wurde.

Levi rückte seinen Kevlar-Helm zurecht. Wegen der verschiedenen, daran angebrachten Nachtsichtgeräte war er so schwer, dass er sich vorläufig eher hinderlich als hilfreich anfühlte, vor allem, da Levi genug natürliche Sehkraft besaß. Er legte den Kopf nach links schief. In seinem Hals knackte es, und ein Teil der Verspannungen lockerte sich.

»Das schlechte Licht scheint Ihnen nichts auszumachen«, stellte Annie fest und kauerte sich neben ihn. »Wie machen Sie das ohne Nachtsichtbrille?«

Er unterdrückte den Drang zu lachen, als er bemerkte, dass sie selbst ein Nachtsichtgerät trug. Sie sah damit wie ein Insekt aus.

»Sobald sich meine Augen angepasst haben, ist meine Nachtsicht ziemlich gut. Besser als bei den meisten Menschen. Jedenfalls hab ich Erfahrung mit Nachtsicht, deshalb musste ich solche Hilfsmittel noch kaum je benutzen.«

»Sie können es ja mal versuchen. Sind wirklich hilfreich.« Annie klappte eine Linse hoch. »Ich verwende ein Hoplite, damit kann ich die Nachtsicht auf unendlich einstellen, und wenn ich die Linse herunterklappe, kann ich den Fokus so verschieben, dass ich im Nahbereich klar und deutlich sehen kann. Was Sie und ich brauchen werden.«

Mit einem Schulterzucken klappte Levi die Nachtsichtvorrichtung an seinem Helm herunter. Die Welt wurde tatsächlich schlagartig heller, trotzdem klappte er sie prompt wieder hoch. »Gefällt mir nicht – bringt meine periphere Sicht durcheinander. Und hier draußen mit dem Licht der Sterne und dem der Stadt, das die Wolken reflektieren, brauche ich das nicht.«

Annie schaute zum Himmel auf und schüttelte den Kopf. »Sie sind verrückt. Aber das macht Sie verdammt sexy. Ich frage mich immer öfter, wie Sie sich unter den Laken anstellen.«

Levi schmunzelte. »Sind Sie immer so drauf?«

»Wie genau?«

»So unverschämt kokett. Wissen Sie, das ist nicht unbedingt liebenswert.«

Annie seufzte. »Ist ein Persönlichkeitsfehler, aber ich hab gelernt, damit zu leben. Obwohl ich es wahrscheinlich nicht bereuen würde, mit *Ihnen* im Bett gewesen zu sein. Sind Sie mit jemandem zusammen?«

»Sind Sie es?«

»Schwer zu sagen. Es gibt da 'nen Typen, mit dem flirte ich nicht, weil mir tatsächlich etwas daran liegt, was er denkt.«

»Irgendwie vermute ich, es ist nicht Spears. Er scheint nicht Ihr größter Fan zu sein.«

Sie schwenkte wegwerfend die Hand. »Er ist bloß sauer, weil ich ihn als One-Night-Stand benutzt habe.«

»Frauen mögen es nicht, wenn Kerle das tun. Warum also sollte es einem Mann gefallen, wenn es eine Frau tut?«

Annie schüttelte den Kopf. »Sie sind wirklich naiv. Die meisten Kerle wären begeistert von versautem Sex ohne Verpflichtungen.«

»Spears offensichtlich nicht. Und unabhängig davon ist das irgendwie arschig.«

»Arschig? Normalerweise hab ich's nicht so mit dem Hintereingang. Stehen Sie da drauf?«

Levi schüttelte den Kopf. »Vielleicht sollten Sie ein wenig mit dem Kerl flirten, der Ihnen gefällt, und weniger mit dem Rest der männlichen Bevölkerung. Schon mal an die Strategie gedacht?«

»Ach, halten Sie die Klappe. Ich glaube, Sie sind zu spießig, um Spaß zu haben.«

In Levis Gehörschutz knisterte es, und er hörte den Gruppenführer, Captain Roscoe, durch das Headset.

»An alle: Achtet darauf, ständig die Ohrstöpsel drin zu haben. Der Richtschallverstärker von Brice wird dafür sorgen, dass sie nicht hören, was auf sie zukommt, und wenn ihr nicht geschützt seid ... Na ja, wir können's nicht gebrauchen, dass jemandem aus dem Team die Trommelfelle platzen.

Team Charlie ist mit der Ablenkung in genau fünf Minuten bereit, Team Gamma zieht dann den Stecker der Stromversorgung der Anlage und blockiert alle ein- und ausgehenden Signale. Das betrifft auch unseren Kommunikationskanal. Alle müssen auf ihre Ziele konzentriert und um 0300 am Evakuierungspunkt sein.

Sanchez, verstanden, was ich sage?«

»Verstanden, Sir.«

»Spears?«

»Verstanden, bin an Bord.«

»Brown?«

»Sie können Ihren Knackarsch darauf verwetten, dass ich bereit bin.« Annies Tonfall deutete an, dass sie sexy klingen

wollte, aber Levi vermutete, dass die Mithörer auf der Frequenz eher die Augen verdrehten.

»Yoder?«

»Roger, bin bereit.«

Der Captain fragte den Rest der Namen ab, bevor er verkündete: »Habe gerade von Team Charlie Bescheid bekommen. Wir haben 30 Sekunden.«

Levi sah, wie mehrere der Männer mit Hochleistungsgewehren mit montierten Schalldämpfern zielten.

»Haben Sie sich Ihre Kopie der Hauspläne eingeprägt?«, fragte Annie.

»Ja.«

»Dann haben Sie ja den unterirdischen Tunnel gesehen. Ich denke, die Gerhards werden versuchen, so zu entkommen. Der Eingang dazu ist im Nordflügel. Die Schlafzimmer sind im Ostflügel. Wohin wollen Sie?«

Levi studierte das T-förmige Haus. »Der Ostflügel ist am nächsten – sichern wir zuerst den. Team Gamma hat ohnehin Leute am Ausgang des Tunnels.«

Annie nickte.

Roscoe zählte herunter. *»Fünf ... vier ... drei ... zwei ... eins.«*

Plötzlich schien es, als hätte die Morgendämmerung mehrere Stunden zu früh eingesetzt, allerdings aus Nordwesten. Team Charlie hatte soeben ein wenig bekanntes Munitionslager westlich der Hauptstadt in die Luft gesprengt. Die Ablenkung war im Gange. Das würde die Behörden eine Weile beschäftigen.

»Langsam ... noch nicht schießen ...«

Levi spannte den Körper an, als sich mehrere Mitglieder des Teams Kletterleitern auf die Schultern hoben. Die Lichter auf dem Gelände flackerten und erloschen. Dann überschlugen sich die Ereignisse.

Ein halbes Dutzend Schüsse ertönte in der Nacht. Drei Leitern wurden an der Mauer um das Gelände aufgestellt, und das Team begann zu klettern. Weitere Schüsse ertönten, und auf dem Gelände erhellte eine Taschenlampe einen kleinen Kreis des Bodens um das Wachhaus.

Jemand rief: »*Idiot!*« Dann fiel ein weiterer Schuss, und die Taschenlampe landete auf dem Boden. Ein weiterer ausgeschalteter Wachmann.

Levi raste seine Leiter hinauf und über die Mauer. Der Stacheldraht war bereits weggeschnitten worden. Er rutschte auf der anderen Seite hinunter und landete innerhalb der Anlage.

Die Scheinwerfer eines gepanzerten Fahrzeugs hatten sich auf dem Gelände eingeschaltet. Levi sichtete Spears, der einem der Männer etwas zurief. Gleich darauf sank der Arzt mit einem Knie auf den Boden und hob sich eine große Vorrichtung an die Schulter.

Annie brüllte über den Schusswechsel: »Das ist eine dieser neuen M3E1. Die neueste Variante einer Carl Gustav. Ich frage mich, was für Munition er ...«

In dem Moment schoss ein gewaltiger Feuerschweif hinten aus dem Rohr der Waffe, während ein Projektil auf das gepanzerte Fahrzeug zuraste.

Levi schirmte die Augen ab, als das schwere Geschoss in das Fahrzeug einschlug und es fast sofort mit einer schier unmöglich grellen Explosion in die Luft sprengte. Das Wachhaus wurde beschädigt, ein Stück des umliegenden Geländes geriet in Brand.

»Irre.« Annie nickte anerkennend.

Levi deutete zu den Gebäuden. »Gehen wir.«

Er spürte die Vibrationen in der Brust, bevor er das Geräusch hörte. Sein Gehörschutz dämpfte den Lärm beträchtlich, aber nicht ganz. Jemand hatte das Gerät zur Richtbeschallung aktiviert, und er spürte und hörte die rhythmischen Klänge, die über das Gelände dröhnten. Es handelte sich um ein altes Lied, tief und langsam vorgetragen, wie ein gregorianischer Gesang – es hörte sich bedrohlich, düster und mittelalterlich an.

God rest ye merry gentlemen
  Let nothing you dismay
  Remember Christ our Savior
  Was born on Christmas Day
  To save us all from Satan's pow'r
  When we were gone astray
  Oh tidings of comfort and joy
  Comfort and joy
  Oh tidings of comfort and joy

Als sich das Lied wiederholte, beeindruckte Levi die gewaltige Kraft, die durch die Luft übertragen wurde. Die mächtige Schallwand zielte nicht einmal in ihre Richtung, dennoch erschütterte sie die Kiesel in der umliegenden Erde. Er wollte sich gar nicht vorstellen, wie laut der Schall für diejenigen sein musste, auf die er zielte.

Levi lächelte über die Ironie, dass diese gottlosen Monster

ausgerechnet mit einem Lied über Christus beschallt wurden. Und nichts anderes hatten sie verdient.

Lucy saß mit Rivka Cohen an deren Küchentisch, wo sie sich bei einer heißen Tasse Tee unterhielten. Rivka sah erschöpft aus. Sie hatte sieben Kinder und nun keinen Ehemann mehr, der ihr beim Bezahlen der Rechnungen oder irgendetwas sonst helfen konnte.

»Rivka, bitte sagen Sie mir, was ich tun kann.«

»Es gibt nichts, was irgendjemand tun kann. Wir haben unsere letzte Berufung bei der Sozialversicherung eingereicht, obwohl ich mir davon nicht viel erhoffe. Wir wissen zwar, dass sich Mendel nicht das Leben genommen hat, aber so steht es in den offiziellen Aufzeichnungen. Und wenn sich daran nichts ändert, bleibt uns wohl keine andere Wahl, als umzuziehen. Wir können uns keinen Anwalt leisten, um zu intervenieren und auf Gerechtigkeit zu pochen. Und selbst wenn, ohne neue, handfeste Beweise könnten wir nichts unternehmen.«

Lucy schaute hinüber zu dem Stapel noch nicht aufgerichteter Umzugskartons. Die Familie Cohen plante für das Unvermeidliche voraus. Ohne die monatliche Zahlung von der Sozialversicherung, die ihr eigentlich zustand, würden die Ersparnisse nicht lange reichen.

Rivka griff über den Tisch und drückte Lucys Hand. »Ist schon gut. Wir ziehen bei der Familie ein und verkaufen dieses Haus. Es wird zwar eng, aber *Haschem* wird für uns sorgen. Sie und Levi haben viel getan, um mein gequältes Herz zu beruhigen. Wenigstens kann ich mit der Gewissheit zu Bett gehen, dass die Lügen über meinen Mann *wirklich* nur Lügen sind. Mehr habe ich mir gar nicht erhofft.«

Die Haustür öffnete sich, und eine Sturmflut von Kindern raste in die Küche, umarmte Rivka und verschwand ebenso schnell in alle Ecken des Hauses.

»Denkt dran, zuerst die Hausarbeiten!«, rief ihnen Rivka hinterher.

Zwei der älteren Mädchen betraten den Raum ruhiger. »Mama, sollen wir mit dem Challa anfangen?«

Lucy stand auf. »Ich muss allmählich los.«

»Sind Sie sicher, dass Sie nicht zum Abendessen bleiben wollen?«, fragte Rivka.

Lucy bestätigte, dass sie gehen musste, und tauschte mit der Frau Küsse auf die Wange aus. »Ich werde mir ansehen, worüber wir gesprochen haben. Man weiß nie, welche Wunder geschehen können, wenn man sich etwas in den Kopf setzt.«

Rivka begleitete Lucy hinaus, während die Mädchen die Zutaten für den Teig des Schabbat-Brots vorbereiteten.

Lucy verspürte einen Anflug von Schuldgefühlen, als ihr Fahrer vom Bordstein rollte. Nervös klickten ihre Fingernägel auf die Handauflage. Obwohl es jeder Logik widersprach, fühlte sie sich für die Situation der Cohens verantwortlich. Diese Frau und ihre Familie waren unschuldige Opfer abscheulicher Umstände geworden, was Lucy stärker zu schaffen machte, als es sollte.

Zurück in ihrer Wohnung wehrte sie die Begrüßungen der anderen Frauen ab, begab sich schnurstracks in ihr Schlafzimmer und lief darin rastlos auf und ab. Anspannung nagte an ihr – nicht nur wegen der Situation der Cohens, sondern auch, weil sie so dumm gewesen war, Levi ihre Gefühle zu offenbaren.

Bald gelangte sie zu dem Entschluss, dass sie in Hinblick auf Levi vorerst nichts unternehmen konnte. Er war unterwegs und kümmerte sich um die Aufgabe, die ihm das Outfit gestellt hatte. Aber die Sache mit den Cohens ... dabei *konnte* sie etwas tun.

Für die Lösung bedurfte es nur eines Anrufs. Allerdings würde dafür ein Preis zu bezahlen sein. Und die Währung war Freiheit, für die sie so hart gearbeitet hatte. Bevor sie es zerdenken konnte, rief sie eine Nummer an, die sie eigentlich aus dem Gedächtnis löschen wollte.

Doug Mason ging ran. *»Ja?«*

»Ich bin's.«

»Lucy!« Seine Stimme klang überraschend heiter. *»Ich bin ja so froh, dass Sie entschieden haben, anzurufen. Ich sollte Ihnen wohl gratulieren.«*

»Mir gratulieren? Wozu?«

»Dazu, dass kein Kopfgeld mehr auf Sie ausgesetzt ist. War das Ihr Werk oder das unseres illustren Mr. Yoder?«

»Nein, das war ich.« Lucy atmete tief durch und hielt sich vor Augen, dass dieser Typ immer Hintergedanken hatte. »Doug, ich rufe Sie aus einem bestimmten Grund an. Ich muss Sie um einen Gefallen bitten.«

»Ach ja? Bei unserem letzten Gespräch haben Sie gemeint, Sie wären fertig mit uns und wollten Ihrer eigenen Wege gehen. Wollen Sie doch zurück, diesmal als Vollmitglied?«

»Nein, will ich nicht. Ich will mir von niemandem vorschreiben lassen, was ich wo zu tun habe.«

»Was erwarten Sie dann von uns?«

Mit aufgestauter Frustration herrschte sie ihn an: »Ich erwarte von Ihnen, dass Sie sich ausnahmsweise mal menschlich zeigen, verdammt. Muss bei Ihnen alles ein Tauschhandel sein? Da ist eine Frau, mit der Levi und ich zusammengearbeitet haben und die Hilfe bei ein paar bürokratischen Angelegenheiten braucht.«

»Sie sprechen von der Witwe Cohen.«

»Ja. Ich war es, die Levi überredet hat, ihr zu helfen. Und anscheinend ist er dadurch in etwas reingezogen worden, von dem Sie zweifellos profitieren. Das Mindeste, was Sie tun können, ist, der Frau zu helfen, indem Sie die Erkenntnisse des Gerichtsmediziners richtigstellen. Sie hat sieben Kinder, um Himmels willen.«

»Warum kaufen Sie nicht einfach ihr Leben? Sie können es sich leisten.«

Lucys Blut geriet in Wallung. »Manchmal sind Sie ein richtiges Arschloch. Für diese Leute geht es dabei um mehr als Geld. Solange es nicht offiziell geklärt ist, wird diese Familie nie die Gewissheit haben, dass ihr Ehemann und Vater kein fremdgehender Feigling war. Ich weiß, dass dieser Cohen verschiedenstem Nazi-Scheiß nachgespürt hat, mit dem Sie sich jetzt wahrscheinlich befassen. Mendel Cohen war ein anständiger Mann, und Sie wissen verdammt genau, dass er ermordet wurde. Dass sein Andenken in seiner Familie dermaßen besudelt ist, hat er nicht verdient. Ich weiß, Sie sind in Wirklichkeit eine Echse, die nur menschliche Haut trägt, um mit Leuten auszukommen. Aber können Sie nicht wenigstens *einmal* etwas tun, das Ihnen kein Lob bei Ihren Outfit-Sitzungen einbringt, wo auch immer die stattfinden?«

Mason kicherte, bevor er antwortete. *»Ich vermisse Ihre Wortgewandtheit, Drachenlady.«*

»Und ich vermisse nichts an Ihnen. Können Sie den Cohens helfen oder nicht?«

Einige Sekunden lang herrschte Stille in der Leitung, bevor Mason erwiderte: *»Was halten Sie davon? Sie versprechen mir, eine Kommunikationsleitung für mich offen zu halten, und ich sehe, was ich tun kann. Haben wir eine Vereinbarung?«*

Lucy runzelte die Stirn. »Denke schon. Sie sehen sich die Cohen-Sache an?«

»Ja.«

»Doug ...« Lucy seufzte frustriert.

»Was ist?«

»Nichts. Tun Sie einfach, was Sie können.«

Damit legte Lucy auf und öffnete die Nachttischschublade. Sie holte eine Münze heraus und betrachtete das Bild darauf: ein Wolf mit dem Heiligenschein eines Engels. Ein großes X prangte quer darüber, weil die Münze ungültig war.

Ihr ehemaliger Ausweis.

Matt lächelte sie. »Tja, ich hab bekommen, was ich wollte, und ich musste dafür nicht meine Seele verkaufen. Ich hoffe nur, er liefert auch.«

KAPITEL ZWANZIG

God rest ye merry gentlemen
Let nothing you dismay
Remember Christ our ...

Levi tippte auf einen Knopf an seinem Headset, und der ohrenbetäubende Gesang verschwand fast vollständig. Erstaunlich, wenn man bedachte, dass er die Vibrationen nach wie vor in der Brust spürte. Einer der Wissenschaftsoffiziere im Team hatte es im Flugzeug erklärt – es hatte etwas mit Schmalband-Geräuschunterdrückung zu tun, abgestimmt auf den Schallgenerator. Jedenfalls war es beeindruckend.

Nun, da er sich wieder denken hören konnte, konzentrierte sich Levi auf das Haus. Die Innenausstattung konnte es mit der in den besten Hotels der Welt aufnehmen: überall Marmor und Gold, graviertes Holz und der Duft von Zitronenpolitur. Allerdings herrschte im Haus eine derartige Finsternis, dass sogar

Levi die Nachtsichtbrille brauchte. Den Fokus hatte er für ein Auge auf unendlich eingestellt, für das andere auf Nahsicht. Er schwenkte den M4-Karabiner in den Flur im Erdgeschoss, der mit einer T-Verzweigung endete. Der Infrarotstrahler seiner Waffe tauchte den Bereich in unsichtbares Licht, das sich im Visier hell abzeichnete.

Annie stellte sich neben ihn und zeigte mit Handzeichen an, dass sie die linke Seite übernehmen würde. Levi rückte langsam nach rechts vor.

Als er den angrenzenden Korridor hinunterging, öffnete sich eine Tür, und ein Mann wankte mit einem über die Schulter geschlungenen AK-47 heraus, das Gesicht gequält verzogen, die Hände über die Ohren gelegt. Levi gab zwei Schüsse in das Ziel ab, einen in die Brust, einen in den Kiefer. Der Mann wurde herumgeschleudert und ging zu Boden. Schnell breitete sich eine Blutlache unter dem verrenkten Körper des Mannes aus.

Levi setzte den Vormarsch fort und rief sich den Grundriss des Erdgeschosses ins Gedächtnis. Er befand sich im Wohntrakt. Schlafzimmer säumten beide Seiten des Gangs. Das Größte lag am Ende.

Irgendwo in der Ferne ertönten Schüsse automatischer Waffen, gefolgt von einem lauten Knall. Eine Granate?

Rasch sicherte Levi im Vorbeigehen ein Zimmer nach dem anderen. Als er die verzierte Doppeltür des Hauptschlafzimmers erreichte, trat er sie auf und duckte sich, als Schüsse losbrachen.

»¡*Quítate! Weg von mir!*«, brüllte ein panischer alter Mann sowohl auf Spanisch als auch auf Deutsch. Er trug eine schlichte Pyjamahose und ein T-Shirt. Aber die goldene Rolex am Handgelenk und eine schwere Goldkette um den Hals verrieten Levi, dass es sich höchstwahrscheinlich um den Mann handelte, den er suchte.

Es war immer noch stockdunkel, und der Mann starrte blicklos mit großen Augen in alle Richtungen, während sich die Kampfgeräusche näherten. Levi lächelte, als er das Klicken eines leergeschossenen Revolvers hörte.

»Mr. Juan Gerhard, nehme ich an«, rief Levi, als er sich dem Mann näherte.

»Wer ist da?«, gab der Mann auf Englisch mit starkem Akzent zurück.

»Mendel Cohen«, erwiderte Levi mit knurrendem Unterton nur drei Meter entfernt.

Der Mann erstarrte kurz, dann schnaubte er höhnisch. »Ein guter Witz. Aber er ist vorbei. Ich habe bereits die Behörden verständigt. Sie werden jeden Moment hier sein.«

Levi spürte, wie ein Anflug von Wut durch ihn fegte. »Blödsinn.« Er warf einen Blick auf das Bett. Ein Handy lag darauf. Er ließ den M4 auf den alten Mann gerichtet, als er sich vorbeugte und das Handy ergriff. Es zeigte kein Signal an. Frostig lächelte er in Gerhards Richtung, als er den Kopf schüttelte und das Telefon wegwarf. »Wir blockieren das Mobilfunksignal, und die Festnetzanschlüsse sind gekappt, *Herr* Gerhard.«

»Wer auch immer Sie sind, offenbar gehören Sie zum amerikanischen Militär. Sie müssen mich festnehmen – ich bin unbewaffnet.« Damit warf er den leeren Revolver weg und streckte die Hände aus. »Meine Anwälte holen mich in weniger als 24 Stunden raus, und Sie werden bereuen, dass Sie je ...«

Ein Schuss knallte hinter Levi und verteilte Juan Gerhards

Schädeldecke über das Bett. Der Körper des alten Mannes sackte krampfhaft zuckend zusammen.

»Wurden Sie getroffen?«, fragte Annie besorgt.

»Nein.« Levi blickte auf den alten Milliardär hinab – tot, genau wie seine Opfer.

»Tja, verschwinden wir. Die anderen Zimmer sind gesichert.«

Als sie sich abwandten und den Weg zum Nordflügel antraten, richteten sich Levis Gedanken auf den Sohn des Milliardärs, Herman Gerhard. Einer erledigt, noch einer übrig.

Als sie den Flur betraten, der zum Fluchttunnel führte, fielen Schüsse. Annie und Levi warfen sich zu Boden, zielten auf einen der Wachleute und trafen ihn, durchsiebten ihn jeweils mit einer Dreiersalve.

Dann rückten sie weiter vor, und Levi raunte knurrend: »Ich schulde dem Sohn noch etwas Rache.«

Annie nickte. »Sie können ihn haben, solange Sie sich nicht von ihm vollquatschen lassen. So gehen in den Comics immer die Guten drauf. Tun Sie's einfach nicht.«

»Ja, Ma'am.«

Die Tür hinter dem toten Wachmann war locker zweieinhalb Meter hoch. Etliche Bilder deutscher Militärs waren darin eingraviert, unter anderem Hitler ganz oben und ein Hakenkreuz darunter. Außerdem war sie verriegelt.

Levi wollte gerade auf das Schloss schießen, als Annie ihm eine Hand auf den Arm legte. »Moment.«

Sie kramte in den Taschen des toten Wachmanns und holte einen großen Zierschlüssel hervor. Sie schob ihn ins Schloss, drehte ihn und entriegelte die Tür.

Mit gezücktem M4 drückte Levi die Tür auf. Dahinter befand sich ein schlichter Raum, gefüllt mit Aktenschränken. Es roch nach Feuchtigkeit und Eau de Cologne. Am anderen Ende stand eine weitere Tür offen, hinter der eine Treppe nach unten führte.

»Hier sind wir richtig«, flüsterte Annie.

Levi ging die Treppe hinunter voraus. Die Stufen führten zu einem aus massivem Fels gehauenen Tunnel. Nur gelegentlich ragte eine Wurzel durch einen Riss im Grundgestein.

Levi stellte fest, dass die Vibrationen in seiner Brust verschwunden waren, also tippte er an sein Headset und deaktivierte den Schmalbandfilter. Von oben hörte er gedämpft die Gesänge. Abgesehen davon herrschte Stille im Tunnel.

Levi atmete tief durch, als er weiter vorrückte. Annie bewegte sich wie ein lautloser Schatten neben ihm.

Der Geruch von Eau de Cologne wurde stärker.

Sie erreichten eine Gabelung. Die Duftspur ließ erkennen, dass jemand den Weg nach links eingeschlagen hatte, was Levi überraschte. Laut ihren Karten führte dieser Weg in ein Lager – eine Sackgasse. Der Ausgang befand sich rechts.

Levi bedeutete Annie zu warten, dann rückte er langsam den linken Tunnel hinunter vor.

Als er eine Krümmung im Gang erreichte, der zur Lagerkammer verlief, löste er eine Tränengasgranate von seinem Gürtel, zog den Stift und warf die Granate um die Ecke.

Die Reaktion bestand aus einem Kugelhagel, der von der

Tunnelwand abprallte, Steinsplitter aufspritzte und Staub durch die Luft wirbelte.

Levi ging auf dem Bauch in schussbereite Position. Das Zischen des entweichenden Tränengases drang den Tunnel entlang, gefolgt von einem Husten und dem Geräusch von Schritten. Ein Teil des Rauchs quoll um die Ecke, aber Levi befand sich in sicherer Entfernung.

Plötzlich stolperte ein Mann blind um die Ecke.

Levi schoss. Ein Volltreffer unter dem Kiefer, der Herman Gerhard den Hinterkopf wegblies.

Es war vorbei.

Levi blickte über den Rand des MH-60M Black Hawk, der 15 Meter über dem Atlantik schwebte. An Seilen unter dem Hubschrauber baumelten zwei blutbefleckte, in Ketten gewickelte Leichen.

Die Stimme des Piloten ertönte in seinem Headset. *»Wann immer Sie bereit sind.«*

Levi zog den Freigabehebel, und die Leichen der Gerhards landeten platschend im Wasser. Sie sanken unter die Oberfläche, traten den Weg zum Meeresgrund in einer Tiefe von über 3.500 Metern an.

»Levi.« Masons Stimme.

»Ja. Habe gerade das Paket entsorgt.«

Der Hubschrauber stieg höher und entfernte sich von der Küste.

»Ausgezeichnet. Nach dem Aufbruch der Teams braut sich

gerade ein wenig Ärger zusammen, deshalb wechseln wir zu Plan B für Ihre Evakuierung. Der Pilot bringt Sie zur USS Stout, *ungefähr 100 Kilometer ost-nordöstlich Ihrer aktuellen Position.«*

»Was ist die USS *Stout?* Und wie komme ich zurück nach Hause?«

»*Die* Stout *ist das nächstgelegene Schiff, mit dem ich arrangieren konnte, dass es Ihren Helikopter aufnimmt. Es handelt sich um einen Zerstörer der Arleigh-Burke-Klasse, Sie sind also in guten Händen. Sobald Sie sich in Reichweite eines Lands befinden, das weniger verärgert über uns ist, befördert Sie der Black Hawk zu einem Flughafen, und wir bringen Sie flugs nach Hause. Keine Sorge.«*

Levi lehnte sich zurück und zuckte mit den Schultern. Zwei böse Menschen waren beseitigt worden, wahrscheinlich sogar etliche mehr. Das war gut. Aber er fragte sich, ob es am Ende etwas bewirken würde. Die Welt war immer noch ein beschissener Ort.

»Bitte sagen Sie mir, dass wir dort Informationen gefunden haben, mit denen Sie etwas Nützliches anfangen können.«

Mason lachte leise. »*Wir haben alles, was es zu holen gab. Wir analysieren es in den nächsten zwölf bis 24 Stunden. Eins wissen wir jetzt schon mit Sicherheit: Sie haben gerade einer Gruppe den Kopf abgehackt, die seit Jahrzehnten die Medien finanziert und infiltriert. Ach ja, und zufällig ist die gesamte Anlage kurz, nachdem Sie zum Beerdigungsdienst aufgebrochen sind, irgendwie in Rauch und Flammen aufgegangen.«*

»Irgendwie, hm?« Levi lächelte.

»*Oh, und noch ein paar andere Dinge. Die Gerhard-Gruppe*

gibt es nicht mehr. Einige unserer Forensiker haben die verschachtelten Bankverbindungen des Konzerns geknackt und ... Na, sagen wir einfach, die Unternehmensgruppe ist nicht mehr liquide.

Und da diese Mission Sie in verschiedener Hinsicht einiges gekostet hat, haben wir eine Entschädigung für Sie veranlasst. Nennen wir es eine Art Schmerzensgeld. Es wird auf ein Konto eingezahlt, von dem Sie es abheben können. Außerdem habe ich für die Unterbringung und den Schutz einer unserer Agentinnen eine Zahlung an Ihren Vermieter vorbereitet – der allerdings keine Schecks annimmt, wie ich vermute. Diesbezüglich rufe ich Sie wegen der Vorkehrungen noch einmal an.«

»Mein Vermieter ... oh, okay.« Levi vermutete, dass Mason damit den Don meinte, aber ihn überraschte, dass ihm das Outfit etwas bezahlen würde. Klang zwar logisch, dennoch hätte er nicht damit gerechnet.

»Levi, vergessen Sie nicht: Das waren böse Menschen, die jetzt nie wieder Unfrieden stiften können. Ich sorge dafür, dass die Mission Gutes bewirkt. Aber ich kann nicht versprechen, dass damit Schwierigkeiten dieser Art beendet sind. Wir kämpfen weiter für das Gute, und Sie sollen wissen, dass Sie heute Gutes getan haben. Entspannen Sie sich jetzt einfach, und ich kümmere mich darum, dass Sie im Handumdrehen wieder zu Hause sind.«

Levi lehnte den Kopf zurück und schloss die Augen. Kurz, bevor er einschlief, fragte er sich, wie es Lucy ging.

KAPITEL EINUNDZWANZIG

Auf dem Heimweg musste Levi einen Zwischenstopp in Harlem einlegen, um die militärische Ausrüstung gegen seine Zivilkleidung auszutauschen. Diesmal ereignete sich nichts Merkwürdiges in dem Club, der keiner war – keine Briten oder Gänge, die einfach verschwanden, keine Treppen, die nach unten zu Hochgeschwindigkeitszügen führten. Was Levi als Erleichterung empfand. Das Outfit blieb ein in Rätsel gehülltes Mysterium, und ihm fehlte schlichtweg die mentale Energie, sich damit auseinanderzusetzen.

In Wirklichkeit wollte er einfach sein Leben dorthin zurücklenken, wo es vor dem Fall Cohen und der Verstrickung mit dem Outfit gewesen war.

Mittlerweile stieß er im *Gerard's* mit Lucy an. Sie hatte einen Scotch mit Soda, er ein Selters, und seine Welt war wieder heil.

Lucy trank einen Schluck, bevor sie sich über den Tisch streckte und seine Hand ergriff. »Du hast mir wirklich gefehlt.

Fühlt sich seltsam an, das zu sagen, weil du ja nur ein paar Tage weg warst, trotzdem ist es so.«

Als Levi sie ansah, wurde ihm plötzlich klar, was sich an ihr verändert hatte. Anfangs war sie immer so unergründlich gewesen. Ihr Gesicht hätte genauso gut das einer Porzellanpuppe sein können. Er konnte weder ihre Emotionen noch ihre Gedanken erahnen, nichts. Nun jedoch, als er in ihre dunkelbraunen Augen blickte, sah er alles. Verwundbarkeit. Zufriedenheit – die sie vorher eindeutig nicht ausgestrahlt hatte. Und mehr. So viel mehr.

Die Eingangstür öffnete sich, und zwei Personen traten ein – Rivka Cohen und ihr Onkel Menachem. Und zum ersten Mal lächelten sie beide breit.

»Was hat es mit den glücklichen Gesichtern auf sich?«, fragte Levi.

Rivka umarmte Lucy, und Menachem schnappte sich Levi und küsste ihn auf beide Wangen. Menachem verkündete laut genug, dass es alle hörten: »Dieser Mann ist ein Wundertäter.«

Verwirrt lud Levi die beiden mit einer Geste ein, sich zu setzen. »Bitte etwas weniger Enthusiasmus. Was habe ich verpasst?«

Rivka holte mit strahlender Miene einen Umschlag hervor und schob ihn zu ihm. Levi holte den Inhalt heraus.

Es handelte sich um zweierlei: einen offiziellen Bericht des Gerichtsmediziners von New York und ein Schreiben von der Sozialversicherung.

Bevor Levi die Dokumente lesen konnte, ergriff Menachem überschwänglich das Wort. »Anscheinend hat jemand eine Überprüfung durch den Gerichtsmediziner veranlasst, und infolgedessen wurde die Todesursache als Mord richtiggestellt. Ein Mann namens Jerry Mixon hatte dasselbe Gift zu Hause, mit dem Mendel umgebracht wurde. Anscheinend ein seltenes Gift. Die Polizei erhebt Anklage gegen ihn – obwohl er verschwunden ist.«

Rivka nickte. »Und als wir das der Sozialversicherung übergeben haben, hatte man dort den Bericht bereits erhalten und war dabei, den Beschluss zu ändern.«

»Wie ich schon sagte, ein Wundertäter!«, betonte Menachem.

Levi öffnete und schloss den Mund. Er hatte keine Ahnung, wie es dazu gekommen war. Sein Blick fiel auf Lucy, die nur lächelte und unter dem Tisch seinen Oberschenkel drückte.

Levi wandte sich wieder den Cohens zu. »Ich will ehrlich sein: Einiges davon war Glück« – er deutete mit dem Kopf auf Lucy – »oder ihr zu verdanken. Sie hat auf verschiedenste Weise mitgeholfen. Wahrscheinlich hat sie mehr an Wundern gewirkt als ich.«

Lucy stupste ihn mit dem Ellbogen und schüttelte den Kopf. »Er ist zu bescheiden. Das war sein Werk.« Sie griff über den Tisch und drückte Rivkas Hand. »So oder so, ich freue mich für Sie beide.«

Rivka stand ebenso auf wie Menachem, der sagte: »Heute Abend ist Schabbat, und ich muss noch Vorbereitungen treffen, da wir jetzt doch nicht umziehen. Meinen Sie, dass Sie heute zum Abendessen kommen können? Wir würden uns freuen, wenn Sie mit uns feiern.«

Levi sah Lucy an, die nickte. »Wir sind vor Sonnenuntergang da.«

»Fantastisch.« Rivka klatschte begeistert in die Hände. »Dann bis später.«

Levi fühlte sich zum ersten Mal seit langer Zeit wieder richtig glücklich, als Rivka und Menachem die Kneipe verließen. Er streckte Lucy sein Glas entgegen. »Das haben wir gut gemacht.«

Lucy wischte sich eine Träne aus dem Auge, nickte und stieß mit ihm an. »Haben wir wirklich.«

»Aber ich muss vor dem Abendessen noch mit dem Don reden. Treffen wir uns bei den Cohens?«

»Wie wär's, wenn ich in ein paar Stunden vorbeikomme? Ich ziehe mich einfach bei dir zu Hause um, okay?«

»Soll mir recht sein.« Levi warf einen Blick auf die Uhr über der Bar. »Ich mache mich mal besser auf den Weg.«

Lucy leerte ihren Drink, und beide standen auf.

Lucys Fahrer wartete draußen und setzte Levi vor seinem Wohngebäude ab, bevor er Lucy zu ihr nach Hause brachte. Und als Levi beobachtete, wie der SUV die Straße hinunter verschwand, wurde ihm etwas klar:

Auch er hatte sie aufrichtig vermisst.

***

»Ich unterschreibe für Mister Bianchi«, erklärte Levi, als er einen Blick auf das Klemmbrett des bewaffneten Wachmanns warf und feststellte, dass es sich um eine Lieferung für Vincenzo Bianchi handelte, per Adresse Levi Yoder. Er beugte sich vor und spähte an dem Mann vorbei. Ein gepanzerter Lieferwagen parkte vor dem Wohnhaus der Verbrecherfamilie Bianchi. Tony, der an diesem Nachmittag Sicherheitsdienst am Eingang versah, beobachtete verwirrt das Geschehen, als Levi die Quittung auf dem Klemmbrett des Wachmanns unterschrieb.

»Danke, Sir.« Der Mann übergab Levi einen schweren Aktenkoffer und einen Schlüssel.

Wenige Sekunden später fuhr der gepanzerte Wagen davon, und Tony rollte das Röntgengerät heraus, während Levi den Aktenkoffer auf dem Tisch unter der Klingeltafel ablegte.

Dann wurde der Koffer geröntgt, und nach etwa einer Minute nickte Tony und sagte: »Nichts, was einen großen Knall verursachen könnte. Sieht nach einem Haufen Papier aus. Keine Kabel, auch sonst nichts Verdächtiges.«

Levi drückte auf einen Knopf der Klingeltafel und hörte, wie ein Telefon klingelte.

Nach dem zweiten Läuten dröhnte die Stimme von Don Bianchi durch die Lobby. *»Was gibt's, Tony?«*

»Hi, hier ist Levi. Für dich ist gerade ein Aktenkoffer in einem gepanzerten Wagen eingetroffen.«

»Ein Aktenkoffer? Hat Tony ...«

»Er ist sauber, Don Bianchi«, betonte Tony.

»Okay, Levi. Komm rauf, ich wollte sowieso mit dir reden.«

»Bin gleich da.«

Levi verließ den Aufzug und ging einen kurzen Flur entlang. Zwei Mafiosi sprangen von ihren Stühlen auf und öffneten eine Doppeltür zu Don Bianchis Salon.

Als Levi eintrat, lächelte er über den warmen, stilvollen

Überfluss, der ihn empfing. Ein völlig anderes Flair als bei Lucy. Dabei bestand durchaus die Möglichkeit, dass Lucy reicher war als der Don. Aber irgendwie fühlte sich Vinnies Geschmack für Levi heimeliger an. Sein Stil vermittelte eine wohnliche Wärme, der von Lucy eher die Atmosphäre eines Museums.

Die beiden Kamine waren angezündet und verströmten flackernd eine einladende Wärme. Vinnies großer Schreibtisch, die Bar, die Sessel, die geschnitzte Holzvertäfelung, die Nachbildung der *Venus de Milo*. So fühlte sich ein Zuhause an.

Es war niemand da.

Levi ging zu den beiden Sesseln am Kamin hinüber und legte den Aktenkoffer auf den Tisch dazwischen.

Dann holte er tief Luft und fragte sich, was Vinnie wollte. In letzter Zeit galt die Aufmerksamkeit des Oberhaupts der Familie Bianchi einer Vielzahl von Themen, von denen Levi nur am Rande wusste. Unter anderem gab es Streit mit einer anderen Mafiafamilie in Jersey, doch vom Rest hatte er praktisch gar keine Ahnung.

Levi empfand es immer noch als seltsam, in Vinnie das Oberhaupt des Mafiaclans zu sehen. Immerhin kannte er ihn schon, seit sie beide bessere Kinder gewesen waren. Bereits Vinnies Vater hatte sich sehr für Levi eingesetzt, und soweit er wusste, war er als einziges Vollmitglied der *Cosa Nostra* kein Italiener.

Levi saß mit zurückgelehntem Kopf und geschlossenen Augen da, als Don Vincenzo Bianchi, Oberhaupt der Verbrecherfamilie Bianchi und Levis lebenslanger Freund, den Raum betrat. Ihre Blicke begegneten sich, und Vinnies vertrautes, schiefes Lächeln weckte Jugenderinnerungen an sie beide auf den Straßen von Little Italy.

Das waren gute Zeiten gewesen.

»Levi!« Vinnie durchquerte den Salon mit schnellen Schritten. Sie umarmten sich und küssten sich gegenseitig auf die Wangen. Wie immer schenkte sich der Don einen Amaretto Sour ein. »Kann ich dir ein Selters machen?«

»Klar, warum nicht?«

Levi ging zur Bar hinüber, wo Vinnie eine CO_2-Patrone in einen großen Metallkanister einlegte. Wenig später saßen die zwei Männer mit ihren Getränken um eines der Feuer.

»Wo ist Frankie?« Sonst war Frankie als Leiter der Sicherheit und Vinnies Cousin immer dabei.

»Ich wollte, dass wir beide unter uns sind.« Vinnie lächelte und deutete mit seinem Getränk auf Levi. Die süße, bernsteinfarbene Flüssigkeit schwappte in dem geätzten Kristallglas. »Und hast du auch den Schlüssel für das Ding?«

»Ach ja, hätte ich beinah vergessen.« Levi kramte den Schlüssel aus der Tasche und überreichte ihn dem Don.

Vinnie starrte auf den Schlüssel, drehte ihn in der Hand und warf ihn dann in den Kamin.

»Was?« Levi setzte sich aufrechter hin, starrte zwischen dem Schlüssel und Vinnie hin und her. »Warum hast du das gemacht?«

Vinnie wischte die Frage mit einer Geste weg und zeigte auf den Schlüssel. »Schau.«

Der Schlüssel war unter dem Rost gelandet, wo die Erdgasflammen durch das Lavagestein drangen. Er leuchtete hell, schimmerte sogar, wirkte in Bewegung. Und dann geriet er tatsächlich in Bewegung. Der Schlüssel schmolz und verwandelte sich in eine Pfütze, wohl aus Blei, wie Levi annehmen musste.

»Der Schlüssel ist eine *fugazi*.«

»Eine Fälschung? Der Schlüssel war eine Fälschung?« Levi runzelte die Stirn. »Aber das war der einzige Schlüssel, den ich hatte.«

Vinnie lachte, beugte sich vor und tätschelte Levi das Knie. »Mein Freund, ich muss dir was beichten. Du hattest vor ein paar Monaten recht. Ich hab mich verplappert, und du hast mich ertappt. Sonst würde ich es natürlich nicht zugeben, aber du hast mich voll erwischt.«

»Vinnie, ich hab keine Ahnung, wovon du redest.«

Der Don deutete auf den Aktenkoffer. »Such das Schlüsselloch.«

Levi ergriff den Aktenkoffer und fuhr mit der Hand dort entlang, wo er ein Schlüsselloch oder ein Kombinationsschloss erwartet hätte. Nichts. Er versuchte, die Schnallen zu öffnen, aber sie rührten sich nicht. »Das versteh ich nicht. Wie macht man den auf?«

Mit einem Gesichtsausdruck wie die Grinsekatze antwortete Vinnie: »Es sind zwei echte Engel in Teufelsgestalt nötig, um ihn zu öffnen.«

»Ich verstehe nicht, was ...« Plötzlich erstarrte Levi, und seine Augen weiteten sich, als er Vinnie anglotzte. Sein Gedächtnis kehrte zum letzten Mal zurück, als Levi diese Redewendung in Vinnies Gegenwart erwähnt hatte. Die Szene lief in seinem Kopf ab.

. . .

»Weißt du noch, dass du mich mal 'nen Engel in Teufelsgestalt genannt hast?«

Der Don wischte sich über die Augen. »Kann sein, vielleicht.« Er tätschelte Levis Brust und schmunzelte. »Passt jedenfalls für dich wie die Faust aufs Auge.« Dann wandte er sich an Frankie und zeigte auf die Truhe. »Rede mit den Rosenbergs. Sie müssen ...«

Levi war damals aufgefallen, wie schnell Vinnie das Thema gewechselt hatte. Nun jedoch ...

Levis Mund klappte auf, als er beobachtete, wie Vinnie etwas aus der Westentasche holte und die Hand ausstreckte. Der Don hielt eine Münze in den Fingern.

»Auf keinen verdammten Fall ...« Levi beugte sich vor und griff nach dem Rand der Münze. Eine Sekunde verstrich, dann begann das Auge der Pyramide zu leuchten.

Levi sprang vom Sessel auf und fuhr sich mit den Fingern durchs Haar, während er ungläubig den Mann anstarrte, den er schon fast sein Leben lang kannte.

Vinnie zeigte auf den leeren Sessel. »Setz dich wieder. Ich weiß, das ist heftig, aber lass uns reden.«

Levi nahm Platz und fragte in gedämpftem Ton: »Wer weiß sonst noch davon?«

»Niemand. Ich hab einen Kontakt beim Outfit. Ich mache nicht mehr viel für den Verein, nur hin und wieder eine Kleinigkeit. Vor zwei Tagen hab ich von meinem Kontakt erfahren, dass du jetzt *drin* bist.«

»Warte.« Levis Verstand raste, um den Ansturm der

Gedanken zu verarbeiten. »Also hast du schon damals davon gewusst, als ich mit der japanischen Yakuza zu tun hatte?«

Vinnie nickte. »Ja. Und ich fand, du wärst genau der richtige Mann für den Job. Tut mir leid, aber sie haben meinetwegen von dir gewusst.«

Levi blinzelte, als er sich zurücklehnte. Verblüfft. »Wie lange bist du schon dabei?«

»Hat sich kurz nach deinem Verschwinden ergeben. Nach dem Tod deiner Mary. Mein Pa war krank, und sie wollten einen *Insider* bei den Familien von New York City.« Vinnie leerte sein Glas und stellte es auf den Tisch. »Keine Ahnung, ob du davon gehört hast oder nicht, aber nachdem Pa gestorben war, hat auf den Straßen ein rauer Wind geweht. Das Outfit hat mir geholfen, meine Macht zu festigen. Versteh mich nicht falsch, mir ist schon klar, dass der Verein seine eigenen Ziele verfolgt, aber ich glaube, im Großen und Ganzen haben die das Wohl unseres Landes im Sinn. Vielleicht sogar der ganzen Welt. Wir sind mit Sicherheit nicht legal, jedenfalls nicht völlig, aber wir halten die Dinge ruhig.« Er zeigte auf den Aktenkoffer. »Tja, lass ihn uns mal aufmachen.«

Levi warf einen Blick auf den Koffer und fragte: »Wie?«

Vinnie beugte sich vor und legte einen Finger unter die Schnalle an der rechten Seite des Aktenkoffers. »Unter der Schnalle ist irgendein Scanner. Es sind zwei Mitglieder nötig, um den Koffer zu öffnen. Wenn ihn jemand mit Gewalt aufzubrechen versucht, zerstört er sich selbst – wie in diesen *Mission Impossible*-Filmen.«

Levi starrte Vinnie an. Er hatte immer noch Mühe zu verarbeiten, dass der Anführer der Verbrecherfamilie Bianchi Mitglied beim Outfit war. Er beugte sich vor und legte den Finger unter die andere Schnalle. Fast sofort öffnete sich der Aktenkoffer.

»Mal sehen, was wir hier haben.« Vinnie klappte den Deckel auf und nickte, als er Geldbündel herausholte. Jedes Bündel zu 10.000 Dollar war mit »VB« gekennzeichnet.

Levi betrachtete mit gerunzelter Stirn eine Schachtel, an der ein Umschlag klebte. »Ich dachte, beim Röntgen hätte sich nur Papier gezeigt. Was ist das?«

»Wie ich diese Typen kenne, ist das Ding für Röntgenstrahlen unsichtbar oder so.« Vinnie ergriff die Schachtel und nickte anerkennend. »Auf dem Umschlag steht dein Name.«

Vinnie reichte ihn Levi, und kaum hatte er den Umschlag von der Schachtel gelöst, lief ihm ein Schauder über den Rücken. So eine Box hatte er schon einmal gesehen. Als er den Umschlag öffnete, stellte er überrascht fest, dass er einen handgeschriebenen Brief enthielt.

Levi,

bestimmt sind Sie gerade ziemlich schockiert. Aber ich habe Ihnen schon bei unserer ersten Begegnung gesagt, dass wir eine äußerst erlesene Gruppe von Menschen sind, der Sie sich anschließen. Wir sprechen Einladungen nicht leichtfertig aus, und Verrat wird mit Verstoß aus der Gruppe geahndet.

Wir haben für die erfolgreiche durchgeführte Mission eine stattliche Gutschrift auf Ihr Konto eingezahlt. Nochmals danke. Ich muss jedoch anmerken, dass wir Sicherheit in unserer Organisation überaus ernst nehmen und daher jeden aufmerksam im Auge behalten. Wir erwarten viel und sind der Meinung, dass die

Vorzüge in einem angemessenen Verhältnis dazu stehen, was Sie investieren.

Wie immer beobachten wir. Ich habe mir Videomaterial von der Operation angesehen, an der Sie unmittelbar vor der Kirche St. Michael teilgenommen haben. Lucy und ihr Team haben bewundernswert zusammengearbeitet. Ich hatte irrtümlich angenommen, Sie wären ein entscheidender Bestandteil der Operation. Meine Kündigung der Mitgliedschaft von Lucy im Outfit habe ich überdacht.

Anbei finden Sie eine Identifikationsvorlage. Sie weiß, wie man sie benutzt, und wenn sie sich dafür entscheidet, wird sie gern wieder als Mitglied meiner Einheit aufgenommen. Dasselbe gilt für Sie.

Ach ja, und Sie könnten ihr etwas von mir ausrichten.

Sagen Sie ihr, ich verlange nicht, dass sie dem Outfit ihre Seele verkauft. Ich kann nachvollziehen, dass sie das nicht möchte. Wir wollen sie nur gelegentlich mieten.

Mason.

Levi nahm die lackierte Schachtel in die Hand und lächelte.

Vinnie fragte: »Ist alles in Ordnung?«

Er nickte. »Es wird allmählich. Ich muss heute Abend noch ein paar Dinge mit Lucy besprechen.«

Levi war frisch geduscht und trug einen Bademantel, als es an der Tür klingelte. Als er öffnete, stand Lucy davor, in einer Hand eine Zeitung, in der anderen einen Kleidersack.

Sie musterte ihn von oben bis unten und lächelte. »Tony hat mich heraufgelassen. Ich hoffe, ich komme nicht ungelegen.«

»Nein, gar nicht. Hey, ich hab was von Mason für dich.«

»Das kann warten.« Sie trat ein und legte den Kleidersack auf einen der Stühle. »Setz dich.«

Levi lächelte, nahm Platz und stellte fest, dass Lucys herrische Seite wieder in Erscheinung trat.

Sie warf ihm die Zeitung zu. »Sieh dir die Schlagzeile an.«

Er las laut vor. »*Israel wehrt Angriff palästinensischer Terroristen ab*. Das ist mal eine Schlagzeile, von der ich nicht gedacht hätte, sie je zu sehen.« Er überflog den Artikel, der beschrieb, wie die vom Iran unterstützte Hisbollah einen Angriff mit palästinensischen Kindern inszeniert hatte.

Lucy setzte sich auf seinen Schoß, zerknüllte das Papier und lächelte. Sie schlang einen Arm um seine Schultern, berührte ihn am Kinn und zog ihn für einen Kuss näher. Als sich ihre Lippen berührten, legte sich Levis Hand versehentlich auf ihre Taille, und er riss sie schnell zurück.

Sie flüsterte: »Berühr mich noch mal.«

Levis Herz raste, als er die Hand hinten auf ihre Schulter legte und mit den Fingern nach unten fuhr, bis er ihr Kreuz erreichte.

Dann lehnte er sich zurück, und seine Augen weiteten sich. »Das versteh ich nicht. Normalerweise flippst du aus, wenn ...«

Lucy legte ihm einen Finger auf die Lippen, und ihre Augen wurden glasig vor unvergossenen Tränen. »Sagen wir einfach, ich habe etwas über emotionalen Ballast erfahren, von dem ich nicht wusste, dass ich ihn hatte. Und als ich ihn abgeworfen habe, bin ich über einige Dinge hinweggekommen. Außerdem hab ich dir ja gesagt, dass es für alle Beteiligten gut wäre, zusammen ein Geschäft aufzuziehen.«

Er legte die Hand auf ihr Bein und staunte, als sie nicht zusammenzuckte. »Und wie geht's jetzt mit dieser Partnerschaft weiter?«

Lucy errötete, und sie zog am Knoten des Gürtels seines Bademantels. »Besprechen wir das in deinem Schlafzimmer.«

»Ich dachte, das sehen deine Pläne nicht vor«, meinte Levi mit einem schiefen Grinsen.

»War gelogen.«

ANMERKUNGEN DES AUTORS

Tja, damit sind wir am Ende von *Nie wieder*, und ich hoffe aufrichtig, es hat dir gefallen.

Da es sich um das dritte Buch einer Reihe handelt, gehe ich davon aus, dass ich mich dir bereits vorgestellt habe. Das möchte ich dir ein zweites Mal ersparen.

Sehr wohl jedoch möchte ich ein paar Wort über meinen Vertrag mit dir loswerden, dem Leser.

Ich schreibe, um zu unterhalten.

Das ist aufrichtig mein erstes und oberstes Ziel. Denn genau das wünschen sich die meisten Menschen von einem Roman.

Jedenfalls wollte ich das immer. Vorrang hat stets die Geschichte.

Nicht falsch verstehen, es gibt verschiedenste gute Gründe zu lesen. Und ich freue mich jedes Mal mächtig, wenn mir Leute mitteilen, sie hätten mehrmals recherchieren müssen, ob es etwas wirklich gibt, und dann verblüfft festgestellt, dass viele Elemente in meinen Geschichten real sind.

Ich persönlich bemühe mich sehr, Menschen zu unterhalten und mich gleichzeitig so nah wie möglich an Wissenschaft und Technik zu orientieren. Und wenn ein Roman von realen Ereignissen inspiriert ist wie dieser, versuche ich, überprüfbare Auszüge zu liefern, die Lesern etwas mehr Einblick in die Fakten der in der Geschichte behandelten Themen ermöglichen.

Wenn in der Handlung potenziell kontroverse oder polarisierende Belange auftauchen (z. B. gentechnische Veränderungen), beziehe ich als Autor nie Stellung. Ich lasse die Figuren ihre Rollen spielen und spreche mich weder für noch gegen etwas aus. Sehr wohl jedoch bemühe ich mich, die vorhandenen Fakten so darzustellen, dass der Leser letztlich eigene Schlüsse ziehen kann.

Bisher habe ich über Zwischenfälle des Typs »Broken Arrow« geschrieben (siehe *Operation Tote Hand*), den Handel mit Kindern als Sexsklaven (*Insider-Mission*) und in diesem Roman über die Gefahren, die sich hinter der Voreingenommenheit der Medien verbergen.

Man hat schon gemeint, meine Themenwahl sei breitgefächert und unerwartet, aber der Großteil der bisherigen Rückmeldungen ist erfreulich positiv gewesen. Dafür bedanke ich mich. Rezensionen zu veröffentlichen, ist natürlich der einfachste Weg, andere wissen zu lassen, was du von diesem Roman oder einem meiner anderen Werke hältst. Mundpropaganda ist für uns arme Autoren kostbar.

Aber auch, wenn ich gern über Ereignisse, Geschichte und

vor allem Wissenschaft schreibe, bleibt mein Hauptaugenmerk immer darauf zu unterhalten.

Wie immer gibt es auch am Ende dieses Buchs einen Anhang, in dem ich auf bestimmte Details über die Entstehung des Romans und die Recherchen dafür eingehe. Und natürlich erläutere ich die Wissenschaft und Technik – ich kann einfach nicht anders.

Ich hoffe aufrichtig, dieser Roman hat dir gefallen und du wirst auch meine künftigen Geschichten lesen.

Mike Rothman
20. September 2019

Wenn dir diese Geschichte gefallen hat, möchte ich dir kurz einen weiteren meiner Titel vorstellen, von dem ich denke, dass er dir ebenfalls gefallen könnte. Es handelt sich um einen medizinischen Thriller, aber gewürzt mit Geheimdienstarbeit, Spionage und etlichen anderen Zutaten, die Thriller-Liebhaber zu schätzen wissen.

[Kurzbeschreibung und Leseprobe zu Darwins Faktor]

VORSCHAU – DARWINS FAKTOR

Jon LaForce stolperte auf unsicheren Füßen den steilen, steinigen Fußpfad hinunter, der ins Tikaboo-Tal führte. Für den Abstieg stärkte er sich noch einmal mit einem kräftigen Schluck aus der Flasche – billiger Rotweinfusel, den er auf dem Weg hierher in einer Tankstelle gekauft hatte. Fast sofort verspürte er die wohlige Wärme, die vom Magen durch den Hals in seine Wangen strömte.

Er war gerade gefeuert worden – schon zum zweiten Mal in diesem Monat.

Im Moment wusste er nicht so recht, was ihn hier in diese gottverlassene Gegend im Südwesten von Nevada getrieben hatte. Früher, als er noch ein Junge gewesen war, hatte er mit seinen Freunden immer wieder mal darüber geredet, sich in diese verbotene Gegend zu schleichen und die Militärflugzeuge auszuspionieren, die hier abhoben oder landeten. Sie hatten im Flüsterton über geheime Experimente spekuliert, die hier durchgeführt würden, über mysteriöse Wolken und natürlich auch über UFOs. Denn das hier war schließlich der Ort, an dem sie die Aliens gefangen hielten. Die berühmte Area 51.

Jon glaubte natürlich längst nicht mehr an diesen Scheiß und hatte ernsthafte Zweifel, ob er oder einer seiner Freunde damals tatsächlich den Mumm aufgebracht hätten, sich auf das Militärgelände zu schleichen oder sich auch nur in seine Nähe zu wagen. Und wenn er sich jetzt umblickte, musste er zugeben, dass sie nichts versäumt hatten. Meilenweit nichts als dicht gewachsenes, silbrig-graues Gestrüpp, das, wenn er sich richtig erinnerte, Wüsten-Beifuß genannt wurde.

Er gönnte sich einen weiteren kräftigen Schluck aus der Flasche, und schon verspürte er wieder das alkoholische Prickeln, während er weiter den Hang hinunter stolperte. Plötzlich brach am Fuß des Abhangs etwas aus dem Beifußgestrüpp heraus. Jon zog die Glock aus dem Holster und ging in Schießhaltung. In dieser Gegend streiften manchmal auch Rotluchse herum.

Aber es war nur ein streunender Hund. Ein Hund mit dunkelbraunem Fell, langem Schwanz, herabhängenden Ohren – ein brauner Labrador-Retriever vielleicht.

Jon steckte die Waffe wieder ein und pfiff. »Hey, Junge, was hast du hier draußen zu suchen?«

Der Dog wedelte heftig mit dem Schwanz und sprang auf Jon zu.

Jon schraubte den Verschluss auf die Flasche und streckte dem Hund die Hand hin, damit er daran schnüffeln konnte.

Während der Hund seine Hand beschnupperte und die Nase an Jons Hosenbeinen rieb, bemerkte Jon eine blutige Wunde an einer der Vorderpfoten.

»Da hat dir aber jemand ein ordentliches Stück herausgebissen, alter Knabe«, stellte Jon fest.

Der Hund jaulte und blickte sich zum Gebüsch um, hinter dem er hervorgekommen war.

Jon kraulte ihm den Kopf. »Dein Fell ist hübsch und glänzt, und du siehst auch gut genährt aus.« Er schüttelte den Kopf und tätschelte den Hunderücken. »Aber was hast du hier draußen verloren? Jemand wird wahrscheinlich schon nach dir suchen. Wird wohl besser sein, wenn ich dich zu einem Hundeasyl bringe, vielleicht finden sie dort heraus, wem du gehörst. Und sie können sich auch besser um dich kümmern. Ich kann ja kaum für mich selbst sorgen.«

Im Gestrüpp raschelte es, ungefähr 40 Meter entfernt. Der Hund jaulte auf, lief ein paar Schritte auf den Hang hinauf und drehte den Kopf zu Jon um, als wollte er ihm sagen, »Kommst du jetzt oder nicht?«

Jon zog erneut die Glock und ging einen Schritt auf das Geräusch zu.

Der Labrador sprang plötzlich vor ihn und ließ ein tiefes Knurren hören.

»Pst«, sagte Jon und ging um den Hund herum.

Der Labrador jaulte noch einmal, packte Jon am Hosenbein und zerrte hart an den Jeans, um ihn wieder den Hang hinauf zu ziehen, weiter von dem Geräusch weg.

»Was zum Henker willst du denn, du Köter?« Jon riss ihm

wütend das Hosenbein aus der Schnauze und kickte dem Hund in den Bauch, aber der wich geschickt aus.

Immerhin zog sich der Hund jetzt jaulend zurück, kläffte noch einmal und raste den Hang hinauf.

Unten am Abhang brachen zwei dunkle Tiere aus dem Beifußgestrüpp – zwei weitere Hunde, beide sahen dem Braunen zum Verwechseln ähnlich.

Nur in ihrem Verhalten unterschieden sie sich von ihm.

Diese beiden Hunde begrüßten Jon nicht mit freundlichem Schwanzwedeln und heraushängenden Lefzen. Vielmehr beäugten sie ihn drohend, senkten die Köpfe und schlichen mit drohendem Knurren näher heran.

Jon richtete die Pistole auf sie und rief ihnen in freundlichem Ton zu: »Hey, Jungs, sucht ihr euren Freund?«

Kaum hatte er die Waffe auf die Hunde gerichtet, als sie auch schon auseinander stoben, einer nach rechts, der andere nach links.

Jons Puls ging schneller, sein Herz begann zu hämmern. Er zielte auf den rechten Hund. Sofort suchte der Köter hinter einem Felsbrocken Deckung.

Man konnte fast glauben, das Tier wüsste, dass die Pistole gefährlich war.

Schräg von links hörte Jon Krallen über die Steine kratzen. Er wirbelte herum und feuerte einen Warnschuss ab.

Aber der Hund rückte näher, jetzt allerdings in einem unbeständigen Zickzack, so dass es Jon schwer fiel, auf ihn zu zielen.

Ein Schauder lief Jon über den Rücken.

Seine Waffenhand zitterte, als er auf den näher kommenden

Hund zielte. Einen kurzen Augenblick schoss ihm die Erinnerung an seine Zeit als Artillerist in Afghanistan durch den Kopf. Damals hatte er auf Feinde geschossen, die er kaum sehen konnte. Jetzt jedoch stand er zum ersten Mal im Leben in Spuckdistanz von seinem Ziel entfernt, als er auf den Abzug drückte.

Der Hund hatte gerade zum Sprung angesetzt, als die Kugel ihn in die Schulter traf. Mit lautem Jaulen fiel er zu Boden.

Doch fast im selben Augenblick prallte ein 50 Kilo schwerer Hundeleib in seinen Rücken. Der zweite Köter warf Jon um. Der starke Hundekiefer schloss sich wie ein Schraubstock um das Gelenk seiner Schusshand.

Jon versuchte, gegen das wütend knurrende Tier anzukämpfen. Er schrie auf – doch plötzlich blieb der Schrei in seiner Kehle stecken. Der Hund, den er angeschossen hatte, griff nun ebenfalls wieder an und verbiss sich in Jons Hals.

Jon fiel wieder auf den Boden zurück. Die unglaublich starken Kiefer des Tieres zerbissen ihm die Luftröhre. Er rang nach Luft, während sein Blick verschwamm.

Inzwischen raste sein Herz vor Angst und Entsetzen. Er betete, »Mein Gott, ich wollte doch noch so viel…«

Dann wurde alles schwarz.

Hans Reinhardt stand auf dem Kamm des felsigen Hügels und atmete widerwillig den beißenden Brandgestank ein. Ein halbes Dutzend Männer in Overalls schwärmten über den Hügel und entfachten mit ihren Flammenwerfern ein wahres Höllenfeuer.

Überall im lodernden Beifußgestrüpp knackten Steine und Felsbrocken in der glühenden Hitze.

Die Operation war gut gelaufen – bisher. Aber jetzt hatte sie sich plötzlich in Scheiße verwandelt. In eine totale Katastrophe. Trotz aller Zusicherungen seiner Bosse beim Bundesnachrichtendienst, ganz zu schweigen von seinen amerikanischen Verbindungsagenten in der CIA-Zentrale in Langley, war Hans inzwischen klar geworden, dass es höchste Zeit war, alles noch einmal auf »Anfang« zu stellen. Er musste die Operation auslagern, an einen unzugänglichen, viel weiter abgelegenen Ort. Einen Ort, an dem die Gefahr eines »Zwischenfalls« geringer war.

Der Kommandant der Basis, ein Colonel der Air Force, kam herbei und blieb neben ihm stehen. »Er hieß Jonathan LaForce und war ein Marine, ein Artillerist. Vor zehn Jahren kam er aus Afghanistan zurück und wurde mit allen Ehren entlassen.«

»Was zum Teufel hatte er hier zu suchen? Ich dachte, die Basis sei völlig sicher?«

Der Basiskommandant trat nervös von einem Fuß auf den anderen. »Das ist sie auch. Völlig sicher. Aber beim Hundezwinger haben wir die Sache unterschätzt. Der Zwinger war ausbruchsicher, aber für diese Tiere nicht ausbruchsicher genug. Ich habe die Videoaufzeichnungen noch einmal selbst überprüft. So unglaublich es klingt, aber anscheinend hat eines der Versuchstiere herausgefunden, wie sich der Riegel des Käfigs öffnen ließ. Und als er erst einmal aus dem Käfig war, machten es ihm die anderen nach. Bis der Ausbruch bemerkt wurde, hatten sich schon sechs Tiere unter dem äußeren Sicherheitszaun hindurch gegraben.«

Hans kickte einen Stein über die Felskante und knirschte voller Frustration mit den Zähnen. »Ein toter Marine ist das Letzte, was wir jetzt brauchen. Was meinen Sie, wird der Tote für uns ein Problem, vielleicht sogar ein *großes* Problem?«

Der Colonel zuckte verlegen die Schultern. »Die gute Nachricht ist, dass er zu den krankhaften Nörglern gehörte. Unbeliebt, ein Säufer, keine Angehörigen, und anscheinend hatte er gerade auch seinen Job verloren. Er streunte nur einfach durch die Gegend, wahrscheinlich wird niemand nach ihm suchen, jedenfalls nicht in nächster Zeit. Wir kümmern uns um die Leiche.«

»Und was ist mit den Versuchstieren? Wurden sie schon alle aufgespürt und, hm, ausgemustert?«

»Allen waren die passiven Transponder eingepflanzt worden. Durch die Signale konnten wir fünf Tiere aufspüren. Sie wurden eingefangen und beseitigt.« Der Colonel atmete tief ein. »Leider konnten wir das sechste Tier bisher noch nicht lokalisieren. Ich habe ein paar Drohnen losgeschickt. Sie sind so programmiert, dass sie das gesamte Terrain nach einem festgelegten Raster nach den Signalen absuchen, die sein Transponder absetzt. Wir werden es finden.«

Hans fragte sich, wie ein derart inkompetenter Esel Kommandant einer Luftwaffenbasis werden konnte, die doch angeblich eine Hochsicherheitseinrichtung war. »Wir haben keine Zeit für eine längere Suche, Colonel. Es darf nicht sein, dass eines unserer Versuchstiere frei herumstreunt und womöglich irgendwelche Zivilisten attackiert.«

»Wir werden den Hund bestimmt bald orten und ihn…«

»Das ist kein verdammter Hund, Sie Idiot!«, blaffte Hans den Colonel an. »Wir haben es hier mit einem speziell gezüchteten

Albtraum zu tun! Mit einer Kampfmaschine! Dieses Tier verfügt über genug Kraft und Intelligenz, um ganz von selbst aus Ihrem so genannten ›Hochsicherheitszwinger‹« – sarkastisch malte er Anführungszeichen in die Luft – »ausbrechen und einen bewaffneten Ex-Marine ausschalten zu können, der ihm in die Quere kam!«

Der Colonel kniff wütend die Augen zusammen und knirschte mit den Zähnen, so dass seine Wangenknochen hervortraten, sagte aber nichts.

»Hören Sie«, fuhr Hans ein wenig ruhiger fort, »wenn diese Sache bekannt wird, werden Köpfe rollen – meiner und Ihrer. Wir dürfen keinesfalls riskieren, dass die Öffentlichkeit von unserem Versuchsprogramm erfährt. Und seien wir doch mal ehrlich: Ihre Regierung hat ja bereits bewiesen, dass sie nicht fähig ist, gewisse Dinge unter dem Deckel zu halten, denken Sie nur an Wikileaks.«

»Mr. Reinhardt«, sagte der Colonel mit mühsam unterdrückter Wut, »eins dürfen Sie mir glauben: Ich weiß sehr genau, was auf dem Spiel steht. Daran brauchen Sie mich wirklich nicht zu erinnern. Das hier ist nicht nur eine der üblichen Verdeckten Operationen, sondern eine ›Schwarze Operation‹, und das wird sie auch bleiben. Ich werde persönlich die Säuberung überwachen.« Der Colonel deutete auf einen Abhang in der Nähe. »Dort drüben haben wir Blutspuren gefunden. Wir glauben, dass sie von dem vermissten Tier stammen. Es ist verletzt, und das wird seine Fähigkeit einschränken, uns zu entkommen. Auf dem Boden haben wir die Männer der Wachgesellschaft, in der Luft haben wir unsere Drohnen – das Tier hat keine Chance. Wir werden es finden.«

Hans starrte ihn durchdringend an. »Das will ich Ihnen auch geraten haben.«

Frank O'Reilly schüttete ein paar Handvoll Splitt in das Zaunpfostenloch, das er gerade ausgehoben hatte. Er warf Johnny, einem Landarbeiter, den er vor kurzem angeheuert hatte, einen Blick über die Schulter zu.

»Vergiss nie, mindestens zehn Zentimeter Splitt oder Kies in das Loch zu schütten und es gut zu verdichten, so wie ich es dir zeige.« Frank rammte den Splitt mit einem großen Holzpfahl fest in das Loch. »Der Splitt verhindert, dass sich das Regenwasser unter dem Holzpfosten staut. Die Zaunpfosten müssen gut und fest in der Erde sitzen. Und sie brauchen auch guten Halt, weil sich das Vieh gern daran reibt. Hast du das kapiert?«

»Klar, hab ich, Mr. O'Reilly. Und die Pfosten müssen immer im Abstand von zwei Meter fünfzig stehen, weil auch die Zaunbohlen so lang sind?«

»Stimmt genau. Pass auf, dass die Pfosten genau senkrecht stehen und immer im selben Abstand.«

Frank reichte Johnny den Erdbohrer. Unwillkürlich musste er grinsen. Der neue Farmarbeiter war grade erst 18 geworden und Frank musste unwillkürlich an Kathy denken, als sie in diesem Alter gewesen war. Johnny war genauso lebhaft und energiegeladen wie Kathy damals. Frank dachte an die Zeit zurück, als sie von der Highschool abgegangen und begierig gewesen war, die große weite Welt dort draußen kennen zu lernen.

Er klopfte Johnny auf die Schulter. »Schaffst du das, Johnny?«

»Klar, Sir, kein Problem. Nehmen Sie's mir nicht übel, dass ich frage, aber warum brauchen Sie jetzt plötzlich noch einen Helfer? Sie haben doch schon genug Farmarbeiter? Gehen Sie in Rente oder was?«

Frank lachte und schüttelte den Kopf. »Johnny, ich bin zwar schon 53, aber ich hab immer noch ein bisschen Leben in mir. Mach deine Arbeit und denke immer dran, was ich dir gesagt habe – dass man jeden Job so gut und sauber wie möglich erledigen muss. Ich werde deine Arbeit genau überprüfen, also lass dir bloß keine faulen Tricks einfallen, verstanden?«

»Bestimmt nicht, Sir. Machen Sie sich deswegen keinen Kopf.« Johnny schulterte den Lochbohrer und ging zum nächsten gekennzeichneten Punkt.

Als Frank sich umdrehte, wäre er beinahe über einen Hund gestolpert, der direkt hinter ihm auf den Hacken saß und zu ihm aufblickte.

»Verdammt, wo kommst denn du her?«

Der braune Labrador saß einfach nur da und ließ die Zunge heraushängen. Ein schönes Tier. Glänzendes Fell, sehr muskulöser Körper und offenbar gut genährt. Ganz sicher kein Streuner.

Frank streckte die Hand aus. »Na, bist du ein guter Hund?«

Der Hund stand auf und wedelte heftig mit dem Schwanz. Er schnupperte an Franks Hand, dann senkte er die Schnauze und schnüffelte an seinen Schuhen und am Saum seiner Jeanshose. Schließlich setzte er sich wieder auf die Hacken, leckte sich die Schnauze und jaulte leise. Mit hellen braunen Augen schaute er zu Frank auf, schaute wieder auf seine Hosenbeine, dann wieder in Franks Gesicht. Und jaulte noch einmal.

Frank legte den Kopf ein wenig schief; er hatte keine Ahnung, was der Hund ihm sagen wollte. Dann kam ihm plötzlich die Erleuchtung und er lachte. »Ah! Jetzt weiß ich, warum du dich so für mich interessierst.« Er zog ein gefaltetes Stück Beef Jerky, das seine Frau gedörrt hatte, aus der Hosentasche und warf es dem Hund hin.

Der Hund schnappte den Trockenfleischstreifen aus der Luft und kaute zufrieden darauf herum.

»Na, ich muss jetzt nach Hause, Kleiner. Ich kriege sonst was zu hören, wenn ich nicht rechtzeitig zum Abendessen zu Hause bin.«

Zu Fuß ging er die rund 800 Meter zu seinem bescheidenen weißen Bauernhaus zurück, das er vor fast 30 Jahren gebaut hatte. Unterwegs hörte er das leise Tappen von Pfoten hinter sich. *Na, das hast du jetzt davon,* dachte er. *Hättest doch wissen müssen, dass man einen fremden Köter nicht füttern sollte!* Frank ignorierte das Tier und stieg die Treppe zur Haustür hinauf.

Der Duft von Rinderbraten lag in der Luft.

Megan öffnete ihm die Tür. »Gut, dass du kommst! Das Essen ist fast fertig. Geh dich waschen.«

Er küsste sie flüchtig auf den Mund. »Riecht gut.«

Sie blickte verwundert an ihm vorbei. »Hast du einen neuen Freund?«

Der Labador saß aufmerksam vor der untersten Stufe und blickte hoffnungsvoll zu ihnen hinauf.

Frank schüttelte den Kopf. »Ich hab einen Fehler gemacht – habe ihm ein Stück Trockenfleisch zugeworfen.«

Megan schob ihr schulterlanges kastanienbraunes Haar hinter die Ohren, bückte sich und klopfte leicht auf die Holzplanken des Podests vor der Haustür. »Hallo, Junge, hat dir das Fleisch geschmeckt?«

Der Hund sprang mit zwei Sätzen die Treppe hinauf und legte sich vor sie hin, wobei er sich auf den Rücken drehte und eifrig mit dem langen Schwanz über die Holzplanken fegte.

Megan kicherte und kraulte ihm den Bauch. »Du bist ja ein guter Junge.« Sie blickte mit dem verlegenen Lächeln, das Frank so gut kannte, zu ihm auf. »Was meinst du, gehört er jemandem?«

»Keine Ahnung. Er kam nur einfach zu mir. Scheint kein Streuner zu sein, so gepflegt, wie er aussieht, aber er trägt kein Halsband und keine Marke.« Frank zögerte. »Ich dachte, nachdem Daisy gestorben war, dass du dir geschworen hast, nie mehr…«

»Ach du armes Ding!«, rief Megan aus, als sie die Wunde am rechten Vorderbein entdeckte. »Sieht so aus, als sei er in einen Kampf geraten oder so.«

Der Hund winselte leise, als sie die Wunde näher untersuchte.

»Ist nicht schlimm. Lass ihn laufen«, sagte Frank.

»Kommt nicht in Frage.« Megan stand auf und wischte sich die Hände an der Schürze ab. »Wir bringen ihn zum Tierarzt. Der soll sich das mal anschauen.«

Frank fluchte in sich hinein. Er ahnte bereits, wie die Sache ausgehen würde: Der Tierarzt würde ihm eine hübsche Rechnung präsentieren. »Aber der Köter gehört uns doch gar nicht!«, protestierte er.

Megan drehte sich zu ihm um und bedachte ihn mit einem Blick, der ihm unmissverständlich klar machte, dass sie darüber nicht mehr diskutieren wolle. »Der Tierarzt kann dann gleich noch nach einem dieser Chips suchen, die sie heutzutage den Hunden einpflanzen.«

Megan war knapp über 1,50 Meter groß und hatte eine feenhafte Figur, aber wenn sie erst einmal einen Beschluss gefasst hatte, war sie durch nichts davon abzubringen. Nach 30 Jahren Ehe hatte Frank das längst begriffen.

Ergeben hob er beide Hände. »Und was ist mit dem Abendessen?«

»Das schmeckt dir auch in einer Stunde noch gut.« Megan ging ins Haus zurück und winkte dem Hund, ihr zu folgen, was er auch sofort tat. »Ich glaube, wir haben noch Daisys Wassernapf. Er ist bestimmt durstig. Du kannst inzwischen den Tierarzt anrufen und ihm sagen, dass wir unterwegs sind.«

Eine Sprechstundenhilfe mit langem rotbraunem Pferdschwanz öffnete die Tür des Wartezimmers und rief: »O'Reilly?«

Frank hob die Hand. »Das sind wir.«

Ihr Blick wanderte zu dem braunen Labrador, der zwischen Megans und Franks Füßen lag. »Und wie heißt du, Süßer?«

»Er hat noch keinen…«

»Jasper«, verkündete Megan, als hätte sie selbst den Hund auf den Namen getauft.

Frank stöhnte innerlich. Er konnte nur hoffen, dass sie den Hund nicht schon ins Herz geschlossen hatte. Dieses Tier gehörte sicherlich jemandem. Ein Streuner würde ganz bestimmt nicht so gesund und gut genährt aussehen.

»Na, dann wollen wir dich mal wiegen und untersuchen.«

Megan stand auf und »Jasper« tat es ihr sofort nach. Gehorsam trottete er hinter ihr her ins Untersuchungszimmer. Frank schüttelte den Kopf und folgte ihnen resigniert.

Die Sprechstundenhilfe – »Sherri« war auf ihrem Schlupfkasack aufgestickt – blieb neben einer großen Metallwaage stehen. »Mal sehen, ob wir Jasper überreden können, auf die Waage zu steigen.«

Aber bevor Megan den Hund auch nur dazu auffordern konnte, stieg Jasper auf die Waage.

»Ha! Was für ein braver Junge«, staunte Sherri. »Wow – 57,6 Kilo. Das hätte ich nicht gedacht.« Sie trug Jaspers Gewicht auf einem Formular ein und schob es in seine Patientenfaltkarte.

»Haben Sie einen Chip-Scanner?«, erkundigte sich Frank, wobei er Megans wütenden Blick ignorierte. »Jasper ist uns nämlich erst heute zugelaufen und hat weder ein Halsband noch eine Hundemarke. Vielleicht sucht jemand in unserer Gegend einen weggelaufenen Labrador. Wir wollen alles richtig machen und möchten deshalb wissen, ob ihm ein Chip eingepflanzt wurde oder nicht.«

»Ach so, ja, natürlich. Bin gleich wieder da.« Sherri verschwand in einem anderen Raum, während Megan liebevoll Jaspers Kopf tätschelte. Kurz darauf kehrte Sherri mit einem Stab zurück, an dessen Ende eine kleine Schleife angebracht war.

Sie fuhr mit dem Gerät über Jaspers Rücken. »Hmm. Die meisten Tierärzte implantieren den Chip zwischen den Schulterblättern, aber hier finde ich nichts. Schauen wir mal, ob du den

Chip woanders hast, Jasper.« Sie setzte die Suche fort, aber als sich das Gerät der Wunde näherte, jaulte Jasper leise auf.

»Alles okay, Jasper«, beruhigte ihn Megan. »Sie tut dir nichts.«

Über der verkrusteten Wunde am Bein hielt Sherri inne. »Armer Kleiner, das tut dir bestimmt weh. Dr. Dew wird dich heilen.« Nachdem sie Jasper gründlich gescannt hatte, schüttelte sie den Kopf. »Nein, kein Chip.«

Frank musste seine Frau gar nicht anschauen, er wusste auch so, dass sie erleichtert lächelte. Er selbst war keineswegs erleichtert. Er seufzte, als ihm klar wurde, dass Megan gerade einen zugelaufenen Hund adoptiert hatte. »Na gut«, seufzte er, »in diesem Fall sollten wir nicht nur Jaspers Wunde versorgen lassen, sondern ihn auch gleich gründlich untersuchen. Ich will nicht, dass er irgendwelche Krankheiten in unsere Farm einschleppt.«

»Okay. Dr. Dew wird sich gleich um Jasper kümmern. Die Wunde an der rechten Vorderpfote ist ziemlich tief, es kann sein, dass wir das Bein röntgen müssen. Und für die Behandlung wird er vielleicht eine Betäubung brauchen. Alles zusammen wird mindestens vierhundert Dollar kosten«, sagte Sherri und schaute Frank und Megan fragend an.

»Ja, machen Sie das«, sagte Megan schnell. »Wenn der Arzt sagt, dass das nötig ist, dann zahlen wir das.«

Frank seufzte noch einmal und küsste Megan auf das Haar. Bei solchen Dingen duldete Mrs. O'Reilly keinen Widerspruch.

Frank und Megan saßen fast eine Stunde lang im Wartezimmer, wobei Megan kaum still sitzen konnte. Als der Tierarzt schließlich hereinkam – ohne Jasper –, griff Megan nach Franks Hand und drückte sie fest.

Der Tierarzt war ein riesiger Mann mit der Figur eines Bodybuilders, aber seine Stimme war überraschend sanft, fast weiblich. Er lächelte die O'Reillys freundlich an. »Jasper wacht in ungefähr zwanzig Minuten wieder auf, aber es ist alles in Ordnung. Anscheinend ist er in einen Kampf verwickelt worden und die Wunde hat sich entzündet. Wir haben das Bein geröntgt, glücklicherweise hat er sich nichts gebrochen. Aber auf dem Röntgenbild habe ich noch etwas anderes gefunden – ohne Röntgen hätte ich es nicht entdeckt.«

Er zog einen durchsichtigen Plastikbeutel aus dem Arztkittel und gab ihn Frank. In dem Beutel befand sich ein etwa zehn Zentimeter langes, dünnes Drahtstück. Der Arzt legte den Beutel auf seinen weißen Kittelärmel, so dass sie den Draht besser sehen konnten. »Der Draht steckte zwischen Haut und Muskeln, direkt oberhalb der Wunde. Ich habe keine Ahnung, wie er dort hinein geraten sein konnte, aber heraus kam er jedenfalls ohne Probleme.«

»Aber sonst… geht es Jasper gut?«, fragte Megan besorgt.

Lächelnd sagte der Arzt: »Er wird noch ein paar Tage lang ein wenig hinken, aber sonst ist alles in Ordnung. Wir haben die Wunde vernäht. Ich verschreibe ein Antibiotikum, das er zweimal täglich einnehmen muss, und gebe Ihnen auch eine Salbe mit, die Sie jeden Tag auf die Wunde auftragen sollten.«

Aus dem Untersuchungszimmer war plötzlich lautes Gebell zu hören, kurz darauf flog die Tür auf und Jasper kam in das

Wartezimmer gesprungen. Sein Vorderbein war dick mit Mullbinden umwickelt und er konnte nicht voll auf das Bein auftreten. Trotzdem raste er sofort zu Megan hinüber und tobte voller Begeisterung um sie herum, als hätte er nicht damit gerechnet, sie jemals wiederzusehen.

Sherri kam hinterher gerannt. »Tut mir leid, Dr. Dew, aber Jasper ist viel früher aufgewacht, als wir angenommen hatten, und fing sofort an, wie wild an der Tür zu kratzen. Ich wollte nicht, dass die Nähte wieder aufplatzen. Scheint so, dass er unbedingt wieder zu seiner Mummy wollte.«

Stolz lächelnd kraulte Megan Jaspers Kopf. Frank verdrehte die Augen. Kein Zweifel, diese beiden hatten sich gefunden.

»Na, wir wollen natürlich nicht, dass Jasper unsere Türen aufbricht«, sagte Dr. Dew lachend. »Ich glaube nicht, dass ich jemals einen so schweren gesunden Labrador gesehen habe, nicht mal annähend. Das ist seltsam, denn seinem Aussehen nach hätte ich ihn höchstens auf 36 oder 37 Kilo geschätzt, aber er scheint eine unglaublich dichte Muskulatur zu haben. Und nach seinem Gebiss zu urteilen, ist er noch jung. Kann gut sein, dass er noch ein wenig wächst.«

Frank stöhnte. »Ich werde schon müde, wenn ich nur daran denke, wieviel ich arbeiten muss, um diesen Burschen durchzufüttern.«

Jasper lief zu einem der Stühle, unter dem eine Hundedecke lag, schleppte sie zu Frank hinüber und legte sie ihm auf den Schoß.

Megan lachte. »Wow! Er hat gehört, dass du müde bist, und bringt dir eine Schlafdecke.«

Dr. Dew tätschelte Jaspers Kopf. »Du scheinst ein wirklich cleverer Bursche zu sein.«

Jasper setzte sich aufrecht und bellte zustimmend.

Frank wurde das mulmige Gefühl nicht los, dass mit diesem Hund irgendetwas nicht stimmte. Aber als er sah, wie liebevoll Megan das fremde Tier bemutterte, wurde ihm klar, dass seine Bedenken von jetzt an keine Rolle mehr spielen würden.

ANHANG

Dieser Roman befasst sich mit dem Übel des Rassismus, insbesondere mit Antisemitismus. Und im Zusammenhang mit Antisemitismus muss man natürlich nur einen Blick auf den Titel des Buchs werfen, um zu erkennen, dass ich ihn einem Ausdruck entlehnt habe, der einem Alptraum entstammt, den viele Menschen durch Hitlers Schreckensherrschaft erleben mussten: den Holocaust.

Ich sollte wohl ein paar Hintergrundinformationen zu dem Thema liefern, da meine Familie eine persönliche Verbindung zu dieser Zeit hat. Nicht viele wissen, dass ich als Erster aus meiner Familie in Amerika geboren wurde. In vielerlei Hinsicht bin ich auf den Knien meines ungarischen Großvaters aufgewachsen, der vor der Nazi-Okkupation geflohen war. Der größte Teil dieser Generation meiner Familie starb in Konzentrationslagern. Von der Familie meines Großvaters überlebten nur er, seine Schwester und seine Mutter.

Normalerweise behalte ich mir den Anhang dafür vor, auf die im Roman erwähnte Wissenschaft und Technik einzugehen und sie gegebenenfalls zu vertiefen. Das werde ich noch, aber ich wollte auch erläutern, warum ich dieses spezielle Buch geschrieben habe.

Ich wurde dazu erzogen, die Dinge hoch zu schätzen, die mir mein Geburtsland bietet. Mein Großvater, der in den 1950er Jahren aus Israel in die USA emigrierte, war ein glühender Verfechter davon, ausschließlich amerikanisch zu kaufen. Ob es um Autos, Baumaterial oder Schulsachen für den jungen M. A. Rothman ging. Er war dem Land, das er fortan seine Heimat nannte, sehr dankbar.

Mein Vater hat sich zur Zeit des Vietnamkriegs bei der Air Force gemeldet und danach jahrzehntelang in der Army gedient.

Ich bin zweifellos in einer Familie aufgewachsen, die dieses Land schätzt, aber ich bin auch dazu erzogen worden, Geschichte zu respektieren. Ich weiß, wo ich herkomme, und ich weiß, was die Generation meines Großvaters durchgemacht hat. Die Schwester und die Mutter meines Großvaters haben beide Bergen-Belsen überlebt, ein berüchtigtes Konzentrationslager der Nazis.

Nie wieder ist daher aus etwas entstanden, das ich als Problem in unserer Gesellschaft empfinde. Es geht dabei um die Medien. Traurigerweise besteht dieses Problem nicht nur in den USA, sondern weltweit. Anders als vor einem Jahrhundert, als es Wochen oder Monate dauerte, bis globale Nachrichten die Menschen erreichten, haben wir heute Nachrichten rund um die Uhr verfügbar, und viel mehr Menschen sind auf dem Laufenden über das aktuelle Tagesgeschehen.

Das wäre an sich großartig – wenn es nicht so einfach wäre, das Publikum zu einer Weltanschauung zu verleiten, die der Realität entsprechen kann oder auch nicht.

Dabei kommt die Voreingenommenheit der Medien ins Spiel.

Und bevor ich auf Beispiele dafür eingehe, wovon ich rede, möchte ich etwas zu dem Thema klar und deutlich zum Ausdruck bringen. Wenn wir über die Voreingenommenheit der Medien sprechen, enthüllen wir unweigerlich die hässliche Fratze der Politik. Ich schreibe niemals vorsätzlich mit politischer Voreingenommenheit im Hinterkopf, sondern versuche stattdessen, die Dinge so darzustellen, wie sie sind, damit der Leser seine eigenen Schlüsse ziehen kann.

Wenn es also um Voreingenommenheit der Medien geht, gibt es meiner Meinung nach zwei Haupttypen:

1. Voreingenommenheit, die vorsätzlich irreführend in Schlagzeilen und einleitenden Absätzen eines Artikels ist.
2. Voreingenommenheit, bei der für einen Artikel relevante Informationen ausgelassen werden, wodurch der Leser von selbst zu anderen Schlüssen gelangt, als er sie vermutlich gezogen hätte, wenn ihm alle Fakten mitgeteilt worden wären. Das bezeichne ich als Unterlassungssünde.

Ein Beispiel für Ersteres wäre eine Studie, initiiert vom *Council of Religious Institutions of the Holy Land* (Rat der religiösen Institutionen des Heiligen Landes), verfasst von den Professoren Sami Adwan von der Universität Bethlehem und Daniel Bar-Tal von der Universität Tel Aviv, betreut von Bruce Wexler aus Yale. In der Studie wurde versucht, wissenschaftlich zu bewerten, wie Israelis und Palästinenser ihre Kinder in Hinblick auf die andere Seite des Konflikts erziehen.

Unabhängig davon, ob man den Ergebnissen der Studie zustimmt oder widerspricht, ist ein Punkt entscheidend: Wie wurden die Ergebnisse in den Medien dargestellt? Ich nenne zwei Beispiele:

1. *Associated Press* titelte mit: »Studie über Lehrbücher deckt Mängel bei Israelis und Palästinensern auf.«
2. Die *New York Times* benutzte für dieselbe Studie die Schlagzeile: »Akademische Studie schwächt israelische Behauptung, palästinensische Schulbücher würden Hass predigen«.

In letzterer Schlagzeile liegt eindeutig eine stärkere politische Prägung hin zur Schlussfolgerung vor, zumal der Schwerpunkt darauf liegt, dass nur die israelische Behauptung falsch wäre.

Noch einmal: Ohne auf den Wert der Studie einzugehen – und dazu habe ich eine ausgeprägte Meinung –, der Titel hinterlässt beim Leser einen schlechten Eindruck von Israel. Und Leser blicken selten über die Schlagzeile oder den Einführungsabsatz hinaus.

Die zweite Art der Medienvoreingenommenheit, die sogenannte »Unterlassungssünde«, plagt unsere Gesellschaft unverändert.

Nehmen wir an, eine große Zeitung würde berichten, dass

sich eine männliche Persönlichkeit des öffentlichen Lebens auf einer Party am College aus Spaß vor einer Frau entblößt hat.

Man wäre vermutlich empört, richtig? Das wäre mit Sicherheit die Absicht des Artikels.

Aber was, wenn der Verfasser beim Schreiben des Artikels bereits wusste, dass sich das angebliche Opfer überhaupt nicht an den Vorfall erinnern kann?

Man würde vielleicht anders darüber denken, oder?

Tja, etwas Derartiges hat sich bei der *New York Times* am 14. September 2019 zugetragen.[1]

Zur Erinnerung: Die Voreingenommenheit der Medien dreht sich darum, die Wahrheit darzustellen und gleichzeitig so zu formen, dass sie zu einem bestimmten Publikum oder einer bestimmten Agenda passt. Im obigen Fall gab es ein Buch, das die Verfasser des fraglichen Artikels geschrieben hatten. Darin gaben sie zu, dass sich das Opfer nicht an den Vorfall erinnerte. Erst nach der Aufdeckung dieser Tatsache durch einen anderen Reporter und dem darauffolgenden Aufruhr fügte die *New York Times* eine geringfügige Änderung hinzu, um dem gerecht zu werden.

Es wäre einfach für mich, ein ganzes Buch zu schreiben, in dem ich die Medien verunglimpfe und ihre vielen Fehlschläge aufzähle, aber das mache ich nicht. Und ich glaube nicht, dass es jemand lesen wollen würde. Ich trete nur als jemand auf, der auf Ungereimtheiten in der Darstellung hinweist und den Menschen hoffentlich zu Bewusstsein bringt, dass nicht alles, was druckreif ist, auch die Wahrheit besagt.

Mein Rat an alle lautet, Nachrichten *nicht* nur aus einer einzigen Quelle zu beziehen. Auch du kannst die Unterlassungssünde bekämpfen, indem du dir Nachrichten aus verschiedenen Quellen holst.

Nun zum nerdigen, lehrreichen Teil, der wahrscheinlich für die meisten der Grund ist, diesen Anhang zu lesen.

Auch wenn es sich bei diesem Titel überwiegend um einen Mainstream-Thriller handelt, streue ich gern verschiedene Technologien ein. Manche existieren bereits in der heutigen Welt, andere sind lediglich leichte Adaptionen vorhandener Technologie. Mit anderen Worten: Dinge, die man herstellen *könnte*, wenn jemand wollte. Anders als bei früheren Anhängen habe ich diesmal etwas Geschichte und einige statistische Angaben eingebaut, die meiner Meinung nach relevant für die in diesem Roman behandelten Themen sind.

Offensichtlich soll dieser Anhang kein Crash-Kurs über Wissenschaft oder Geschichte auf College-Niveau sein, er soll lediglich genug Informationen oder Schlüsselwörter liefern, um bei Interesse eigenständig weiter recherchieren zu können.

Rattenlinien:

Im Roman erwähne ich sogenannte *Rattenlinien*, die es definitiv gegeben hat. Und in Anbetracht aller Umstände ist leicht nachvollziehbar, wie es dazu kommen konnte. Man muss sich nur vorstellen, wie es in Europa um 1945 gewesen sein muss.

Die Nachwehen des Zweiten Weltkriegs waren für die Bürger der europäischen Länder wie auch für die Regierungen ein heilloses Chaos. Sowohl die Alliierten als auch die Sowjetunion drängten sich darum, Kontrolle zu erlangen und Ressourcen abzuschöpfen, darunter Wissenschaftler und sonstige Personen, die von beiden Seiten als nützlich erachtet wurden. Und natürlich galt es auch, die Schuldigen vor Gericht zu stellen.

In den 1940er Jahren fand in Nürnberg eine Reihe von Prozessen statt – mit dem Ziel, Kriegerverbrecher, hochrangige Mitglieder der Nazi-Partei und natürlich der *Schutzstaffel,* auch als SS bekannt, der Gerechtigkeit zuzuführen.

Insgesamt wurden nur einige Hundert Menschen für ihre Verbrechen vor Gericht gestellt, obwohl sich die Zahl der Mitglieder der SS, die der paramilitärische Flügel der NSDAP war, auf über 250.000 belief.

Man kann sich leicht vorstellen, dass es in den Nachkriegs-wirren viele Schuldige gab, die irgendwo anders als in Europa Zuflucht suchen wollten.

Und so entstanden die Rattenlinien.

Im Wesentlichen handelte es sich um Fluchtwege aus Deutschland und aus den zuvor besetzten Gebieten, meist zu Zufluchtsorten in Lateinamerika. Vor allem Argentinien, Chile, Kolumbien, Brasilien und Mittelamerika waren bevorzugte Ziele für flüchtende Deutsche.

Die Rattenlinien wurden von einer Instanz unterstützt, die ihre Wurzeln sowohl in Amerika als auch in Europa hatte, und zwar von der katholischen Kirche.

Für Personen, die aus Deutschland fliehen wollten, gab es zwei Hauptrouten:

1. Flucht nach Spanien und in weiterer Folge nach Argentinien
2. Flucht nach Rom und anschließend nach Südamerika

Die Rattenlinien waren so etwas wie die »Untergrundbahn« für fliehende Nazis. Und einigen ziemlich berüchtigten Namen gelang die Flucht. Einen davon erwähne ich in der Geschichte: Josef Mengele. Der sogenannte Todesengel von Auschwitz. Er führte in Brasilien ein glückliches Leben, bis er eines natürlichen Todes starb. Ein weiteres Beispiel ist Adolf Eichmann. Dieser Mann war als einer der Hauptorganisatoren der »Endlösung der Judenfrage« bekannt, die zum Holocaust führte.

Im Gegensatz zu Mengele wurde Eichmann schließlich 1960 von Agenten des Mossad aufgespürt und aus Argentinien geschmuggelt, um ihn in Israel vor Gericht zu stellen.

Antisemitismus:

Heutzutage denken wir in den USA nicht wirklich viel über Antisemitismus nach. Man findet kaum etwas darüber in den Medien. Und wie wir alle wissen: Wenn die Medien nicht darüber berichten, dann findet es keinen Eingang in das Bewusstsein der Gesellschaft.

Gibt es ein Antisemitismusproblem in den USA? Oder weltweit? Der Roman legt nahe, dass dem so sein könnte. Aber stimmt das auch?

Nun, dafür greife ich auf das FBI zurück. Das FBI veröffentlicht jährlich Statistiken zur einheitlichen Berichterstattung über Verbrechen, kurz UCR (Uniform Crime Reporting).

Zitat von der Website des Uniform Crime Reporting des FBI:[2] »Das vorrangige Ziel des UCR-Programms ist es, zuverlässige Informationen zur Verwendung in der Verwaltung, im Betrieb und im Management der Strafverfolgungsbehörden zu generieren. Im Verlauf der Jahre haben sich die Daten jedoch zu führenden sozialen Indikatoren des Landes entwickelt. Das Programm ist zum Ausgangspunkt für Führungskräfte in der Strafverfolgung, Studenten des Strafrechts, Forscher, Medienvertreter und die breite Öffentlichkeit geworden, die Informationen über Kriminalität in unserer Nation suchen.«

Ungeachtet dessen möchten uns die Medien glauben machen, dass Hassverbrechen in der Regel rassistisch motiviert sind. Bewegungen wie »Black Lives Matter« und ähnliche tauchen heutzutage unbestreitbar in den Medien auf. Und in diesem Fall untermauern die Statistiken, dass sich fast die Mehrheit rassistisch motivierter Verbrechen gegen Menschen afrikanischer Abstammung richtet.

In den USA beispielsweise haben sich im Jahr 2017 exakt 48,6 % der gemeldeten rassistisch motivierten Verbrechen gegen Schwarze gerichtet oder gingen auf eine Abneigung gegen Afroamerikaner zurück.[3]

Aber würde ich fragen, welche Religionsgemeinschaft am schlimmsten unter religiös motivierten Hassverbrechen in den USA leidet, würden wohl die meisten Menschen in den USA glauben, wir hätten als Gesellschaft ein Problem mit Islamfeindlichkeit. Zweifellos herrscht diese öffentliche Wahrnehmung seit dem 11. September 2001 vor.

Würde es dich überraschen zu erfahren, dass es in Wirklichkeit völlig anders aussieht?

Sehen wir uns die frühesten UCR-Aufzeichnungen aus dem Jahr 1996 an, auf die ich zugreifen kann:[4]

- 79,2 % wurden Opfer von Verbrechen, die auf die Abneigung der Täter gegen Juden zurückgingen.

- 1,9 % wurden Opfer der Abneigung gegen den Islam (Muslime).

- 2,5 % wurden Opfer der Abneigung gegen Katholiken.

Diese Zahlen waren für mich schockierend. Es ist zutiefst beunruhigend, dass Juden mit einer zwanzigmal höheren Wahrscheinlichkeit als jede andere Religion Opfer eines Hassverbrechens werden. Interessanterweise wurden Muslime seltener Opfer eines religiös motivierten Hassverbrechens als Katholiken. Aber als Zahlenfreund musste ich ein bisschen tiefer graben, um herauszufinden, ob sich irgendwelche Trends erkennen lassen.

Betrachtet man das Jahr vor 9/11, zeigen die FBI-Statistiken für das Jahr 2000 Folgendes[5]:

- 75,3 % wurden Opfer von Verbrechen, die auf die Abneigung der Täter gegen Juden zurückgingen.

- 1,9 % wurden Opfer der Abneigung gegen den Islam (Muslime).

- 3,8 % wurden Opfer der Abneigung gegen Katholiken.

Keine große Veränderung gegenüber vier Jahren davor. Und was ist mit 2001?[6]

- 57,1 % wurden Opfer von Verbrechen, die auf die Abneigung der Täter gegen Juden zurückgingen.

- 26,3 % wurden Opfer der Abneigung gegen den Islam (Muslime).

- 2,1 % wurden Opfer der Abneigung gegen Katholiken.

Nun, das ist wohl keine Überraschung. Es gab eine Welle der Antipathie gegen den Islam, aber ich möchte anmerken, dass statistisch gesehen nach wie vor die Juden die Mehrheit der Buhmänner in den USA verkörperten, und zwar zweifach im Vergleich zum Islam und 28-fach im Vergleich zu den Katholiken.

Und wie sieht es ein Jahr später aus? Da müsste sich die Lage doch ein wenig beruhigt haben, oder? Tatsächlich ja.[7]

- 65,3 % wurden Opfer von Verbrechen, die auf die Abneigung der Täter gegen Juden zurückgingen.
- 10,8 % wurden Opfer der Abneigung gegen den Islam (Muslime).
- 3,6 % wurden Opfer der Abneigung gegen Katholiken.

Die Wahrscheinlichkeit, dass Juden Opfer eines Hassverbrechens werden, liegt nun sechsmal so hoch wie bei der nächsten Religion. Und man stellt fest, dass sich dieser Trend nicht wesentlich geändert hat – bis zur neuesten Statistik, die wir für das Jahr 2017 haben und bei der Juden nur noch mit dreimal höherer Wahrscheinlichkeit Opfer eines Hassverbrechens wurden.[8]

- 58,1 % wurden Opfer von Verbrechen, die auf die Abneigung der Täter gegen Juden zurückgingen.
- 18,6 % wurden Opfer der Abneigung gegen den Islam (Muslime).
- 4,3 % wurden Opfer der Abneigung gegen Katholiken.

Machen wir uns nichts vor, es wird immer Hassverbrechen geben. Wären die Medien aufmerksamer, würde mehr Betonung auf den in den USA vorherrschenden Antisemitismus gelegt, denn genau das belegen die Statistiken deutlich.

Offen gesagt spiele ich als Jude nicht die Opferkarte aus. Ich bin ein Verfechter davon, sich selbst zu helfen und keine Ausreden vorzuschieben. Das hat mir mein Großvater beigebracht, und diese Lektion ist hängen geblieben.

Unabhängig davon finde ich die Zahlen faszinierend. Ob man die Medien dafür verurteilen sollte oder nicht ... das überlasse ich jedem selbst.

Okay, und jetzt zum coolen Wissenschaftskram. Versprochen.

Scherverdickendes Fluid/Flüssige Körperpanzerung:

Im Roman kommt die folgende Passage vor:

Dein Mr. Wu hat mir damit in den Ohren gelegen, dass ich auf keinen Fall das Schutzfutter des Anzugs beschädigen darf. Lass mich raten, ist es irgendein scherverdickendes Fluid? Auf der Basis der neuen, flüssigen Körperpanzerung, mit der die Armee experimentiert?

Gibt es das also wirklich oder nicht?

Gibt es. Zumindest experimentell befindet es sich unbestreitbar in Forschungsphasen bei vielen Unternehmen und beim Militär. Das Konzept basiert auf etwas, das man nichtnewtonsche Flüssigkeiten nennt.

Man könnte jetzt fragen, was das ist.

Nun, Newton hat postuliert, dass Flüssigkeiten unabhängig von der Belastung einen spezifischen Widerstand gegen Verformung leisten.

Allerdings dürfte Isaac Newton nicht auf einige der Experimente gestoßen sein, die wir heute als selbstverständlich betrachten. Wenn man zum Beispiel etwas so Schlichtes wie Maisstärke mit Wasser mischt, erhält man einen Brei, der die Eigenschaften einer nichtnewtonschen Flüssigkeit aufweist.

Einfach ausgedrückt: Steckt man den Finger langsam in den Glibber aus Maisstärke und Wasser, versinkt er nach und nach darin, als würde man den Finger in ein Glas Erdnussbutter stecken. Ja, es ist Widerstand vorhanden, aber nicht viel.

Interessant daran ist, dass ein Bruch höchstwahrscheinlich ist, wenn man versuchte, den Finger *schnell* hineinzustecken – wovon ich abrate. Brechen würde nämlich der Finger, nicht der Brei.

Das ist die Grundlage von scherverdickenden Fluiden. Wenn Scherkräfte sehr schnell auftreffen, zum Beispiel, wenn ein Finger – oder besser noch, ein Projektil – schnell in eine solche Flüssigkeit eindringt, dann zeigt die Flüssigkeit in dem Moment eine wesentlich stärkere Viskosität.

Es wäre also prinzipiell möglich, dass eine Schicht einer flüssigkeitsähnlichen Substanz steinhart wird, wenn plötzlich eine Kraft auf sie einwirkt.

Das ist die Grundlage für das Futter von Levis Anzug. Die Kombination von in Polyethylenglykol getränkten Kevlar-Schichten und Nanopartikeln aus Siliziumdioxid ist die Basis sowohl der kommerziellen als auch der militärischen Forschung an flüssiger Körperpanzerung.

Ich würde schätzen, dass wir in nicht allzu ferner Zukunft wirtschaftlich rentable Beispiele solcher Körperpanzer erleben werden. Bis dahin hat wohl Esther Rosen den Markt fest im Griff.

Im-Ohr-Hörgeräte:

Einer meiner Beta-Leser hat mich auf dieses kleine Gerät aufmerksam gemacht. Für Hörgeschädigte haben sich Hörgeräte von den riesigen Trichtern, die unseren Urgroßeltern beim Hören geholfen haben, ziemlich stark weiterentwickelt.

Der Stand der heutigen Technik sind Hörgeräte, die man kaum noch sieht. Normalerweise werden sie individuell an den Gehörgang des Benutzers angepasst. Was jedoch für mich wissenschaftlich so interessant ist, dass ich es eingebaut habe, ist das Konzept, dass ein Hörgerät auch als Mikrofon fungieren kann.

Wenn man darüber nachdenkt, haben wir heutzutage viele Bluetooth-Headsets, die kaum vom Ohr hängen und unsere Stimmen ziemlich gut erfassen. Wie funktioniert so etwas eigentlich?

Das Konzept ist im Grunde recht einfach. Ein Hörgerät ist im Wesentlichen nichts anders als ein Mikrofon. Es empfängt Schallwellen über die Luft, verstärkt sie und strahlt sie direkt in den Gehörgang aus.

Konzeptionell lässt sich dasselbe auch umkehren. Neben der Erkennung von Schallwellen, die durch die Luft übertragen werden, könnte das Hörgerät auch die Vibrationen erkennen, die beim Sprechen einer Person entstehen, sie in ein digitales Signal umwandeln und dann an einen externen Empfänger übertragen.

Die eigentliche Wissenschaft dahinter ist wohlbekannt. Die Schwierigkeiten liegen nicht darin, sondern in der Miniaturisierung der Elektronik, die nötig für die Funktion als effizienter Hochfrequenzsender ist. Es gibt bereits nichtkommerzielle, funktionierende Beispiele, ich würde also wetten, dass wir solche Transceiver in naher Zukunft auf verschiedene Weise eingesetzt erleben. Es ist nur eine Frage der Zeit.

Schallunterdrückung:

Wenn ich schon beim Thema Schall bin, wäre es vielleicht sinnvoll, auf die Technologie einzugehen, die beim Angriff auf die Gerhard-Anlage zum Einsatz kommt.

Die entsprechende Szene wäre diese:

> God rest ye merry gentlemen
> Let nothing you dismay
> Remember Christ our ...

Levi tippte auf einen Knopf an seinem Headset, und der ohrenbetäubende Gesang verschwand fast vollständig.

Dass sich Schall in Form von Wellen ausbreitet, ist wohlbekannt. Und auch, dass Schall von Hindernissen zurückprallen und sogar gezielt ausgestrahlt werden kann, haben die meisten Menschen schon erlebt, beispielsweise, wenn man ein Echo hört.

Aber wie funktioniert es, Schallwellen zu dämpfen oder gar zu beseitigen?

Um es in wissenschaftlichem Jargon einfach auszudrücken: Um Schall aufzuheben, muss man lediglich eine Schallwelle aussehenden, die um 180 Grad phasenverschoben zu der ist, die man aufheben möchte.

Um es besser zu erklären, verwende ich ein Springseil als Analogie. Wenn man mit einem Seil wackelt, entstehen Wellen mit Gipfeln und Tälern. Diese Gipfel oder Täler sind in Wirklichkeit Töne.

Bei Technik zur Schallunterdrückung hat man daher in der Nähe des Ohrs ein Mikrofon, das eingehenden Schall erkennt, kurz bevor ihn das Ohr empfängt. Ein Chip im Headset könnte die erwähnten Gipfel und Täler analysieren und dann einen Ton ausgeben, der dem direkten Gegenteil der Welle entspricht, die das Ohr empfangen würde.

Was meine ich damit?

Nun, sagen wir, der unerwünschte Ton hat einen Gipfel X, gefolgt von einem Tal Y. Natürlich folgen in der Regel viele weitere, aber nehmen wir nur jeweils ein Exemplar als Beispiel.

Das Headset würde dann synchron zu X einen Ton -X und synchron zu Y einen Ton -Y aussenden. Als würde man zwei Töne gleichzeitig hören. Das Headset würde den eingehenden Schall aktiv plätten, und wenn die Schallwelle das Ohr erreicht, liegt sie im Wesentlichen bei null. Keinerlei Ton. X und -X heben sich gegenseitig genauso auf wie Y und -Y.

Die Chips heutiger Schallunterdrückungstechnologie, die Töne analysieren und aussenden, kann man so justieren, dass sie nur bestimmte unerwünschte Geräusche herausfiltern. Ob unerwünschtes Reden von der Person neben einem im Flugzeug oder die bedrückenden Klänge von *God Rest Ye Gentle Merry Men*.

Resonante induktive Kopplung (drahtlose Energieversorgung):

In diesem Roman stellt Denny seinem Freund Levi das Konzept der resonanten induktiven Kopplung vor, auch bekannt als drahtlose Energieversorgung, und zwar, als er Levi einen wiederaufladbaren, um die Brust tragbaren Gürtel übergibt. Der Grundgedanke dahinter ist eine Batterie, die keine Kabel benötigt, um die Erkennungslogik zu versorgen, an die sich die Leser von Levis Geschichten mittlerweile gewöhnt haben.

Das mag ein wenig fantastisch anmuten, ist aber eine sehr reale Technologie, die erstmals 1894 von Nicola Tesla eingeführt wurde.

Tesla demonstrierte in seinem Labor in New York City tatsächlich die drahtlose Stromversorgung einer Leuchtstoffröhre und meldete die Technologie schließlich als Patentnummer 593.138 mit der Bezeichnung »Elektrischer Transformator« an — die Grundlage beim Aufladen einer Vielzahl heutiger Elektronik.

Ich zum Beispiel habe ein Telefon, das drahtlos Strom verbraucht, und meine Zahnbürste lädt sich wunderbar an einer Basisstation auf, in der versteckte Induktionsspulen verbaut sind.

Belassen wir es bei der Aussage, dass es in technischer Hinsicht bekanntes Terrain ist. Aber wer eine wirklich nerdige Beschreibung will, bitte sehr:

Normalerweise verwenden drahtlose Energieübertragungssysteme Spulen zur Übertragung von Strom. Diese Spulen müssen nicht sperrig sein, nur vorhanden. Im Fall des Bands um Levis Brust wirkt das Band selbst als große Resonanzspule. Die Spulen (sowohl die primäre als auch die sekundäre) sind so konstruiert und werden so mit Energie gespeist, dass sie mit ihren Resonanzfrequenzen eine maximale Energieübertragung erzielen. Bei einem induktiven Energiesystem spielen der Abstand und die Ausrichtung von zwei Spulen eine entscheidende Rolle für die Effizienz der Energieübertragung. Bei einem konstanten Primärstrom ist die Ausgangsleistung proportional zum Quadrat der gegenseitigen Induktivität zwischen zwei Spulen. Mit anderen Worten, wenn sich der Abstand zwischen zwei Spulen vergrößert, sinkt die Ausgangsleistung erheblich.

Es ist also durchaus sinnvoll, dass Levis Stromquelle, das Band um seine Brust, direkt mit seinem Jackett verbunden ist und die Abstände zwischen der Empfängerspule im Futter des Jacketts und dem Gürtel ziemlich fix sind. So kann Denny die Energieübertragung optimieren und die Technik nutzen, die Nicola Tesla vor über 100 Jahren erfunden hat.

In diesem Fall hat also nicht Denny etwas wirklich Neues ersonnen. Zusammen mit einem talentierten Schneider ist es ihm gelungen, ein effizientes System zu entwickeln, um die geheimen Fähigkeiten des Anzugs nahtlos mit Energie zu versorgen.

Und da ich absichtlich nicht näher darauf eingegangen bin, wie der Anzug bewirkt, was er im Roman tut – nämlich Personen aufspüren, die Levi anstarren –, lohnt es sich wohl zu wiederholen, wie das funktioniert.

Levis Anzug:
Eigentlich habe ich das Konzept von Levis ziemlich nützlichem Anzug bereits in *Operation Tote Hand* vorgestellt, dabei jedoch als Mütze. Ich möchte kurz auf die Wissenschaft dahinter eingehen.

Zur Erinnerung: Der Anzug verfügt über eine haptische Vorrichtung, die Levi ein leichtes Pochen durch den Gürtel um seine Brust vermittelt. Das Pochen entspricht der Richtung, in der das Jackett jemanden erkennt, der Levi beobachtet. Mit anderen Worten: Zieht man das Jackett an und begibt sich in eine Menschenmenge, merkt man es, wenn man beobachtet wird und aus welcher Richtung.

Das klingt ein wenig wie Science-Fiction, aber die erforderliche Technologie, um so etwas zu bauen, ist definitiv vorhanden. Natürlich könnte man argumentieren, so etwas müsste sperrig sein oder hätte andere Nachteile, aber es ist unbestreitbar möglich, es zu konstruieren.

Um es ausführlicher zu erklären, füge ich einen kleinen Auszug aus *Operation Tote Hand* ein, in dem es mir, wie ich glaube, recht gut gelungen ist, die Funktionsweise für Laien verständlich zu erklären. Anmerkung: In *Operation Tote Hand* habe ich diese Funktionalität in eine Mütze eingebaut. Dieselbe Technologie gilt auch für den Anzug.

Denny schloss die Mütze vom Gürtel ab und zeigte Levi die folienartige Elektronik entlang des Innenfutters der Mütze. »Du kennst das doch, wie die Augen von Tieren in der Nacht unheimlich leuchten, wenn ein Licht auf sie scheint, oder?«

Levi nickte.

»Also, menschliche Augen haben diese reflektierende Eigenschaft nicht, jedenfalls nicht in dem Ausmaß. Damit unsere Netzhaut Licht reflektiert, ist was Helleres nötig. Du weißt ja, was passiert, wenn man mit einem Kamerablitz ein Foto schießt.«

»Du meinst den Rotaugeneffekt?«

»Genau.« Denny zeigte auf eine Reihe winziger, röhrchenförmiger Vorsprünge, die aus dem Innenfutter der Mütze ragten. »Was ich hier habe, ist ein bisschen verrückt. Denn könnte man das Licht sehen, würde dein Kopf wahrscheinlich leuchten wie 'ne grelle Rundumtaschenlampe.«

»Wie meinst du das?«

Denny presste die Lippen zusammen. »Also, normalerweise können wir nur Licht mit bestimmten Wellenlängen sehen. Ich fange mal ganz simpel an. Wahrscheinlich haben wir alle in der Schule gelernt, dass die Farben des Regenbogens bei Rot beginnen und bei Violett enden. Das entspricht Licht mit Wellenlängen von etwa 700 bis 350 Nanometern. Je größer die Wellenlänge, desto näher an Rot, je kleiner, desto näher an Violett. Das kann unser menschliches Auge wahrnehmen. Aber das sind nicht die Grenzen des Lichts. Diese Mütze zum Beispiel sendet in jede Richtung Lichtbündel mit einer Wellenlänge von ungefähr 1.550 Nanometern aus. Das liegt tief im Infrarotspektrum. Jeder der winzigen Laser saugt ordentlich Energie. Und auch, wenn du's nicht spürst, die Zielrichtung der Laser schwenkt ungefähr zwanzigmal pro Sekunde auf und ab.

Du hast also im Wesentlichen 'ne Mütze, die in alle Richtungen Licht projiziert, das keiner sehen kann. Es ist stark genug, um auf Dinge zu treffen und davon zurückzuprallen. An der Stelle kommen meine elektronischen Filter ins Spiel. Was zurückkommt, wird stark gefiltert, damit du nur dann was wahrnimmst, wenn ein zurückprallendes Signal erkannt wird, das dir zu folgen scheint.«

»Funktioniert das auch aus der Ferne?«

»Sollte auf bis ungefähr 100 Meter funktionieren. Alles

darüber hinaus filtere ich derzeit heraus, weil die Reflexionen zu ungenau werden.«

Levi nahm den Gürtel ab, und Denny verstaute die Gegenstände wieder im Koffer.

»Lass mich das noch mal zusammenfassen«, sagte Levi. »Wenn ich das trage, strahlt es in jede Richtung Licht aus, das niemand sehen kann. Wenn mich jemand anstarrt, prallt das Licht von demjenigen zurück, und die Mütze hat Sensoren, die mich darauf aufmerksam machen.«

Es mag also vielleicht kein Produkt mit den Fähigkeiten dieser Mütze im Laden um die Ecke zu kaufen geben, aber mich würde nicht im Geringsten überraschen, wenn etwas Derartiges für Personen in Geheimdienstkreisen verfügbar wäre.

1 https://www.nytimes.com/2019/09/14/sunday-review/brett-kavanaugh-deborah-ramirez-yale.html
2 https://www.fbi.gov/services/cjis/ucr/
3 https://ucr.fbi.gov/hate-crime/2017/topic-pages/victims
4 https://ucr.fbi.gov/hate-crime/1996
5 https://ucr.fbi.gov/hate-crime/2000
6 https://ucr.fbi.gov/hate-crime/2001
7 https://ucr.fbi.gov/hate-crime/2002
8 https://ucr.fbi.gov/hate-crime/2017/topic-pages/victims

DER AUTOR

Ich wurde in eine Armeefamilie hineingeboren, bin mehrsprachig und der Erste in meiner Familie, der in den USA das Licht der Welt erblickt hat. Das hat meine Jugend stark beeinflusst, indem es in mir die Liebe zum Lesen und eine brennende Neugier auf die Welt und alles darin erweckt hat. Als Erwachsener konnte ich durch meine Vorliebe für Reisen und meine Abenteuerlust zahlreiche unvorstellbare Orte erkunden, die manchmal Einzug in die Geschichten halten, die ich schreibe.

Ich hoffe, diese Geschichte konnte dich gut unterhalten.

– Mike Rothman

Meinen Blog findet ihr unter: www.michaelarothman.com
Ich bin auch auf Facebook unter: www.facebook.com/
MichaelARothman
Und auf Twitter: @MichaelARothman